Melanie Schütz

The Broken Hearts Club

Maybe we can learn to love the rain

(Band 1)

The Broken Hearts Club

Melanie Schütz

Maybe we can learn
to love the rain

ROMAN

VAJONA

Dieser Artikel ist auch als E-Book erschienen.

The Broken Hearts Club: Maybe we can learn to love the rain (Band 1)

FSC
www.fsc.org
MIX
Papier aus verantwortungsvollen Quellen
FSC® C014138

Druck und Verarbeitung:
FINIDR, s.r.o.
Lípová 1965
737 01 Český Těšín
Czech republic

Lektorat: Vanessa Lipinski
Korrektorat: Aileen Dawe-Henning
Umschlaggestaltung: Julia Gröchel unter Verwendung von Motiven von rawpixel
Satz: VAJONA Verlag, Oelsnitz

VAJONA Verlag
Carl-Wilhelm-Koch-Str. 3
08606 Oelsnitz

ISBN: 978-3-98718-256-3

Für Dad.

Hinweis

Dieser Roman behandelt Themen wie Depression, Aufarbeitung des Todes eines nahen Familienmitglieds, Trauer, Aquaphobie, Ertrinken und bipolare Störung.

1.

Ein Kapuzenmädchen und ein Kapuzenjunge

Lila und gelb. Das sind sie, die Farben von *Mister Vain*.

Im Takt der Musik explodieren Farbbeutel vor meinen Augen.

Mein Gehirn verarbeitet dies als bunte Sprenkel, die niemand außer mir sehen kann. Es ist mein eigenes, kleines Feuerwerk, das in mir flimmert und leuchtet.

Ich versuche, mich auf die Musik und das bunte Spektakel in meinem Kopf zu konzentrieren, während ich über die Außenterrasse des *Spindler und Klatts* in Richtung Spreeufer gehe. Von dort aus kann ich auf das Wasser schauen und ich wünsche mir, diesem Anblick standhalten zu können.

Am Rand des Pontons bleibe ich stehen und hebe den Kopf. Vor mir liegt die Spree. Weit und nass. Breit und tief.

Eine Enge umschließt meine Brust. Ich atme tief aus und fokussiere mich auf den Fernsehturm in der Ferne. Auf das lila-gelbe Lied in meinem Kopf.

Diese Berliner Nacht ist kühl und eigentlich voller frischer

Luft. Doch es scheint nichts in meiner Lunge anzukommen. Nicht, wenn so viel Wasser an mir vorbeifließt.

Kurz schließe ich die Augen und mache dann kehrt. Nur langsam löst sich der Schraubstock von meinem Brustkorb, gibt mich frei. Aber nicht ganz. Denn die Frische des Flusses bleibt allgegenwärtig und erinnert mich an die Hektoliter Wasser, die hinter mir strömen.

»Tia? Ist alles okay?«

Rasch öffne ich die Augen und entdecke Nele, die an einem Stehtisch mit integriertem Sonnenschirm lehnt. Ihre glatten, blonden Haare wehen in der Samstagnachtbrise und sie nippt nach ihren Worten an der Bierflasche. So wie früher, als wir sämtliche Schulpausen gemeinsam mit Marie in der kleinen Hütte hinter der Turnhalle verbracht haben, holt sie eine Zigarettenschachtel aus der Brusttasche ihrer Jeansjacke.

Schnell nicke ich und ziehe die Kapuze auf meinen Kopf. »Klar.«

Reiß dich zusammen, Tia. Es ist nur die Spree. Früher hat sie dir doch auch nichts ausgemacht. Außerdem bleibst du nur zwei Tage in Berlin, ehe du wieder nach Frankfurt fährst. Zwei mickrige Tage. Das hältst du doch durch, oder?

»Das sieht aber nicht danach aus.« Stirnrunzelnd beobachtet Nele, wie ich mich an den Holzbänken vorbei auf sie zu bewege.

»Ich bin ein bisschen müde«, erwidere ich. »Ich bin seit sechs Uhr auf den Beinen. Musste früh aufstehen, um den Zug nach Berlin zu erwischen.«

»Und ehe du auf den Junggesellinnenabschied kamst, hast du deine Sachen bei deinem Paps abgestellt. Ich erinnere mich.« Nele zieht ein pinkes Feuerzeug aus der Hosentasche, das perfekt zu ihrem T-Shirt passt. Der Schriftzug *Team Braut – gleicher Pimmel für immer* ist auf beidem abgedruckt. »Marie wird dir wahrscheinlich nie verzeihen, dass du dein Brautjungfern-Shirt vergessen hast und im Kapuzenpullover aufgetaucht bist«, meint sie, während sie sich eine Zigarette anzündet.

Ich schiebe die Fäuste in die Vordertasche meines Hoodies. Krampfhaft versuche ich, mich auf die Farben der Musik zu fokussieren. Und auf Neles Gesicht, das Glühen ihrer Zigarette. Nur nicht auf das Wasser hinter mir. »Das werde ich wahrscheinlich auch nicht«, bringe ich mit leiser Stimme hervor.

Nele lacht auf und klopft mir auf die Schulter. Sie war schon immer die Lockerste unserer Mädchenclique. »Nimm dir nicht zu Herzen, dass sie deshalb ausgeflippt ist. Du weißt doch, wie Marie ist. Sie ist leicht nervös zu machen und durch die Hochzeitsplanung ist das noch schlimmer geworden. Im Moment hat sie jeden Tag mindestens eine Existenzkrise. Erst sollte der Blumenschmuck violett sein, dann fliederfarben. Gibt es da überhaupt einen Unterschied? Ihre Haare müssen hochgesteckt werden, aber wie? Wir waren bei vier verschiedenen Friseuren. Nie war sie zufrieden. Letzte Woche hat sie von den Brautjungfern verlangt, dass wir uns die Haare rot färben, weil das besser zu den Kleidern passt.«

»Hat sie nicht.«

»Hat sie! Sie ist *Brautzilla*! Ich sag's dir!«

Ich muss lachen. Obwohl ich bis heute nicht an den Hochzeitsvorbereitungen beteiligt war, erkenne ich Maries Wesen in Neles Erzählungen wieder. Sie wird die Erste von unserem ehemaligen Dreiergespann sein, die heiratet. Und bereits bevor ich vor drei Jahren Berlin und unsere gemeinsame WG verließ, fieberte sie darauf hin.

Ich blicke an Nele vorbei und damit ins Innere des *Spindler und Klatts*. Lichter fegen über die Tanzfläche, die gar nicht zur Farbe der Musik passen. Marie tanzt die Choreografie von *Bai-*

lando inmitten eines Pulks rosa gekleideter Frauen, als wäre es Sommer Neunzehnhundertachtundneunzig. Kurz beobachten wir beide sie lächelnd. Unsere Freundin hat die Zeit ihres Lebens. Genau so soll es sein.

Dann sagt Nele beiläufig: »Marie hat übrigens nicht damit gerechnet, dass du ihre Einladung annimmst und zu ihrem Junggesellinnenabschied zurück nach Berlin kommst.«

Ich meide Neles Blick, will die Wahrheit nicht aussprechen. Denn auch ich war mir bis gestern Abend nicht sicher, ob ich wirklich auftauchen werde oder nicht. »Hätte ich gewusst, dass ihr einen Stripper anheuert, hätte ich mir das noch mal überlegt«, erwidere ich betont lässig. Dabei habe ich die Situation mehr als zweimal durchdacht, aber Nele muss das nicht unbedingt wissen.

Wahrscheinlich bemerkt sie, dass ich meine wahren Gefühle überspiele. Ihre Stimme nimmt einen nachdenklichen Unterton an. »Das meine ich ernst, Tia. Eine Zeit lang dachten wir, dass du nichts mehr mit uns zu tun haben willst, weil du so plötzlich ausgezogen bist und dich danach kaum gemeldet hast.«

Das habe ich schon vermutet, denn über die Umstände meiner Flucht aus Berlin haben wir bis dato nur wenig gesprochen. Schuldbewusst ziehe ich mir die Kapuze in die Stirn.

»Um Himmels willen, das hatte nichts mit euch zu tun, Nele. Ich brauchte einfach Abstand von Berlin.« Mir wird kalt. Das Wasser in meinem Rücken ist mit einem Mal so präsent. Und als wäre das nicht genug, beginnen Regentropfen leise trommelnd auf den Schirm fallen. Regen. Fluss. Wasser. Ich ziehe den Stoff meines Kapuzenpullovers enger um mich.

Nele drückt ihre Zigarette aus. »Es lag an der Sache mit deiner Mutter, richtig? Das haben wir nämlich vermutet. Schließlich passierte das kurz vorher.«

Eigentlich wollte ich so kurz nach meiner Rückkehr gar nicht an Mama denken. Doch nun ist es zu spät. Ich nicke verhalten.

»Ja, das … war eine schwere Zeit für mich.« Der Regen wird lauter. Fest entschlossen, Vergangenem nicht so viel Raum zu geben, füge ich hinzu: »Ich weiß, dass ich euch damals vor den Kopf gestoßen habe. Ich bin vor der Konfrontation mit vielen Dingen, die meine Heimat betreffen, weggerannt. Und das möchte ich nicht mehr. Deshalb bin ich hier. Ich will mich Berlin wieder annähern. Stück für Stück. Dieses Wochenende zum Junggesellinnenabschied und in drei Wochen wieder zur Hochzeit. Verstehst du?«

Nele grinst. »Du brauchst dich überhaupt nicht rechtfertigen, Tia. Ich verstehe dich. Marie auch. Sie freut sich sehr, dass du zu ihrer Hochzeit kommst. Und ich tue es auch.«

Ich lächle.

»Tia!« Ein begeistertes Kreischen ertönt vom Eingang des Clubs. Eine Frau mit braunen, gewellten Haaren und ausdrucksstarken blauen Augen, deren Wimpern aufgeregt klimpern, tritt aus dem Backsteingebäude. Neben ihr stehen Jacqueline und Dora, zwei Freundinnen vom Junggesellinnenabschied. Die ausgelassen auf ihrem Haarreif wackelnden Puschel identifizieren Marie unmissverständlich als *Bride to be*. Ihr Lippenstift ist verschmiert und der Mascara verlaufen. Sie trägt einen Bauchladen, in dem sich unter anderem ein Kartenspiel, ein essbarer Tanga und ein stattlicher, lila Dildo befinden. Es ist ein Wunder, dass der Türsteher sie mit dieser Ausstattung überhaupt reingelassen hat. Er muss den Bauchladen unter ihrer Jacke übersehen haben und davon ausgegangen sein, dass sich irgendeine Anspielung auf die Neunziger hinter dem Haarpuschel verbirgt. Noch sind wir nicht rausgeflogen, aber Marie fordert ihr Glück mit steigendem Alkoholpegel immer mehr heraus.

Jubelnd eilt sie auf mich zu, breitet begeistert die Arme aus und übersieht in ihrem Übermut den Fuß eines Mannes mit schwarzer Kapuze. Sie stolpert und wird gerade noch rechtzeitig von Jacqueline aufgefangen.

»Na, du Schnapsdrossel?«, frage ich liebevoll und ziehe sie an mich.

Marie kichert. Sie riecht nach Tequila, dem zwei Euro neunundneunzig Parfüm, das sie verkaufen wollte – ich sehe es nicht im Bauchladen, also ist ihr das wohl geglückt – und nach etwas anderem, das mich an früher erinnert. An Übernachtungspartys in Paps' Zelt, an das Abschreiben der Hausaufgaben auf dem Schulhof, an das gemeinsame Pizzaessen unter der Wolldecke.

»Ich weiß, ich habe es schon hundertmal gesagt, Tia, aber ich kann mich einfach nicht bremsen«, quiekt Marie. »Ich finde es so schön, dass du hier bist!«

»Es war sicherlich öfter als hundertmal.« Grinsend sortiert Nele die verbliebenen Gegenstände im Bauchladen.

Der Tequila Sunrise in Maries Hand schwappt unruhig hin und her. »Nur schade um dein Outfit.« Naserümpfend betrachtet sie meinen Nietengürtel, meine Docs und die Kapuze auf meinen Haaren. »Das ist so ein besonderer Tag für mich. Und du erscheinst im ganz normalen Tia-Look.«

Nele wirft mir einen wissenden Ich-habs-dir-ja-gesagt-Blick zu.

Sie hat recht. Das Gespräch mit Nele hat mir noch mal vor Augen geführt, wie viel ich in den vergangenen Jahren in puncto Freundschaftspflege versäumt habe und noch immer tue. Während ich nur den Junggesellinnenabschied und die Hochzeit besuchen werde, wird Marie bei der Organisation von ihrem Team aus Brautjungfern unterstützt. Ich hingegen falle auch noch bezüglich des Dresscodes aus der Reihe.

Plötzlich übermannt mich das Bedürfnis, etwas wiedergutzumachen, und ehe ich richtig darüber nachgedacht habe, höre ich mich sagen: »Wie wäre es, wenn ich vor der Hochzeit eines der Brautjungfernkleider anprobiere?«

Marie reißt entzückt die Augen auf. »Das würdest du tun? Ein Kleid anziehen?«

Auch Nele ist verblüfft. »Ich glaube nicht, dass ich dich jemals in einem gesehen habe.«

Verdammt. Was habe ich nur getan? Ehe ich den Vorschlag zurückziehen kann, drückt Marie mir einen dicken Kuss auf die Wange. »Das klingt großartig, Tia! Hiermit bist du aufgenommen in meinem Team der Brautjungfern! Jetzt müssen wir dir nur noch eine Begleitung für die Hochzeit suchen.«

Alarmiert wische ich mir den Lippenstift von der Wange. »Begleitung?«

»Klar! Keine meiner Brautjungfern kommt allein. Zur Not nimmst du Neles Bruder Sam mit.« Marie kichert. Der Silikondildo kippt um und rollt quer über Kondompackungen, Vulvalutscher und Furzkissen.

»Sam? Der Stripper? Nie im Leben.«

Ich atme tief durch. Was ist los mit mir? Wieso habe ich mich dazu bereit erklärt, ein Brautjungfernkleid anzuziehen? Ich habe Kleider noch nie gemocht, weil ich mich darin nie wirklich hübsch fühle. Doch für einen Tag werde ich mich überwinden.

Dann werde ich mir eines weiteren Problems bewusst. Marie hat mich soeben ins Team ihrer Brautjungfern aufgenommen. Diese unterstützt die Braut außerdem bei sämtlichen Hochzeitsvorbereitungen. Natürlich könnte ich Marie bitten, mich von den meisten Verpflichtungen loszusagen und mich wie geplant bis zur Hochzeit nach Frankfurt absetzen. Doch das würde bedeuten, dass ich mal wieder aus der Rolle falle. Dass ich vor Berlin, meiner Vergangenheit und auch meinen Freundinnen weglaufe.

Marie bemerkt nichts von meinem Zwiespalt. Wankend betrachtet sie das Durcheinander auf dem Bauchladen. »Ich muss noch ein paar Sachen loswerden, ehe der Club geschlossen wird …«

Suchend sieht sie sich um und entdeckt den Mann, über dessen Fuß sie gestolpert ist. Er sitzt auf derselben Bank wie vorhin und nippt an seinem Bier. Im Gegensatz zu den zwei Frauen, die kichernd neben ihm Selfies machen, wirkt er nicht, als habe er besonders viel Spaß. Im Gegenteil. Er scheint geradezu gelangweilt zu sein.

Die beiden hingegen sind von seiner Gesellschaft ziemlich angetan. Jedenfalls vergewissern sie sich immer wieder bei ihm, wie er die Schnappschüsse findet.

Er antwortet kurz, geht aber auf die Gesprächsversuche der Rothaarigen ein. Sie ist schön anzusehen mit ihrem silbernen Top, für das es in dieser Oktobernacht eigentlich zu kalt ist.

»Siehst du die drei auf der Bank, Tia? Sie sehen aus, als benötigen sie dringend einen Candystring«, frohlockt Marie und marschiert kurzerhand auf die Gruppe zu.

Ich beobachte, wie euphorisch sie auf die Truppe zuläuft, und muss lächeln. Viele zukünftige Bräute empfinden Spiele rund um den Junggesellinnenabschied als Qual. Für Marie hingegen ist es ein wunderbares Erlebnis. Sie liebt alles an der Hochzeitsplanung. Es ist die aufregendste Zeit ihres Lebens.

Vielleicht sollte ich mir einen Ruck geben und die Zeit bis zu ihrem großen Tag tatsächlich in Berlin verbringen. Es wären ja nur drei Wochen. Jedoch müsste ich länger als die geplante Nacht in meinem alten Kinderzimmer schlafen.

Wie mein Vater darauf reagieren würde?

Ich kann ihn schlecht einschätzen. Bis jetzt haben wir uns nur kurz an der Haustür begrüßt, als ich meine Tasche bei ihm abgestellt habe. Ich bezweifle aber, dass er mich abweisen würde.

Nele grinst verschmitzt, als ich in ihre Augen sehe. »Willkommen im Club der Brautjungfern! Vielleicht gelingt es dir ja, einen kühlen Kopf zu bewahren. Wir anderen haben schon aufgegeben.«

Bei diesem Stichwort schreit Marie auf. Der Gurt ihres Bauchladens ist gerissen. Jacqueline eilt ihr zu Hilfe, fängt den hinabrollenden Dildo auf und wischt sich mit geblähten Wangen den Schweiß von der Stirn.

Der Anblick überzeugt mich endgültig: Ich werde Brautjungfer sein und bis zur Hochzeit in Berlin bleiben. Denn Marie braucht und schätzt mich.

Grinsend drehe ich mich zu Nele. »Ich werde mein Bestes geben. Hiermit gehe ich meiner ersten Herausforderung als Brautjungfer nach: Ich unterstütze unsere Lieblingsbraut, sich nicht vollends zu blamieren.«

Als ich bei Marie ankomme, wird *Loona* gerade von den *Spice Girls* abgelöst. Eine Neunziger-Party ist keine Neunziger-Party, wenn nicht mindestens einmal *Wannabe* gespielt wurde. Seit wir hier eingetroffen sind, läuft dieses Lied zum mittlerweile dritten Mal.

Der DJ wollte vermutlich sichergehen.

Marie ist bereits im Verkaufsmodus. Sie zeigt den Frauen die anzüglichen Scherzartikel und scheint erfolgreich zu sein. Eine blonde Frau ist begeistert von Maries Präsentation einer rosafarbenen Atzenbrille. Wie ihre Freundin trägt sie ein silbernes bauchfreies Top im Stil der Neunziger.

Ihre zwei Zöpfe erinnern an das Aussehen von Christina Aguilera auf dem Cover der Maxi-CD von *Genie in a Bottle*.

Der Mann im Hoodie lässt sich wenig beeindruckt gegen die

Lehne der Bank sinken. Schweigend beobachtet er, wie Marie vor den Augen aller zur Hochform aufläuft.

»Dieser String ist eine erstklassige Wahl!« Mit Feuereifer deutet Marie auf die Packung mit dem Candystring, den die Rothaarige zwischen den Fingern hält. »Die Einsatzmöglichkeiten könnten vielfältiger nicht sein! Du kannst ihn anziehen und dir vom Leib essen lassen. Das bringt so richtig Schwung ins Bett! Oder du bist clever, behältst das gute Stück für dich und isst es selbst.«

Die rothaarige Frau sucht den Blick des Mannes. »Corvin, denkst du, ich sollte …?«

»Die Brille nehme ich«, verkündet ihre Freundin und wühlt in ihrer Handtasche. »Du willst dafür vier Euro, richtig?«

Marie nickt entschlossen und nimmt die Münzen entgegen. »Super, danke dir! Da lege ich doch glatt ein Knicklicht obendrauf!« Großzügig zieht sie ein rotleuchtendes Röhrchen aus der Hosentasche.

Der Mann mit der Kapuze lehnt sich nach vorn. Er mustert den spärlichen Rest auf der Verkaufsfläche und sieht dann zu Marie hoch. Seine Kapuze rutscht ein Stück zurück und offenbart blonde, kurze Haare. »Was macht ihr mit den Einnahmen?«, fragt er mit tonloser Stimme.

Ausgelassen stellt Marie den Kasten auf dem Palettentisch ab. Dabei wirft sie ein Glas um, das glücklicherweise leer war. »Was für eine Frage. Wir lassen so richtig die Sau raus! Kaufen Cocktails und Sekt!«

»Außerdem wartet der Stripper noch auf seine Gage«, füge ich hinzu und stelle unauffällig das Glas zurück. Ich umfasse Maries Taille, um zu verhindern, dass sie mitten auf den Bauchladen stürzt.

Der Mann schaut mich an und sein Blick gleitet über meine Kapuze, bis er meine Augen findet. Seine Iriden sind ungewöhnlich grün und heben sich deutlich von seinem blassen Gesicht ab. Für einen kurzen Moment hält mich sein Blick gefangen. Dann greift er zu seinem Portemonnaie. »Das Geld ist also für einen guten Zweck, ja? Wir nehmen den String, diesen wunderschönen Dildo und … habt ihr auch ein grünes Knicklicht?«

Eifrig durchsucht Marie ihre Taschen. »Das wird aber nicht billig, mein Lieber! Mit diesem lilafarbenen Prachtteil hast du schließlich die Macht, jeden Menschen auf dieser Party glücklich zu machen. Aber ich will mal nicht so sein und überlasse dir das Komplettpaket für schlappe sieben Euro.« Sie legt ein grünes Knicklicht auf die Holzplanken und hält abwartend die Hand auf.

»Dann kann heute Abend ja nichts mehr schiefgehen«, erwidert er seufzend. »Hier, das passt so.«

Blinzelnd starrt Marie auf den Schein in ihrer Hand. Kurz ist alles still. Nur der Gesang der *Spice Girls* dringt gedämpft zu uns herüber. Dann platzt es aus ihr heraus: »Du zahlst hundert Euro? Für einen Dildo?«

Er legt das Knicklicht um sein Handgelenk und steckt die Enden ineinander. Das grüne Leuchten sticht hervor und ist der einzige Farbklecks in seinem schwarzen Outfit. Achselzuckend hebt er die Faust. »Eher für das Knicklicht. Ich mag grün.«

Für einen Augenblick schaut Marie ihn verständnislos an. Dann überwiegt die Freude. »Nele, Tia, habt ihr das gehört?«, ruft sie und schwenkt den Schein über dem Kopf. »Ich habe hundert Euro eingenommen!«

»Danke dir.« Die rothaarige Frau nimmt den Candystring an sich und wirft dem Mann mit der Kapuze einen glühenden Blick zu. Doch seine Aufmerksamkeit gilt allein dem grünen Schimmern an seinem Arm.

»Tia!« Marie zieht mich zur Seite und umschließt meine Schultern. »Dem Outfit nach zu urteilen, ist der Kapuzenmann dein verlorener Zwilling. Außerdem ist er heiß und großzügig! Würde er sich nicht super als deine Hochzeitsbegleitung eignen?«

»Was?« Verblüfft reiße ich die Augen auf. Ich gehe schon einen Kompromiss ein, indem ich mich die nächsten Wochen bei meinem Vater einquartiere. Ich schüttle vehement den Kopf. »Kommt nicht in die Tüte! Ich kenne den doch gar nicht.«

»Noch nicht!«

»Warum brauche ich unbedingt eine Begleitung?«

Während Marie mich darauf aufmerksam macht, dass ich mit einem Mann an meiner Seite garantiert mehr Spaß hätte und meine Alternative ein Escort für Damen sein könnte, retten mich ausgerechnet die *Backstreet Boys*. Der Gesang hallt so laut durch den Club, dass sämtliche Partygäste auf der Terrasse aufhorchen.

»Everybody, rock your body. Everybody, rock your body right.«

Marie, Nele und die anderen Mädels von der Junggesellinnen-Gang starren einander in die weit aufgerissenen Augen und vervollständigen wie aus einem Mund: *»Backstreet's back, alright!«*

Nele nimmt Maries Hand. »Lass Tia in Frieden und gehe mit uns tanzen. Wie es sich für eine angehende Braut gehört. Na los!«

»Aber ich kann doch nicht zulassen, dass eine meiner Brautjungfern ohne Anhang kommt!«, jammert Marie und lässt sich leise schimpfend mitziehen. Die Frauen mit den Silbertops flitzen ihr hinterher.

Nele dreht sich zu mir um, hebt bedrohlich die Arme und ahmt mit weit aufgerissenem Mund das Knurren eines Monsters nach. Dann verschwindet die Gruppe auf der Tanzfläche.

Ganz ohne meine Freundinnen bleibe ich draußen zurück.

Lächelnd sehe ich ihnen hinterher. In den letzten drei Jahren bin ich nur sporadisch auf die Kontaktversuche meiner Freundinnen eingegangen. Dass Nele und Marie mich trotzdem in ihrer

Mitte willkommen heißen, als sei ich nie weg gewesen, ist unerwartet, aber schön. Zum Glück haben sie mich nicht dazu gedrängt, mit ihnen auf die Tanzfläche zu gehen. Sie wissen, dass ich einen Abend auf der Couch einer Party immer vorziehen würde. Ich bin die Introvertierte von uns. Diese Tatsache hat sich in den letzten Jahren verstärkt. Ich bin gern zu Hause, gern allein. Und nun brauche ich dringend eine Pause von dem Trubel.

Den Blick auf den Eingang des Club geheftet, den Fluss im Rücken, lehne ich mich an einen Bartisch und nippe an meiner Mateflasche. Nun sind es nur noch wir drei. Die Spree, der Regen und ich.

Ich fröstle. Nicht aufgrund des Windes. Mein Hoodie schützt mich vor ihm. Sondern, weil ich die Präsenz des Wassers hinter mir wieder deutlich spüre. In dem Frankfurter Vorort, in dem ich wohne, gibt es nur einen kleinen Bach, dem ich leicht ausweichen kann. Doch hier zieht sich die Spree mit ihren Kanälen durch die ganze Stadt. Und plötzlich wird mir klar, dass mich diese beklemmende Kälte von nun an die nächsten Wochen begleiten wird. Solange ich in Berlin bin, bin ich physisch öfter in der Nähe von Wasser, öfter in der Nähe von *ihr*.

Plötzlich ertönt eine Stimme hinter mir. »Deine Freundin sollte ins Fernsehen gehen. Das Teleshopping braucht Leute wie sie.«

Ich fahre herum. Die Außenterrasse ist fast komplett leer. Die *Backstreet Boys* haben die meisten auf die Tanzfläche gerufen. Außer mir und eine Handvoll unbekannter Menschen. So wie diesen Typen mit der Kapuze.

Ich beobachte seine schwarze Gestalt, die noch immer auf der Bank sitzt, den Arm auf die Lehne gelegt hat und mich herausfordernd anstarrt. Das grüne Knicklicht ist unter seinem Ärmel verschwunden. Der lilafarbene Dildo steht aufrecht am Boden des vergessenen Bauchladens und wird vom Saugnapf gehalten. Inmitten der Scherzartikel wirkt der Typ leicht deplatziert.

Ich halte den Atem an und ziehe in Erwägung, ihn zu ignorieren. Nur selten komme ich mit Fremden ins Gespräch. Schnell gehen mir die Themen aus oder ich habe das Gefühl, immer genau das Falsche zu sagen. Unsouverän rüberzukommen oder langweilig zu sein. Doch der Mann, der so unbedarft einen Junggesellinnenabschied sponsert, schürt meine Neugierde. Und er übt eine gewisse Anziehung auf mich aus, die ich mir gegenüber nicht leugnen will. Also gebe ich mir einen Ruck und schlendere in seine Richtung. Mit aller Kraft ignoriere ich dabei den goldenen Schimmer, den die Lichter der Häuser auf die dunklen Wellen legen.

»Sie arbeitet im Vertrieb«, erkläre ich ihm. »Sie verkauft Waschmaschinen.«.

»Waschmaschinen.« Sein Mundwinkel zuckt. »Ihr Arbeitgeber kann sich glücklich schätzen.«

»Du hast wirklich hundert Euro für ein Knicklicht gezahlt?«, entfährt es mir, als ich bei ihm angekommen bin. »Ich habe mich noch nicht entschieden, ob ich das großzügig oder großspurig finde.«

Er seufzt und lässt sich mit dem Rücken gegen die Bank sinken. In der Hand hält er eine Zigarette. Als er ausatmet, schleicht sich eine Rauchwolke aus seinem Mund dem Himmel entgegen. »Wahrscheinlich ist es beides.«

Unentschlossen spiele ich mit der Kordel meiner Kapuze. Ein Teil von mir fordert mich dazu auf, Abstand zu ihm zu wahren. Dieser Mann wirkt geheimnisvoll. Doch dass er auf so eine wundersame Art einen verlorenen und gleichzeitig gleichgültigen Eindruck macht, erinnert mich an das Chaos in meinem eigenen Herzen. Deshalb lasse ich mich neben ihn auf die Polster sinken.

Mit der farbigen Musik im Kopf und dem Rücken zur Spree, hoffe ich zu vergessen, wie viel Hektoliter Wasser hinter uns fließen.

»Was führt dich auf eine Neunziger-Party?«, frage ich. »Du machst nicht den Anschein, als hättest du Spaß.«

Er ascht in eine leere Bierflasche. »Ich habe mich spontan überreden lassen, hier herzukommen. Ich dachte mir, dass es bestimmt nicht so schlimm werden kann, schließlich bringt dieses Jahrzehnt ziemlich gute Lieder mit sich. Deshalb bin ich davon ausgegangen, dass der DJ auf einem Floor so etwas wie *Nirvana*, *Placebo* oder *Metallica* auflegt. Aber Fehlanzeige.«

Schmunzelnd stelle ich die Füße neben seine auf den Tisch aus Europaletten und umschlinge die Knie. »Ich habe auch damit gerechnet, dass sie *Self Esteem* oder zumindest *Losing my Religion* auflegen. Aber das Rockigste bisher waren die Gitarren in *Backstreet's Back*.«

Das laute Gekreische der Tanzenden dringt zu uns nach draußen. Sie schreien den Namen der *Backstreet Boys* so laut, als ob sie eine heilige Zeremonie feiern.

Der Typ lässt seinen Kopf an die Lehne fallen. »Du sagst es. Ich bin so verzweifelt, dass ich mich mittlerweile sogar über *Wonderwall* oder was von *U2* freuen würde. Hauptsache kein *Tic Tac Toe* mehr.«

»Du magst also Rockmusik.«

»Ja. Rock und Klassik«, ergänzt er. Mit dieser Antwort habe ich nicht gerechnet. Ich will nachhaken, doch plötzlich sieht er mich unverwandt an. Grüne Augen, die von dunklen Ringen untermalt sind, treffen auf meine. Er hält mir eine offene Zigarettenschachtel hin. »Willst du eine Kippe?«

Überrumpelt schüttle ich den Kopf. »Danke. Ich rauche nicht mehr.«

Anerkennend nickt er. »Du hast aufgehört? Heftig. Dann will ich dich nicht verleiten.« Er steckt sich eine weitere Zigarette an. Sein auf das Feuerzeug konzentriertes Gesicht leuchtet auf, als er den Tabak zum Glühen bringt.

Kurz schweigen wir und er streckt die Beine aus. Sie sind viel länger als meine, stecken aber in den gleichen Stiefeln. *Dr. Martens*. Meine sind dunkelrot, seine schwarz. Über Kreuz liegen sie quer auf dem Tisch, während er ausdruckslos in die Nacht starrt und mit den Fingern über das Knicklicht fährt.

»Grün, ja?«, frage ich und deute auf sein Handgelenk. »Wie die Hoffnung.«

»Das ist die Farbe aller meiner Lieblingslieder«, murmelt er, ohne mich anzusehen, und nimmt einen Zug von seiner Zigarette.

Ich horche auf. »Du kannst Musik sehen?«

»Hört sich für dich sicherlich schräg an, was?« Er schiebt sich die Kapuze auf die Schultern. Eine Tätowierung ziert seinen Hals. Das Motiv kann ich in der dämmrigen Außenbeleuchtung nicht erkennen.

»Nicht wirklich«, erwidere ich. »Mein aktuelles Lieblingslied ist gelb-orange.«

Er hebt die Brauen. »Bist du auch Synästhetikerin?«

Ich nicke. Seit ich denken kann, verbinde ich akustische Signale mit Farben. Als Kind dachte ich, es ginge jedem Menschen so. Erst als ein Mitschüler im Musikunterricht nicht verstand, warum ich die Tonfolge von *Alle meine Entchen* als gelb bezeichnete und *Fuchs, du hast die Gans gestohlen* als rot, begriff ich, dass ich anders war. Heute weiß ich, dass Synästhesie eine neurologische Besonderheit ist. Manche Menschen verknüpfen Buchstaben mit Farben, Formen mit Geschmäckern, Zahlen mit Gerüchen. Farben mit Musik zu verbinden, gehört zu den gängigsten Arten.

Ich deute zum Club, in dem mittlerweile *Blue* von *Eiffel 65* läuft. »Das Lied ist für mich rosa und braun.«

Er grinst. »Für mich ist es lila.« Mit diesem leichten Lächeln auf den Lippen wirkt er spitzbübisch. Ich kann nachvollziehen, warum die beiden Frauen mit den silbernen Tops ihm nicht von der Pelle gerückt sind.

»In welcher Farbe nimmst du *Wannabe* wahr?«

»Blau«, antwortet er, ohne zu überlegen.

»Für mich ist es rot-schwarz.«

Er setzt sich auf und bettet den Fuß auf sein Knie. Vor sich hin grinsend schüttelt er den Kopf. »Wow. Ausgerechnet hier treffe ich eine Synästhetikerin. Ich kenne niemanden, der Musik auch in Farben wahrnehmen kann.«

»Oh, meine Mutter konnte das auch«, erwidere ich. Kurz darauf beiße ich mir auf die Zunge.

Mist …

Um nicht länger an sie denken zu müssen, füge ich schnell hinzu: »Übrigens ist Lady Gaga ebenfalls eine von uns. Sie hat mal gesagt, dass sie ihren Song *Poker Face* als ein sattes Bernstein sieht. Stimmst du zu?«

Empört hebt er die Brauen. Der Wind spielt mit seinen Haaren und wirbelt sie durcheinander. »Bernstein? Ich bitte dich. Das Lied ist türkis.«

»Das sehe ich auch so! Es ist türkis. Und pink.«

Er schnaubt und betrachtet mich für einige Sekunden. Seine Augen huschen über meine gepiercten Ohren, meinen Sidecut, die kurzen, gewellten Haare und bleiben an meinen Händen hängen. Er lehnt sich nach vorn und erklärt: »Die Töne sehe ich in Höhen und Tiefen bildlich vor mir. Wenn also ein hoher Ton gehalten wird –« Er deutet mit dem Finger nach oben und zeichnet sanfte Wellen in die Luft. »Sind sie für mich als solche erkennbar, und wenn es tiefe Töne sind –« Sein Finger sinkt hinab auf seine Knie, wo sie mit den Bewegungen fortfahren. »Sehe ich sie weiter unten. Auch den Rhythmus sehe ich bildlich vor Augen.« Im Takt zu *Coco Jamboo* tapsen seine Zeige- und Mittelfinger über den Stoff seiner Jeans.

Ich versuche, mir seine Schilderungen farblich vorzustellen, werde aber von seinen Fingern überrascht, die sich langsam zu mir herübergetastet haben.

»Hab dich«, sagt er grinsend und umschließt mit einer flüssigen Bewegung meinen Daumen. Seine Handfläche ist warm und etwas rau, sein Blick herausfordernd, aber sanft.

Überrumpelt beobachte ich, wie er zart mit meinen Fingern spielt. Ich schaue ihm wieder in die Augen und erkenne überraschenderweise Besonnenheit in seinem Blick. Er will sich mit dieser behutsamen Annäherung nicht mehr nehmen, als ich bereit bin zu geben.

»Höhen und Tiefen sehe ich nicht«, erwidere ich mit belegter Stimme. »Nur ein allgegenwärtiges Pulsieren. Es ist wie ein Holi-Festival in meinem Kopf.«

»Das klingt spaßig.« Unauffällig drückt er mit der rechten Hand seine Zigarette aus und streichelt dann über meinen Handrücken. Langsam und vorsichtig.

Wortlos beobachte ich das. Der scheue Part in mir fordert mich dazu auf, mich ihm schnellstmöglich zu entziehen. Das hier ist so intim. So schön! Und damit gefährlich. Doch in mir meldet sich eine weitere Stimme. Eine, die mich dazu auffordert, sich treiben zu lassen. Unschlüssig befeuchte ich meine Lippen mit der Zunge. »Den Trick mit den wandernden Fingern nutzt du bestimmt nicht zum ersten Mal, um nach der Hand einer Frau zu greifen.«

Seine Finger umschließen meine fest und sicher. »Das mit dir ist anders. Du bist die Erste, die sieht, was ich höre.« Der Schein der Lichterketten fällt in seine Augen und lässt sie in der kühlen Nacht funkeln. »Na, was ist? Verrätst du mir endlich deinen Namen?«

Ich erwidere den Druck seiner Hand und lasse zu, dass er die Finger zwischen meine schiebt. »Tiara. Aber man nennt mich Tia.«

»Oder Kapuzenmädchen«, vervollständigt er.

Ich lächle.

Er zieht mich an den Händen näher zu sich. »Ich bin –«

»Corvin. Ich weiß.«

»Tia und Corvin.« Er spricht unsere Vornamen so aus, als könne man sie ab sofort nur noch in einem Atemzug erwähnen. Das finde ich eine Spur zu romantisch. Ich will widersprechen, doch er fährt fort: »Okay, Kapuzenmädchen. Ich mache dir einen Vorschlag. Wir gehen rein, ich rede mit dem DJ und er spielt dir zu Ehren *Friday I'm in Love* on *The Cure.* Was hältst du davon?«

»Was?« Er will den DJ überreden, seine Playlist zu ändern, um mich zu beeindrucken? Ich schüttle den Kopf. »Mach' solche Faxen bitte ohne mich.«

Meine Ablehnung scheint ihn noch mehr anzustacheln. »Oh, komm schon!«, erwidert er, ohne den frechen Glanz in seinen Augen abzulegen. »Das Lied stammt auch aus den Neunzigern und hebt sich von dem Einheitsbrei hier ab. Welche Farbe hat es für dich?«

Ich übergehe seine Frage. »Der DJ wird nie und nimmer einen Song auflegen, der kein Dancetrack ist.«

»Wird er. Wetten?«

»Wird er nicht.«

»Ich bezahle ihn.«

Ich starre ihn an. Er starrt zurück.

»Und wie viel wirst du ihm anbieten?«

Corvin zuckt die Achseln. Sein Blick schweift über die leeren Bänke des Außenbereichs und er nimmt einen Schluck von seinem Bier. »Mir egal. So viel er will.«

Ich tue etwas, das schon längst überfällig ist. Ich ziehe meine Hand aus seiner.

So ein Aufschneider!

»Ich werde ihm fünfzig Euro vorschlagen«, setzt er hinzu. »Wenn er das nicht annimmt, bin ich bereit, auf bis zu fünfhundert hochzugehen. Mehr nicht. Aber auch nur, weil das alles ist, was ich dabeihabe.«

Ich ziehe scharf die Luft ein.

»Komm schon, Kapuzenmädchen.« Seine Stimme hat einen bittenden Ton angenommen. »Mir ist scheißegal, wie viel es kostet. Ich will einfach mit dir tanzen.«

Der Ausdruck in seinen Augen ist ernst. Er blufft nicht. Er ist wirklich bereit, den DJ mit Geld zu bestechen. Nachdem er so viel für einen Dildo und ein Knicklicht gezahlt hat, hätte ich es wissen sollen: Dieser Typ hat jeglichen Bezug zur Realität verloren.

»Danke für das Angebot«, murmle ich und stehe auf. »Aber ich werde jetzt Marie suchen.«

Der Anflug von Enttäuschung flackert in seinen Augen. Dann verschränkt er die Arme vor der Brust und legt die Füße zurück auf den Palettentisch. »Dann halt nicht.«

Unentschlossen schaue ich zu ihm herunter. Plötzlich wirkt er distanziert. Eventuell ist er es nicht gewohnt, mit seiner Protzerei auf Granit zu stoßen.

Ernüchtert ziehe ich die Kapuze hoch. Noch während ich mich an dem Schirm vorbei drücke, werde ich von zwei gackernden Frauen zur Seite gedrängt. Die Mädels mit den Silbertops sind wieder da.

Ich sehe aus den Augenwinkeln, wie sich die Rothaarige in seinen Arm fallen lässt und mit dem Candystring wedelt. Er weicht nicht zurück, reckt aber den Kopf nach mir.

Ich beachte ihn nicht weiter, drehe mich um und betrete den Club.

Dort tönt *Rhythm is a Dancer* aus den Lautsprechern. Es hat eine ähnliche Farbe wie *Mister Vain*. Gelb und lila.

Während ich mich an schwitzenden Menschen vorbeischiebe, geht mir Corvin mit seinem Knicklicht nicht aus dem Kopf. Ich stelle mir vor, wie der DJ *Friday I'm in Love* auflegt, wie alle die Tanzfläche verlassen und wir beide in unseren Kapuzenpullovern übrigbleiben. Vor meinem inneren Auge erscheint sein keckes Grinsen, beleuchtet von dem bunten Licht der Stroboskope. Ich sehe vor mir, wie er langsam näherkommt, die Hand nach mir ausstreckt und mich wortlos zum Tanzen auffordert. Allein der Gedanke entfacht ein nervöses Feuer in meiner Brust. Und für diesen Spaß würde er fünfhundert Euro hinblättern? Wer macht denn sowas?

Obwohl mich sein Angebot verstört hat, huscht mir bei dieser Vorstellung ein Lächeln übers Gesicht. Es ist beinahe schade, dass wir uns wahrscheinlich nie wieder sehen werden. Aber nur fast.

Der DJ legt *Wannabe* auf. Schon wieder.

Marie empfängt mich mit ausgebreiteten Armen. Alle vier Frauen haben ein Sektglas in der Hand, und Nele sogar zwei. Eins ist für mich. Wessen großzügige Spende uns den Kauf dieser Drinks ermöglicht hat, weiß ich sofort. Corvin.

Ich nehme es an und lasse mich mitreißen. Eigentlich wollte ich ja nicht tanzen. Aber ich will es versuchen.

Rote und schwarze Farbfolgen explodieren vor meinen Augen und zirkulieren durch meinen Kopf.

Marie strahlt. Ich auch. Denn wir drei sind wieder vereint.

Und nun bin ich vollends überzeugt: Es ist die richtige Entscheidung, dem Herbst in Berlin zu trotzen und mich den Dämonen der Vergangenheit zu stellen. Genau für dieses Gefühl.

2.

Geneseung, Einigkeit, Dienst

Mein Finger gleitet über die Schnappschüsse längst vergangener Zeiten, während ich langsam die Treppe zu meinem Kinderzimmer hinauf steige. Die Rahmen der Fotos sind goldverschnörkelt. Sie wirken geradezu überheblich auf der vergilbten Tapete. Doch Mama war das egal. Sie hatte immer eine Schwäche für prunkvolle Deko.

Seit ich vor einer halben Stunde vor dem mit Efeu überwucherten Haus stand und im Schein der aufgehenden Sonne den Schlüssel unter der Fußmatte suchte, freute ich mich auf diesen Augenblick. Darauf, ganz in Ruhe die Fotos im Treppenaufgang anzuschauen. In Erinnerungen an Momente zu schwelgen, in denen alles noch in Ordnung war. Und ich freue mich auf mein Zimmer. Mein Bett. Darauf, mich zurückzuziehen, meine sozialen Akkus wieder aufzuladen. So mache ich es zu Hause schließlich auch. Wenn es mir zu viel wird, verkrieche ich mich vor der Welt in meiner Wohnung, in mein Tipi, in mein Bett. In Sicherheit.

Die Fransen des Teppichs, auf dem ich stehe, sind flachgetreten. Paps ist diese Treppe jahrzehntelang mit seinen schweren

Arbeitsschuhen morgens hoch- und abends heruntergestapft. Doch am Rand sind die Stufen flauschig. Während ich die Fotos bestaune, setze ich meine Zehen bewusst auf diese unberührten Stellen. Mal verweile ich länger auf einer Stufe, mal nehme ich zwei auf einmal. Je nachdem, wie intensiv ich mich mit den Relikten des jeweiligen Jahres befassen möchte.

Die Fotos erzählen die Geschichte dieses Hauses. Ich erkenne Klein-Tia auf Paps' Schultern. Tia mit schokolade- verschmiertem Gesicht auf der Küchenanrichte. Tia mit einer Schultüte im Arm, die so groß ist, dass sie sie kaum anheben kann. Dann Mama auf der Hochzeit ihrer Schwester in einem roten Cocktailkleid. Tia, Paps und Mama beim Zelten am See. Beim Angeln. Paps mit unserem längst verstorbenen Kater Sumo. Ein Hochzeitsbild von Mama und Paps, lange bevor ich auf der Welt war. Und wieder Tia. Mit sieben in einer Karnevalsverkleidung. Mit acht am Strand. Mit zehn vor dem Eiffelturm. Doch mit dem Teenageralter bricht die Serie an Bildern ab. Eine Zeit brach an, in der niemand in dieser Familie gern Fotos schoss, geschweige denn einrahmte.

Das Geräusch der zufallenden Haustür lässt mich aufschrecken. Ich erstarre, halte den Atem an, lausche und hoffe, dass er meine Füße nicht auf dem Treppenabsatz sieht.

Ein Schlüsselbund fällt geräuschvoll auf den Wohnzimmertisch. Dann folgt das Rascheln einer achtlos daneben gelegten Zeitung.

Ich atme auf. Er hat mich nicht bemerkt. Ich will gerade nach oben schleichen, da knurrt eine tiefe Stimme: »Tiara?«

Ich seufze. »Ja?«

»Versteckst du dich vor mir?«

»Nein.« Widerwillig trotte ich die Stufen hinunter.

Paps steht im Wohnzimmer. Er trägt ein kariertes Hemd und eine weite Jeans. Seine hellgrauen Haare fallen ihm in Wellen in den Nacken. Die Hände hat er abwartend in die Hüften gestemmt. »Warum stehst du dann schweigend auf der Treppe, statt deinem Vater einen guten Morgen zu wünschen?«

»Ich bin gerade erst zurückgekommen und wollte ins Bett. Ich bin seit knapp vierundzwanzig Stunden auf den Beinen.«

»Dann schaffst du auch noch eine fünfundzwanzigste. Du fährst heute Nachmittag wieder, nicht? Nun komm schon, setz dich zu mir. Nach den drei Jahren, in denen wir uns nicht gesehen haben, bist du deinem alten Herrn zumindest einen Kaffee schuldig.«

Ich zögere. Der Tag war nicht nur anstrengend, ich hatte auch mehr Menschenkontakt als normalerweise in einem Monat. Ein Gespräch mit Paps hat das Potenzial, mir das letzte Fünkchen Kraft auszusaugen. Andererseits muss ich ihm noch etwas beichten. Also willige ich ein. »Na gut, ich trinke einen Kaffee mit dir. Aber nur einen kleinen.«

Mein Vater nickt zufrieden. Ächzend läuft er in die offene Küche und bereitet die Kaffeemaschine vor. Die Morgensonne scheint auf seine wettergegerbten Hände, die viel runzliger aussehen als das letzte Mal, als ich in Berlin war.

»Wenn eure Party so lange ging, war sie sicherlich gut.«

Ich unterdrücke ein Gähnen, lasse mich auf den Küchenstuhl sinken und lege das Kinn in die Handflächen. »Stripper und Neunziger sind nicht ganz mein Ding. Aber Marie hat es gefallen und das ist die Hauptsache.« Unwillkürlich schweifen meine Erinnerungen zu Corvin. Kurz frage ich mich, was er gerade macht und wo er wohnt. Ob er einen weiteren Gedanken an mich verschwendet? Doch dann schiebe ich die Begegnung aus meinem Bewusstsein. Wahrscheinlich hat er mich schneller vergessen, als der DJ das nächste Mal *Wannabe* aufgelegt hat.

»Kaum zu fassen, dass Marie wirklich den Hoffmann-Jungen

heiratet. Den hat sie schon angehimmelt, als ihr Teenager wart«, murmelt Paps. »Marie ist sicherlich aufgeregt, oder?«

Die Kaffeemaschine erwacht surrend zum Leben.

Ich lache verhalten. »Aufgeregt ist gar kein Ausdruck. Sie ist in einem absoluten Ausnahmezustand. Sicherlich wird das die nächsten drei Wochen anhalten. Dann ist nämlich die Hochzeit.« Nervös ziehe ich die Hände in die Ärmel meines Hoodies. Es ist Zeit, mit der Sprache herauszurücken. Ich hole tief Luft. »Marie hat mich gestern spontan zu ihrer Brautjungfer ernannt. Sie hätte mich bis zu ihrer Hochzeit gern an ihrer Seite. Darum spiele ich mit dem Gedanken, doch nicht zurück nach Frankfurt zu fahren, sondern vorübergehend hierzubleiben.« Mit dem Rücken zu mir hält Paps inne. Weil er nichts erwidert, plappere ich weiter: »Mit meinem Tablet kann ich von überall aus arbeiten. Ich verdiene mein Geld noch immer als Illustratorin, bin also nicht auf einen festen Arbeitsplatz angewiesen und –«

Ruppig zieht Paps zwei Kaffeetassen aus dem Küchenschrank. Sie klirren, als er sie auf die Anrichte stellt. »Milch?«

»Hast du etwas anderes als Kuhmilch? Ich ziehe mittlerweile vegane Alternativen vor.«

»Also schwarz.« Er zieht eine Tüte aus dem Kühlschrank. Sein Blick ist hart, als er meinem begegnet. »Wenn Marie heiratet, kannst du drei Wochen entbehren. Aber als ich dich um ein paar Tage Unterstützung gebeten habe, war dein Terminkalender voll, was?«

Ich zucke zusammen. Bemüht, das Gespräch in eine erfreuliche Richtung zu lenken, deute ich auf die Arbeitsplatte. »Ich habe übrigens Brötchen mitgebracht.« Wir hatten so lange getanzt, dass ich auf meinem Heimweg Frühstücksschrippen beim Bäcker am Ostkreuz kaufen konnte. Nun liegt die Papiertüte direkt in Paps' Blickfeld. Es ist nahezu ausgeschlossen, dass er sie nicht bemerkt hat.

Er antwortet nicht und nimmt schweigend die Kanne aus der Maschine.

»Es sind deine Lieblingsbrötchen«, füge ich hinzu. »Zumindest waren sie das früher.«

»Ich habe die Schrippen gesehen«, knurrt er und setzt mir unsanft das Getränk vor die Nase. »Das beantwortet nicht meine Frage, weshalb du damals Hals über Kopf nach Frankfurt abgehauen bist und dich seitdem kaum gemeldet hast.« Verständnislosigkeit und Enttäuschung flackern in seinen Iriden. Dass er diese starken Gefühle zeigt, überrascht mich. Er ist nicht mehr der Mann, den ich zurückließ. Seine Haare sind hellgrau, aber gekämmt. Seine Augen sind nicht verschleiert, sondern klar. Irgendwas in seinem Leben hat sich verändert. Aber was?

Unruhig schweift mein Blick durch den Raum. Ich will mich erklären, all meine verwirrenden Gefühle in Worte fassen. Doch mir kommt nur ein knapper Satz über die Lippen. »Ich … konnte nicht.«

Er lehnt sich an die Küchenzeile und betrachtet mich prüfend. Dann schlürft er vom Kaffee und starrt aus dem Fenster. »Sie konnte es nicht.«

Ich folge seinem Blick. Im Garten wiegen sich die goldgelben Baumkronen im Wind. Der Rasen und der Schuppen sind von feuchtem Laub übersät.

Fröstelnd stülpe ich die Bündchen der Ärmel nach innen. Mein Mund ist staubtrocken. »Es ging nicht. Ich brauchte Abstand. Musste einfach weg. Deshalb bin ich zu Yannik.«

Paps lässt den Becher sinken. »Mir fielen die Wochen im Herbst vor drei Jahren auch schwer, Tiara. Aber ich konnte mich nicht drücken. Ich musste durchziehen. Jeden Schritt gehen.« Das Licht der Deckenlampe spiegelt sich im bitterschwarzen Kaffee.

Meine Gedanken schweifen zu *ihr*. Nie hätte Mama den

Kaffee ohne Milch getrunken. Und sie mochte Zucker drin. Zwei Löffel.

Ich schlucke und antworte nicht.

Paps' Blick ist noch immer auf den Blätterwirbel vor dem Fenster geheftet. »Wenn du bloß ein paar Wochen später gegangen wärst. Du hättest gar nicht viel erledigen müssen. Deine Anwesenheit wäre mir schon Hilfe genug gewesen.«

»Mir ist bewusst, dass das für dich nicht leicht war.« Mit zusammengepressten Lippen rühre ich durch den Kaffee. »Aber ich wollte Abstand, Paps. Ich brauchte Abstand. Ich musste mich schützen. Mama war –«

»Ich weiß. Für dich war es nicht leicht mit uns als Eltern.« Als nehme er ein Friedensangebot an, fischt er ein Brötchen aus der Papiertüte und schneidet es auf. »Und zwischen uns ist viel doof gelaufen, als du klein warst.«

Doof gelaufen ist ja wohl die Untertreibung des Jahrhunderts. Ich nippe am Kaffee. »Wenn es dich stört, dass ich ein paar Wochen hier wohne, kann ich mir in den kommenden Tagen ein Hotel suchen und dann weitersehen. Bei Marie und Nele will ich mich nicht einquartieren. Die haben so viel Stress.«

Paps schüttelt störrisch den Kopf. »Hotel? So ein Quatsch. Du schläfst in deinem alten Zimmer. Das steht schließlich leer.« Er gießt sich Kaffee nach.

Lautlos atme ich auf. Also wäre das geklärt. Ich darf hier übernachten. Das Gespräch verläuft nicht ideal, aber besser als befürchtet.

»Wie geht's Yannik eigentlich?«, fragt Paps beiläufig, ohne mich anzusehen. »Ich habe ihn nur einmal getroffen, bevor du aus Berlin weggezogen bist. Schien ein netter Kerl zu sein.«

»Er gießt meine Blumen, während ich weg bin, und füttert Blue. Falls du also wissen willst, ob wir noch zusammenwohnen:

Nein. Bereits seit zwei Jahren nicht mehr. Seine Frau erwartet ein Baby.«

Paps zieht scharf die Luft ein. »Du hast mir nie erzählt, dass ihr getrennt seid.«

»Du hast nicht gefragt.«

Er grunzt etwas.

Wieder schweigen wir.

Dann brummt er: »Heute Abend bin ich übrigens nicht zu Hause.«

»Bist du im *Tante Horst*? Das war doch immer deine Stammkneipe.«

Er dreht sich zu mir um. In seinen stahlblauen Augen habe ich lange nicht mehr so viel Triumph gelesen. »Nein, Tia. Ich war vor zwei Jahren das letzte Mal dort. Stattdessen …« Er schlurft zur Memotafel und zieht einen grünen Flyer unter einem Magneten hervor. »Ist das hier meine neue Anlaufstelle.«

Die Buchstaben *AA* sind auf das Blatt gedruckt. Geschmückt werden sie von den Begriffen *Genesung*, *Einigkeit* und *Dienst*.

Ich hebe die Brauen. »Du bist trocken?«

Er grinst. »Seit achtzehn Monaten.«

»Wow. Glückwunsch.« Verblüfft mustere ich ihn. Nun verstehe ich, weshalb er so einen frischen, aufgeräumten Eindruck macht. Auch früher hat er phasenweise nicht getrunken, ist aber immer wieder rückfällig geworden. Sein ausufernder Alkoholkonsum war mitunter die Ursache dafür, dass ich kurz nach meinem achtzehnten Geburtstag ausgezogen bin. Auch das hatte nicht dafür gesorgt, dass er länger als zwei Monate die Finger vom Whiskey lassen konnte.

»Danke.« Er prostet mir zu und trinkt von der nächsten Tasse brühend heißen Kaffee, ehe er sein Brötchen mit Marmelade beschmiert. »Hättest du deinem alten Herrn nicht zugetraut, was?« Er lacht in sich hinein. »Aber ich sag dir was. Ohne die hier«, er deutet auf das Papier, das vor mir liegt, »hätte ich es nicht geschafft. Super Leute da. Nicht nur Leidensgenossen. Echte Freunde.« Er starrt aus dem Fenster und bekräftigt seine Worte mit einem entschlossenen Nicken.

»Die *Anonymen Alkoholiker*«, erwidere ich. »Schön, dass sie dir geholfen haben.«

»Sie verstehen einfach, wie man sich fühlt. Besser als Außenstehende.« Er schiebt mir den Flyer zu und stemmt abwartend die Hände in die Hüften.

»Willst du mir damit irgendetwas sagen?«, frage ich und drehe das grüne Papier in den Händen. Als ich die Liste auf der Rückseite sehe, schüttle ich den Kopf. »Oh, nein, nein, nein. Danke, Paps. Aber Selbsthilfegruppen sind nichts für mich.«

Er zuckt die Achseln und beißt in seine Marmeladenschrippe. »Ist nur ein Hinweis von mir. Die meisten Gruppen kann man spontan besuchen, ohne sich vorher anzumelden. Es gibt welche für Depressionen, Trauer und auch für junge Leute.«

Empört hebe ich das Kinn. »Ich bleibe maximal drei Wochen in Berlin. Außerdem: Denkst du etwa, ich brauche Hilfe? Du hast mich seit Jahren nicht mehr gesehen. Ich bin stabil. Ich komme bestens klar in Frankfurt.«

Abwehrend hebt er die Hände. »Das bezweifle ich nicht, Tia«, sagt er mit vollem Mund. »Aber das mit deiner Mutter war schon eine harte Nummer. Eine Therapie hast du nie gemacht, oder? Falls du also mal jemanden zum Quatschen brauchst, dem es ähnlich geht wie dir – das ist mein Tipp.«

»Danke. Ist angekommen.«

Während Paps schweigend frühstückt, setzt ein Schauer ein. Unwillkürlich führt er meine Gedanken zurück zu Mama, wo sie eine Weile bleiben und mit den Rinnsalen am Fensterglas davon fließen.

Als ich mich zwinge, den Blick vom Regen abzuwenden, fällt mir wieder der Flyer ins Auge. Dort reden also junge Leute über ihre mentale Gesundheit. Obwohl ich Paps' Vorschlag schnell abgeschmettert habe, muss ich mir eingestehen, dass das nicht uninteressant klingt.

Seit meine Mutter verstorben ist, habe ich alles gemieden, das mich an sie erinnert. Ganz Berlin habe ich gemieden. Ich verbringe die Abende in meiner kleinen Wohnung in Frankfurt und schotte mich ab. Vor Erinnerungen, Gefühlen und Emotionen. Eingehüllt in meiner Blase der Einsamkeit bin ich vor Wut und Hass genauso gut geschützt wie vor Liebe und Euphorie. Ich bin nicht traurig. Aber so richtig glücklich bin ich auch nicht.

Nachdem ich ausgetrunken habe, stehe ich auf. Die Müdigkeit beschwert meine Lider.

Paps zieht seine Jacke über und nimmt den Schlüssel an sich. Er greift zur Türklinke, hält inne und schnuppert mit grimmiger Miene in der Küche herum. »Rauchst du wieder?«, schimpft er. »Sagtest du nicht gestern, du hast aufgehört?«

»Das habe ich auch. Ich habe gestern nicht geraucht, aber die anderen. Mein Hoodie riecht deshalb so.«

Paps öffnet die Haustür, tritt hinaus und zündet sich leise fluchend eine Zigarette an. »Wehe, wenn sich das ändern sollte«, grummelt er vor sich hin. »Du fängst nicht wieder an. Aufhören ist so schwer.«

Mit einem Lächeln auf den Lippen gehe ich die Treppe hinauf und schleiche in mein altes Zimmer. Vielleicht sollte ich dem Frieden trauen und daran glauben, dass er in der Lage ist, ein Leben ohne Alkohol zu führen.

3.

Flashback und Slush

Den Rest des Sonntags verschlafe ich fast komplett und erwache erst wieder, als die Sonne bereits untergegangen ist. Blinzelnd versuche ich, mich zu orientieren, und schrecke dann mit wild pochendem Herzen zurück. An die Wand gepresst beobachte ich, wie ein Schatten auf der Bettdecke seine schlanken Finger nach mir ausstreckt. Dann lache ich erleichtert auf. Das sind nur die knochigen Äste der alten Birke, die im Garten steht.

Ich schalte mein Nachtlicht an – eine Lampe in Elefantenform –, steige aus dem Bett und ziehe die Vorhänge zu. Das einzig Verstörende ist nun das gleichmäßige Schnarchen, das aus Paps' Schlafzimmer tönt.

Unschlüssig bleibe ich im Zimmer stehen. Die Nacht beginnt, ich bin hellwach und mein Schlafrhythmus ist total verdreht. Ähnlich wie zu Hause, wo ich oft Nächte durcharbeite und dann wieder Tage im Bett verbringe. Manchmal fällt es mir schwer, mich aufzurappeln und meine Wohnung zu verlassen. Dass ich nicht aufstehen muss, um zu arbeiten, macht die Sache nicht besser.

Ich raffe mich auf und breite den Inhalt meines Gepäcks auf dem Bett aus. Ich hatte nur das Nötigste für maximal zwei Übernachtungen mitgenommen, aber das wird nie und nimmer für drei Wochen reichen. Ich muss mir eine Lösung einfallen lassen. Vielleicht war es zu früh, die Zugfahrt nach Frankfurt zu stornieren. Immerhin konnte ich bereits die Frage nach der Versorgung meiner Katze klären. Ich habe Yannik geschrieben, der sich bereit erklärt hat, Blue übers Wochenende zu füttern, und er hat sich hinsichtlich meiner Planänderung äußerst kooperativ gezeigt. Er wird Blue auch in den kommenden Wochen füttern und sie dafür mit in seine Wohnung nehmen. Für ihn bedeutet das keinen Mehraufwand, da er mit seiner Verlobten Linda direkt nebenan wohnt und die beiden selbst vier Samtpfoten beherbergen.

Nur Blue wird von dem temporären Umzug nicht begeistert sein. Genau wie ich zieht sie die Einsamkeit der Gesellschaft ihrer Artgenossen vor. Am liebsten sind wir gemeinsam einsam. Ich hoffe inständig, dass sie mir diese Ausnahmesituation verzeihen wird.

Die Weichen sind gestellt. Dieses Zimmer ist also für die nächsten drei Wochen mein Reich. Ich stemme die Hände in die Hüften und lasse den Blick über die Wände schweifen. Die Poster der Poppunkbands und die Fotostrecken von Marie, Nele und mir hat Paps nach meinem Auszug nicht abgehangen. War er zu bequem, das Zimmer auszuräumen? Oder wollte er, dass ich es bei einer eventuellen Rückkehr in seinem ursprünglichen Zustand vorfinde? Ich vermute Ersteres. Bis jetzt habe ich keinen Fuß in die übrigen Räume des verwinkelten Hauses gesetzt, aber ich nehme an, dass sie ähnlich vollgestellt sind wie früher. Als ich ein Teenager war, hat Mama in ihren Hochphasen mal mehr, meist weniger nützliche Dinge gekauft. Massagesessel, einen Kickertisch und leuchtende Duschköpfe. Gaming-PCs, Yogamatten und Paninihefte. Als sie von ihren manischen Phasen runterkam, fanden weder sie noch Paps die Energie, all die Sachen wieder loszuwerden. Und ich schätze, dass sich nach ihrem Tod wenig daran geändert hat. Paps ist es gewohnt, nur das Wohnzimmer, das Bad und das Schlafzimmer zu nutzen.

Ich lege die Stirn in Falten.

Wenn er diesen Raum wie die anderen unangetastet gelassen hat, könnte es dann nicht sein, dass …

Mit einem Schwung reiße ich die Tür des Kleiderschranks auf und tatsächlich. Da sind sie. Die Kleider, die ich kurz nach meinem achtzehnten Geburtstag zurückgelassen habe, ehe ich in unsere Mädels-WG zog. Obenauf liegt das T-Shirt, das anlässlich meines Schulabschlusses gedruckt wurde. *ABI looking for freedom!* Außerdem entdecke ich meinen geliebten *Anti Social Social Club* Hoodie und weitere zeitlose, schwarze Shirts. Der Geschmack der jungen Tia zu heute ist gar nicht so verändert. Dass mir die Kleidung ausgeht, brauche ich also nicht befürchten.

Das Knurren meines Magens legt mein nächstes Ziel fest. Die Küche.

Ich will den Raum verlassen, doch aus den Augenwinkeln entdecke ich im Spiegel des wackligen Kleiderschranks etwas Sonderbares. Ich halte inne. Und plötzlich ist mir, als sähe ich nicht mehr mein Kinderzimmer im Spiegel, sondern ein Mädchen und eine Frau auf einer Wiese. Ihre Füße baumeln über dem Wasser. Das muss das Ufer des Treptower Hafens sein. Die Frau ist etwa Mitte dreißig, hat ähnlich braungewellte Haare wie ich und eine rote Regenjacke an. Ihr Lieblingskleiderstück.

»Mama«, stoße ich hervor.

Das Mädchen neben ihr bin definitiv ich. Nicht sechsundzwanzig, sondern ungefähr acht. Die Locken fallen als wilder Schopf über meine Schultern. Mein junges Ich leckt ein Softeis, wahrscheinlich von einer der Buden am Hafen.

Eine sehr lebhafte Erinnerung, die mit einem Mal in meinen Kopf schießt, als ich meine Hand hebe und das Bild berühren möchte.

Die kleine Tia hebt genauso die Hand. Dann wedelt sie mit dem Zeigefinger rhythmisch umher.

»Ich mag die Musik!«, jauchzt sie. »Sie ist so … grün! Nein, blau! Wie heißt das, wenn grün und blau gemischt sind, Mama?«

Aus der Ferne höre ich wunderschönen Gesang, begleitet von einer Gitarre. Eine Band von Straßenmusikern spielt am Hafen. Die Farbexplosionen vor meinen Augen nahm ich damals, vor achtzehn Jahren, genauso bewusst wahr wie heute. Ein Leben lang werde ich *Here comes the sun* in den gleichen Nuancen sehen. Denn die Ton-Farb-Verknüpfungen im Gehirn von Synästhetikern ändern sich nie.

In meinen Erinnerungen lacht Mama. Ihre Regenjacke leuchtet so rot wie der Erdbeerslush in ihrer Hand. Sie lehnt sich an den Poller mit der Nummer zwölf und erklärt: »Du meinst türkis.«

»Richtig! Ich sehe es türkis und orange.«

Mit leuchtenden Augen deutet Mama in meinen Erinnerungen zum Musiker. »Habe ich das richtig verstanden, Motte? Du hörst das Lied nicht nur, du siehst es auch?«

Mein achtjähriges Ich runzelt die Stirn. »Klar. Du etwa nicht?«

Die Frau nickt. »O doch! Allerdings sehe ich andere Farben als du. Braun mit lila Tupfern.«

»Was?«, fragt das Mädchen verwirrt. »Aber –«

»Keine Sorge, das ist völlig okay! Die Farbe, in denen wir die Töne sehen, spielt keine Rolle. Wichtig ist, dass wir sie sehen. Dass *du* sie siehst. Die Musik öffnet die Pforte zu deiner Fantasie.«

Die kleine Tia nickt entschlossen. Mit wippendem Finger schließt sie die Augen und konzentriert sich auf die Musik.

»Meine Tochter ist also auch eine Synästhetikerin«, murmelt Mama amüsiert. »Na, wenn ich das deinem Vater erzähle.«

Dann komme ich wieder zurück. Ins Hier und Jetzt. Mein Herz rast und ich schließe die Augen, presse die Hände auf die Ohren.

Mama, raus aus meinem Kopf!

Kurz verharre ich so, dann verstummt das Lied.

Einige weitere Herzschläge lang bleibe ich so stehen. Atme, warte, schlucke. Dann öffne ich die Augen. Im Spiegelbild erkenne ich wieder die Tia aus der Gegenwart. Sechsundzwanzig Jahre alt. Kurze Haare, schwarzer Hoodie, verbissenes Gesicht. Die Frau und das Mädchen aus der Vergangenheit sind verschwunden, die viel zu lebhafte Erinnerung ist verstummt. Endlich.

Erleichtert gehe ich die Treppe hinunter. Während ich die Küche nach etwas Essbarem durchsuche, bebe ich noch immer.

Genau deshalb habe ich Berlin gemieden. Wegen den Erinnerungen. Wegen dem Schmerz. Wie oft wird der Geist meiner Mutter mich in den kommenden Wochen noch heimsuchen?

Auf der Küchenanrichte entdecke ich zwei Kartons meines Lieblingsmüslis. Ich bin mir sicher, dass sie gestern noch nicht dastanden. Paps isst sowas nicht. Denke ich zumindest. Wer weiß, was sich noch alles geändert hat.

Vielleicht hat er sie aber auch anlässlich meiner Rückkehr besorgt. Als ich dann im Kühlschrank drei Tüten Hafermilch finde, besteht kein Zweifel mehr. Er hat definitiv für mich eingekauft. Das ist lieb von ihm und durchdacht. So kenne ich meinen Vater gar nicht.

Ein Lächeln schleicht sich auf mein Gesicht. Ich schütte eine üppige Portion in die Schüssel und löffele mit wippenden Füßen.

Am nächsten Tag weckt mich das Klingeln meines Handys. Die Stimme am anderen Ende der Leitung klingt so quirlig, als sei ihre Besitzerin schon seit Stunden auf den Beinen. »Guten Morgen, Tia! Oder sollte ich besser sagen: Hallo, meine neue Lieblingsbrautjungfer?«

Gähnend schlage ich die Bettdecke zurück. »Hey, Marie. Wie spät ist es?«

»Zwölf Uhr! Habe ich dich etwa geweckt?«

»Hast du.« Ich winkle die Beine an. Mein Tablet rutscht mir vom Schoß und ich fange es auf, ehe es auf den Boden fällt.

Ich muss beim Arbeiten eingeschlafen sein. Blass erinnere ich mich daran, mit dem Ergebnis nicht zufrieden gewesen zu sein. Wenn dies der Fall ist, wechsle ich normalerweise in das kleine Tipi, das ich mir bei meinem Einzug in meine erste, eigene Wohnung gekauft habe. An keinem Ort der Welt kann ich mich besser konzentrieren, nirgends fühle ich mich sicherer als dort. Da sich das Tipi allerdings in meinem Schlafzimmer in Hessen befindet, werde ich weiterhin mit Bett oder Schreibtisch vorliebnehmen müssen.

Maries helles Lachen tönt durch den Hörer. »Du bist also noch immer eine Nachteule, was? Ich war vorhin schon beim Caterer. Übermorgen sind Bo und ich zum Testessen eingeladen. Morgen Mittag habe ich mir extra für dich freigeschaufelt! Wir können dir ein Kleid aussuchen!«

Kleid? Da war ja was. »Morgen schon?«, frage ich und überlege fieberhaft, wie ich aus der Nummer rauskomme.

»Ja! Vergiss nicht, dass wir die Arbeitszeit für den Schneider einrechnen müssen. Bis zur Hochzeit sind es nur noch drei Wochen!«

»Na gut, ist gebongt. Ich stehe dir bis dahin zur Verfügung. Wenn wir schon mal dabei sind: Bei welchen Vorbereitungen kann ich dich unterstützen?«

»Lass mich überlegen. Die Tischkarten müssen gebastelt werden. Außerdem brauchen wir Requisiten für die Fotobox. Da fällt mir ein … Oh nein. Ich habe noch immer keinen passenden Hintergrund bestellt.« Je länger sie spricht, desto deutlicher kann ich ihre Nerven flattern hören.

»Deine neue Brautjungfer zeichnet hauptberuflich, vergessen?«, rufe ich lachend. »Überlass das mir. Ich kümmere mich um die Fotobox und zaubere dir einen Hintergrund. Die Platzkarten gestalte ich auch, insofern du mir die Gästeliste zukommen lässt und mir sagst, wie du was haben möchtest.«

»Das würdest du tun? Mir fällt ein Stein vom Herzen!« Marie atmet einmal tief durch, dann platzt es aus ihr heraus: »Wie ging es eigentlich mit dem Dildo-Typen weiter? Hast du seine Nummer? Wir haben gestern so lange getanzt, dass ich ganz vergessen habe, dich das zu fragen.«

Ich winke ab, obwohl sie es nicht sehen kann. »Nein. Es hat sich herausgestellt, dass er ein riesiger Angeber ist.« Ich erzähle von dem großspurigen Angebot, dem DJ Geld zu bieten, um mit mir zu tanzen. Dass er kurz zuvor meine Hand gehalten hat, verschweige ich lieber.

Marie quiekt auf. »Er hatte sechshundert Euro in bar dabei? Jetzt bereue ich, für den Dildo nicht mehr verlangt zu haben.«

»Zum Einsatz kam das Ding garantiert noch«, erwidere ich und verdrehe die Augen. »So, wie die Frau mit dem Candystring ihn angehimmelt hat.«

Marie seufzt verträumt. »Schade. Auf den ersten Blick hatte ich den Eindruck, ihr zwei seid füreinander bestimmt.«

Schweigend streiche ich über den Stoff meines Pullovers. Den Eindruck hatte ich für einen kurzen Moment auch. Man findet selten jemanden, der *Blue* von *Eiffel 65* mit einer anderen Farbe assoziiert als blau.

»Wir brauchen keine Kerle, die mit Geld prahlen!«, beschließt Marie und ich stimme ihr zu. »Du findest sicherlich jemanden, der dich auf die Hochzeit begleitet. Zur Not heuern wir doch Sam an.«

»Vergiss es!«

»Was hast du dir eigentlich für die kommenden Wochen vorgenommen? Abgesehen von den Hochzeitsvorbereitungen, meine ich.«

Das ist eine gute Frage. Ich könnte durch die Stadt streifen und schauen, was sich in Berlin so verändert hat. Ich könnte die *East Side Gallery* entlangschlendern, am Alex bummeln und mein Lieblingscafé in Friedrichshain besuchen. Allerdings würde nichts so sein wie früher. Keinen dieser Orte erreiche ich, ohne die Spree zu überqueren. Und da mir der gestrige Abend gezeigt hat, wie hart mich der Anblick von offenen Gewässern in Verbindung mit den Erinnerungen an Mama trifft, vergeht mir bereits jetzt die Lust.

»Ich wurde für einen größeren Auftrag gebucht«, schiebe ich vor und vergrabe die Zehen unter der Bettdecke. »Ich illustriere ein Kinderbuch. Da werde ich mich richtig rein stürzen.« Das stimmt sogar. Die Deadline ist allerdings recht großzügig – erst Ende des Jahres.

»Ach Tia, du hast dich kein bisschen verändert. Wenn man dich nicht rauszerrt, sitzt du nur in deinem Zimmer und zeichnest. Ich hole dich morgen gegen fünfzehn Uhr ab, okay? Ich war schon ewig nicht mehr vor eurem Hexenhaus in Grünau.«

Ich muss grinsen. Früher haben wir dieses Gebäude so genannt. Von außen sieht es sanierungsbedürftig aus und innen ist es urig. Solange ich denken kann, macht Paps hier alles selbst. Er baute die Hütte im Garten, reparierte Heizungen, stabilisierte Dachbalken und flickte Möbel. Sein Herz hängt an dem kleinen Häuschen.

»Dann wird es Zeit«, erwidere ich. »Auf der alten Birke vor meinem Zimmerfenster wohnt übrigens noch immer das Eichhörnchen, das wir früher so gern beobachtet haben.«

»Dasselbe? Wohl eher sein Eichhörnchenkind oder Eichhörnchenenkel.«

»Es muss zahlreiche Nüsse geerbt haben.«

»Stimmt. So viele, wie es uns vom Fensterbrett stibitzt hat. Du hast ihm hoffentlich neue Nüsse bereitgelegt?«

»Sicher. Sogar eine Schale des guten Biostudentenfutters.«

Marie kichert. Dann wird sie ernst. »Aber Tia, sei ehrlich … Ist es wirklich okay für dich, in den kommenden Wochen bei deinem Vater zu leben?«

Ich schlucke und lasse meinen Blick durch das Zimmer schweifen. Im Regal steht noch immer die *Freche Mädchen – freche Bücher!*-Reihe, mit der ich mir unter der Bettdecke die Nächte um die Ohren geschlagen habe. Dort am Schreibtisch hatte mein Freund Tom mir beim Lernen den ersten, schüchternen Kuss gegeben. Obwohl wir daraufhin alles andere im Kopf hatten, als für die Bioklausur zu büffeln, behielten wir Paps gegenüber ein Pokerface, als ich Tom unten verabschiedete. Rückblickend betrachtet wusste mein Vater sicherlich ohnehin, was wir hinter verschlossenen Türen machten.

Viele warme Erinnerungen verbinde ich mit diesem Haus. Aber eben nicht nur. Schön war es vor allem, ehe ich zwölf wurde. Bevor Mama krank wurde und schließlich die Familie verließ. Und ehe Paps seinen Liebeskummer im Alkohol ertrank.

»Klar«, höre ich mich antworten und hoffe, dass das stimmt. »Paps ist trocken. Kannst du das glauben?«

»Trocken?« Marie ist genauso skeptisch, wie ich es war. »Oh. Wow. Das wusste ich noch nicht. Ich habe ihn ewig nicht mehr gesehen und wenn, reden wir nicht darüber.«

»Er besucht eine Selbsthilfegruppe. Er ist also aktiv geworden. Ich würde mir wünschen, dass er trocken bleibt. Aber wer wünscht sich das nicht.«

»Schatz?«, vernehme ich Boris' Stimme aus dem Hintergrund. »Da steht eine Nageldesignerin vor der Tür und sagt, ihr habt einen Termin.«

»Was?«, japst Marie. »War das heute? Das habe ich voll vergessen. Du, Tia, ich muss Schluss machen.«

»Ist schon okay«, rufe ich. »Lass dich in Ruhe beraten und flipp nicht aus, wenn dir der erste Vorschlag nicht zusagt!«

»Du hast gut reden«, jammert Marie. »Ich habe so früh mit der Planung angefangen, trotzdem rennt mir die Zeit davon. Na gut. Wir sehen uns morgen! Hab' dich lieb!«

»Ich dich auch!«

Nach dem Telefonat lausche ich ins Haus. Das Klappern der Fensterläden ist ähnlich penetrant wie früher, ebenso das Knarzen der Regenrinne. Die Geräusche sind mir vertraut und trotzdem fremd. Ich bin das Hexenhaus schlichtweg nicht mehr gewohnt.

Paps muss ausgeflogen sein. Sein Auto steht nicht in der Einfahrt.

Ich nehme eine Dusche, während die Waschmaschine rumpelnd läuft, und schlendere frisch und trocken in mein Zimmer zurück. Zwar habe ich das Haus seit dem Junggesellinnenabschied nicht mehr verlassen, dennoch bin ich ein wenig stolz auf mich. Wenn mich die Melancholie übermannt – und das tut sie in letzter Zeit häufig – fallen mir die kleinsten Dinge schwer. Haare kämmen, Nägel schneiden, duschen. Die Traurigkeit erfasst mich manchmal völlig unerwartet. Tiefe, dunkle Traurigkeit, die mich lähmt und mir die Kraft aussaugt wie ein Parasit. Dann bin ich leer. So seltsam leer. Meist schiebe ich die Bedrücktheit dann von mir und schlafe, bis ich die Kraft finde, mich aus ihren Klauen zu lösen. Doch auch, wenn ich sie eine Weile abgestreift habe und mich unter Leute mische, ein Konzert besuche oder ein paar Bekannte treffe – die Melancholie ist immer da. Als sei sie ein Teil von mir, der nur darauf wartet, mich irgendwann zu Boden zu reißen.

Ich schüttle die düsteren Gedanken von mir und schalte das Tablet an. Mich begrüßt das Kätzchen, das ich letzte Nacht gezeichnet habe. Katzen gehören zu meinen Lieblingsmotiven. Diese Mieze hat Ähnlichkeit mit Blue, nur die Ohren sind ein wenig größer. Ich beschließe, mir einen Tee aufzusetzen und mich im Anschluss an die Feinheiten zu machen. Mit etwas Geduld wird mir das Ergebnis gefallen und dem Klienten hoffentlich auch.

Auf dem Weg zur Küche fällt mir auf, dass der Boden im Badezimmer nass ist. Ich runzle die Stirn. Hatte ich den Duschvorhang nicht komplett zugezogen?

Ich wische die Fliesen trocken, laufe dann hinunter und setze heißes Wasser auf. Mit einer duftenden Tasse in der Hand spaziere ich zurück nach oben, will mich mit Tablet ins Bett kuscheln, halte im Flur aber inne.

Da ist es wieder. Wasser, das sich die Fugen entlang schlängelt. Ich stelle den Tee auf der Kommode ab und betrete das fensterlose Bad.

Die Waschmaschine läuft noch immer, gibt nun aber lauter werdende Töne von sich. Von ihr ausgehend breitet sich langsam, aber stetig eine Wasserlache aus und tastet nach meinen Socken.

»Na super«, murmle ich und schalte die Waschmaschine aus. Entschlossen ziehe ich den Stecker, nehme dann ein Handtuch an mich und beginne erneut damit, den Boden zu bearbeiten. Doch es kommt immer wieder etwas Wasser nach. Verbissen mache ich mich auf die Suche nach der Quelle, finde sie aber einfach nicht.

Ich werde Paps anrufen müssen und ihn um seine Hilfe bitten. Er wird da sein. Das habe ich damals nicht geschafft, als er mich gebraucht hat.

Einige Momente zögere ich. Dann gebe ich mir einen Ruck und greife zum Handy.

Paps geht schnell ran. »Ja?«

»Hey, Paps. Die Waschmaschine läuft aus. Ich habe sie ausgeschaltet und den Stecker gezogen. Fällt dir noch etwas ein, was ich tun kann, bis du zu Hause bist?«

»Schon wieder kaputt. Dieses verdammte Ding«, flucht er vor sich hin. »Es wäre toll, wenn du sicherheitshalber den Haupthahn zudrehen könntest. Weißt du noch, wo er ist?«

»Klar. Im Keller.«

»Genau. Warte einfach auf mich. In etwa zwanzig Minuten bin ich zu Hause, dann gucken wir uns das zusammen an.«

Nachdem wir aufgelegt haben, lasse ich mir das Gespräch durch den Kopf gehen. Er hat von *uns* gesprochen. Paps will mit mir gemeinsam die Waschmaschine reparieren, obwohl er zweifelsohne der handwerklich Begabte von uns beiden ist. Seit meiner Ankunft vor zwei Tagen bin ich ihm aus dem Weg gegangen, doch offenbar will er Zeit mit mir verbringen, sich wahrscheinlich aussprechen. Und ich weiß nicht, ob ich dafür bereit bin.

Einige Wimpernschläge lang starre ich auf die kleine Pfütze und fühle sie wieder. Diese Leere. Irgendwie überfordert mich gerade alles. Paps, Berlin, sogar das Wasser auf den Fliesen.

Dann fällt mir der quietschgrüne Zettel ein, den Paps mir gereicht hat. Und seine Worte. *»Falls du mal jemanden zum Quatschen brauchst, dem es ähnlich geht wie dir – das ist mein Tipp. Die verstehen, wie man sich fühlt. Besser als Außenstehende.«*

Langsam nicke ich. Dann lege ich ein Handtuch unter die Waschmaschine, schlüpfe in trockene Kleidung und verlasse mit dem Flyer zwischen den Fingern das Haus.

Eine halbe Stunde später stehe ich vor einem Begegnungszentrum in Lichtenberg und betrachte das leuchtende Schild auf dem Dach, auf dem der Name eines sozialen Trägers prangt. Dieser Stadtteil ist nicht gerade um die Ecke. Trotzdem bin ich hier hergefahren. Dieses Treffen ist das einzige, das heute Abend stattfindet.

Während ich mich in der S-Bahn noch mutig und beschwingt gefühlt habe, zögere ich nun. Ich werde gleich auf eine Reihe fremder Leute stoßen. Schon wieder. Mein introvertiertes Herz will am liebsten umkehren und sich im Bett verkriechen. Für eine Woche oder besser zwei. Doch zu Hause möchte ich nun nicht sein.

Ich hole tief Luft und starre über den weiten Platz der Lichtenberger Wohnsiedlung. Normalerweise sprießen hier Wasserfontänen, doch der Brunnen wurde im Laufe des Herbstes abgestellt. Hochhäuser ziehen sich kastenartig in den dunklen Himmel. In der Entfernung leuchten die Lettern *Spree Château* auf dem Dach eines der angesagtesten Nobelhotels der Stadt. Das Antlitz des Fernsehturms steht über allem. So stolz und überheblich. Als wolle er mich daran erinnern, dass ich mich meiner Vergangenheit nicht entziehen kann.

Ich wende mich wieder dem Gebäude zu. Ich sollte jetzt rein gehen. Mir fällt ein, dass Paps mittlerweile zu Hause sein müsste. Ich habe ihm nicht gesagt, dass ich unterwegs bin, weshalb ich mein Handy aus der Tasche ziehe und eine Nachricht tippe: *»Hey, Paps. Der Haupthahn ist abgedreht. Ich bin jetzt unterwegs. Bis später.«*

Ich ziehe gerade in Erwägung, doch abzuhauen und lieber nächste Woche wiederzukommen – oder gar nicht – da reißt mich ein helles Rufen aus den Gedanken. »Hey, du!«

»Ja?« Ich drehe mich um und schaue in die blauen Augen einer Frau mit gewellten, hellen Haaren und aufgewecktem Blick. Sie kommt mir ziemlich jung vor, was an den bunten Aufnähern auf ihrer Jeansjacke liegen könnte.

Sie steht in der geöffneten Tür und hält sie mit der Hüfte auf. »Kann ich dir helfen? Suchst du etwas?«

»Nun …«

Ihr Blick fällt auf den grellgrünen Flyer in meiner Hand und ich stecke ihn schnell in die Hosentasche. »Oh! Willst du zum *Club*?« Ihre Stimme klingt rau, ist jedoch sehr hoch und einprägsam.

Hilfesuchend sehe ich mich um. Dies ist meine letzte Chance, zu kneifen. Aber die Offenheit auf ihren Zügen ist so mitreißend, dass ich mich nicht herausreden kann. Nicht herausreden möchte. Vorsichtig nicke ich. »Ich denke schon, ja.«

Sie strahlt. »Das ist super! Wir haben ewig keinen Neuzugang mehr verzeichnen können. Was schade ist, aber nicht schlimm. Komm mit!« Sie hält mir die Tür auf und ich drücke mich mit hochgezogenen Schultern an ihr vorbei. Glücklicherweise übernimmt sie das Reden, während wir das Treppenhaus betreten. Im Licht der Leuchtröhren schimmern ihre Haare in einem hellen Roséton. Unter den Aufnähern entdecke ich eine schwarze Katze, die ein Messer im Maul trägt, und ein pinkes Lama, das *»Spit on the patriarchy!«* brüllt. Ihre Nägel sind in Pastellfarben lackiert. Jeden Nagel ziert eine andere Farbe. »Ich kann gar nicht verstehen, warum so lange niemand Neues dazugestoßen ist.« Zwei Stufen auf einmal nehmend dreht sie sich zu mir um. »Ich meine, gibt es einen cooleren Namen für eine Selbsthilfegruppe als The Broken Hearts Club?« Sie bleibt auf dem Treppenabsatz stehen und sieht mich abwartend an.

»Nein«, erwidere ich ehrlich und schließe schwer atmend zu ihr auf. »Ich fand den Namen ganz cool.«

»Oder?«, meint sie mit gerunzelter Stirn und nickt. Sie hält mir eine massive Brandschutztür auf und läuft flinken Fußes den Gang entlang. »Nora hat die Gruppe so genannt. Sie hat den Club gegründet und ist so was wie unsere Leitung.« Die junge Frau öffnet eine Tür am Ende des Flurs. »Dann haben wir noch Marten, Reinhold und –«

»Hallo Lieke«, tönt es aus dem Zimmer.

Die Frau bleibt in der Tür stehen und wirft sich die getönten Haare über die Schulter. Mit verschränkten Armen ruft sie: »Sieh mal einer an! Nach deinem durchzechten Partywochenende hast du es doch geschafft! Was ist mir da zu Ohren gekommen? Ausgerechnet du warst auf einer Neunziger-Party! Welche Wette hast du denn verloren?« Sie tippt sich den Zeigefinger an die Stirn und läuft in den Raum hinein.

»Ach, ich habe mich von einem Kumpel überreden lassen. Passiert«, antwortet ein großer Mann, der im Stuhlkreis sitzt. Er trägt einen Kapuzenpullover, dieselben Stiefel wie ich und reibt sich gähnend die Fäuste übers Gesicht.

Wie vom Donner gerührt bleibe ich stehen. Das ist doch nicht …

»Jaja, ein Kumpel. Ich glaube dir kein Wort!«, ruft die Frau lachend und grüßt einen Gast mit Handschlag, ehe sie ein weiteres Gruppenmitglied flüchtig im Vorbeilaufen an sich drückt. »Nie und nimmer hast du dich mit der Gesellschaft eines Typen zufriedengegeben. Weißt du wenigstens noch den Namen der Dame, die am Samstag bei dir geschlafen hat?«

Er nimmt die Hände vom Gesicht, kratzt sich durch die Kapuze am Hinterkopf und grinst sie an. Sein Lächeln ist genauso frech wie vorgestern Abend, als er mit dieser schamlosen Selbstverständlichkeit meine Hand genommen hat. »Nein, aber ihre Haarfarbe. Ist ja auch etwas. Oder?«

Plötzlich setzen sich die Geschehnisse der vorletzten Nacht wie ein Puzzle vor meinem inneren Auge zusammen. Eine Frau mit markanter Haarfarbe. Jetzt wird mir alles klar. Nachdem ich ihn stehengelassen habe, hat er tatsächlich die Rothaarige mit dem Candystring abgeschleppt.

»Die Katze lässt das Mausen nicht!«, ruft die Frau und schnappt sich ein Getränk aus einem Kasten. »Oh, ich habe übrigens einen Neuzugang dabei! Willst du auch etwas trinken? Ich habe dich noch gar nicht nach deinem Namen gefragt. Ich bin Lieke, und wie heißt du?«

Plötzlich sind die Blicke aller Anwesenden auf mich geheftet. Als Corvin mich entdeckt, weiten sich seine Augen. Ich sehe deutlich, wie er schluckt, als es in seinem Kopf arbeitet. Und wie ihm klar wird, dass ich jedes seiner unbedachten Wörter gehört habe. In seinem Gesicht spiegelt sich erst Verwunderung, kurz darauf so etwas wie bittersüße Reue.

Wir starren einander an. Dann sagen wir gleichzeitig: »Tia.«

Und ich füge hinzu: »Hallo, Mister Fünfhundert-in-bar.«

4.

The Broken Hearts Club (1)

»Ihr kennt euch?« Liekes Augen springen abwechselnd zwischen Corvin und mir hin und her.

Die Frau neben ihr, die offenbar die Leitung der Runde innehält, drückt belustigt ein Klemmbrett an die Brust. »Ach, tatsächlich? Berlin ist halt doch ein Dorf.«

Ein weiterer Teilnehmer betritt den Raum und schließt behutsam die Tür hinter sich. Hektisch fährt er sich durch die braunen gewellten Haare und murmelt ein leises »Entschuldigung.« Dann schnappt er sich einen Stuhl und stellt ihn in den Stuhlkreis, penibel darauf achtend, keinen Lärm zu machen.

Corvin lehnt sich zurück und verschränkt die Arme hinter dem Kopf. Das Grinsen auf seinem Gesicht ist unangemessen breit dafür, dass eben aufgeflogen ist, dass er eine Frau abgeschleppt hat, die ihm den ganzen Abend lang hinterhergedackelt ist. »Ja, wir kennen uns.« Er beugt sich nach vorn und sagt mit unerwartet sanfter Stimme: »Tia und ich haben uns auf der Neunziger-Party getroffen. Wir haben geredet und –«

»Und das war's auch schon«, unterbreche ich ihn. Mit rasendem

Herzen vergrabe ich die Fäuste tief in den Taschen meines Hoodies. Ich weiß genau, woran er denkt. An den intimen Moment, den wir teilten, während er meine Hand gehalten hat. Und wie es sich kurz so angefühlt hat, als ergebe alles Sinn. Meine Rückkehr nach Berlin. Die laute Musik im Hintergrund. Die Farben in unseren Köpfen. Und wir beide. Nicht gesucht, aber gefunden.

Kopfschüttelnd reibe ich mir mit der Handfläche über die Stirn. So ein kitschiger Gedanke.

»*Geredet*«, wiederholt Lieke und mustert Corvin skeptisch.

»Wenn ick mir euch so ansehe«, grummelt ein Mann, der mit Abstand der Älteste der Runde ist, »wundert's mich nich', dass ihr einander ins Auge jefallen seid.«

»Stimmt!«, ruft die Frau mit dem Klemmbrett. »Der Dresscode, die Körpersprache. Ihr zwei seid vom selben Schlag.«

»Sagt bloß, ihr seid in euren Hoodies auf eine Mottoparty gegangen«, stöhnt Lieke.

Corvin und ich sehen einander an. Für einen winzigen Moment lasse ich mich dazu hinreißen, sein Lächeln zu erwidern. Dann wende ich stoisch den Blick ab.

»Ich war mit einem Junggesellinnenabschied da und habe verpasst, mich umzuziehen. Deshalb trug ich einen Hoodie. Was übrigens ein Glück ist. Sonst wäre ich in Rosa gekommen«, erkläre ich und beschließe, Corvin von nun an, so gut es geht, zu ignorieren.

»Wo ist das Problem mit Rosa?«, fragt die Frau mit dem Klemmbrett. Ihr Hemd ist pink-lila kariert.

»Für die beiden ist offensichtlich jede Farbe ein Problem.« Lieke deutet triumphierend von Corvin zu mir.

Außer die farbige Musik im Kopf, denke ich, ohne es auszusprechen. Es würde ohnehin niemand verstehen außer Corvin. Während ich versuche, meine Gedanken zu sortieren, sind sämtliche Augen der im Stuhlkreis Sitzenden auf mich gerichtet. In meinem Herzen tobt ein Sturm. Ich hatte mich damit abgefunden, Corvin nie wiederzusehen. Nun treffe ich ihn ausgerechnet in einer Selbsthilfegruppe. Was ist das denn für ein absurder Zufall?

Glücklicherweise bemerkt die Frau mit dem Klemmbrett meine gemischten Gefühle und scheint mir aus dieser unangenehmen Situation helfen zu wollen. Sie sieht auf die Uhr. »So, ihr Lieben! Es ist kurz nach sechs. Wir sollten anfangen.«

Sie stößt Lieke sachte mit dem Ellbogen in die Seite, die sich zu ihrem Sitznachbarn gelehnt hat und fassungslos flüstert: »Corvin hat doch den Schuss nicht gehört. Was hat es mit diesen ominösen fünfhundert Euro in bar auf sich?«

»Auf jeden Fall freut es uns sehr, jemand Neuen in unseren Reihen begrüßen zu dürfen!«, ruft die Frau mit dem Klemmbrett. Sie ist curvy, hat orange-rote Haare und strahlend blaue Augen. Ihr schönes Gesicht mit dem Grübchen über dem leichten Doppelkinn zeigt ein unvergleichliches Lächeln. Als sie sich vorstellt, wird klar, dass sie das Urgestein ist, von dem Lieke berichtet hat.

»Zuallererst erzähle ich dir etwas über uns, Tia. Wir fünf sind nicht zwingend wegen Liebeskummer hier. Ein Herz kann tatsächlich brechen, wenn es Kummer hat. Sei es aufgrund von Gewalterfahrungen, Mobbing oder dem Verlust eines geliebten Menschen. Auch freudige Erlebnisse können dazu führen. Denn Stress – egal, ob positiv oder negativ – ist der Auslöser dafür, dass unser Körper vermehrt Stresshormone wie Adrenalin ausschüttet. Wenn diese das Herz überfordern, kann es in eine Art Schockstarre verfallen, wodurch es in seiner Pumpleistung stark eingeschränkt wird. Das kann Brustschmerzen und herzinfarktähnliche Symptome auslösen. Der Name von diesem Vorgang ist Broken-

Heart-Syndrom. Wir fünf kämpfen alle mit unserer mentalen Gesundheit. Ob mit Depression, Angst oder Zwangsstörung. Unsere Herzen sind also dauerhaft emotionalem Stress und somit im übertragenen Sinne einem höheren Risiko ausgesetzt, zu brechen. Deshalb haben wir uns für diesen Namen entschieden. Wir sind *The Broken Hearts Club*.« Siegessicher hebt sie die Faust.

»Yay«, sagen Corvin, Lieke und ihr Sitznachbar im Chor. Mit den Fingern formen sie ein Herz, das auseinanderfällt. Ein leises Lachen geht durch die Runde. Anscheinend handelt es sich bei dieser Geste um einen Running Gag.

»Ich bin Nora«, fährt sie fort. »Auch wenn man es mir mittlerweile immer weniger anmerkt: Ich habe Angst vor Menschen. Vor allem vor Menschenansammlungen. Vor drei Jahren ging es mir so schlecht, dass ich kaum das Haus verlassen konnte. Obwohl meine Partnerin sehr verständnisvoll ist, hat das unsere Beziehung auf eine harte Probe gestellt. Darum habe ich The Broken Hearts Club gegründet. Damit nicht meine gesamte mentale Last auf ihren Schultern liegt. Seitdem ist viel passiert. Ich war in Therapie und diese Gruppe ist gewachsen.« Nora lächelt. »Wir richten uns an junge Erwachsene. Ausnahmen bestätigen die Regel.«

Mein Blick fällt unweigerlich auf den eigenbrötlerischen Mann in Paps' Alter, der auf seine ausgetretenen Schuhe starrt.

Nora bemerkt das. »Reinhold hat sich vor einem Jahr in die Gruppe verirrt und ist irgendwie dageblieben. Für uns alle und ihn ist es in Ordnung, dass er dabei ist, obwohl er über fünfunddreißig ist.« Sie zwinkert ihm zu.

»Aber nur knapp«, grunzt er. Offensichtlich befindet er sich in seinen Fünfzigern.

»Wir alle schätzen diese Treffen sehr«, fährt Nora fort. »Weil jedes Clubmitglied mit seiner psychischen Gesundheit hadert, können wir nachempfinden, was es heißt, sich leer, ängstlich oder traurig zu fühlen. Besser als unsere Freunde von außerhalb.« Sie betrachtet die Anwesenden mit einer zufriedenen Ruhe. »Meistens reden wir über das, was uns beschäftigt. Einschlafhilfen. Skills. Erfahrungen zu psychiatrischen Einrichtungen. Und auch wie man eine Alltagsstruktur gestaltet. Allerdings muss dir klar sein, Tia, dass wir, wie fast alle Selbsthilfegruppen, keine therapeutische Leitung besitzen. Unsere Gespräche ersetzen keine Therapie.«

Ich nicke. Dass die Gruppe mit dem Beginn ihres regulären Ablaufes warten muss, weil mir die Basics erklärt werden, ist mir unangenehm. Doch niemand scheint sich daran zu stören. Reinhold schaut schweigend in die Runde, Lieke und Corvin teilen sich irgendetwas über Zeichensprache mit und Liekes Sitznachbar versucht angestrengt, die beiden zu verstehen.

Auch mein Interesse ist geweckt. Doch als Corvin meinen Blick auffängt, schaue ich hastig zurück in Noras Gesicht.

»Wir haben noch ein paar Spielregeln, die ich dir vorstellen möchte, ehe wir anfangen«, sagt sie und schlägt ihr Klemmbrett auf. Den wortlosen Disput zwischen Lieke und Corvin scheint sie zu bemerken, ignoriert ihn aber geduldig. Geheimnisvoll hebt sie den Finger. »Nichts von dem, was wir hier besprechen, darf nach außen getragen werden. Das ist uns sehr wichtig. Wir tratschen nicht.«

»*What happens at The Broken Hearts Club, stays at The Broken Hearts Club*«, raunt Lieke.

Ihr Sitznachbar lacht und Corvin grinst.

»Jeder erzählt, was und wie viel er möchte«, sagt Nora. »Die meisten hier kennen sich relativ gut. Manchmal machen wir auch außerhalb der Gruppe was zusammen. Aber du bist nicht verpflichtet, den Clubmitgliedern alles preiszugeben, was sie dich in ungezügelter Neugier fragen.«

Als Lieke und ihr Sitznachbar tuscheln, wirft Nora ihnen einen strengen Blick zu. Augenblicklich verstummen sie.

»Wir lassen einander aussprechen und reden wertschätzend miteinander. Außerdem haben wir uns darauf geeinigt, dass ihr euch bei akuten Problemen bei mir privat melden könnt. Für alle Fälle gebe ich dir nach der Sitzung die Nummer vom Krisendienst und der Telefonfürsorge mit. Das sind die Fachleute.«

Bei diesen Worten ist die Gruppe still geworden. Mich erfasst das Gefühl, dass einer von ihnen in letzter Zeit auf professionelle Hilfe zurückgreifen musste.

»Wir beginnen meist mit einer Blitzlichtrunde«, ergänzt Nora. »Wir reden darüber, wie die Woche so war. Dann sammeln wir Themen, über die wir sprechen wollen. Oft ergibt sich aus dem Blitzlicht schon etwas. Und genauso schließen wir die Runde auch. Mit einem Schlusseindruck.«

Ich nicke. Meine Wangen glühen. »Danke. Das waren viele Informationen.«

»Magst du ein paar Worte zu dir erzählen, Tia?« Nora legt das Klemmbrett hinter sich auf den Tisch. »Wenn es dir unangenehm ist, können wir auch einfach anfangen und du bringst dich ein, sobald du bereit bist.«

Fünf neugierige Gesichter starren mich an. Ich schlucke und gebe mir einen Ruck. »Gut, ich stelle mich kurz vor. Also … wie gesagt, bin ich Tia. Ich bin aus Berlin, war aber drei Jahre nicht mehr in der Stadt. Seit Samstag bin ich zurück, um meiner Freundin bei ihren Hochzeitsvorbereitungen zu helfen. Ich fühle mich derzeit nicht so gut und wusste nicht genau, wohin mit mir. Ich habe gesehen, dass in Lichtenberg eine Selbsthilfegruppe tagt, die sich an junge Leute richtet. Deshalb bin ich hier.« Ich starre auf meine Finger, die sich in die Sitzfläche des Stuhls graben. Eigentlich gibt es so viel mehr zu sagen als das. Aber vor den Fremden kann ich mich nicht überwinden, zu erzählen, dass eine auslaufende Waschmaschine der Auslöser für eine Leere in mir war, die unerträglich scheint, und dass das der Grund für meinen Spontanbesuch ist. Zumindest noch nicht.

Aus den Augenwinkeln sehe ich, wie Nora mitfühlend nickt. »Verstehe. Ich schätze, wir fangen einfach an. Ist das für alle okay?«

Ein zustimmendes Grummeln geht durch den Raum.

»Ihr könnt beim Blitzlicht ja ein paar Worte zu euch sagen, damit Tia weiß, mit wem sie es zu tun hat.«

»Gut, dann starte ich mal.« Lieke setzt sich auf. Da sie so klein ist, wippen ihre herabbaumelnden Füße vor und zurück. »Ich bin Lieke, vierundzwanzig, und ich bin hier, weil ich Depressionen hatte.«

Meine Augen weiten sich. Ich bin überrascht, mit welcher Selbstverständlichkeit sie das sagt.

Sie wickelt sich eine Strähne ihres pastellfarbenen Haares um den Finger. »Ich habe als Kind viel erlebt. Habe eine Weile in einer Pflegefamilie gewohnt und schließlich bei meiner Oma. Die Zeit hängt mir wahrscheinlich noch immer nach. Meine letzte Therapie habe ich vor einigen Jahren beendet und meine Depression gilt mittlerweile als remittiert. Ich befinde mich also in einer symptomfreien Phase.« Lieke zuckt die Achseln und streckt sich. »Meine Woche war super! Ich habe gestern mit einem ganz besonderen Menschen einen Shot getrunken, während ich im Pub gekellnert habe.«

Corvin und der Mann neben ihr sehen gleichermaßen überrascht aus.

»Mit wem?«, fragen sie synchron.

Lieke lacht. »Mit meinem Professor. Er kam auf ein Guinness vorbei, ohne zu wissen, dass ich dort arbeite. Wir waren beide ziemlich verdutzt, als wir bemerkt haben, dass wir einander aus der Vorlesung kennen. Aber wir haben das Beste daraus gemacht.«

Corvin verschränkt die Arme vor der Brust. »Dann bin ich ja beruhigt. Ich habe schon befürchtet, dass du wieder so einen unseriösen Typen kennengelernt hast wie letztens.«

»Ach, einen wie dich?«, gibt Lieke keck zurück. »Ist lieb, dass du mich beschützen willst, aber auch wenn ich klein bin. Ich bin schon groß, Corvin.«

Er murmelt etwas und schiebt sich die Kapuze in die Stirn.

Ihr Sitzpartner dagegen nimmt nicht die Augen von ihr. Die Möglichkeit eines neuen Mannes in ihrem Leben schien ihn auf einer tieferen Ebene zu berühren. Weil Lieke ihn abwartend ansieht, setzt er sich auf und lächelt mich schüchtern an. Seine braunen Haare sind im Nacken kurz und über seinen ebenso braunen Augen gewellt. Er trägt ein kariertes Flanellhemd und ausgelatschte *Converse*. In seinem Gesicht schimmert eine gewisse Sanftheit. »Hey, Tia, ich bin Marten. Ich komme aus Lichtenberg. Ich bin begleitend zu einer Therapie hier. Vor einigen Monaten war ich stationär, aber mir geht es derzeit besser. Die Gruppe –« Er sieht sich um. »Sie half mir. Bei meiner Krise im Sommer. Ziemlich korrekte Clubmitglieder.«

Nora strahlt gerührt.

»Oh, Marten, nicht doch!«, ruft Lieke. »Ich musste schon beim letzten Treffen heulen. Dieses Mal will ich es vermeiden!«

Marten grinst. »Du musst endlich lernen, Komplimente anzunehmen.«

»Wie du siehst, Tia. Hier wird viel gelacht, aber auch mal geweint«, erklärt Nora, während Corvin Lieke gespielt mitfühlend eine Packung Taschentücher anbietet.

Überfordert nicke ich. Die Gruppe ist überraschend gut aufeinander eingespielt.

»Aber ja, meine Woche war ganz gut und ich habe nichts zu berichten«, schließt Marten seine Vorstellung. »Der Nächste, bitte.«

Der ältere Mann mir gegenüber holt tief Luft. Seine dunklen Augen funkeln unter buschigen Brauen. Auch er trägt ein kariertes Hemd, das im Gegensatz zu Martens sehr an ein Geschirrtuch erinnert. Er schiebt die randlose Brille seine krumme Nase hinauf und räuspert sich. »Ick bin Reinhold. Ick fahre die U8. Also, normalerweise. Ick lieb' den Job. Würd' jern wieder arbeiten. Derzeit darf ick leider nich'.«

»Wie lief der Termin beim Psychiater?«, wirft Nora ein.

Ein tiefes Seufzen fährt durch seinen Körper. »Noch een Monat krankjeschrieben. Leider.«

Marten nickt mitfühlend. Lieke schaut betroffen auf ihre Füße.

Mich interessiert brennend, was der Grund für Reinholds Fahrverbot ist. Doch ich will niemanden löchern.

»Das ist echt doof, Reini. Aber damit haben wir gerechnet, nicht?« Nora legt ihrem Sitznachbarn aufmunternd die Hand auf die Schulter.

Er grummelt etwas. »Is' schon so, ja. Trotzdem.«

»Die Hoffnung stirbt zuletzt, ich weiß«, vervollständigt Nora.

Für einige Momente schweigen alle. Dann richtet sich der Fokus unwillkürlich auf das Clubmitglied, das sich als Einziger noch nicht vorgestellt hat. Corvin. Obwohl mich seine Geschichte brennend interessiert, gebe ich mir Mühe, ihn so wenig wie möglich zu beachten.

Entweder bemerkt er meine abwehrende Haltung ihm gegenüber nicht oder sie ist ihm egal. Er spricht mich nämlich direkt an. »Tja, Tia. Dann bleibe wohl nur noch ich.«

Unweigerlich hebe ich den Kopf. Auch im Licht der Deckenröhren wirkt er blass. Seine Augen funkeln dagegen in diesem hellen Grünton. Die Farbe ist so intensiv, dass es mir schwerfällt, den Blick von ihm abzuwenden.

»Wie du weißt, bin ich Corvin. Ich war eigentlich ein ganz normaler Junge aus dem Prenzlauer Berg, bis …« Er hält inne und fährt mit den Fingern über den Handrücken. »Ich komme hier her, seit ich erfahren habe, dass ich gemeinsam mit meinem Bruder das *Spree Château* geerbt habe.«

Mein Mund formt ein stummes O, während ich die Sitzfläche umklammere und mich nach vorn beuge. Eins muss man The Broken Hearts Club lassen. Die Leben der Mitglieder sind keineswegs langweilig.

Corvin kratzt sich am Hinterkopf und starrt Löcher in den fleckigen Teppichboden. »Seitdem weiß ich auch nicht so richtig weiter.«

Kurz ist es still. Dann fragt Nora: »Hast du letzte Woche das Gespräch mit deinem Bruder gesucht? Das hattest du doch vor.«

Corvin bettet den Fuß aufs Knie und betrachtet sie nachdenklich. »Gesprochen haben wir. Aber eigentlich nur, weil er wegen Ruhestörung die Polizei rufen wollte.« Er zieht sich die Kapuze vom Kopf und hebt die Achseln. Seine kurzen, blonden Haare sind zerzaust. »Dabei wusste ich von vornherein, dass er das nicht bringt. Es wäre ja auch doof von ihm. Ich meine, mir gehört die Hälfte des verdammten Hotels. Er kann mir nicht einfach Hausverbot erteilen. Blöderweise sind während einer Party zwei Sessel kaputt gegangen. Als er das spitz gekriegt hat, war ein neutrales Gespräch mit ihm leider nicht mehr möglich.«

Lieke seufzt in ihre Hände. Offensichtlich hat sie Mühe, ihm nicht ins Wort zu fallen.

»Wie ist das passiert?«, fragt Nora und lacht nervös.

Corvin bläst Luft aus den geballten Wangen. »Ich habe am Wochenende eine kleine Party im Spa-Bereich geschmissen und irgendwer hat mit dem Schampus übertrieben. Zwei dieser Designer-Rattan-Sessel sind im Pool gelandet. Das Holz ist direkt aufgequollen. Aber was soll's. Ich fand die Dinger ohnehin potthässlich.« Er lässt das Kinn in die Handflächen fallen. »Jordan ist deswegen total ausgerastet. Und als er das mit den Sesseln verarbeitet hat, kam er nicht drauf klar, dass ein paar Mädels aus dem *Candyshop* da waren.«

Bei diesem Stichwort kann Lieke sich nicht mehr zurückhalten. »Du hast eine Party mit Nutten veranstaltet?«, platzt es aus ihr heraus. »Geht's noch, Corvin?«

Er setzt sich auf und verengt die Augen. »Nenne sie gefälligst Prostituierte, ja? Das ist schließlich ein richtiger Job.«

»Warum, zur Hölle, machst du das?«

»Warum nicht? Sie arbeiten hart. Das war für sie eine nette Abwechslung!«

»Ich verstehe dich einfach nicht.« Lieke verschränkt die Arme vor der Brust und schüttelt den Kopf.

Corvin seufzt und spielt an seinen Schnürsenkeln herum. »Das sagen mir derzeit viele.«

»Dass du sie einjeladen hast, find ick nett von dir«, wirft Reinhold ein.

Corvin grinst. »Ja, oder? Die Mädels vom *Candyshop* sind echt cool drauf. Nächstes Mal lade ich dich auch ein, Reini!«

»Entgehen lassen würd' ick mir det nich'.«

»Nun, nichtsdestotrotz hat das Gespräch zwischen euch mehr verkompliziert als repariert, oder?« Nora bemüht sich, den Fokus zurück auf Corvins Bruder zu lenken, während Lieke aus dem Kopfschütteln nicht herauskommt.

Die Augen fest auf die Schnürsenkel seiner Boots geheftet,

zuckt Corvin die Achseln. »Ja. Aber was soll's. Ist mir eigentlich egal.«

»So wie alles derzeit!«, ergänzt Lieke provokant.

Er hebt den Kopf. »Du hast gut reden. Weißt du, ich war einfach von heute auf morgen *reich*. Ich muss bis zur Rente nicht mehr arbeiten. Mir gehört ein fucking Nobelhotel. Das Leben verlangt nichts mehr von mir.« Mit finsterem Blick sieht er in die Runde.

»Ja, aber ist dir nicht bewusst, dass das ein Privileg ist?«, erwidert Lieke hitzig und klingt beinahe flehend. »Du hast so viele Möglichkeiten, dich zu entfalten. Mach doch was draus, verdammt! Und stecke deine Energie in etwas anderes, als nach Lust und Laune herumzuvögeln und das *Spree Château* zu boykottieren!«

»Wir wissen, dass die Sache mit dem Erbe ein wahnsinniger Schock für dich war«, meint Nora, ehe Corvin zurückschießen kann. »Aber was ist mit dem *Ultraviolet Orchestra*? Sagtest du nicht, Till fragt verzweifelt, ob du wieder einsteigst? Und Linus vom Fahrradladen. Du hast die Räder doch geliebt.«

Corvin winkt ab. »Auf das Orchester kann ich verzichten. Und auf Linus auch.«

Wieder ist es still.

Dann sagt Corvin mürrisch: »Wie auch immer, ich bin fertig mit meiner Vorstellung. Herzlich willkommen im The Broken Hearts Club, Tia.«

»Wenn du nach diesem Durcheinander überhaupt wiederkommen magst und nicht schreiend wegrennst«, fügt Lieke leise hinzu.

Obwohl sie und Corvin eben erbittert diskutiert haben, grinsen sie einander an.

Schweigend warten die Clubmitglieder auf mein Fazit.

Ich sortiere meine Gedanken und atme tief durch. »Als Erstes danke ich euch dafür, dass ihr mir direkt so viel Persönliches erzählt habt. Damit habe ich nicht gerechnet«, sage ich und schiebe mir die Kapuze vom Kopf. »Auf jeden Fall kann ich euch nun besser einschätzen.«

Ich lächle und der Club lächelt zurück.

»Sollte ich mich euch anschließen, werde ich nur die nächsten drei Montage kommen können, da ich nach der Hochzeit abreise«, druckse ich. »Ich wohne schließlich in Frankfurt. Wäre das für euch in Ordnung?«

Die Clubmitglieder sehen einander fragend an. Dann spricht Nora für alle. »Dass du so schnell wieder gehst, ist schade. Aber wir werden dich deshalb nicht ausschließen.«

Dankbar lächle ich und fahre zögerlich fort: »Da ihr mir so viel über euch verraten habt, möchte ich noch ein paar Worte zu mir verlieren. Ich schlafe vorübergehend in meinem Elternhaus bei meinem Vater. Zwischen ihm und mir ist es kompliziert. Das liegt vor allem daran, dass er seinem Job als Erziehungsberechtigter nicht gut nachgekommen ist. Außerdem nimmt er mir übel, dass –« Ich halte den Atem an, schließe die Augen, überlege, ob ich das wirklich aussprechen soll, und gebe mir dann einen Ruck. »Dass ich nicht nach Berlin kam, als meine Mutter beerdigt wurde.«

Ich senke den Blick. Für einige Sekunden ist alles still. Ein Teil von mir befürchtet, verurteilt zu werden. Doch als ich den Kopf hebe, sehe ich in fünf mitfühlende Gesichter.

Corvin wirkt verblüfft, Nora betroffen. Reinhold sieht nachdenklich aus und Marten bestürzt.

Lieke hingegen kommentiert diesen verstörenden Fakt mit einem abgeklärten Grinsen. »Schade, dass du bald wieder losmusst. Ich finde, du passt hier ganz gut rein.«

5.

Kapuzenmädchen und andere Monster

Nachdem das Treffen beendet ist, gibt mir Nora ihre Handynummer sowie die des Berliner Krisendienstes.

»Für alle Fälle.«

Ich nehme den Zettel an und stecke ihn in die vordere Tasche meines Hoodies. »Danke.« Im Laufe der Sitzung habe ich die Beziehung zu meinem Vater grob umrissen. Sich den Kummer von der Seele zu reden, hat geholfen. Zumindest temporär. Ich fühle mich freier, aber auch erschöpft.

»Gern.« Nora schenkt mir ein zuversichtliches Lächeln und wickelt sich ihren flauschigen Schal um den Hals.

»Denkst du wirklich, dass es okay ist, wenn ich nächste Woche wiederkomme?« Zögerlich ziehe ich die Kapuze auf. »Eventuell passt mein Hintergrund eher in eine Trauergruppe.«

Überrascht hebt Nora den Kopf und streicht sich den fransigen Pony aus den Augen. »Hast du dich bei uns wohlgefühlt? Möchtest du wiederkommen?«

Mein Blick fällt auf Corvin, der mit Lieke, Marten und Reinhold spricht und sich wie in Zeitlupe die Jacke über die Schultern schiebt. Als er bemerkt, dass ich ihn ansehe, dreht er sich um. Er hat es allem Anschein nach nicht eilig, fortzukommen. Vermutlich wartet ein klärendes Gespräch auf mich.

»Ich finde euch echt sympathisch«, gebe ich zu. »Ich glaube, ich passe gut hier rein. Gegen eine Trauergruppe spricht einerseits, dass ich mich nicht nochmal neuen Leuten vorstellen will und andererseits, dass ich nie richtig getrauert habe. Dazu war das Verhältnis zwischen mir und meiner Mutter zu schlecht.«

Nora runzelt die Stirn. »Weißt du, Tia, ich denke schon, dass du trauerst oder getrauert hast. Nur eben anders. Auf deinem Flyer waren Selbsthilfegruppen aller Art verzeichnet. Trotzdem hast du dir eine Gruppe ausgesucht, die sich allgemein an junge Menschen mit depressiven Hintergründen richtet, und nicht an eine Trauergruppe.«

Nora hat recht. Ich wollte vorhin einfach auf schnellstem Weg Hilfe bekommen. Eine Trauergruppe habe ich nicht einen Moment in Erwägung gezogen.

»Und wo wir beim Thema Unterbewusstsein sind, ist mir noch etwas aufgefallen«, fährt Nora fort. »Du hast erzählt, dass du das erste Mal nach drei Jahren wieder in deinem Elternhaus schläfst, und das direkt über mehrere Wochen. Versteh mich nicht falsch, mir ist klar, dass das finanziell am praktischsten ist. Aber sicherlich hättest du einen Weg gefunden, um deinem Vater weiterhin auszuweichen. Oder?«

Das stimmt. Ich habe bewusst die Entscheidung getroffen, mich bei Paps einzuquartieren, obwohl sich in Neles WG in Friedrichshain sicherlich eine Alternative gefunden hätte. Vielleicht sehnt sich ein Teil von mir nach Nähe zu ihm. Und nach Versöhnung. »Du hast gute Menschenkenntnis. Hat dir das schon mal jemand gesagt?«, frage ich.

Nora setzt zu einer Antwort an, doch Lieke lacht plötzlich so laut los, dass wir uns nach ihr umdrehen. Corvin muss einen albernen Witz gerissen haben. Er zieht sie in eine herzliche Umarmung, ehe sie sich verabschiedet. Dass die beiden sich vorhin so scharf über den Mund gefahren sind, scheint vergessen oder verziehen zu sein.

Noras Gesicht nimmt einen seligen Ausdruck an. »Ach, die zwei. Manchmal vergesse ich, dass sie keine Geschwister sind.« Sie zieht eine Mütze auf und schnappt sich ihre Handtasche. »Aber ja, Tia, du bist herzlich willkommen. Wenn dich die familiäre Atmosphäre bei uns nicht abgeschreckt hat.«

»Gar nicht.« Ich folge ihr zum Ausgang.

Mittlerweile sind Marten, Lieke und Reinhold gegangen. Allein Corvin drückt sich an der Tür herum und starrt auf sein Handy. Als er uns sieht, schiebt er es achtlos in seine Jeanstasche und stößt sich von der Wand ab.

Nora löscht das Licht und schließt den Raum hinter uns ab. Ihre Mundwinkel umspielt ein wissendes Lächeln. »Na, Großer? Unser Restaurantbesuch nach der Gruppe fällt heute ja aus. Was hast du vor?«

Die Fäuste in den Taschen vergraben, zuckt er die Achseln. »Bis jetzt noch gar nichts. Mal sehen, was der Abend bringt.«

»Also steht keine Party an?«

Wir drei laufen durchs Treppenhaus nach unten. Weil Corvin neben mir ist, fällt mir sein Geruch auf. Rauch, ein herbes Parfüm, etwas Minze und … ein bisschen Corvin.

»Vielleicht spontan«, erwidert er. »Am Samstag schmeißt mein Bruder eine Halloweenparty. Ich wollte den Club eigentlich einladen, aber ich glaube, vorhin wäre der falsche Zeitpunkt dafür gewesen.«

»Das glaube ich allerdings auch!«, ruft Nora lachend und hält uns die Tür nach draußen auf.

Der Wind begrüßt uns und zerrt sachte an unseren Kapuzen. Der Asphalt unter unseren Stiefeln leuchtet feucht im Schein der Straßenlaternen. Wir bleiben neben dem Aschenbecher unter der Überdachung des Begegnungszentrums stehen.

»Jordan schmeißt die Fete für die Hotelgäste«, sagt Corvin und zündet sich eine Zigarette an. »Es wird also gesittet und regelkonform zugehen. Wir von der Gruppe haben lange nicht mehr zusammen gefeiert. Und wir müssen doch unser neues Mitglied willkommen heißen, oder?«

Grinsend hebt Nora eine Braue.

Ich habe noch gar nicht entschieden, ob ich wirklich wiederkomme. Und er geht einfach davon aus? Überrumpelt schaue ich zu ihm hoch. »Was?«

»Magst du Halloween?«

Nora lacht. »Oh Gott, ich glaube, ich bin hier überflüssig. Außerdem wartet Michelle auf mich. Macht's gut, ihr beiden! Und ja, ich bin bei der Party dabei, Corvin. Mal sehen, ob ich die Verkleidung vom letzten Jahr aufpeppe oder ob ich mir was Neues nähe.« Sie winkt uns zu und verschwindet in der Nacht.

Sprachlos schaue ich ihr hinterher. Plötzlich werde ich mir darüber im Klaren, dass Corvin und ich allein zurückgeblieben sind.

Dieser sieht offen zu mir herunter und wartet noch immer auf eine Antwort. Seine Augen besitzen eine Tiefe, die mir kurz die Luft abschnürt. Ich bin froh, dass er im dämmrigen Schein der Straßenlaternen nicht sehen kann, dass ich vermutlich rot anlaufe. Ich wende den Blick von ihm ab und keuche: »Ich sage besser ja, damit du nicht wieder versuchst, meine Meinung mit Geld zu ändern.« Gedanklich klopfe ich mir auf die Schulter. Ich bin nicht gerade für meine Schlagfertigkeit bekannt. Aber dies war eine originelle Reaktion.

Schnaubend bläst Corvin eine Rauchwolke in die Luft. »Du bist ganz schön nachtragend.«

Nun wäre wohl die Gelegenheit, mich aus dem Staub zu machen, aber seine Augen suchen meine mit so einer Beharrlichkeit, dass ich mich nicht von ihnen lösen kann.

Sie sind so grün. Und obwohl er den frechen Unterton in seiner Stimme nie ganz ablegt, hat er so etwas Liebes im Blick. Das ist mir auch schon in seinem Umgang mit Lieke aufgefallen.

»Halloween ist mein Lieblingsfeiertag«, sagt er. »Alle gruseln sich und essen Süßigkeiten. Was will man mehr?«

»Ich mochte Halloween als Kind auch gern«, gebe ich zu. »Bis auf den Teil, wo man bei Fremden klingelt. Dafür war ich immer zu schüchtern.«

»Aber wenn man verkleidet ist, wird man doch nicht unbedingt erkannt.«

»Es spielte keine Rolle, ob ich erkannt werden konnte oder nicht. Ob im Kostüm oder im Hoodie – ich war Tia. Und Tia hat lieber an der Ecke gewartet, wenn die anderen nach Süßigkeiten gefragt haben.«

»Aber dann warst du allein in der Dunkelheit. Hattest du davor keine Angst?« Herausfordernd funkelt er mich an, während er in den metallenen Becher ascht.

»Schon. Aber nicht so viel wie vor dem Klingeln.« Ich wende den Blick ab und spiele mit den Kordeln meiner Kapuze.

»Man weiß schließlich nie, wer öffnet«, pflichtet Corvin bei. Beiläufig zieht er an seiner Zigarette. »Ich habe viel über unser Gespräch nachgedacht. Vor allem über die Wahrnehmung deiner Synästhesie.« Im Schein der Glut leuchten seine Haare auf, die unter dem Rand der Kapuze hervorschauen. Der Wind wirbelt sie durcheinander.

»Ach, wirklich?«, frage ich zweifelnd und verkneife mir, hinzuzufügen: *Wann hast du darüber nachgedacht? Als die Rothaarige von der Neunziger-Party auf oder unter dir lag?*

»Ja. In meinem Kopf zeigen sich die Lieder in verschiedenen Schattierungen einer Farbe. Du hast aber immer von genau zweien geredet.«

Überrascht nicke ich. »Ja, das stimmt. Meist wechseln sich in meiner Vorstellung zwei Farben ab.« Ich habe nicht erwartet, dass er mir so gut zuhört.

»Das ist ziemlich außergewöhnlich, oder? Dass unsere Gehirne so unterschiedlich funktionieren und doch so gleich.«

»Ist es.«

Corvin drückt seine Zigarette aus. »Was du über deine Familie erzählt hast, klingt echt belastend. Ich kann nachvollziehen, dass du so lange nicht in Berlin warst. Schwierige Verwandtschaftsverhältnisse kommen mir bekannt vor.« Er zögert und fragt dann plötzlich: »Willst du bei mir schlafen? Wenn du Abstand zu deinem Vater brauchst, könnte ich dir ein Bett anbieten.«

Ich starre ihn an.

Er starrt zurück. Dann lacht er und deutet auf das Gebäude in der Ferne. In der Dunkelheit erstrahlen riesige Neonlettern in einem penetranten Scharlachrot. »Im *Spree Château* meine ich. Es hat sechshundertneunundzwanzig Zimmer. Also genug Platz. Du könntest eine Suite beziehen.«

»Nun …«

»Umsonst natürlich«, fügt er hinzu und wirkt wie ein Vertreter, der einer Oma eine Hantelbank andrehen will.

Ich schüttle den Kopf. »Danke für das Angebot. Aber mit Paps komme ich schon irgendwie klar.«

»Sicher? Wir haben einen Spa-Bereich und einen Pool. Von der Dachterrasse hat man einen der besten Ausblicke über die Stadt. Frühstück ginge auf meine Kappe. Es wäre bestimmt lustig, wenn wir …«

Ernst hebe ich die Brauen. »Corvin. Nein.«

Er seufzt und wendet den Blick ab. Wieder frustriert ihn, dass ich so einen großzügigen Vorschlag ablehne. Sein Umfeld scheint seine Angebote selten als maßlos überzogen wahrzunehmen. Mittlerweile kann ich mir immerhin einen Reim darauf machen, weshalb er so ist. Das ändert jedoch nichts daran, dass ich mich nicht in ein Abhängigkeitsverhältnis zu diesem Mann begeben will.

»Aber du kommst zur Halloweenparty? Nora hat eben zugesagt und Marten, Lieke und Reinhold werde ich auch überzeugen. Wir könnten dich richtig aufnehmen im The Broken Hearts Club.«

»Muss ich mich dafür verkleiden?«

»Du kannst, musst es aber nicht. Kapuzenmädchen sind meine Lieblingsmonster. Hexen, Vampire und Mumien sind auch gern gesehen.«

»Wirst du dich an den Dresscode halten oder wieder deinen Hoodie tragen?«

»Komm hin und find's raus.« Er zwinkert mir zu.

Ich schultere meinen Beutel. Eine Party fernab des Hochzeitstraras klingt nach einer gelungenen Abwechslung. Auf der anderen Seite ist es eben eine Party. Und Partys sind voller Menschen. Allein beim Gedanken daran breitet sich ein Fluchtreflex in mir aus. »Ich überlege es mir. Nun gehe ich aber nach Hause.«

»Moment. Tia?« Hastig zieht Corvin einen Zettel aus seiner Tasche und kritzelt eine Nummer drauf. »Wenn du doch einen Platz zum Schlafen brauchst, ruf mich an. Oder komm direkt ins *Spree Château*. Frag einfach an der Rezeption nach Corvin.« Er hält meinen Blick fest und drückt mir den Schnipsel in die Hand. Sein Daumen ist warm und etwas rau. Unweigerlich weckt er in mir die Erinnerung an vorletzte Nacht, als er seine Finger so zart mit meinen verschränkte. Für einen winzigen Augenblick glaube ich, dass sich diese Szene wiederholt. Ein Teil von mir hofft es sogar. Doch er zieht die Hand nach kurzem Zögern zurück und lächelt ergeben.

Wortlos halte ich den Zettel in den Fingern. Dieses Angebot lässt mir die Option, selbst zu handeln. Corvin gibt mir die Freiheit, mich zu melden, wenn und wann ich das will. Nach unserem holprigen Start hätte er die Situation nicht besser auflösen können. »Danke, Corvin.«

»Gern. Und falls es nicht klar geworden ist – du kannst mich auch einfach so anrufen. Wenn dir langweilig ist.«

Ich schmunzle. »Mal sehen, Kapuzenjunge.«

Er lächelt breit und hebt die Hand. »Mach's gut, Kapuzenmädchen. Bis Samstag.«

Auch ich winke. Dann drehe ich mich um und verschwinde in der Nacht. Den Schnipsel mit seiner Nummer lasse ich den kompletten Heimweg über nicht los.

Kurze Zeit später sitze ich in der S9 nach Grünau und beobachte, wie die Stadt sich langsam in Vorort verwandelt. Als Teenager war ich oft traurig darüber, dass wir im Gegensatz zu vielen meiner Freunde nicht innerhalb des Rings wohnten, also in den Bezirken, die die Ringbahn umkreist. Ich brauchte immer fünfzehn Minuten länger als die anderen, um mitten im Geschehen zu sein. Heute weiß ich den Randbezirk zu schätzen. Nur hier konnten Mama und Paps sich das kleine Häuschen leisten, hier lebten sie ihren

Traum vom Eigenheim. Auch wenn ich meinen Vater nach Mamas Tod allein ließ, so wusste ich stets, dass er hier sicher war. In dem Haus, in dem er immer an irgendetwas werkelte, etwas renovierte oder baute. Ob es nun die Heizung war, ein neuer Boden oder Tapeten – in unserem verwitterten Hexenhaus gab es immer etwas zutun.

Während ich hinausschaue, schweifen meine Gedanken zur Selbsthilfegruppe, diesem Zusammenschluss völlig verschiedener Menschen, die alle auf ihre Art besonders sind. Nora, die so etwas wie eine Mutterrolle innehält. Reinhold, der mürrische Mittfünfziger mit dem Herz aus Gold. Marten, der zurückhaltend und gutherzig wirkt. Lieke, die ich um ihr feuriges Gemüt und ein wenig auch um ihren bunten Nagellack bewundere. Und Corvin, der mir Rätsel der ganz anderen Art aufgibt.

Als ich vor Paps' Hexenhaus stehe, habe ich mich entschieden. Das Treffen mit The Broken Hearts Club wird nicht mein letztes gewesen sein.

»Verdammte Axt … Das hat mir gerade noch gefehlt.« Der Kopf meines Vaters ist komplett hinter der Waschmaschine verschwunden. Während er das Metallgehäuse mit einer Zange bearbeitet, dringt dumpfes Ächzen an mein Ohr.

Wortlos umklammere ich den Türrahmen des Badezimmers. Der Wasserschaden. Ich hatte ihn komplett vergessen.

Um an die Schläuche zu gelangen, hat Paps die Waschmaschine inmitten des Zimmers geschoben. Hinter ihr hockend inspiziert er ihre Rückseite. »Wenn das Mädchen bloß hier wäre«, murmelt er vor sich hin. »Nur die heilige Mutter Gottes weiß, wo die sich herumtreibt.«

Ich zögere. Dann gebe ich mich zu erkennen. »Ich bin hier.«

»Tiara! Du kommst wie gerufen.« Paps richtet sich auf und deutet auf den Werkzeugkasten neben der Dusche. Als Kind habe ich ihn mit unzähligen bunten Aufklebern verziert. »Gibst du mir den roten Kreuzschlitz-Schraubendreher?«

Während Paps die Waschmaschine bearbeitet, reiche ich ihm Werkzeug. Ein wenig fühle ich mich in der Zeit zurückversetzt. Früher habe ich ihm oft geholfen, wenn er etwas im Haus repariert hat. Darunter fiel das Dach des Schuppens, die Heizung im Wohnzimmer und die Lampen im Keller. Auch wenn ich das damals unheimlich gern getan habe, fühlt sich die Nähe heute seltsam an. Erfreulicherweise riecht Paps nicht mehr nach Alkohol. Jedoch liegt viel Ungesagtes zwischen uns, das ich gerade nicht klären möchte. Paps scheint das anders zu sehen.

»Wunderbar«, sagt er, nachdem er zum Ende gekommen ist, und klopft auf die Waschmaschine. »Wir können den Haupthahn aufdrehen. Ich denke, das Ding funktioniert wieder.«

Stumm nicke ich. Das Licht der Deckenlampe spiegelt sich in der Oberfläche einer kleinen Pfütze. Mich fröstelt es. *Wasser. Schon wieder Wasser.*

»Wir waren ein Team. Wie früher«, schließt Paps und sucht meinen Blick. »Was meinst du, Tia? Soll ich uns einen Kaffee aufsetzen und wir unterhalten uns ein wenig?«

Um mich mit irgendetwas zu beschäftigen, greife ich zu einem Handtuch und wische die Wasserreste von den Fliesen. »Worüber willst du denn reden?«, frage ich heiser, obwohl ich die Antwort bereits kenne.

»Über den Tod deiner Mutter. Das haben wir nie getan.«

Ich wische weiter, obwohl mittlerweile alles trocken ist.

»Es war ein Unglück, Tia. Wir haben dadurch nicht nur sie verloren, sondern auch einander.«

»Ich habe dich vorher schon an den Alkohol verloren.«

»Aber nun hast du mich doch wieder.«

Ich richte mich auf und sehe ihm ins Gesicht. In seinen aufrichtigen Zügen erkenne ich deutlich die Abstinenz. Er ist bereit für die Aussprache. Doch während ich den feuchten Frotteestoff in den Händen knete, formen sich Bilder in meinem Kopf. Von Mama, Wasser und dem Tod.

Etwas in meiner Brust wird ganz eng. »Ich möchte gerade nicht darüber reden.«

Ein Hauch von Unverständnis verdunkelt seine Miene. »Aber wir können das doch nicht ewig ausklammern. Es gehört zu unserer Familiengeschichte.«

»Das mag sein, aber –«

»Du warst nie bei Audreys Grab. Wollen wir sie in den kommenden Tagen mal besuchen?«

Das Atmen fällt mir immer schwerer. Ich fühle mich in die Enge getrieben. Erinnerungen brechen auf, Gefühle, die ich so lang gedeckelt habe. Sie zurückzuhalten, ist schmerzhafter, als ich geglaubt habe.

Paps' stahlblaue Augen fixieren meine dunklen, während er auf eine Antwort wartet.

»Es tut mir leid«, flüstere ich schwer atmend. Warme Tränen rollen mir über die Wange. »Ich kann das nicht.«

»Aber Tia –«

Ich drehe mich um, stürze in mein Zimmer und schlüpfe in meine Schuhe. Ich packe ein paar Wechselklamotten in meinen Jutebeutel, stürme die Treppe hinunter und verlasse zum zweiten Mal an diesem Abend fluchtartig das Haus.

Paps' Stimme höre ich noch, als ich mit hochgezogenen Schultern zurück zur S-Bahnstation laufe. Ich ziehe die Kapuze auf den Kopf und atme durch, während sich seine bittenden Rufe im Dunkel der Nacht verlieren.

6.

Die Hotline des interkonfessionellen Schnellbeichtservices

»Jetzt mach schon … geh ran!«, zische ich, während ich zum gefühlt fünfzigsten Mal das Freizeichen höre.

Ich schwinge mich auf die Steinmauer des Brunnens der Völkerfreundschaft und ziehe die Knie an. Das Handy fest ans Ohr gepresst, lasse ich meinen Blick über den Alexanderplatz schweifen und schaue dann das Gebäude hinauf, das in etwa einhundertfünfzig Meter Luftlinie vom Fernsehturm entfernt in den schwarzen Himmel ragt. Das *Spree Château*. Wahrscheinlich sitzt irgendwo in diesem protzigen Hotel ein Typ mit Hoodie und schiefem Lächeln und tut etwas, das ihn davon abhält, meinen Anruf entgegenzunehmen. Wieso habe ich bloß so viel Pech? Und warum sehe ich meinen Ausweg ausgerechnet in dem Mann, dessen Leben sich Erzählungen zufolge um Geld und Partys dreht?

Ein Anrufer klopft an. Sicherlich ist es Paps. Ich ignoriere ihn, denn ich bin nicht bereit, es mir und ihm einzugestehen. Es ist schon wieder passiert. Ich bin weggelaufen. Ich habe die Konfrontation gemieden. Genauso wie vor drei Jahren. Als er anrief und mich bat, Mama die letzte Ehre zu erweisen.

Schluchzend schiebe ich die Schuldgefühle von mir. Das war eine völlig andere Ausgangslage. Paps war damals so betrunken, dass ich sein Lallen kaum verstehen konnte. Außerdem war ich enttäuscht und unfassbar wütend. Es war okay, ihn abzuweisen. Oder?

Plötzlich bricht das Freizeichen ab und eine Stimme ertönt. »Hey, hier ist Corvin.«

»Na endlich!« Mir entfährt ein Jauchzen, das so laut ist, dass sich zwei Touristinnen mit prall gefüllten *Primark*-Taschen nach mir umdrehen. »Du, ich habe es mir anders überlegt. Ich würde gern auf dein Angebot zurückkommen und im *Spree Château* schlafen. Ich hoffe …«

»Nach dem Signal haben Sie unbegrenzte Zeit, sich beim interkonfessionellen Schnellbeichtservice die Sünden von der Seele zu reden und Ihren Frieden mit Gott zu schließen. Der Herr vergibt Ihnen!« *Piep*!

Wütend reiße ich das Handy vom Ohr. »Hallo, Mister Fünfhundert-in-bar!«, blaffe ich in das Mikrofon. »Neuerdings machst du also Karriere als Aushilfspriester? Meine Sünde ist, dass ich mich darauf verlassen habe, dass du rangehst, wenn ich dich anrufe!« Enttäuscht lege ich auf.

Einige Momente starre ich schwer atmend auf die Touristen, die an der Weltzeituhr vorbeilaufen und sich kurz vor Ladenschluss in die Geschäfte zwängen. Sie sind so sorglos. Zumindest machen sie den Eindruck. Ich bin neidisch auf ihre Unbekümmertheit. Am liebsten würde ich sofort ein Ticket nach Frankfurt buchen, mich in meinem Tipi verkriechen und zwei Wochen am

Stück schlafen. Aber damit würde ich auch vor Marie und Nele weglaufen. Das Revival unserer Freundschaft wäre endgültig verspielt.

Meine Finger, die das Handy halten, beben. Nun bereue ich, so emotional reagiert zu haben. Was ist Corvin mir schon schuldig?

Schluchzend taste ich in der Tasche meines Hoodies nach der Nummer von Nora, doch ich greife ins Leere. Blass erinnere ich mich daran, ihren Zettel auf meinen Schreibtisch gelegt zu haben. Mist.

Mir fällt das rot leuchtende Eingangsschild des Hotels ins Auge. *Spree Château* steht in verschnörkelter Schrift über den automatischen Schiebetüren. Die Lobby ist hell und weit. Die schwarzen Ledersessel machen selbst von hier aus einen protzigen Eindruck. Ich kann mir bildlich vorstellen, wie Corvin mit seinen abgewetzten Jeans und seiner Kapuze über die frischgewischten Fliesen schlendert und den hochwertigen Sofagarnituren einen missbilligenden Blick zuwirft. Dieses Bild vor meinem inneren Auge lässt mich schmunzeln.

Nun gut, Berlin. Eine letzte Chance bekommst du von mir.

Ich rutsche von der Steinmauer und gehe die Treppe zum Haupteingang hinauf. Bodeneinbaustrahler säumen den Weg. Die gläsernen Türen fahren geräuschlos auf. Und ich wage es. Ich betrete das *Spree Château.*

»Fuck.« Obwohl ich die gehobene Einrichtung von außen erahnen konnte, kommt mir ein leiser gekeuchter Fluch über die Lippen, als ich in der Lobby stehe.

Staunend sehe ich mich um. Der Eingangsbereich ist hell gehalten und ungefähr doppelt so groß wie die Gesamtfläche von Paps' Haus. Monochrome Gemälde zieren die weißen Wände, und Säulen, die mit goldenen Steinchen veredelt sind, erstrecken sich bis in den oberen Stock. An der Decke prangen geschwungene Leuchten. Zu meiner Linken befindet sich ein Restaurant. Eine Tafel verrät, dass man für den Hauptgang mindestens zwanzig Euro hinblättern muss. Gegenüber ist eine dunkel gehaltene Hotelbar, dessen Wand mit unzähligen Flaschen dekoriert ist. Ich brauche keinen Blick in die Getränkekarte zu werfen, um zu wissen, dass mein Kleingeld nicht einmal für ein Glas Wein reichen würde. Mir fällt ein weiterer Ladenbereich ins Auge, der leer steht und anscheinend derzeit nicht genutzt wird.

Alles in allem ist der Eingangsbereich farblos. Die wenigen Goldtupfer lassen das Hotel nicht lebendiger wirken, sondern betonen seine Exklusivität.

Ein Paar in Abendgarderobe läuft an mir vorbei. Die Uhr am Handgelenk des Mannes könnte ich mit meinem Jahresgehalt sicherlich nicht einmal zur Hälfte bezahlen.

In dem Hoodie fühle ich mich plötzlich furchtbar underdressed.

Ich habe noch nie einen Fuß in ein so luxuriöses Hotel gesetzt. Die Urlaube mit meinen Eltern bestanden aus Zeltausflügen am See. Meistens waren wir mit Paps' Wohnwagen unterwegs. Wir schliefen in mottenzerfressenen Schlafsäcken und aßen aus Konserven. Obwohl meine Eltern oft stritten, gehören diese Trips zu den schönsten Erinnerungen meiner Kindheit.

Einige Augenblicke lasse ich das futuristisch angehauchte Ambiente auf mich wirken. Dann nehme ich meinen Mut zusammen und laufe zur Rezeption.

Am Tresen sitzt eine Frau mit weißer Bluse und streng zusammengebundenen Haaren. Dem Namensschild zufolge heißt sie *Jenny*. Die vergoldete Büroverkleidung hinter ihr erinnert stark an ein Raumschiff. Sie strahlt mich an. »Herzlich willkommen im *Spree Château*. Was kann ich für Sie tun?«

Verunsichert hole ich Luft. »Hallo. Ich suche Corvin.«

Das Gesicht der Dame verdunkelt sich. »Es tut mir leid. Da kann ich Ihnen nicht weiterhelfen.«

Verdutzt hebe ich die Brauen. »Er hat mir gesagt, dass ich nach ihm fragen soll. Können Sie ihn nicht rufen oder mir sagen, wo ich ihn finde?«

Sie seufzt. »Tut mir leid, das machen wir nicht mehr. Entweder er sagt seinen Gästen direkt, wo sie hinmüssen …« Sie zuckt die Achseln. »Oder ich muss sie bitten, zu gehen.«

Ich fahre mir mit der Zunge über die Lippen. Mist. So war das nicht geplant. Fieberhaft überlege ich, ob ich hartnäckig bleiben oder Corvin und dem *Spree Château* endgültig den Rücken kehren soll.

Doch plötzlich erscheint ein Mann neben mir. Er trägt eine Anzughose mit Bügelfalten und ein weißes Hemd. Sein Gesicht ist rot vor Zorn. Ohne ein Wort des Grußes beginnt er, auf Jenny einzureden. »Ich will sofort mit Ihrem Vorgesetzten sprechen! Und mein Geld zurück! Ich werde die kommenden Übernachtungen bei Ihnen streichen. Und zwar ersatzlos!«

Die Rezeptionistin schreckt zurück. Dann streicht sie sich eine Strähne aus den Augen und reagiert routiniert bestürzt. »Oh, Herr Reitschuster! Nicht doch. Was ist denn passiert?«

»Schon wieder der Chaot aus dem Nebenzimmer!«, bellt er. »Dieser Lärm! Gitarrengeschrammel und Hundegebell! Ein Hotelzimmer ist doch keine Diskothek! Außerdem dachte ich, Tiere seien hier strengstens verboten. Ich habe die Schnauze gestrichen voll!«

Alarmiert sieht Jenny sich um. Da kein Kollege in Sicht ist, greift sie zum Telefon. »Das tut mir aufrichtig leid, Herr Reitschuster. Wir kümmern uns sofort darum.« Mit gedämpfter Stimme spricht sie in den Hörer. Ihre getuschten Wimpern klimpern nervös.

Der Kunde ist so außer sich, dass winzige Speicheltröpfchen aus seinem Mund sprudeln. »Na, da bin ich gespannt, wie Sie das wiedergutmachen wollen! Als der alte Besitzer noch für dieses Haus verantwortlich war, habe ich mich immer wohlgefühlt. Aber jetzt …«

Die Tür des goldverkleideten Büros öffnet sich und ein Mann tritt heraus. Er trägt eine auffällige, schwarze Brille und einen maßgeschneiderten Anzug. Die dunklen Haare fallen ihm in Locken in die Stirn. Er ist erstaunlich jung dafür, dass er der Chef von Jenny und sogar der Hotelmanager ist. Sofort beginnt er, mit leuchtenden Wangen auf den Mann einzureden. »Herr Reitschuster! Es tut mir so leid, dass Sie schon wieder Zeuge eines solchen Vorfalls geworden sind. Selbstverständlich können Sie Ihren Aufenthalt gebührenfrei stornieren. Aber lassen Sie mich Ihnen zuerst ein Angebot unterbreiten. Zur Wiedergutmachung können wir Ihnen ein kostenloses Upgrade anbieten. Jenny, zeig mir mal, ob noch was auf der zweiunddreißigsten Etage frei ist.« Er wischt sich die Schweißperlen von der Schläfe.

Jenny nickt und bearbeitet in Windeseile ihre Tastatur. Dann eröffnet sie dem Gast triumphierend: »Wenn Sie möchten, reservieren wir Ihnen eine der exklusivsten Suiten unseres Hauses. Aus dem Panoramafenster haben Sie einen noch besseren Ausblick über die Stadt als aus Ihrem Zimmer im einundzwanzigsten Stock.«

Herr Reitschuster grummelt verärgert vor sich hin. Jennys Worten lauscht er mit wachsendem Interesse.

Ich würde jede Wette eingehen, dass er das Angebot annimmt. Zeuge werde ich davon allerdings nicht mehr. Ich höre nämlich, wie der Mann im Anzug leise hervorpresst: »Ich werde mich jetzt um Corvin kümmern.« Dann tigert er wutschnaubend zu den Aufzügen.

Ich zögere keine Sekunde und schleiche hinterher.

Ehe sich die Fahrstuhltüren hinter ihm schließen, drücke ich mich durch den schmalen Spalt. Das Metall rastet mechanisch ein. Mit einem sanften Ruck erhebt sich die Kabine und fährt in den einundzwanzigsten Stock.

Nervös sehe ich mich um. Die Etagenknöpfe sind vergoldet. Jazzmusik dudelt aus den Lautsprechern. Sie ist gelb-blau. Einem Raumplan zufolge gibt es in diesem Gebäude ein Schwimmbad, eine Panoramaterrasse und eine Sky-Lounge. Was auch immer genau das ist.

Durch die Spiegelwand betrachte ich den Mann, dessen Blick auf die Anzeige fixiert ist. Seine Hände sind zu Fäusten geballt und seine Kiefer mahlen aufeinander. Er ist so sehr damit beschäftigt, seinen schnellen Atem zu regulieren, dass er mich nicht beachtet. Die geschwungenen Lippen, die grünen Augen und die markanten Gesichtszüge lassen keine Zweifel offen. Das muss Jordan sein, Corvins Bruder. Auch die Größe und Statur der Männer ist ähnlich. Jedoch ist Corvin blond, wohingegen Jordan dichte, braune Haare hat. Genauso viel wie sie vereint, unterscheidet die beiden: Mit dem biederen Anzug und dem formellen Auftreten steht Jordan im direkten Kontrast zu seinem Bruder, der seine Kapuzenpullover mit betonter Gleichgültigkeit trägt.

Der Fahrstuhl kommt zum Stehen. Die Türen fahren mit einem harmonischen Jingle auf.

»Der kann sich auf was gefasst machen«, murmelt Jordan und tritt mit erhobenem Kinn in den Flur.

Ich folge ihm. Mir bleibt keine Zeit, den flauschigen Teppich und die noble Wandverkleidung zu bewundern, denn der Lärm vom Ende des Ganges zieht meine Aufmerksamkeit auf sich. Aha. Das *Geschrammel*. Herr Reitschuster hat nicht übertrieben.

Jordan vergeudet keine Zeit. Schnaubend bleibt er vor einer

Tür stehen, auf der die Zahl Zweitausendeinhundertfünfzehn in gold prangt. Dann hebt er die Faust und klopft auf das weiß lasierte Holz.

Keine Reaktion. Das nervtötende Lied beginnt von vorn. Untermalt wird die Musik von ausgelassenem Gejohle.

»Corvin!« Nun trommelt Jordan an die Tür. Die Ader an seinem Hals pulsiert besorgniserregend.

Nervös trete ich von einem Fuß auf den anderen. Sollte ich mich bemerkbar machen? Doch ehe ich handeln kann, reißt Jordans Geduldsfaden. Er holt eine Chipkarte aus der Tasche und hält sie an das Schloss. Die Zimmertür springt auf.

Ich schmunzle. Er nutzt den Universalschlüssel. Das ist in der Tat grenzüberschreitend, aber dem Verhalten seines Bruders steht er damit in nichts nach.

Ehe Jordan das Zimmer betreten kann, fällt ihm eine große Gestalt herzlich um den Hals. Das Getränk in ihrer Hand ergießt sich quer über seinen Anzug.

»Was zum …?« Verdattert befreit Jordan sich aus der Umarmung und schaut der Person ins Gesicht. Es macht nicht den Anschein, als erkenne er ihre Identität. Das dürfte auch sehr schwierig sein. Der Unbekannte steckt nämlich in einem giftgrünen Bodysuit im Alienlook.

»I want to believe!«, verkündet der Außerirdische und offenbart damit den Titel des Liedes, den eine verzerrte Stimme, begleitet von einem unmelodischen Beat, wieder und wieder singt.

Ich stoße ein verdutztes Quieken aus und weiche zurück. Fest an die Wand gedrückt, beobachte ich die Szenerie und bin froh, mich nicht erkenntlich gemacht zu haben.

Das Alien setzt seinen Tanz auf dem Flur fort. Zwei Frauen in Zebrakleidern folgen ihm, wiegen sich zur Musik und werfen Jordan eine Faust Konfetti entgegen.

»Corvin!« Jordans Gesichtsfarbe hat mittlerweile dieselbe wie die von Herrn Reitschuster angenommen. Er streckt den Kopf in das Zimmer. »Wie sieht's denn hier aus …? Corvin!«

Ein aggressives Bellen dringt hinaus.

Dann erscheint ein Mann im schwarzen Kapuzenpullover an der Tür. Er wirkt müde, grinst aber. »Hey, Jordie.«

Vom Inneren des Zimmers ertönt Gejohle. Zwei Paar grüne Arme ziehen das Alien wieder hinein. Es ist also nicht das Einzige seiner Spezies in diesem Hotel. Die Frauen folgen ihm. Eine von ihnen zwinkert Corvin lasziv zu und er zwinkert verwundert zurück.

»Verdammt noch mal, so kann es nicht weitergehen!«, schreit Jordan seinen Bruder an.

Dieser ist die Ruhe selbst. Er gibt ein gleichgültiges Schnauben von sich. »Jetzt zieh dir doch mal den Stock aus dem Arsch. Die drehen da drin ein Musikvideo. Dazu kann man die Mucke nicht leise abspielen. Tut mir leid. Aber hey, die brauchen dringend noch jemanden im Anzug, der das Alien sezieren soll. Du würdest perfekt reinpassen mit deinem schicken Schlips. Hast du Bock?«

»Sag mal, kommt bei dir gar nichts mehr an?« Jordan ist so gereizt, dass seine Stimme die Musik aus dem Zimmer übertönt. »Ein Kunde hat Jenny und mir unten die Hölle heiß gemacht, weil ihr so laut seid!«

Corvin verdreht die Augen. »Der Snob, der Jenny gefragt hat, ob er mal ihr Bauchnabelpiercing sehen darf? Der hat vorhin an die Tür gehämmert. Total eklig ist der.«

Jordan reagiert auf diesen Einwand überraschend sanft. »Ja, genau der. Ich kann den auch nicht ausstehen. Aber er gehört zu unseren Stammkunden. Wir dürfen es uns mit ihm nicht verscherzen, nur weil du deine zweite Pubertät auslebst. Jaron hätte nicht gewollt, dass wir den Laden gegen die Wand fahren.«

Corvin lässt den Kopf an die weiße Tapete fallen. Zerzauste, blonde Haare schauen am Rand seiner Kapuze hervor. Die tiefen Ringe unter den Augen lassen sein Gesicht erschöpft wirken. Unweigerlich stellt sich mir die Frage, inwieweit ihm diese Party überhaupt Spaß macht. »Was der sich dabei gedacht hat, als er uns in sein Testament gesetzt hat, sei mal so dahingestellt.« Jordan will etwas erwidern, doch Corvin fährt fort: »Selbst wenn ich die Band und die Darsteller dazu auffordere – die gehen eh nicht. Das Video ist noch nicht fertig.«

»Das glaube ich nicht!«, widerspricht Jordan. »Na los! Versuch es!«

Corvin betrachtet ihn zweifelnd. Dann öffnet er augenrollend die Tür. Den Blick fest auf seinen Bruder geheftet, ruft er: »Hey, Leute! Die Party ist vorbei! Geht nach Hause!«

Bellen, Lachen und Musik sind die Antwort.

»Siehst du?«, erwidert Corvin gelangweilt. Er lässt die Tür zufallen, doch Jordans Fuß schnellt vor.

»Dann kümmere ich mich nun selbst darum. Hey, ihr da! Geht jetzt nach Hause! Sofort! Sonst rufe ich die Polizei!«

Gedämpfter Jubel ist zu hören. Jordan wird gebührend begrüßt.

»Yeah! Da ist endlich jemand im Anzug!«

»Jetzt können wir ja doch die Szene abdrehen, in der die Aliens vom Kredithai aufgeschnitten werden!«

»Reicht mir mal jemand das Kunstblut?«

»Kunstblut?« Der letzte Schrei kommt zweifellos von Jordan.

Über Corvins Gesicht huscht ein Lächeln. Dann lässt er den Kopf wieder an die Wand sinken. Ein tiefes Seufzen fährt durch seinen Körper. Dieses Mal wirkt er nicht einfach nur müde. Er wirkt kraftlos. Als würde er fallen. Und als käme ihm nicht in den Sinn, bei irgendjemandem oder irgendetwas seinen Halt zu suchen.

Für einen Moment beobachte ich seine große, in schwarz gekleidete Gestalt und versuche, mir auf diesen Mann einen Reim zu machen. Dann gebe ich mich endlich zu erkennen. »Corvin?«

Überrascht hebt er den Kopf und blinzelt. Dann erhellt sich sein Gesicht. »Tia?« Er stößt sich von der Wand ab und kommt auf mich zu. »Was machst du denn hier?«

Plötzlich ist es mir unangenehm, so lange gelauscht zu haben. »Ich wollte dich fragen, ob ich nicht doch eine Nacht hier schlafen kann«, druckse ich und starre auf meine gestikulierenden Hände. »Aber wie es aussieht, ist das ein schlechter Zeitpunkt. Ich werde Nele fragen. Oder Nora.«

Sanft tastet er nach meinem Ärmel. »Hey, warte«, sagt er leise. »Versprochen ist versprochen, oder? Klar kriegst du hier ein Zimmer.« Mit leuchtenden Augen mustert er mein Gesicht. Dann grinst er mich mit einem so zuversichtlichen Lächeln an, dass ich einfach einstimmen muss.

Das Zuknallen der Zimmertür lässt uns aufschrecken.

Jordan erscheint auf dem Gang. Rote Flüssigkeit läuft ihm den Kragen hinab. »Sie hören nicht auf mich!«, schimpft er. »Und nein, ich werde diese Szene nicht mit ihnen abdrehen, damit sie verschwinden!« Er sieht mich an. »Wer ist das denn jetzt? Hast du in der Zwischenzeit den nächsten Gast angeschleppt?«

Corvin wirft seinem Bruder einen vernichtenden Blick zu. »Nein, habe ich nicht. Außerdem hat sie einen Namen. Tia.«

Hilflos reibt Jordan sich mit einem Taschentuch über die Anzugjacke. »Entschuldige. Hallo Tia. Du warst doch vorhin im Fahrstuhl, oder?«

Ich nicke.

Jordan wendet sich wieder an seinen Bruder. »Wenn Herr Reitschuster auftaucht, um sein Zimmer zu räumen, und die Party noch immer im Gange ist, kehrt er vielleicht nie zurück. Ihm gehört das *Hubertus & Söhne.* Er schickt seine ganzen Geschäftsreisenden her. Wenn er diese Verbindung auflöst, wäre es ein Wahnsinnsverlust für uns. Bitte, Corvin …« Seine Stimme klingt flehend. »Lass uns das wie Brüder lösen. Oder willst du mich dazu zwingen, die Security oder gar die Polizei einzuschalten?«

Corvin seufzt. Seelenruhig dreht er sich zu mir um. »Gib mir einen Moment, Tia. Ich besorge dir gleich eine Schlüsselkarte.« Jordan zugewandt ergänzt er: »Na schön, Jordie. Ehe du in Erwägung ziehst, nachher einen Auftragskiller auf mich anzusetzen … Denke daran, dass ich das für *dich* tue. Wobei … ein wenig tue ich das auch für mich. Ich habe nämlich auch keinen Bock mehr auf den Videodreh.«

»Was hast du vor?«

Ein diabolisches Lächeln umspielt Corvins Mundwinkel. Das erschrockene Gesicht seines Bruders ignorierend, lässt er den Ellbogen gegen einen Schalter an der Wand schnellen. Das Schutzglas des Feueralarms zerbricht.

Jordan stürzt auf Corvin zu und reißt an seinem Ärmel. Zu spät. Während die Brüder über den Boden kugeln, dringt ein gellendes Piepen durch das Hotel.

7.

Red and Blue

Zwei Stunden später liege ich in einem geräumigen Boxspringbett über den Dächern Berlins und starre an die Decke. Wie der Eingangsbereich sind auch die Zimmer steril und farblos gehalten. Seit zwanzig Minuten versuche ich, zur Ruhe zu kommen. Doch egal, wie lange ich mich zwischen den Laken hin und her wälze – ich kriege einfach kein Auge zu.

Das liegt nicht nur daran, dass ich bis in den späten Vormittag geschlafen habe. Seit ich dieses verflixte Hotel betrat, ist so viel passiert, dass ich gar nicht weiß, wo mir der Kopf steht.

Der von Corvin ausgelöste Feueralarm führte zur gewünschten Reaktion. Sobald das Piepen durch die Gänge schrillte, löste sich die Fete augenblicklich auf. Fünf feierwütige Aliens stürmten aus dem Zimmer, gefolgt von circa zwanzig Leuten, die aussahen, als seien sie Teil einer Bad-Taste-Party gewesen. Nur den Hund suchte ich vergeblich. Das Bellen muss die ganze Zeit von einem Menschen gekommen sein.

Der Hotelflur füllte sich mit Leopardenmustern, Trainingsanzügen, Mankinis und flippigen Perücken. Aus dem Ghettoblaster, den eine Frau im Zebrakleid auf der Schulter trug, dröhnte die Hymne der Truppe. Und ich drückte mich atemlos an die Wand und fragte mich, wie zur Hölle ich es inmitten dieser Leute geschafft hatte.

Jordan achtete selbst in dieser absurden Situation darauf, dass alles seine Richtigkeit hatte. Auf dem Boden kauernd brüllte er: »Nehmt nicht den Fahrstuhl! Das ist ein *Feueralarm*!«

Nachdem Corvin sich von einem Alien auf die Beine ziehen ließ, warf er mit einem schiefen Lächeln Entschuldigungsworte in die Runde und machte ein so unbeteiligtes Gesicht, als könne er sich den Auslöser des Alarms nicht erklären.

Ich versuchte derweil, mich durch das Chaos zu ihm zu drängeln, doch die Frau, die ihm vorhin so aufreizend zugezwinkert hatte, war schneller. Sie umschloss seinen Arm und sprach ihm etwas ins Ohr, woraufhin sie einen Zettel in seiner Hoodietasche verschwinden ließ. Er quittierte das mit einem verhaltenen Lächeln. Doch anstelle sich nun mir zuzuwenden, drehte er sich um und schaute suchend in das Zimmer.

Da reichte es mir. Mir schoss die Rothaarige von der Neunziger-Party durch den Kopf, und wie ich mich gefühlt hatte, als ich erfuhr, dass er die Nacht mit ihr verbracht hatte. Wahrscheinlich suchte er schon wieder eine Frau. Ich sollte mich endlich von der Vorstellung lösen, dass dieser Mensch mir auch nur ansatzweise guttun könnte.

Und so ließ ich mich von der Menschenmasse zum Treppenhaus treiben. Auf halbem Weg hörte ich Corvin meinen Namen rufen. Das überraschte mich, doch ich drehte mich nicht um. Bei Nele zu übernachten, würde furchtbar unbequem werden – sowohl ihre Fragen als auch die winzige Eckbank in der Küche. Aber immerhin wohnte sie weit weg von diesem verflixten Hotel und seinem abgehobenen Besitzer.

Ich brauchte ewig, um die einundzwanzig Stockwerke nach unten zu laufen. Wie Corvin es trotzdem vor mir in die Lobby schaffte, ist mir ein Rätsel. Kann dieser Typ sich teleportieren? Genauso unbegreiflich war es, dass ich die Chipkarte annahm, die er mir in all dem Durcheinander reichte.

So landete ich in diesem Zimmer und genieße bis jetzt die trügerische Ruhe.

Mein Blick fällt auf die Uhr. Zehn nach drei. Noch vier Stunden bis Sonnenaufgang.

Seufzend setze ich mich auf und schlage die Decke zurück. Sie ist schneeweiß und fühlt sich hochwertig an. Seidig. Ganz anders als der verwaschene Flanellbezug bei Paps. Obwohl diese Bettwäsche ein Upgrade ist, würde ich immer die alte aus meinem Kinderzimmer vorziehen. Ich muss an Corvin denken und seine Schilderungen, diesen Reichtum nie gewollt zu haben. Und kurz keimt in mir Verständnis auf, nachdem ich in den vergangenen Stunden nur Ärger für ihn empfunden habe.

Plötzlich leuchtet mein Handy und ich nehme es an mich.

?: Hallo, bist du noch wach?

Tia: Wer will das wissen?

?: Der Aushilfspriester, der was gutzumachen hat. ;)

Erschrocken presse ich das Handy an die Brust. Oh nein. Wieso habe ich geantwortet? Woher hat er meine Nummer?

Ich fahre mir mit der Hand durch die Haare. Natürlich. Meine verärgerte Nachricht auf dem Anrufbeantworter. Mist!

Widerwillig speichere ich seine Nummer ein.

Corvin: Kapuzenmädchen? Bist du sauer auf mich?

Tia: Feuerwehrmänner haben die Hotellobby gestürmt, dein Bruder hat fast geheult und das Musikvideo wurde im Eingangsbereich weitergedreht. Was meinst du? Gibt es einen Grund, sauer zu sein?

Corvin: Nun. Die Feuerwehr ist abgehauen, nachdem ich sie darüber aufgeklärt habe, dass es ein Fehlalarm war. Das Musikvideo ist im Kasten. Die Band ist fort. Und Herr Reitschuster hat die Sky-Suite bezogen. Er bleibt für den Rest der Woche und reist nicht verfrüht ab.

Tia: Versuchst du gerade, mir die Aktion mit dem Feueralarm als Erfolg zu verkaufen?

Corvin: Ob es ein Erfolg war, hängt davon ab, ob du das Angebot für das Zimmer Achthundertneun angenommen hast. Bist du geblieben? Ich habe dich unten aus den Augen verloren.

Tia: Ehe ich darauf antworte, eine Frage. Hast du auch so eine Universalkarte wie dein Bruder?

Corvin: Angst, dass ich dich ungefragt besuchen komme? :D Ja, so eine Karte habe ich. Aber ich würde mir nie Zutritt verschaffen, wenn du mich nicht darum bittest, Tia. Vampire können das gar nicht. Sie brauchen immer eine Erlaubnis, um fremde Räume zu betreten.

Tia: Nachtaktiv, blass, schwarze Kleidung. Jetzt ergibt alles Sinn. Du bist ein Vampir. Aber dies ist dein Hotel. Solltest du als Besitzer nicht jedes Zimmer ohne Einladung betreten können?

Corvin: Sollte ich. Doch auch wenn ich das Hotel auf dem Papier besitze, sehe ich es nicht als etwas, was wirklich zu mir gehört. Solange das der Fall ist, brauche ich Einladungen, um bewohnte Hotelzimmer zu betreten. ;) Also, bist du hier?

Tia: Ja, bin ich. Warum bist du nicht zu Hause?

Corvin: Haha. Zu Hause. Das würde ich dir zu gern bei einem Getränk deiner Wahl in der Hotelbar erzählen. Lust? Ich muss ohnehin runter und Red suchen. Wenn du magst, kann ich uns eine kalte Platte servieren lassen. Irgendwer von den Kellnern ist bestimmt noch am Start. Wein könnten die uns auch ausschenken.

Tia: Corvin. Bitte. Kein Essen, kein Brimborium.

Corvin: Warum nicht?

Corvin: Okay.

Tia: Ernsthaft, hängen deine Freunde nur mit dir ab, weil du ihnen am laufenden Band Extraleistungen bietest? Und wer ist überhaupt Red?

Corvin: Die wichtigste Frau meines Lebens. Vielleicht lernst du sie ja heute kennen.

Tia: Jetzt hast du mich neugierig gemacht. :) Bis gleich.

Corvin: Bis gleich. :)

Nachts um halb vier ist es im Hotel wie ausgestorben. Außer Jenny, die noch immer an der Rezeption sitzt, ist niemand zu sehen. Nichts erinnert an das Chaos, das vor wenigen Stunden die Eingangshalle beherrschte. Das ist ein großes Glück. Seit meiner Ankunft in Berlin habe ich kaum Zeit für mich und bewege mich permanent außerhalb meiner Komfortzone. Ich hoffe inständig, in der Ruhe der Nacht runterzukommen.

Die Bar am Rand der Hotellobby ist nicht besetzt. Auch Corvin ist nicht zu sehen.

Unschlüssig lasse ich die Finger über den Stoff einer Samtcouch gleiten. Alles hier wirkt so wertig, so edel. Die Gewissheit, hier nicht hinzugehören, nimmt wieder von mir Besitz. Ich fühle mich, als habe ich mir unerlaubt Zutritt zu einem Ort verschafft, der seine Pforten normalerweise nicht für mich öffnet.

Über die leise gelb-blaue Jazzmusik hinweg vernehme ich plötzlich ein Flüstern. Es ist zart, lockend und kommt von dem Tresen der Bar.

Die Hände tief in der Vordertasche des Hoodies vergraben, spaziere ich an den Barhockern vorbei und spähe über die Theke.

Corvin hockt vor den Schränken, öffnet hintereinander ihre Türen und wirkt sehr geschäftig.

Um ihn nicht zu erschrecken, spreche ich ihn mit leiser Stimme an. »Hey. Was machst du da?«

Als er den Kopf hebt, rutscht ihm die Kapuze herunter. Seine grünen Augen strahlen in dem grellen Licht der Lobby. »Tia!« Er steht auf und kickt die Schranktür achtlos mit dem Fuß hinter sich zu. Er lehnt sich über den Tresen und berichtigt sich. »Beziehungsweise: Hallo zur späten Stunde, die Dame. Was darf ich Ihnen servieren?«

Schmunzelnd ziehe ich mich auf den Barhocker. »Was würden Sie denn empfehlen?«

Er wuschelt sich durch die Haare, dreht sich ratlos zum Weinregal um und zieht eine Flasche hervor. »Ich habe hier einen …« Er kneift die Augen zusammen und gibt sich Mühe, die Wörter originalgetreu wiederzugeben. Es bleibt beim Versuch. Sein Akzent ist katastrophal. »Einen *Les Fort de Latour*. Jahrgang zweitausendfünfzehn. Würzig, kraftvoll und strukturiert.« Mit einer eleganten Handbewegung setzt er die Flasche in Szene.

Ich möchte antworten, doch er hebt den Finger.

»Aber das ist nicht alles. Da wäre noch der …« Wahllos nimmt er die nächste Weinflasche an sich und studiert das Etikett. »Der *Chardonnay Montverro*. Entschuldige. *Monteverro*. Aromatisch, kraftvoll und strukturiert. Moment. Das war der andere doch auch, oder nicht?« Er vergleicht die Flaschen, die sich in Form und Verzierung deutlich voneinander unterscheiden.

Ich schüttle den Kopf. »Der eine ist würzig, der andere aromatisch.«

Corvin nickt. »Stimmt. Wie entscheiden sich reiche Menschen bei solch einer Auswahl?« Er deutet auf die Fülle an Weinflaschen, mit der die Hotelbar förmlich zu protzen scheint.

»Solltest du das nicht wissen?«, gebe ich grinsend zurück. »Wie wäre es, wenn wir uns einfach zwischen den Farben entscheiden?«

Er spiegelt meine Geste. »Rot- oder Weißwein? Guter Vorschlag. Ich bin für Rot. Und du?«

»Ich auch.«

»Alles klar.« Er schiebt den Weißwein achtlos zurück in die Auslage. Während er die Flasche entkorkt, pustet er sich die Haare aus den Augen und sieht sich mit gerunzelter Stirn um.

»Wenn sie nicht hier ist, muss ich noch mal in der einundzwanzigsten Etage nachsehen. Um ehrlich zu sein, mache ich mir mittlerweile echt Sorgen. Sie war noch nie allein hier unten. Aber ich glaube, in dem Durcheinander vorhin ihr Fell gesehen zu haben.« Er deutet mit dem Kopf auf die Unterschränke.

Mit einem Plopp springt der Korken aus dem Flaschenhals.

»Geht es um die ominöse Red?«, frage ich. »Ist das ein Tier?«

»Pst.« Während Corvin den Wein einschüttet, hält er inne.

Ich ziehe mich an den Tresen und nehme das Glas an mich.

Mit angehaltenem Atem schauen wir einander in die Augen und lauschen.

»Hörst du's?«, fragt er leise, ohne den Blickkontakt zu brechen.

Ich konzentriere mich. Bis auf die Jazzmusik nehme ich nichts Außergewöhnliches wahr. Ich setze dazu an, mich darüber zu beschweren, dass er mich auf den Arm nimmt, da erklingt ein sanftes Fiepen aus dem Barschrank.

Auf Corvins Gesicht bildet sich ein Grinsen. »Red!« Er stellt die Flasche ab, bückt sich und verschiebt Saftboxen im Regal. Über die Theke gelehnt, beobachte ich, wie er ein Fellknäuel in seine Arme zieht und die Hände in ihrem dichten Pelz vergräbt. »Also hast du's doch hier runter geschafft. Kleiner Strolch.« Er richtet sich auf und drückt die Katze an sich, die unentwegt schnurrt. Zarte Küsse zwischen ihre Ohren platzierend, setzt Corvin das Tier vorsichtig neben die Weingläser. »Darf ich vorstellen, Tia? Das ist Red.«

»Hallo, Red!« Gerührt strecke ich der Katze die Hand entgegen und lasse sie an meinen Fingern schnuppern. »Du bist ja eine Hübsche. Gehört sie zum Hotel?«

Corvin umrundet den Tresen und setzt sich neben mich auf einen Barhocker. Gedankenverloren betrachtet er die Katze, die auf ihn zu tapst. »Jein. Sie gehört zu mir. Und ich gehöre zum Hotel.«

»Das ist deine?« Verblüfft betrachte ich den Mann in dem Kapuzenpullover und der enganliegenden schwarzen Jeans. Ich hatte ihm viel zugetraut, aber nicht, dass er Verantwortung für ein Lebewesen übernimmt.

Corvin kann den Blick kaum von dem Tier lösen. »Ich habe Red vor zwei Jahren bekommen. Sie musste mit der Flasche aufgezogen werden, deshalb ist sie sehr zahm. Siehst du?«

Die Katze marschiert seinen Arm hinauf bis zur Schulter und schmiegt ihren Kopf an seinen. Es sieht so vertraut aus, dass mir das Herz aufgeht. »Ist das süß! Meine würde nie sowas machen. Alle Jubeljahre setzt sie sich auf einen Schoß. Dann gehört man wirklich zu den Auserkorenen.«

»Du hast auch eine Katze?«, fragt Corvin und streichelt ihr über das Köpfchen.

Ich nicke. »Blue. Sie ist von der Rasse Russisch Blau.«

Grinsend hebt er den Blick. »Du hast sie auch nach ihrer Farbe benannt?«

Ich kratze mich am Kopf. »Ja.«

»Sieht so aus, als seien wir beide ziemlich … farbfixierte Menschen, oder?«, fragt Corvin und lässt es zu, dass Red von seinen Schultern klettert.

»Nur unsere Klamotten lassen nicht drauf schließen«, erwidere ich und stupse sein Knie mit meinem an.

»Lass uns anstoßen.« Er hebt sein Glas. »Darauf, dass Katzen die besseren Menschen sind.«

Ich stoße es an seines. »Auf Red und Blue.«

Er nippt am Wein. »Die Namen klingen, als hätten wir sie … Na ja.«

Ich benetze meine Lippen mit der bitteren Flüssigkeit und bin froh, dass er nicht weiterspricht. Auch mir kam der Gedanke. Man könnte den Verdacht bekommen, wir hätten die Miezen gemeinsam aufgenommen. Das ist genauso gruselig wie unsere Verbindung durch die Synästhesie. Allerdings liegt es nah, dass wir beide unsere Tiere so genannt haben. Farben umgeben unsere Sinne signifikanter als die der meisten Menschen.

Red springt vom Tresen. Obwohl sie sich stundenlang versteckt hat, macht sie einen gelösten Eindruck. Corvin muss ihr sehr wichtig sein. Er bestätigt das, indem er ergänzt: »Red sitzt liebend gern auf meinen Schultern. Ich kann so mit ihr in die U-Bahn gehen. Sie haut nicht ab. Aber das tue ich ihr nur selten an und wenn, dann ist sie angeleint. So ein Ausflug ist ziemlich stressig für sie.«

Beeindruckt beobachte ich die Katze. »Klingt, als habt ihr zwei eine sehr innige Beziehung zueinander.«

»Oh, das haben wir.« Er lässt das Tier nicht aus den Augen, das zaghaft an den Sofas schnuppert. »Sie hat sich leider noch immer nicht hier eingelebt. Meist schlafe ich auf der siebenunddreißigsten Etage. Da ist sie dann auch. Aber vor kurzem hat sie den Lift für sich entdeckt und macht seitdem das ganze Hotel unsicher. Neuerdings achte ich akribisch darauf, dass die Brandschutztüren auf der Dachterrasse immer zu sind. Das ist mittlerweile Vorschrift hier. Da ist zwar alles mit Netzen abgesichert, aber falls sie es da unbeaufsichtigt hoch schafft … Das Risiko will ich nicht eingehen.« Mit finsterem Blick nimmt er einen Schluck von seinem Wein.

Verwirrt lasse ich das Glas sinken. »Wie, du schläfst meistens auf der siebenunddreißigsten Etage? Wohnst du hier, oder was?« Ich lache.

Sein Finger fährt langsam den Rand des Weinglases entlang. Auch er lacht verhalten. »Ja, tue ich.«

»Du veräppelst mich doch. Wieso solltest du …?«

Corvin seufzt tief und weicht mir aus.

Die automatischen Schiebetüren öffnen sich und zwei Frauen kommen in das Hotel.

Red hält inne und hebt den Schwanz. Dann flitzt sie wie ein roter Blitz zu ihrem Besitzer zurück.

Wir schweigen, während die Gäste uns leise grüßen und an der Bar vorbei zu den Fahrstühlen laufen. Die Frau trägt einen Mantel, vermutlich aus Echtpelz. Mich übermannt Abscheu. Ihrer Kleidung zufolge können die beiden sich einen Aufenthalt hier problemlos leisten. Sie sind so anders als Corvin und ich. Seine Körpersprache verrät, dass ihn ihre Anwesenheit genauso befremdet wie mich.

Seine Hand zuckt zu seiner Kapuze, doch er sieht davon ab, sie aufzusetzen. Stattdessen klopft er sachte auf den Tresen, woraufhin Red zu uns hinauf hüpft.

Kurz reden wir beide nicht.

Dann sagt Corvin leise: »Ich habe vor zehn Monaten mein WG-Zimmer gekündigt und bin hier eingezogen.«

»Warum?«

Er zuckt die Achseln. »Warum nicht?«

Ich schnaube. Natürlich ist es schön, ein paar Tage im Hotel zu verbringen. Aber ich bezweifle, dass man sich hier auf Dauer wohlfühlen kann. »Das ist doch kein richtiges Zuhause. Hier wirkt alles so … nobel.«

Corvin zuckt wieder die Achseln und nimmt einen kräftigen Schluck Wein. Die Katze fordert erneut Streicheleinheiten von ihm ein. »Na und? Mir gehört die Hälfte dieses Hauses. Ich kann hier machen, was ich will, Tia. Du hast es doch gesehen.«

»Aber … wo bleibt da deine Identität? Eine eigene Wohnung

kann man seinen Bedürfnissen zufolge einrichten. Man ist nicht dauerhaft mit so viel Luxus konfrontiert.«

Er atmet tief durch. »Das mag sein, ja. Aber hier wird täglich mein Zimmer geputzt. Das hat doch was.« Obwohl er versucht, mich von den Vorzügen seines Lebens zu überzeugen, klingt er bitter. »Mal im Ernst, was hätte ich tun sollen? In meinem WG-Zimmer wohnen bleiben? Fünf Tage die Woche zur Arbeit gehen? Als Millionär?«

»Du bist …«, druckse ich.

»Jordan und ich haben mit dem Erbe überhaupt nicht gerechnet«, murmelt er. Sein Zeigefinger gleitet den Rand des Glases entlang. Sein Blick verliert sich. »Unser Onkel ist überraschend früh gestorben. Es war allen klar, dass Lukas das *Spree Château* übernimmt. Unser Cousin. Sein Leben lang wurde er darauf vorbereitet.«

»Und wieso hat er es nicht getan?«

Weil Corvin es eingestellt hat, Red zu streicheln, drückt die Katze ihre Stirn in meine Handfläche. Instinktiv vergrabe ich die Finger in ihrem Fell und sehe Corvin fragend an.

»Er hat das Erbe ausgeschlagen und sich aus dem Staub gemacht«, erwidert er. »Lukas wohnt jetzt in Thailand, trägt Dreadlocks und Ballonhosen. Er hat den Kontakt zu uns abgebrochen.«

Meine Augen weiten sich. »Er hat einfach so auf das Geld verzichtet?«

Corvin nickt. »Er hatte halt keine Lust darauf. Und ich kann das verstehen. Er hat genau richtig gehandelt. Manchmal denke ich, ich hätte das Gleiche tun sollen.«

Ich erinnere mich an Liekes mahnende Worte, sich zusammenzureißen und etwas aus der Situation zu machen. Doch nun, wo ich Corvin so ansehe, kommt es mir falsch vor, ihm das zu sagen.

Obwohl er alles hat, wirkt er oft so nachdenklich. Gleichgültig. Unglücklich.

Red scheint die Schwermut in der Stimme ihres Besitzers zu bemerken. Sie wendet sich von mir ab und stolziert auf ihn zu. Liebevoll rammt sie die Stirn gegen seine.

Ein Lächeln bildet sich auf Corvins Lippen. Sanft streichelt er über ihren Rücken und flüstert beruhigende Worte, die nur für sie bestimmt sind.

»Und Jordan fühlt sich damit wohl?«, frage ich vorsichtig.

Den Blick noch immer auf die bernsteinfarbenen Augen der Katze gerichtet, nickt Corvin. »Jordan hat BWL studiert. Das Erbe war ein Geschenk des Himmels für ihn. Auch ich war anfangs begeistert. Und dann ging irgendwie alles den Bach runter.«

Partys. Frauen. Ich muss nicht weiterfragen.

»Das mit dem Erbe hat mich tief im Inneren schockiert, aber gleichzeitig kam dieser Gedanke, wie schön es sein kann, reich zu sein«, spricht er in die Stille. »Und ich glaube, von diesem Zwiespalt habe ich mich noch immer nicht erholt. Es ist so komisch, alles zu haben. So viel. Zu viel. Und doch nicht das, was ich will. Ich habe nie hiernach gefragt.«

Langsam nicke ich. Das Schicksal der Brüder zeigt, wie verschieden Menschen mit einem unerwarteten finanziellen Segen umgehen. Und es beweist auch, dass Geld allein nicht glücklich macht.

»Was willst du denn?«, frage ich leise.

Corvin seufzt und denkt über meine Worte nach. Seine Augen huschen über sein leeres Weinglas, die Vertäfelung der Bar, meine Finger, meinen Hals. »Ich weiß es nicht.«

Und ich kann das verstehen. Für viele ist es nicht einfach zu wissen, was man will. Ich war da keine Ausnahme.

Corvin richtet sich auf. Sein Blick sucht meinen. »Du verurteilst mich nicht.« Die Katze klettert wieder auf seine Schulter und kuschelt sich an seinen Nacken.

»Nein. Warum auch? Das steht mir nicht zu.«

Er fixiert meine Augen mit seinen. »Der mutwillig ausgelöste Falschalarm kostet uns dreitausend Euro. Willst du mich deshalb nicht anschreien?«

Ich schlucke. Dann schüttle ich den Kopf. »Ich glaube, du wirst dafür von Jordan genug angeschrien.«

»Das stimmt. Morgen wird er damit bestimmt fortfahren. Aber er kann das Geld von meinem Konto abbuchen. Ist ja nicht so, als würde mich das in den Bankrott stürzen.« Corvin lacht trocken.

»Aber stell dir vor, wegen des Fehlalarms hätte die Feuerwehr einen Einsatz verpasst«, erinnere ich ihn. »Irgendwo, wo es wirklich gebrannt hätte. Wo sie hätte da sein müssen, um Menschen zu retten. Das wäre suboptimal gewesen.«

Er reibt sich über die Stirn. Das Schnurren auf seinen Schultern ist so laut, dass es die Musik übertönt. »Du hast recht. Das war rückblickend betrachtet ziemlich dumm von mir.«

Schweigend nicke ich und trinke vom Wein. Ich will mir nicht anmerken lassen, dass ich die Augen kaum von Mann und Katze nehmen kann. Heute Nacht schaue ich hinter die Fassade des unnahbaren Aufschneiders und was ich sehe, gefällt mir. Corvin ist nicht nur großspurig und gleichgültig. Er ist auch verunsichert und überfordert. Liebevoll zu seiner Katze, und taumelnd im Leben. Und trotzdem ist er ein Buch mit sieben Siegeln.

Als Corvin meine Betrachtung bemerkt, lächelt er. »Wie findest du den Wein?«

Mist. Habe ich ihn zu lange angestarrt? »Oh, er ist ganz lecker«, sprudelt es aus mir heraus. Meine Wangen glühen spürbar.

Er zieht die Flasche an sich und studiert das Etikett. »Das will ich hoffen. Der Fusel hat zweihundertneunundneunzig Euro gekostet.«

Ich verschlucke mich. »Bitte, was?«

Corvin lacht. Red hebt verschlafen den Kopf. »Heftig, nicht? Und? Hat er auch so geschmeckt?«

»Du kannst doch nicht …«, japse ich, stelle aber fest, dass mein Protest zu spät kommt. Jeder von uns hat seinen Teil getrunken. »Nein. Er hat mir genauso gut geschmeckt wie der Wein vom Discounter.«

»Siehst du?«, fragt Corvin amüsiert.

Ich nicke. Ja, ich verstehe, was er meint. Der teure Wein erfüllt mich nicht mehr als der günstige. Im Gegenteil. Ich fühle mich furchtbar, weil wir diesen edlen Tropfen getrunken haben.

Red lässt das Köpfchen wieder auf die Pfoten sinken. Angeschmiegt an Corvins Nacken wirkt sie tief zufrieden.

Und ich bin es auch. Denn die Gesellschaft des Mannes, der Farben sieht, wenn er Musik hört, genieße ich mehr als erwartet.

8.

Was man nicht zurücknehmen kann

Jenny grüßt uns mit einem erschöpften Lächeln, als Corvin und ich durch die leere Lobby zu den Aufzügen laufen. Die Jazzplatte wiederholt sich bereits zum zweiten Mal. So langsam übermannt mich die Müdigkeit. Endlich. Es ist nämlich schon kurz nach fünf.

Vor den Fahrstühlen bleiben wir stehen.

Mit einem verhaltenen Grinsen fährt Corvin sich durch die Haare. Die zierliche Katze auf seinen Schultern streckt sich und gähnt herzhaft. »Das war schön. Also, dass wir geredet haben.« Ein Grübchen bildet sich auf seiner Wange, das sich verflüchtigt, als er hinter vorgehaltener Hand gähnt.

Ich vergrabe die Fäuste in der Hoodietasche. »Fand ich auch. Danke für den Wein.«

»Kein Problem. Probieren wir nächste Nacht den Weißen?«

Die Wärme schießt mir in die Wangen. »Nun … Ich weiß noch nicht. Ich bin in wenigen Stunden mit Marie verabredet und im Laufe des Tages will ich mit Paps reden. Dann sehe ich weiter.«

Corvin nickt hastig. »Klar. Dein Vater.« Er pustet Luft aus den geblähten Wangen. »Fuck. Wir haben die ganze Zeit nur über mich geredet. Ich habe dich nicht einmal gefragt, warum du hergekommen bist.«

Ich winke ab und bin mir der Röte meiner Wangen überdeutlich bewusst. »Ist schon okay. Du hattest eben viel zu erzählen.«

Er starrt auf seine Schuhe. Mit der linken Hand fährt er über das rote Fell der Katze. »Nein, ist es nicht. Du bist wichtig. Du sollst Platz haben, wenn wir reden, also … Warum bist du hergekommen, Kapuzenmädchen?« Ein Funkeln steht in seinen Augen, gleichzeitig wirkt er unerwartet unsicher. Er flirtet. Tatsächlich.

Mein Herz beginnt zu rasen. Gleichzeitig geht mir durch den Kopf, dass er sich erst vorgestern mit der Rothaarigen getröstet hat. Die Nummer von der Frau im Zebrakleid hat er auch eingesackt. Zwar kann ich mir jetzt ein besseres Bild von ihm machen, bin aber noch immer davon überzeugt, dass dieser Typ furchtbar verloren ist. Ob er auf eine schnelle Nummer aus ist oder ernsthaftes Interesse an mir hat, kann ich nicht beurteilen. Abgesehen davon, will ich mich nicht in jemanden verlieben, der aus Berlin kommt. Mein Plan ist, bis zu Maries Hochzeit zu bleiben, zu versuchen, meinen Frieden mit der Stadt zu finden und danach wieder zu fahren. Ende.

Trotzdem möchte ich mich ihm zumindest ein Stück weit öffnen. Ihm einen kleinen Einblick in meine Gedanken gewähren, um herauszufinden, wie er damit umgeht. »Ich bin so überraschend hier aufgeschlagen, weil …« Ich stocke. »Ich habe die Nerven verloren, weil mein Vater sich mit mir aussprechen wollte.« Den Blick auf die Fahrstuhlanzeige geheftet, warte ich darauf, dass Corvin etwas entgegnet, doch er schweigt, damit ich fortfahren kann.

»Ich war dafür nicht bereit«, setze ich leise hinzu. »Ich war sehr angespannt. Seit ich zurück in Berlin bin, holen mich dauernd schlimme Erinnerungen ein. Vor allem in Verbindung mit Regen, offenen Gewässern und Flüssen. Dann ist auch noch die Waschmaschine ausgelaufen und das hat mir den Rest gegeben. Immer wieder laufe ich weg vor irgendwas, das mich härter trifft, als es sollte. Das nervt. Hier bin ich schließlich aufgewachsen. Ich habe die Stadt mal so gemocht.«

Corvin runzelt die Stirn. »Es ist schlimm, wenn dich Dinge wie Gewässer triggern. Andererseits … Ich weiß ja nicht, was du erlebt hast. Aber Berlin macht doch viel mehr aus als die Spree und düstere Erinnerungen.«

»Das stimmt.« Nervös trete ich von einem Fuß auf den anderen. »Was mich derzeit beschäftigt, ist schwer, in Worte zu fassen, und ziemlich kompliziert.«

»Willst du davon erzählen?«

Unschlüssig sehe ich in sein Gesicht, dann wieder zur Fahrstuhlanzeige. »Es ist echt spät und …«

Corvin nickt schnell. »Vielleicht ein anderes Mal. Okay.« Auch er fixiert das Display über dem Aufzug.

Eine unangenehme Stille tritt ein, während wir warten. Dann frage ich: »Haben wir überhaupt den Fahrstuhl gerufen?«

Corvin betätigt den Schalter. Er leuchtet auf.

Wir beide lachen.

Er fährt sich wieder durch die Haare. Seine Wangen haben einen zarten Rotton angenommen. »Sowas ist mir ewig nicht mehr passiert.«

Quälend langsam zählen die Ziffern des Fahrstuhls hinab.

Dann meint Corvin: »Weißt du was? Wir ändern unseren Plan. Es gibt eine Abkürzung in den achten Stock. Ich zeige sie dir.« Er tastet nach meiner Hand.

»Abkürzung? Was hast du vor?« Überrumpelt lasse ich zu, dass er mich mit sich zieht. Ich folge ihm durch eine schwere Tür, die einem Warnschild zufolge nur Mitarbeitern zu betreten gestattet ist.

»Wart's ab. Die Dinger sind eine Rarität geworden. Total abgefahren! Komm mit!«

Wir dringen tiefer in das Hotel ein. Die Wände hier hinten sind gefliest. Ein mechanisches Surren hallt durch den Gang und schummriges Licht flackert gruselig.

»Wo sind wir hier?«, keuche ich und umfasse Corvins Arm.

Er zieht mich an sich und legt beruhigend die Hand auf meine Schulter. »Hast du Angst? Brauchst du nicht. Wir haben das Ziel auch schon erreicht. Schau!«

Atemlos bleibe ich an Corvins Seite stehen. Zwei offene Fahrstühle schweben vor unseren Augen vorbei. Der linke fährt hinauf, der rechte hinab.

»Ihr habt Paternoster?« Meine Finger umklammern den Ärmel von Corvins Pullover. Weil ich ihm so nah bin, hat Red sich aufgerichtet und schnuppert neugierig an meiner Kapuze.

»Cool, oder?« Sanft drückt er mich an sich. »Lust, eine Runde zu drehen?«

Heftig nicke ich. »Und ob!«

»Okay, dann lass uns rein. Bevor Red merkt, was wir vorhaben. Sie hasst das.«

Gleichzeitig machen wir einen großen Schritt in die hölzern verkleidete Kabine. Mit uns an Bord fährt sie los. Alles um uns herum wird dunkel, während wir zwischen die Stockwerke gleiten.

Begeistert sehe ich mich um. In einem Paternoster war ich noch nie. Direkt vor uns gleitet die Betonwand vorbei. Ich könnte sie berühren, aber ich traue mich nicht. Dicht aneinandergeschmiegt schweben wir hinauf in unserer eigenen kleinen Intimsphäre. Auf engem Raum ist für niemand anderen Platz. Nur für Corvin und mich. Und Red. Diese richtet sich empört auf und reckt den Kopf.

»Ist okay, Kleine«, flüstert er und legt die Hand auf ihren Rücken.

Schutzsuchend drückt sich die Katze an ihn. Ihre reflektierenden Augen folgen dem Licht des Schachts.

Der erste Stock tut sich vor uns auf und es wird hell. Staunend beobachte ich, wie ein gekachelter Flur erscheint, den wir unter uns lassen.

»Wie cool!«, rufe ich aufgeregt. »Warst du vorhin so schnell in der Lobby, weil du hiermit gefahren bist?«

»Gut kombiniert, Sherlock«, erwidert Corvin. »Ab dem sechzehnten Stock habe ich das Paternoster genommen und bin dazwischen einmal umgestiegen. Höher fährt er nicht.«

Lachend schüttle ich den Kopf. »Und ich dachte, du könntest dich teleportieren.«

Die Kabine erhellt und verdunkelt sich, während wir langsam hinauffahren.

»Ich wollte dich um keinen Preis verpassen.« Corvins Stimme ist ein vertrauter Klang im Dunkel des kühlen Schachtes. »Ich wollte dich aufhalten. Für dich da sein, wenn du mich schon um Hilfe bittest.«

Während wir die nächste Etage erreichen, erfasst ihr Licht Stück für Stück unsere Gesichter. Mit jeder verstrichenen Sekunde kann ich sein Lächeln deutlicher erkennen. Es ist so umsichtig. Und so schön.

Und dann schluckt uns schon wieder die Dunkelheit. Zunächst sträube ich mich vor ihr und der Phase, in der ich sein grinsendes Gesicht nicht mehr sehen kann, bemerke dann aber, dass ich Corvins Anwesenheit in der Finsternis intensiver wahrnehme. Ich fühle die Wärme seines Körpers, rieche sein Parfüm und spüre seine Abenteuerlust. Seine Finger umschließen meine sanft. Und so lasse ich mich in die Schatten ziehen, ohne Angst zu bekommen. Im Dunkeln bei Corvin zu sein, ist genauso schön wie im Hellen. Denn immer ist er greifbar, zuverlässig und standhaft.

Mein Herz wummert gegen die Rippen. Es ist so laut, dass es das Rattern des Fahrstuhls in meinen Ohren übertönt. Kann Corvin es hören? Weiß er, was er mit mir anstellt? Löse ich so etwas auch in ihm aus?

Als es erneut dunkel wird, bleibt es dunkel. Unerwartet macht die Kabine einen ausladenden Schlenker und ändert die Richtung.

Erschrocken quieke ich auf und verliere das Gleichgewicht. »Was passiert hier?« Verwirrt greife ich nach dem Sweatstoff seines Pullovers.

Reflexartig umfasst Corvin meine Oberarme und bewahrt mich davor, gegen die Kabinenwand zu prallen.

Mein Ausruf und der Richtungswechsel bringen Red komplett aus der Fassung. Maunzend tapst sie über Corvins Schultern und sieht sich panisch um.

Beruhigende Worte flüsternd nimmt er die Katze auf den Arm. »Wir haben verpasst, auszusteigen. An dieser Stelle rotiert die Kabine und fährt wieder hinab. Lass uns hier raus, Tia. Wir halten am selben Stock wie eben.«

Beeindruckt starre ich die Wand des Schachtes an und bin erleichtert, als sich Licht zu unseren Füßen auftut. Wir drei verlassen den Aufzug und stehen mit einem Mal wieder auf festem Boden.

Bemüht, die Katze zu besänftigen, schiebt Corvin eine Tür auf und lässt mich vorbei.

»Hier sind wir also.« Blinzelnd erkenne ich den Hotelflur

wieder. Noch immer dröhnt mein Herzschlag bis in die Ohren. Doch die Drehung der Kabine und die Aufregung von Red hat der Situation die Magie genommen. Das ist bedauernswert, trotzdem bin ich erleichtert. Die Spannung zwischen uns war so einnehmend, wundersam und berauschend. Wäre ich ihr länger ausgesetzt, hätte ich riskiert, die Kontrolle über mich und mein Handeln zu verlieren. Das wäre fatal gewesen.

»Das hat Spaß gemacht«, jauchze ich, als wir den Flur entlang zu meinem Zimmer schlendern.

»So ein Nobelhotel hat seine Vorteile, was?«, erwidert Corvin. Mit einem verschmitzten Grinsen setzt er Red auf den Boden. Die Katze folgt ihm wie ein Hund.

»Ich würde dauernd damit fahren, wenn ich die Möglichkeit hätte!«, rufe ich lachend.

»Tu ich auch«, gibt Corvin zu. »Solange ich noch kann. Jordan will die Paternoster stilllegen.«

»Was?« Ich raufe mir die Haare. »Wieso?«

»Verletzungsgefahr.«

»Er ist so ein Spielverderber!«

»Wem sagst du das?«

Vor dem Zimmer Achthundertneun bleibe ich stehen. Ich ziehe die Schlüsselkarte heraus und stecke sie in den Schlitz. Surrend entriegelt sich das Schloss. Die zu einem Spalt geöffnete Tür im Rücken schaue ich zu Corvin hoch, der mit einem schiefen Lächeln vor mir stehen geblieben ist.

»Nun …« Er lehnt sich an den Türrahmen und fixiert meine Augen mit seinen. »Falls du nicht willst, dass die Nacht schon endet … Ich wohne in einer Suite im siebenunddreißigsten Stock.«

Mein Herz setzt einen Schlag aus. Ist das etwa ein Angebot zum Sex?

»Die Fenster gehen an der Süd- und Westseite bis zum Boden. So einen Ausblick erlebst du nirgendwo anders in der Stadt. In den Zimmern gibt es eine Fußbodenheizung, eine Regendusche …« Er unterbricht sich, als ich mit den Augen rolle. »Was ist? Prahle ich schon wieder?«

Schmunzelnd nicke ich. »Dauernd betonst du, was du finanziell zu bieten hast. Andererseits stößt dich das Hotel ab. Dich macht doch viel mehr aus als der ganze Besitz, oder? Denkst du, ich verbringe nur Zeit mit dir, wenn du mir etwas Unerschwingliches vor die Nase setzt?«

Corvin schweigt und starrt mit gerunzelter Stirn ins Leere. Dann gibt er leise zu: »Die meisten Leute lassen sich davon beeindrucken.«

»Ich bin aber nicht die meisten Leute.«

Er seufzt. »Gut, Kapuzenmädchen. Dann habe ich für heute Nacht wohl meine Chance vertan. Ich gelobe Besserung.« Er wirkt geknickt. Trotzdem zwinkert er.

Ich lächle. »Wir sehen uns am Samstag.«

»Du kommst?« Corvin rückt näher an mich heran und legt seine Hand an den Türrahmen. Der Stoff seines Hoodies berührt meinen.

Ich weiche nicht zurück, sondern halte die Klinke im Rücken fest umklammert. »Wenn ich bis dahin ein Kostüm finde«, erwidere ich leise und sehe in seine Augen.

Im Schatten der Kapuze wirken sie dunkelgrün. Ob ich noch jemanden kenne, dessen Augenfarbe so intensiv ist? Ich zermartere mir den Kopf, aber mir fällt niemand ein.

Was kein Wunder ist. Corvin steht genau vor mir. Alles, was ich sehen kann, ist er, und alles, was ich sehen will, finde ich in seinem Gesicht.

»Vampire sind wir ja schon«, murmelt er, ohne von mir abzulassen. »Wir könnten uns als Menschen verkleiden. Viele von denen sind auch gruselig.«

»Oh, Corvin.« Seine Miene erhellt sich, während ich lache.

Ich sollte schleunigst im Zimmer verschwinden, aber ich kann nicht. Ich muss immerzu auf seine Lippen schauen. Sie sehen so voll aus. Ob sie sich genauso weich anfühlen, wie sie aussehen? Ich will es wissen, muss es wissen. Etwas in mir verzehrt sich auf schmerzhafte Weise nach ihm, und plötzlich strecke ich mich ihm entgegen. Ich kann gar nicht anders. Es geht von allein. Als wehre ich mich nicht mehr gegen die Anziehungskraft, als lasse ich einfach geschehen, was vorherbestimmt ist.

Seine Hände legen sich auf meine Hüften, als er sich langsam zu mir herunterbeugt.

Ich stelle mich auf die Zehenspitzen, halte die Luft an und spüre seinen warmen Atem auf meiner Haut. Nur Millimeter trennen uns von der sanftesten Berührung, zu der wir auf dem edlen Hotelflur imstande sind.

Und dann setzt mein Verstand ein, abrupt und unbarmherzig. *Stopp, Tia.* In diesem Moment ist dieser Mann für dich alles, aber eventuell bist du für ihn morgen nichts. Einen Kuss kannst du nie wieder zurücknehmen.

Mit einer flüssigen Bewegung drücke ich die Klinke hinab und entgehe seinen bittenden Lippen. »Gute Nacht, Corvin. Wir sehen uns an Halloween.«

Kurz ist es, als entreiße ich ihm mit meinem Rückzug den Boden unter den Füßen, dann schiebt er sich die Kapuze vom Kopf und atmet tief durch. Seine Wangen haben einen matten Rosaton angenommen. Dass er kurz vor einem Kuss so erhitzt aussieht, weckt in mir die Sehnsucht, ihn so richtig heiß gefahren zu sehen. Über mir, auf mir, in mir. Wieso zaubert mir meine Fantasie in so einer Situation diese betörend schönen Bilder ins Gehirn?

Corvin schluckt und hebt fahrig den Zeigefinger. Sollte ihm Ähnliches durch den Kopf gehen, versucht er es zu überspielen. »Bis Samstag. Ich freu mich.« Er grinst und wendet sich ab. Spätestens, als er Red auf den Arm nimmt, hat er sich wieder komplett gefangen. Er winkt mir zu, dann spaziert er zum Fahrstuhl.

Verstohlen beobachte ich, wie er den Gang entlang schlendert und Red auf die Schultern hebt. Er hat nicht nur den Schalk im Nacken, sondern auch eine Katze.

9.

Wenn Erstklässler vor Wut in die Schultüte beißen

»Wie jetzt? Der Dildo-Typ hat dich fast geküsst und das erzählst du mir erst in einem Nebensatz auf der Rückfahrt?« Marie parkt den Wagen vor Paps' Haus, reißt die Hände vom Lenkrad und sieht mich mit weit aufgerissenen Augen an.

Seufzend ziehe ich den Kleidersack auf meinen Schoß. »Nun, ja. Es ging doch heute um dich und deine Hochzeit, oder nicht?«

Kopfschüttelnd zieht Marie die Handbremse an. »Es ging um dich, Fräulein. Wir haben schließlich *dein* Brautjungfernkleid gekauft und nicht meins.«

Ich öffne den Mund, um zu widersprechen, beiße mir aber auf die Zunge. Klar ging es um mein Kleid. Trotzdem drehte sich alles während des Ausflugs ins Geschäft um sie. Die Braut in spe.

Am Vormittag hatte ich das *Spree Château* unbemerkt verlassen und war direkt zu Marie gefahren. Unser Termin im Brautmodengeschäft stand an.

Ich war ganz froh darüber, dass ich die Konfrontation mit Paps bis zum Abend aufschieben konnte. Allerdings ging er mir die ganze Zeit nicht aus dem Kopf. Und wie enttäuscht er aussah, als ich ihn zurückließ. Dass ich seine Anrufe gestern nach meinem Verschwinden ignoriert hatte, tat mir mittlerweile ziemlich leid, und so schrieb ich ihm in einer knappen Nachricht, dass ich gegen Abend zurückkäme. Daraufhin reagierte er nicht. Kommunikation ist eben von keinem von uns die Stärke.

Die Anprobe zog sich tatsächlich bis zum Abend. Da meine Oberweite den Ausschnitt des Kleids der anderen Brautjungfern nicht ansatzweise ausfüllte, stürzte sich die Verkäuferin auf Maries Drängen hin in die Tiefen des Lagers, um eine Alternative zu finden. Ich schlüpfte in sieben Kleider in verschiedenen Rottönen, bis alle Beteiligten nach zwei Stunden zu dem Ergebnis kamen, dass mir das Erste doch am besten stünde. Es müsse nur angepasst werden. Gott sei Dank. Marie war drauf und dran, das ganze Farbkonzept der Hochzeit umzuwerfen. Wäre es so weit gekommen, hätte Nele sicherlich hingeschmissen.

»Ich habe keine Ahnung, was Corvin in mir sieht«, murmle ich nun und öffne die Tür des Kombis. Ein prüfender Blick auf die Auffahrt verrät mir, dass Paps' Auto nicht da ist. Ein klärendes Gespräch über meinen überstürzten Abgang wird also noch warten müssen. »Wenn ich auf eins keine Lust habe, dann auf eine schnelle Nummer mit einem Typen, der nicht weiß, was er will.«

»Wer sagt, dass er nicht weiß, was er will?«, widerspricht Marie und steigt ebenfalls aus. »Für meine Begriffe hört er sich sehr klar an. Er will dich unbedingt wiedersehen! Er ist eben verwirrt, weil er reich ist. Jeder Mann hat seine Marotte, aber ein üppiges Vermögen ist nicht unbedingt die unattraktivste. Zögerst du wegen Yannik? Beschäftigt er dich noch? Du bist damals schließlich wegen ihm nach Frankfurt gezogen.«

Ich schüttle den Kopf. »Mit ihm hat das nichts zu tun. Wirklich.«

Die Trennung von Yannik liegt zwei Jahre zurück. Volle drei Monate hatte ich um die zerbrochene Beziehung getrauert, doch mittlerweile bin ich über ihn hinweg. Er war einfach nicht mein Seelenpartner. Seine Verlobte Linda passt viel besser zu ihm. Und obwohl es mich überraschte, dass er so schnell nach unserer Trennung mit ihr zusammenkam, wollte ich den beiden nicht im Weg stehen. Dass genau zu dem Zeitpunkt unsere Nachbarwohnung frei wurde, kam mir wie gerufen. Den Umzug konnte ich an einem Nachmittag erledigen. Obwohl ich Linda und Yannik ihr Glück von Herzen gönne, ist es seltsam, zu wissen, dass sie bald mit ihrem Nachwuchs nebenan wohnen werden.

Marie legt die Stirn in Falten. »Aber sagtest du nicht, dass Corvin und du euch in einer Selbsthilfegruppe wiedergesehen habt? Er weiß also um seine Probleme und will an sich arbeiten.«

Ich steuere die Haustür an. »Ja, das stimmt. Anscheinend hat The Broken Hearts Club einen guten Einfluss auf ihn.«

Marie folgt mir. »Der Name ist so cool! Und noch cooler finde ich, dass du überhaupt hingegangen bist.«

Ich hebe die Brauen.

»Das meine ich ernst!«, ruft sie. »Du hast dein Problem erkannt und dir Hilfe gesucht. Du bist nicht abgehauen wie sonst, sondern hast dich deinen Ängsten gestellt. Außerdem scheint das Treffen lustig gewesen zu sein.«

Auf der Fahrt habe ich ihr knapp von der familiären Atmosphäre in der Gruppe erzählt. Details erfährt sie allerdings nicht von mir. Denn: *What happens at The Broken Hearts Club, stays at The Broken Hearts Club.*

Ich stecke den Schlüssel ins Schloss. »Das war es. Aber sag mal, wieso bist du überhaupt ausgestiegen? Willst du noch mit reinkommen? Musst du nicht die Sitzordnung planen oder einen Beitrag für den Hochzeitsblog verfassen?«

Marie lacht. »Das muss ich in der Tat. Aber erst helfe ich dir dabei, dein Halloweenoutfit vorzubereiten. Du wirst auf keinen Fall im Hoodie dahingehen! Schließlich bist du mit einem Hotelerben verabredet.«

Grinsend lasse ich sie ein. »Wenn ich nicht aufpasse, planst du auch noch meine Hochzeit.«

Marie kichert. »Lust hätte ich. Ich würde alles schwarz dekorieren. Schwarze Rosen, schwarze Kleider, schwarze Teller, schwarze …« Sie unterbricht ihr Geplapper, als eine Stimme an unsere Ohren dringt.

»Was war das? Meine Tochter heiratet einen Hotelerben?« Paps lehnt an der Arbeitsplatte der offenen Küche. Die Ärmel seines Hemdes sind hochgekrempelt. Schwarze Flecken ziehen sich über den graukarierten Stoff und seine rechte Hand. Wahrscheinlich hat er an etwas herumgewerkelt.

Ich drücke die Tür hinter mir zu. »Marie heiratet. Nicht ich. Was machst du überhaupt hier?«

»Soll das ein Witz sein? Ich wohne hier.«

»Aber …« Das Auto. Wo ist sein Auto?

Paps' erfreutes Brummen sorgt dafür, dass ich den Gedanken nicht zu Ende führen kann. »Da ist ja unsere Braut in spe! Marie, herzlichen Glückwunsch.«

»Dankeschön, Artus!« Marie winkt ihm heiter zu.

»Ist da etwa ein Kleid drin?« Er deutet auf die Tüte unter meinem Arm.

»Ist es«, erwidere ich.

»Dann ist das ja eine Premiere«, murmelt mein Vater mit einem schiefen Grinsen. »Wobei – nicht ganz. Zu deiner Einschulung haben wir dich auch in eines gesteckt. Auf sämtlichen Fotos schaust du, als würdest du gleich vor Ärger in die Schultüte beißen.«

»Das kann ich mir gut vorstellen«, ruft Marie lachend. »Hoffentlich isst sie auf meiner Hochzeit nicht vor Wut den Blumenschmuck!«

Beiläufig lässt Paps einen Schraubenschlüssel in den Werkzeugkasten gleiten. »Die Waschmaschine funktioniert wieder, Tiara«, brummt er und kratzt sich am Bart. »Nach einem Probewaschgang ist das Bad trocken geblieben.«

»Das freut mich«, gebe ich zurück.

»Eins will ich dazu noch sagen«, setzt er hinzu und sein Blick verfinstert sich. Oh nein. Nun kommt es. Das Gespräch, vor dem ich mich bis jetzt erfolgreich gedrückt habe. »Du möchtest nicht über die Vergangenheit reden? Na schön, das akzeptiere ich. Aber du wolltest hier wohnen, bis Marie heiratet. Das habe ich dir erlaubt. Gern sogar. Aber du hast dich an Regeln zu halten. Die Oberste ist, dass du mir Bescheid sagst, wo du bist, wenn du abhaust.«

Erbost hebe ich das Kinn. »Wie bitte? Ich bin doch keine zehn mehr.«

Grimmig verschränkt Paps die Arme vor der Brust. »Es ist mir sowas von egal, wie alt du bist.«

»Das ist doch lächerlich. Diese Ansage kommt gute sechzehn Jahre zu spät.« Als ich ein Kind war, war er ein liebender Vater, aber sobald ich ins Teenageralter kam, kümmerte es ihn nicht im Geringsten, wo ich mich herumtrieb. Wenn ich ihn brauchte, lag er betrunken in der Ecke oder verkatert im Bett. Ist ihm nicht klar, dass er mit zweierlei Maß misst?

Paps zieht scharf die Luft ein und starrt betroffen auf seine dreckigen Hände. Dann sagt er mit entschlossener, sanfter Stimme: »Ich mache mir Sorgen, wenn du nach einer Meinungsverschiedenheit einfach weinend in die Nacht verschwindest. Ich will doch nur eine Info, Tia. Mehr nicht.«

»Sorgen?« Dieses Wort klingt in meinen Ohren wie Hohn. Ich erinnere mich daran, mit fünfzehn nach einer Party darauf gewartet zu haben, dass er mich abholt, wie wir es abgesprochen hatten. Bis zum Morgengrauen stand ich in der Kälte, dann erst kam der erste Bus. Ich fror und ärgerte mich mit jeder verstrichenen Minute mehr, und das nicht mal über ihn, sondern über mich. Weil ich so dumm war, ihm zu glauben, als er versprach nüchtern zu bleiben, um mich abzuholen.

»Menschen ändern sich.« Paps' Stimme ist leise geworden.

»Daran glaube ich nicht.«

»Wisst ihr was?«, japst Marie und rückt ihre Mütze zurecht. »Ich komme lieber ein anderes Mal wieder.«

»O nein! Du musst nicht gehen!«, widerspreche ich. Ich hatte sie ganz vergessen und gar nicht bemerkt, wie unangenehm es für sie sein muss, Zeugin dieses Gesprächs zu werden.

»Bleib ruhig hier, Marie«, brummt Paps zeitgleich. »Wir haben uns so lange nicht gesehen. Ich wollte uns gerade einen Kaffee aufsetzen.«

Bittend sehen wir sie an und scheinen gleichermaßen zu bereuen, dass sie an unserem Disput teilhaben musste.

Marie hält inne und mustert uns. Sie sieht in zwei gleiche, verbissene Gesichter mit der fast identischen, bebenden Unterlippe. Plötzlich beginnt sie zu kichern. »Die Verwandtschaft zwischen euch kann man nicht leugnen, was? Aber ich lasse euch für heute lieber allein. Wenn du mit deinem Kostüm Hilfe brauchst, schreib mir einfach, Tia. Dann komme ich am Samstag vorbei und schminke dich.« Sie winkt und verlässt das Haus.

Maries Abgang hat uns einen Dämpfer versetzt. Ich senke den Blick und auch Paps starrt mit versteinerten Gesichtszügen aus dem Fenster. Dann lenke ich ein. »Na gut, was auch immer. Ich sage dir Bescheid, wenn ich wo anders schlafe. Zufrieden?«

»Zufrieden.«

»Kannst du mir bitte sagen, wo der Karton mit meinen Halloweenkostümen ist?«

»Auf dem Dachboden, schätze ich.«

»Okay, ich werde nachsehen. Hängt der Schlüssel an der Tür?«

Paps schüttelt den Kopf. »Die Kiste hole ich dir nachher runter.«

»Warum? Ich kann doch selbst hoch.«

Seine Antwort klingt genervt. »Lass mich das erledigen. Die Klinke ist kaputt. Ich werde sie in den kommenden Tagen reparieren. Außerdem ist das hier *mein* Haus.« Er reibt sich mit der Handfläche über das Gesicht. »Zumindest noch«, fügt er undeutlich hinzu und lässt die Finger durch sein Haar gleiten.

Ich horche auf. »Was meinst du damit?«

Er winkt ab und zieht eine Tasse aus dem Küchenschrank. »Ach. Vergiss es einfach.«

So schnell werde ich mich nicht abwimmeln lassen. Ich setze mich an den Küchentisch und kremple die Ärmel hoch. »Du sagst mir jetzt sofort, was du damit gemeint hast! Was soll das heißen, das hier ist *noch* dein Haus?«

»Ach, Tia.« Er lehnt sich an die Küchenanrichte. Früher hätte er sich nun einen Whiskey eingeschenkt, stattdessen greift er zum Kaffeevollautomaten. Sie surrt, als sich die tiefbraune Flüssigkeit in den Becher ergießt. Der Lärm verschafft ihm Zeit, seine Worte sorgfältig auszuwählen.

Als der Kaffee fertig ist, atmet er tief durch und nimmt die Tasse an sich. Eine Comicmaus ist aufgedruckt. Sie trägt ein Schild mit der Aufschrift *Bester Papa der Welt*. Ein Geschenk aus längst vergangenen Zeiten.

»Es liegt an den Jahren vor meinem Entzug«, murmelt er und

inhaliert den Geruch des doppelten Espressos. »Da habe ich ziemlich viel Scheiße gebaut. Aufträge nicht erfüllt. Geld geliehen. Versoffen. Du weißt ja.«

»Heißt das, du arbeitest gar nicht mehr bei Seegers?«

»Ob ich noch LKW fahre?« Paps lacht trocken. »Schon vor Audreys Tod nicht mehr, Tia. Eine Weile ging es trotz des Alkohols gut … Dann kam ich in diese Polizeikontrolle. Einmal pusten und der Lappen war weg. Mit ihm der Job.«

»Oh.« Ich senke den Blick. Paps' Erzählung macht mir bewusst, wie wenig ich über das Leben meines Vaters weiß. Die letzten paar Jahre zog ich es vor, den Kontakt auf ein Minimum zu reduzieren. Zum Selbstschutz. Daran änderte auch Mamas Tod nichts.

Paps nippt an der dampfenden Tasse. »Den Wohnwagen habe ich noch, aber das Auto ist verkauft. Die Bank hat mittlerweile die Faxen dicke und fordert die sofortige Rückzahlung der Kredite.«

»Können sie den Betrag nicht stunden? Die Raten auf eine längere Laufzeit verteilen? Die Gesamtsumme neu berechnen? Irgendwas?«

»Das haben sie alles schon getan. Dieses Mal spielen sie nicht mehr mit und weißt du was? Ich kann es verstehen.« Er stellt die Tasse neben sich ab. Seine Finger fahren über das Holz der Arbeitsplatte, die er vor Ewigkeiten eigenhändig angebracht hat. »Ich habe damals so viel Mist gebaut. Fast alles verloren. Jetzt bin ich dabei, hinter meinem Vergangenheits-Ich herzuputzen. Aber Geschehenes ist geschehen. Ich kann es nicht ändern. Ich kann es nur annehmen, wie es kommt.«

Wortlos starre ich ihn an. Was er da sagt, hört sich reflektiert an. Erwachsen. So abgeklärt und klar kenne ich ihn gar nicht. Die Abwesenheit des Alkohols lässt ihn zu diesem aufrechten Mann werden. Das weiß ich. Es ist eine großartige Entwicklung. Trotzdem wünsche ich mir die Entschlossenheit seines früheren Egos zurück.

»Aber das kann es doch nicht gewesen sein!«, widerspreche ich. »Du wohnst dein halbes Leben in diesem Haus. Du liebst es! Du kannst es dir nicht wegnehmen lassen!« Ich kneife die Augen zusammen und füge provokant hinzu: »Der Artus, den ich kenne, würde sich sowas nicht gefallen lassen.«

Er lacht bitter. »Ach, Tia. Der Artus, den du kennst, wäre mit einer Bierflasche in der Hand in die Bank getorkelt und hätte dem Filialleiter ins Gesicht gespuckt. Dann wäre er eine Nacht in der Ausnüchterungszelle gelandet und hätte eine weitere Anzeige am Hals.«

»Aber …«

»Mach dir keine Sorgen, Tia. Ich schlage mich schon irgendwie durch.« Traurig lächelt er.

Betroffen schaue ich auf meine Finger. Der Lack der Nägel blättert ab. Wie der Glanz des Hauses. Die Leidenschaft meines Vaters. Und das Zuhause des kleinen Mädchens, das zu ihrer Einschulung ein verhasstes Kleid tragen musste.

Wieder surrt die Kaffeemaschine. Paps' legale Ersatzdroge ergießt sich in die *Bester Papa der Welt*-Tasse. Nun bin ich es, die froh darüber ist, dass der Lärm des Geräts uns ein paar Momente lang zum Schweigen zwingt.

»Wann?«, frage ich, lange nachdem das Surren verstummt ist.

»Im Februar erst«, brummt Paps. »Dann muss ich hier raus. Bis dahin werde ich noch ein paar Sachen regeln. Eine Wohnung suchen und sowas. Ein wenig Gnadenfrist habe ich also.« Sein Lächeln ist voller Zuversicht. Genau diese in sich ruhende Stärke habe ich mir immer von ihm gewünscht. Trotzdem kann ich nur schwer mit seiner Gefasstheit umgehen.

»Machst du mir auch einen Espresso?«, bitte ich ihn.

»Dieser Vorschlag kommt von dir? Trotz der Uhrzeit?« Er schnaubt belustigt. »Normal oder doppelt?«

»Doppelt. Ich brauche jetzt was Starkes.«

10.

Der Dunkle Lord des Spree Châteaus

Nach unserem Gespräch stellt Paps mir den Karton mit den Verkleidungen wortlos vor die Zimmertür und geht mir für den Rest des Abends aus dem Weg. So richtig weiß er wohl nicht, wie er nun mit mir umgehen soll. Und ich weiß es auch nicht. Denn die Nachricht über den kommenden Hausverkauf trifft mich härter als gedacht.

Die halbe Nacht lang liege ich wach und denke nach. In diesen vier Wänden hatte ich meine ersten Schritte getan, die ersten Bilder gemalt und den ersten Sex gehabt. Und jetzt soll es in wenigen Monaten der Bank gehören? Vor meinem inneren Auge spielen sich mögliche Szenarien der Zukunft ab. Wie das Haus in den nächsten Jahren leer stehen oder verwahrlosen könnte. Wie Bagger anrücken würden, um das bröcklige Fundament abzureißen. Wie ein moderner Neubau auf das Grundstück gesetzt würde. Fest presse ich mir die Hände aufs Gesicht. All diese Vorstellungen kann ich kaum ertragen.

Als der Morgen graut, bin ich fest entschlossen. Irgendwie

muss das Haus doch gerettet werden können. Wie ich den Kämpfer in Paps herauskitzeln soll, weiß ich allerdings noch nicht.

Am Samstagabend stehe ich im Erdgeschoss-WC des *Spree Châteaus* und schüttle mir die Tropfen von den Schultern. Dieser verdammte Berliner Herbst. Das Wetter will und will sich nicht bessern. Kann sich stattdessen nicht ein paar Tage lang die Sonne zeigen? Selbst Schnee würde ich dem Regen vorziehen.

Ich betrachte mich im bodentiefen Spiegel und zupfe an dem Umhang, dessen Saum meine Kniekehlen umspielt. Er ist schwarz und der Innenstoff rot. Obwohl er für Kinder ist, passt er erstaunlich gut. Glücklicherweise bin ich seit meinem zwölften Geburtstag kaum gewachsen.

Wie versprochen kam Marie vorhin vorbei, um mich beim Make-up zu unterstützen. Dank ihrer Hilfe erheben sich nun Eyelinerflügelchen an meinen Augenwinkeln. Meine Wangen hat sie blass geschminkt und zwei blutige Einstichstellen auf die Halsbeuge gezaubert. Ich ziehe die integrierte Kapuze auf und grinse mein Spiegelbild an. Ich bin zweifellos als Vampir zu erkennen. Doch irgendetwas fehlt. Ich komme nur nicht darauf, was.

Drei Frauen betreten den Raum. Ihre Rokoko-Kleider sind so edel, dass sogar Marie Antoinette vor Neid erblasst wäre. Sie werfen mir skeptische Blicke zu und verschwinden in den Toilettenkabinen. Plötzlich fühle ich mich in meinem Kinderumhang unscheinbar und klein. Mal wieder passe ich nicht in dieses Hotel. Müde seufze ich. Ich hätte zu gern in ein authentisches Kostüm investiert, aber bei meiner aktuellen finanziellen Situation ist derzeit leider nicht mehr drin. Corvin versteht das, oder? Wird ihn mein Outfit enttäuschen?

Als die Tür zur Lobby erneut aufgerissen wird, drücke ich mich an die Waschbecken. Sie sind aus grauem Flussstein und ein echter Hingucker inmitten der schwarz glänzenden Fliesen. Ich will möglichst unauffällig wirken und mich nicht wieder spöttischen Blicken aussetzen. Doch ich horche auf, weil mir die Stimmen bekannt vorkommen.

»Ach Quatsch, Nora, es ist völlig egal, dass du dieses Kostüm schon mal anhattest!«, ruft eine Frau. »Es ist selbst genäht und sieht einfach klasse aus! Ich feiere es total.«

»Du hast recht«, erwidert eine große Elfe mit spitz zulaufenden Ohren. Rosafarbener Tüll raschelt unter ihrem schwarzen Kleid. »Ich mache mir keinen Kopf mehr deswegen und genieße den Abend.« Sie nickt mir zu und verschwindet in einer Kabine.

Die Kleinere der beiden bleibt neben mir stehen und mustert ihr Spiegelbild. Ihr quietschblauer Onesie ist plüschig und etwas zu groß. Zwei Augen tanzen auf ihrem Kopf, und ihre Füße stecken in massiven Sneakern. Unter ihrer Kapuze quellen lange, blassblau getönte Haare hervor. Das letzte Mal, als wir uns trafen, waren sie rosé.

»Wenn mir gleich eine Person sagt, ich sei nicht gruselig genug, esse ich sie auf«, kommentiert sie ihr Outfit grimmig.

»Dann muss sie aber krümelig und süß sein«, werfe ich ein.

Sie hebt den Kopf und ihre Augen weiten sich. »Tia? Bist du's?«

Ich nicke.

Lachend umarmt sie mich. »Nora! Ich habe ein Clubmitglied gefunden!«

Überrumpelt lasse ich es geschehen. Ich hatte nicht erwartet, dass Lieke mich so herzlich begrüßen würde. Sie handelt aus dem Bauch heraus, ohne vorher darüber nachzudenken. Das fühlt sich gut an.

»Hallo Tia!« Nora erscheint und betrachtet mich durch den Spiegel hindurch, während sie sich die Hände wäscht. »Ich habe dich eben gar nicht erkannt. Man könnte meinen, du hast dich mit jemandem abgesprochen.« Sie zwinkert mir verschwörerisch zu.

»Wieso? Hat sich der dunkle Lord des *Spree Châteaus* heute auch als Vampir verkleidet?«, fragt Lieke und fasst sich theatralisch an die Brust.

»Sei nicht so gehässig!«, schimpft Nora sie aus und zieht mich zur Begrüßung in ihre Arme. »Und ja, das hat er. Oder es ist seine wahre Form. Das weiß man bei ihm ja nie so genau. Geht es dir gut, Tia? Hast du Lust, zu feiern?«

Ich will nicht als komplette Spaßbremse rüberkommen. Trotzdem entscheide ich mich dazu, ehrlich zu sein. »Nicht wirklich. Ich bin kein Fan von Partys. Aber ich habe mich über die Einladung gefreut und wollte den Abend mit euch nicht verpassen.« Und vor allem Corvin nicht.

Lieke strahlt. »Ich finde es spitze, dass du hier bist, Tia!«

Ein dunkler Schatten legt sich über Noras Gesicht. »Ich kann deine Gefühle nachvollziehen. Unter so vielen Menschen fühle ich mich auch nicht wohl. Aber ich kann Michelle jederzeit anrufen. Sie holt mich dann sofort ab. Wir können dich mitnehmen, wenn du magst.«

Mir fallen Noras Schilderungen aus der Gruppe ein. Sozialängste begleiten sie. Ihr Angebot ist wie ein Sicherheitsnetz, das ich dankbar annehme. »Das wäre toll.«

»Super. Dann mischen wir uns mal unter die Leute.«

Zu dritt verlassen wir die Toiletten. Eine Nervosität erfasst mich, wie immer, wenn ich im Begriff bin, mich unter Menschen zu mischen. Doch ich nehme mir vor, mich auf den Abend einzulassen. Lieke und Nora sind schließlich bei mir.

Für die Party wurde ein Konferenzraum im Erdgeschoss

umfunktioniert. Dekospinnen und lebensgroße Skelette weisen den Weg. Gruselige Musik mit einem lilagrünen Einschlag tönt aus dem Raum.

Lieke hakt sich bei mir unter. »Ich bin gespannt, wie viel Einfluss Corvin auf die Party hatte. Mich amüsiert es immer wieder, ihn im *Spree Château* zu erleben. Früher konnte er so gut mit Geld umgehen und jetzt ist er ein miserabler Hotelerbe.«

»Ihr kanntet euch vor The Broken Hearts Club?«, frage ich und drücke mich an einem Mann mit Zylinder und Gehstock vorbei.

»Wir gingen in dieselbe Klasse«, verrät Lieke. »Auch nach der Schule waren wir noch gut befreundet. Zum Club habe ich ihn mitgebracht, weil er so haltlos war. Therapie wollte er nicht machen, aber von einer Selbsthilfegruppe konnte ich ihn überzeugen.« Ehe ich sie mit weiteren Fragen löchern kann, treten wir ein und Lieke bleibt wie vom Donner gerührt stehen. »Wow. Was ist das denn für eine Trauershow?«

Gemeinsam mit Krümelmonster und Elfe sehe ich mich um. Da der Saal mit schwarzen Laken verhangen wurde, erinnert tatsächlich nicht mehr viel an einen Konferenzraum. Die Bartische sind mit niedlichen Plüschspinnen, künstlichen Spinnenweben und Fledermauskonfetti dekoriert. Auf einem Buffet werden aufwändig gestaltete Muffins, orange-grün glasierter Kuchen und blutroter Wackelpudding in Hirnform serviert. Die Gäste stehen der Deko in nichts nach: Ihre Verkleidungen sind dem imposanten Stil des Spätbarocks nachempfunden.

Trotz der liebevollen Details weiß ich sofort, was Lieke meint. Das Deckenlicht ist eingeschaltet und giftgrüne Orgelmusik tönt aus den Lautsprechern. Dementsprechend ist die Tanzfläche wie leergefegt. Eine Party kann noch so gut vorbereitet sein – wenn keine Stimmung aufkommt, rettet selbst die schönste Deko nichts.

Mit hängenden Schultern steuert Lieke zwei Monster an der Bar an und Nora und ich folgen ihr. Einer der beiden ist in unserem Alter, hat Wundschorf am Mundwinkel und eine weiße Kontaktlinse im linken Auge. Allem Anschein nach wurde sein helles Hemd mit einem ganzen Eimer Kunstblut übergossen. Obwohl man ihn als menschenfressenden Zombie identifizieren kann, wirkt er kein bisschen bedrohlich.

Der hagere Mann an seiner Seite hat nicht so viel Elan in seine Kostümierung gesteckt. In seinem Kopf steckt ein Beil. In seinem lichten Haar erkennt man mühelos den Haarreif, an dem die Plastikklinge klebt.

»Marten!«, quiekt Lieke und fällt dem Zombie in die Arme. Dann klatscht sie mit dem Mann neben ihm ein. »Und Reini! Wie cool, dass ihr hier seid!«

»Ick hab mich von dem Jungen überzeugen lassen, mit euch Party zu machen«, schnarrt Reinhold und deutet auf Marten. Hinter vorgehaltener Hand raunt er Lieke zu: »Weeßte, wann die Mädels vom Candyshop kommen?«

Lieke starrt ihn an, als habe sie gerade einen Geist gesehen. Dann brüllt sie vor Lachen. »Die Sexworkerinnen? Ich glaube nicht, dass die eingeladen sind.«

»Nich'?« Reinhold ist sichtlich enttäuscht.

Ein Mann im Anzug streift durch die Menge und wirft uns einen düsteren Blick zu. Liekes Lachen war ihm wohl eine Spur zu ausgelassen.

Nora hat seinen Unmut bemerkt und bläst Luft aus den geblähten Wangen. Sie will mir etwas ins Ohr flüstern, doch ich komme ihr zuvor. »Das ist Jordan. Ich weiß.«

Sie verzieht das Gesicht. »Er ist wirklich ein Spießer.«

Lieke stemmt die Hände in die Hüften und deutet resigniert auf die leere Tanzfläche. »Hätte ich noch keine Depressionen, hätte ich sie spätestens jetzt! Was ist das denn für eine Party?« Sie schaut Marten so vorwurfsvoll an, dass er ein ganz betroffenes Gesicht macht.

»Es soll gesittet vorgehen«, erklärt Nora seufzend. »Corvins Bruder hat einen Kostümverleih angeheuert. Man konnte sich in der Sky-Lounge sogar professionell schminken lassen.«

»Na wunderbar!« Lieke scheint das als persönliche Beleidigung aufzunehmen. »Corvin hat uns auf die langweiligste Party aller Zeiten eingeladen!«

»Ich würde es eher einen Ball nennen als eine Party«, wirft Marten ein. Enttäuscht zieht er sich auf einen Barhocker und stützt sein Kinn in der Handfläche ab.

»Diese Gruselmusik mag atmosphärisch sein. Aber Stimmung kommt so keine auf«, stimmt Nora zu.

»Und dieses Licht«, knurrt Lieke unter zusammengebissenen Zähnen. »Wisst ihr was? Ich sehe mal, was sich machen lässt.« Wie es sich für ein Krümelmonster gehört, vergräbt sie die Hand in einer Keksschüssel und schlendert zum DJ-Pult.

»Was hat sie vor?«, frage ich und recke den Kopf. Wieder fasziniert mich Liekes extrovertierte Art.

Wohingegen ich meist versuche, so unauffällig wie möglich zu sein, handelt sie, wenn ihr etwas nicht passt. Sie will die Party zu ihrer machen. Einem Ort, an dem sie sich wohlfühlt. Ich lasse den Gedanken sacken und stutze. Das ist gar kein so schlechter Ansatz. Ob Corvin …?

Ich schrecke hoch, weil eine untote Hand mir ein Glas vor die Nase schiebt. Der Inhalt hat die Farbe frischen Blutes. »Hier, Tia. Ein alkoholfreier Cocktail. Ich hoffe, das ist okay für dich.«

Ich strahle Marten an und setze mich neben ihn auf den Barhocker. »Der sieht superlecker aus. Danke!«

Wir prosten einander zu und kosten.

»Himbeere?« Mit gerunzelter Stirn halte ich das Glas ins Licht.

»Und Kirsche«, ergänzt Marten.

»Ich hätte den Geschmack von Blut anders eingeschätzt.«

»Ach ja? Als Vampir solltest du dich doch auskennen, oder?«

Ich kichere.

Marten lächelt. Trotz der Schminke wirkt er wie der gutmütigste Untote, den ich je gesehen habe. Wahrscheinlich wäre er der erste Zombie, der von seiner Beute ablässt, nur weil sie weint. »Ich finde es übrigens schön, dass du Teil vom The Broken Hearts Clubs bist. Auch, wenn du nicht lange bleiben kannst.«

»Lieb, dass du das sagst«, erwidere ich. So langsam kann ich verstehen, warum die Gruppenmitglieder ihre Treffen schätzen. Sie verstehen es, einander zu bestärken und ein positives Gefühl zu geben. Marten scheint das besonders gut zu können. Wohingegen er auf den ersten Blick nicht so einnehmend ist wie Corvin, überzeugt er mit seinem ruhigen Gemüt. Er ist sehr aufmerksam und findet immer die richtigen Worte.

Plötzlich geht das Licht aus. Nora und weitere Gäste quieken auf.

Zeitgleich hallt eine hohe, zackige Tonfolge durch den Saal. Eine Stimme singt: *»Spooky, scary, skeletons send shivers down your spine.«*

Ich wirbele herum. In der Ecke des Raumes kauert das Krümelmonster über dem Mischpult. Ihr breit grinsendes Gesicht wird von dem Laptop beschienen.

»Sie hat das DJ-Pult gekapert«, stößt Marten beeindruckt aus.

»Wie hat sie das geschafft?«, stammelt Nora.

Lieke winkt uns zu. Sie ruft etwas, doch aufgrund der lauten Musik sind nur Fragmente zu hören. Was sie uns sagen will, ist klar. Ihr plüschigblauer Arm deutet nämlich auf die Tanzfläche.

Ich rutsche vom Barhocker. Nora, Marten und ich exen unsere

Gläser mit Himbeerkirschblut und grinsen uns an. Gerade, als wir die Tanzfläche stürmen wollen, erscheint Jordan am Mischpult. Was genau er Lieke an den Kopf wirft, verstehen wir nicht. Seinem Gesicht ist nur anzusehen, dass es laut ist.

Penibel darauf achtend, dass er nicht zuklappt, drückt Lieke den Laptop an ihren Bauch und weicht zurück. Ihre blauplüschigen Arme schlingen sich so fest um das Gerät, als sei sie bereit, es mit ihrem Leben zu verteidigen.

Jordan lässt sich davon nicht beirren und versucht, ihr den Laptop abzunehmen. Gleichzeitig weist er den Barkeeper wild gestikulierend darauf hin, das Licht wieder einzuschalten.

Dieser hat aber entweder keine Ahnung, wo er den Schalter findet, oder er versteht Jordan nicht. Jedenfalls hebt er ratlos die Achseln und deutet mit verwirrtem Gesicht auf seine Ohren.

Sämtliche Gäste beobachten das Schauspiel. Begleitet von der Musik kommt die Szene rüber wie ein Slapstick Stummfilm.

Jordan reicht es. Er entreißt Lieke den Laptop und donnert ihn auf das Pult. Beim Versuch, die Musik zu unterbrechen, schaltet er das nächste Lied an. *Monster Mash* von *Bobby Picket* ertönt. Während er verzweifelt versucht, die vorherige Playlist mit der langweiligen Orgelmusik zu finden, tippt das Krümelmonster ihm auf die Schulter. Eventuell will sie ihm helfen, doch er faucht sie unwirsch an.

Plötzlich erscheint ein hochgewachsener Mann zwischen den beiden. Er trägt einen schwarzen, samtenen Umhang, ein weißes Rüschenhemd und die Haare ordentlich zur Seite gekämmt. Er reiht sich in den Barocklook der anderen Gäste ein, hebt sich aber mit einer kurzen Hose und *Converse* von ihrer Biederkeit ab. Natürlich. Er musste betonen, dass er hier nicht so ganz reinpasst.

Mir stockt der Atem. Verdammt. Hätte Corvin nicht einfach im

Hoodie kommen können? Wie hätte ich ahnen sollen, dass er das Zeug zu so einem hübschen Vampir hat?

Corvin tritt vor Lieke und redet auf seinen Bruder ein. Dieser reagiert hitzig. Glücklicherweise kann er nicht sehen, wie schadenfroh das Krümelmonster hinter Corvins Rücken kichert.

Schließlich verschränkt Jordan die Arme vor der Brust und folgt mit den Augen widerwillig dem ausgestreckten Finger seines Bruders.

Corvin deutet auf die Tanzfläche, die mittlerweile proppenvoll ist. Die Musik wird dankbar angenommen. Die Gäste tanzen. Auch Marten, Nora und ich haben uns unter die Leute gemischt. Lieke als DJane dürfen wir unmöglich im Stich lassen.

Mit hochrotem Kopf betrachtet Jordan die Tanzenden. Dann rollt er die Augen und winkt Lieke heran.

Das Krümelmonster übernimmt strahlend ihren neuen Posten am Laptop und formt mit den Fingern ein Peace-Zeichen.

Marten, Nora und ich jubeln ihr zu.

Am Rande nehme ich wahr, wie Jordans Schultern herabsinken. Corvin legt ihm tröstend die Hand auf den Rücken, doch sein Bruder schiebt sie weg und schleicht zum Ausgang. Einige Momente schaut Corvin ihm unschlüssig hinterher. Dann scheint er sich dazu zu entscheiden, Jordan nicht zu folgen, und dreht sich zur Tanzfläche um. Unvermittelt finden seine Augen meine. Sein Mundwinkel hebt sich zu einem schiefen Grinsen und legt spitze Eckzähne frei.

Rasende Nervosität überfällt mich, wird aber in Windeseile von gleißendem Übermut ersetzt. Dass er genau weiß, wo in der Menge ich war, lässt einen Schwarm aufgewühlter Schmetterlinge durch meinen Bauch sausen. Ich halte seinen Blick fest und lächle zurück. Der Moment dauert eine kurze Ewigkeit.

Und während ich ihn ansehe, wird mir bewusst, was meinem

Kostüm gefehlt hat. Vampirzähne. Doch wenn ich mit The Broken Hearts Club unterwegs bin, spielt es keine Rolle, was fehlt. Denn gerade fühle ich mich, als habe ich in ihrer Mitte alles.

Heute Abend fühle ich mich in Berlin das erste Mal so richtig angekommen.

11.

Die Farbe von ›Friday I'm in love‹

Das Licht bleibt aus, die Musik an. Nora, Marten und ich bleiben auch, und zwar auf der Tanzfläche. Mit unseren Kostümen heben wir uns optisch klar von den stattlich gekleideten Partygästen ab, doch das kümmert uns nicht. Wir wollen unbedingt Liekes Premiere als DJane zelebrieren.

Nora schlägt sich bemerkenswert gut dafür, dass Menschenmengen nicht ihr Ding sind, und auch ich versuche, Spaß zu haben. Obwohl ich Nora und Marten noch nicht gut kenne, fühle ich mich ihnen auf wundersame Weise verbunden. Es hat sich gelohnt, meinen sicheren Kokon zu verlassen. Eventuell könnten diese Menschen wirklich meine Freunde werden.

Ich sehe mich nach den anderen Clubmitgliedern um und entdecke Reinhold an der Bar. Er nippt an seinem Weizenbier und beobachtet uns. Als er meinen Blick auffängt, nickt er mir zufrieden zu. Es fühlt sich gut an, ihn als stillen Wächter in unserer Nähe zu wissen.

Corvin erspähe ich am DJ-Pult mit Lieke. Das Licht des Laptops beleuchtet ihre konzentrierten Gesichter, während sie gemeinsam eine tanzbare Playlist zusammenstellen. Plötzlich hebt Corvin den Kopf. Seine vom Kajal umrandeten Augen finden meine sofort. Er lächelt kurz und wendet sich dann wieder dem Krümelmonster zu. Ich verdrücke mich in der Menge, ehe es zu einem erneuten Blickkontakt kommen kann, und kühle meine heißen Wangen mit den Händen. Mein Herz rast. Gleichzeitig kann ich nicht aufhören zu strahlen. Muss ausgerechnet der hübscheste Mann der ganzen Party ein Auge auf mich geworfen haben?

Nervosität flackert in mir auf, und ich überlege fieberhaft, wie ich sie eindämmen kann. Wenn ich sie nicht zurückhalte, könnte sie mich übermannen und überwältigen. Mich zum Fallen bringen, in eine ungewisse, prickelnde Verliebtheit. Dabei bin ich doch eigentlich gar nicht bereit dafür. Vor allem will ich mich nicht in *ihn* verlieben.

Doch warum sollte ich es nicht riskieren? Meinen Gefühlen Raum zur Entfaltung geben und sehen, wo sie mich hinführen? Denn selbst, wenn ich es wollte – könnte ich diesen Prozess überhaupt noch aufhalten?

Als ich das nächste Mal zum Mischpult schaue, legt das Krümelmonster *Graveyard* von *Halsey* auf. Der Vampir, der die ganze Zeit an ihrer Seite stand, ist verschwunden.

Ich sehe mich um, will ihn finden. Ich mache drei Schritte nach hinten und pralle mit dem Rücken gegen eine große Gestalt. Zwei Hände, die in Rüschenärmeln stecken, umfassen meine Schultern. Ein zarter Atemzug tanzt über meine Stirn, als ich mich zu ihm umdrehe.

»Hallo, Kapuzenmädchen.«

Mit Ohren so rot wie der Innenstoff meines Umhangs, schaue ich zu ihm hoch. Von Nahem ist er noch anziehender als aus der

Ferne. Ich räuspere mich und erwidere möglichst souverän: »Hallo, Heute-mal-nicht-Kapuzenjunge.«

Er nickt und fährt sich durch die sorgsam gekämmten Haare. Durch den Kajal wirken seine Augen schmaler, als er grinst. Dafür treten seine Eckzähne umso deutlicher hervor und blitzen im Schein der Kürbislaternen. »Zugegebenermaßen habe ich mich mit der Entscheidung für ein Kostüm schwergetan. Kapuzenpullover sind nun mal die Kleidung meiner Wahl. Aber ich wollte mal eine andere Facette zeigen.« Er zwinkert.

»Das ist dir geglückt«, erwidere ich.

Er hält inne und lauscht der Musik. Dann sagt er: »Gelb.«

Ich grinse. »Lila-blau.«

Für einige Momente schauen wir einander lächelnd in die Augen.

Dann drückt sich Nora an den Tanzenden vorbei und begrüßt Corvin lachend. »Da bist du ja, Großer! Lass dich drücken.« Sie zieht ihn an sich und er legt mit einem sanften Lächeln die Arme um sie. Diese innige Geste spiegelt das Band wider, das The Broken Hearts Club zwischen ihnen geknüpft hat.

Nora löst sich aus der Umarmung. »Wie wäre es, wenn du dir dein Vampirmädchen schnappst und ihr euch ein Glas Blut an der Theke genehmigt?«

Corvin und ich wechseln einen Blick, dann nickt er. »Keine schlechte Idee. Darf ich bitten?« Er deutet eine Verbeugung an und streckt mir den Arm hin. Kichernd hake ich mich bei ihm unter und lasse mich zur Bar führen, wo wir uns auf zwei Hocker setzen. Dort angekommen, kann ich mein Lachen nicht mehr verbergen.

Corvin lehnt sich zurück und mustert mich mit einem matten Grinsen. »Was ist so witzig?«

Ich deute auf Nora. »Es war offensichtlich, dass sie uns Zeit zu zweit verschaffen wollte, um allein zu reden.«

Peinlich berührt reibt er sich die Schläfe. »Das Gefühl hatte ich auch. Tut mir leid. Heute läuft hier wirklich alles chaotisch.«

»Als ob ich von dir etwas anderes erwartet hätte«, gebe ich zurück und bestelle uns zwei Blutcocktails. »Ich bin überrascht, dass nichts Feuer gefangen hat oder die Polizei anrücken musste.«

Corvin nimmt das Glas an sich. Während er spricht, sind seine Eckzähne deutlich zu sehen. »*Noch* nicht. Der Abend fängt schließlich gerade erst an.« Er lehnt sich nach vorn und sieht mir direkt in die Augen. »Aber sag mal, Tia … Wie geht es dir?«

»Gut«, erwidere ich. Weil man das halt so sagt, und weil tatsächlich alles okay ist. Im Moment zumindest.

»Wirklich?« Der ernste Ton in seiner Stimme überrascht mich. Als er den fragenden Ausdruck in meinem Gesicht bemerkt, schiebt er das Glas von sich und kratzt sich am Kopf. »Mir ist aufgefallen, dass ich so wenig über dich weiß. Außer, dass du Musik siehst und ich dich ziemlich cool finde.«

Nervös lache ich. Wenn er solche Sachen sagt, fühlt sich seine Nähe so warm an. Fast schon heiß. Als könnte ich mich verbrennen. Und doch zieht er mich an wie die Motte das Licht. »Ich bin nicht so cool«, entgegne ich. »Meist bin ich sehr langweilig.«

»Das sehe ich anders.«

Ich will widersprechen, lasse es aber. Denn eigentlich mag ich es, dass er mich nicht langweilig findet.

»Mich interessiert einfach, wie es dir wirklich geht«, setzt er stockend hinzu. »Was dich ausmacht. Was dich beschäftigt.« Blinzelnd hebt er den Kopf. »Klingt das komisch?«

»Ein bisschen«, erwidere ich und traue mich nicht, zu ergänzen: Vor allem klingt es wunderschön. Da der Bass zunimmt, lehne ich mich nach vorn, damit er mich über die Musik hinweg hören kann, und sage: »Okay, Kapuzenjunge. Ich erzähle dir, was mich in den letzten Tagen beschäftigt hat. Ich bin nämlich total durcheinander. Vorgestern hat mein Vater mir eröffnet, dass er sein Haus verkaufen wird. Er hat sich verschuldet und die Bank fordert die Rückzahlung aller Kredite. Mein Zuhause wird es also in der Form in ein paar Monaten nicht mehr geben. Die Vorstellung ist so befremdlich. Ich bin dort aufgewachsen!«

Corvin rückt näher an mich heran und runzelt die Stirn. Seine Beine berühren meine. »Fuck. Das tut mir leid.«

Ich nehme eine Plastikfledermaus von der Tischdeko. Zwischen den Fingern drehe ich sie so lange um sich selbst, dass ihr schwindelig werden muss. Da die Musik wechselt, senke ich meine Stimme: »Ich hätte nicht gedacht, dass es mich so trifft. Vor allem, weil ich dreieinhalb Jahre nicht mehr in Berlin war.«

»Hast du dort früher mit deinem Vater allein gewohnt? Oder lebte deine Mutter bei euch?«

Ich neige abwägend den Kopf. »Teils, teils. Meine Eltern haben mich zusammen großgezogen, bis ich etwa zwölf war. Dann rutschte Mama in eine massive, manische Phase. Sie hatte keine Lust auf Psychiatrie, aber dafür richtig Bock auf Party. Also hat sie ihr bürgerliches Leben hinter sich gelassen und ist mit einem Künstler durch die Welt gereist.«

Corvin verzieht mitfühlend das Gesicht.

Ich lasse die Fledermaus zwischen uns durch die Luft schweben und setze sie auf dem Tresen ab. »Paps hat das gar nicht kapiert. Er hat gehofft, dass sie zurückkommt, wenn die Depression sie übermannt. Die hat sie allerdings bei ihrem Neuen durchgestanden. Mein Vater hatte vorher schon viel getrunken, aber nachdem sie ihn verlassen hat, ist sein Konsum total eskaliert.«

»Heißt das, deine Mutter hatte eine bipolare Störung?« Die Vorsicht, mit der Corvin die Frage stellt, lässt mich aufsehen.

Dennoch lasse ich die Fledermaus für mich nicken. »Phasen

völliger Selbstüberschätzung, abgewechselt mit niederschmetternden Tiefpunkten. Sie wurde nur sporadisch therapiert.«

Er streckt die Hand aus und krault die Wange der Fledermaus. Unsere Finger berühren sich. »Psychische Erkrankungen können so mies sein. Sucht ebenso. Das hat in eurem Fall ja alles kaputt gemacht.«

»Ja. Es hat die Familie zerstört.« Meine Stimme ist leise geworden. »Mama war vor dem Ausbruch ihrer Krankheit schon recht eigenwillig. Sprunghaft, verträumt und schwer zu greifen. Als ich ihr erzählt habe, dass ich Musik sehen kann, war sie total begeistert. Sie sagte, dass sie das auch könne. Ich dachte also, das sei normal. Du kannst dir nicht vorstellen, wie meine Mitschüler mich angesehen haben, als ich darüber sprach.«

Er lächelt. »O doch. Das kann ich.«

Richtig. Nur wenige können das besser nachvollziehen als er. »Nachdem ich von ihrem Tod erfahren habe, war ich unheimlich wütend. Ich habe ununterbrochen über sie geschimpft. Das war unfair von mir, das weiß ich jetzt. Mittlerweile tut mir das leid. Aber es hat mich total geärgert, dass sie mich erst verlässt und dann so einen leichtsinnigen Abgang hinlegt.«

Zart streichelt Corvin meinen Daumen. Ich erwarte, dass er mich auf die Umstände ihres Todes anspricht, doch er scheint zu spüren, dass es mir schwer fällt, darüber zu reden. Stattdessen fragt er vorsichtig: »Bereust du, nicht auf ihrer Beerdigung gewesen zu sein?«

Ich reibe mir die Stirn. So etwas hat mich noch nie jemand gefragt. Ich rede selten über Mama. Meist klammere ich alles aus meinem Leben aus, was mit ihr zu tun hat. »Grundsätzlich nicht. Ich mache mir keinen Vorwurf, schließlich wollte ich mich schützen. Andererseits wäre die Beerdigung ein Abschluss gewesen. Eventuell hätte ich den gebraucht.«

Während Corvin betroffen die Plastikfigur beobachtet, die ich über den Tresen kriechen lasse, wird mir bewusst, dass ich lange niemandem mehr so frei von Mamas Tod erzählt habe. Vielleicht sogar noch nie. Plötzlich ist es mir unangenehm, ihm mein Herz ausgeschüttet zu haben. Schließlich sind wir auf einer Party. »Sorry. Das alles trägt nicht gerade zu einer gelösten Stimmung bei.«

»Ich habe doch gefragt, oder?« Er umfasst meine Hand. Sein Lächeln ist offen und warm und voller Zuversicht. »Danke, dass du mir das erzählt hast.«

Ich lächle zurück. »Danke, dass du zugehört hast.«

Für einige Momente verliere ich mich in seinen Augen. Dann drängt sich plötzlich ein Mann zwischen uns.

»Hallo, Tia. Hey, Bro.« Jordan steht mit gesenktem Kopf vor uns und putzt sich die Brille. »Kann ich dich um einen Gefallen bitten?«

Corvin zieht die Brauen zusammen. »Kommt drauf an, um welchen.«

Jordan schiebt sich die Brille auf die Nase. Sein Blick huscht zum DJ-Pult. »Ich habe nachgedacht«, murmelt er. »Bei der Kleinen im Krümelmonsterkostüm habe ich etwas gutzumachen.«

»Du hast also bemerkt, dass deine Gäste die Party genießen, wenn du Lieke auflegen lässt?«, erwidert Corvin trocken.

Jordan fährt sich mit der Zunge über die Lippen. »Ich hatte eine andere Vorstellung von dieser Veranstaltung. Grundsätzlich sollte es hier festlich zugehen. Wenn die Leute so ausgelassen tanzen, könnten ihre Kleider reißen. Der Verleih wird uns sowas in Rechnung stellen.«

Corvin seufzt auf. »Meine Güte, dann ist das halt so. Scheiß aufs Geld. Die Gäste haben Spaß. Das ist, was zählt.«

»Ja, ich hab's verstanden«, erwidert Jordan unter zusammengebissenen Zähnen. »Kannst du Lieke ein paar Lieder lang ablösen, damit ich ihr für die Arbeit danken kann?«

Corvin schaut von seinem Bruder zu mir. »Das ist ein denkbar schlechter Zeitpunkt.«

Ich rutsche an die Stuhlkante. »Es macht mir nichts aus. Geh nur.« Ich unterstütze jede Annäherung zwischen den Brüdern, und wenn sie noch so klein ist.

Corvin sieht mich prüfend an. Wahrscheinlich wägt er ab, ob ich das aus Höflichkeit sage oder ernst meine. Als ich ihm aufmunternd zulächle, steht er auf. Den Zeigefinger an Jordans Brust gedrückt, fordert er: »Na gut. Aber du solltest dich bei Lieke nicht nur bedanken, sondern auch entschuldigen. Eine gute DJane bezahlt man außerdem, richtig?«

Jordan murmelt etwas Undeutliches.

»Dann sind wir ja einer Meinung«, brummt Corvin. »In ein paar Liedern bin ich wieder bei dir, okay?«, flüstert er mir zu und verschwindet in der Menge.

Jordan atmet erleichtert durch. Gemeinsam beobachten wir, wie der großgewachsene Vampir sich an den Tanzenden vorbeidrückt und sich neben das Krümelmonster an das DJ-Pult lehnt. Eine Weile schaut er ihr über die Schulter, ehe er sie dazu auffordert, ihm den Posten zu überlassen, um mit Jordan zu reden.

Lieke schiebt die Unterlippe vor und schüttelt vehement den Kopf. Nach einer kurzen Diskussion lässt sie sich überzeugen und steuert mit vor der Brust verschränkten, blauplüschigen Armen Jordan an.

Um den beiden Zeit zu geben, das Geschehene zu klären, überlasse ich ihr meinen Hocker. Während ich auf Corvin warte, überlege ich, was ich nun tun soll. Von Nora und Marten ist nichts zu sehen. Reinhold lehnt noch immer mit seinem Weizenbier an der Bar und unterhält sich mit einem Werwolf. Die beiden scheinen sich glänzend zu amüsieren.

Dann läuft ein Lied an, das ich nicht kenne, dessen Gitarrenriffe aber blau-grüne Pinselstriche in meinen Kopf malen. Mir gefällt das Lied. Mir gefällt der Rhythmus. Mir gefällt die Farbe. Und dann tue ich etwas, das eigentlich gar nicht zu mir passt. Ich folge meinem Impuls und mische mich unter die Tanzenden. Ohne The Broken Hearts Club, ohne sozialen Druck, ohne Angst. Einfach, weil ich Lust darauf habe. Sofort fällt es mir leicht, mich von der Musik tragen zu lassen. Denn ich fühle mich leicht. Befreit, weil ich meine Gefühle zu Mama verbalisiert habe, und sicher, weil Corvin und Reinhold in der Nähe sind.

Und so tanze ich eine Weile allein. Bis plötzlich ein Lied beginnt, dessen Anfangsklänge hoch und fast schon zu rosa für eine Halloweenparty sind. Unter die blumigen Musiknoten mischt sich das vertraute schwarze Flimmern, das ich mit Gothikbands assoziiere. Die Stimme des Sängers ist ein grauer Streifen, der sich heller und dunkler werdend durch das Stück zieht. Pulsierendes Rosa. Warmes Prickeln.

Er hat es wirklich getan.

Ich halte nach Corvin Ausschau, doch der Platz am DJ-Pult ist leer. Stattdessen entdecke ich ihn wenige Meter von mir entfernt. Er bahnt sich seinen Weg durch die Menge. Direkt zu mir.

Mein Puls rast. Ist es möglich, in die Augen dieses Vampirs zu sehen und dabei *Friday I'm in love* zu hören, ohne vor Glück zu beben?

Er hat sich die Kritik zu Herzen genommen. Unsere Begegnung auf der Tanzfläche ist klar. Kein Geld, keine Angeberei, keine Gefälligkeiten. Nur ein Lied, zwei Vampire und ganz viel Farbe im Kopf.

Ich will ihm die Frage beantworten, die er mir auf der Neunziger-Party gestellt hat. Deshalb stelle ich mich auf die Zehenspitzen und flüstere ihm ins Ohr, wie ich das Lied sehe. »Schwarz, weiß und rosa.«

Seine Lippen formen ein schiefes Grinsen. »Für mich ist es grün. So wie du.«

Ich sinke zurück auf die Fußsohlen und muss lachen. Das ist ein Kompliment der ganz anderen Art. Total schräg, und irgendwie doch das schönste, das ich je bekommen habe.

Er hält mir die Hand hin. »Magst du tanzen, Tia?«

Ich nicke und nehme sie.

Wir mögen einen holprigen Anfang gehabt haben, aber nun resetten wir und starten noch mal neu. Unser erster gemeinsamer Tanz ist weit schöner, als mein sehnsüchtiges Herz es sich ausgemalt hat.

12.

Zwei Vampire und ein Dach

Die sechsunddreißigste Etage ist mit dem Fahrstuhl direkt erreichbar. Doch sobald man von den Paternostern weiß, will man die ersten sechzehn Stockwerke unbedingt in ihren rustikalen Fahrkörben nach oben fahren. So sehen das jedenfalls Corvin und ich.

Wir stehen Körper an Körper und halten einander an den Händen, während sich die Kabine emporhebt und wir die Party unter uns lassen. Aufgrund des gemächlichen Tempos nehmen wir jeden Meter ganz bewusst wahr. Die Lichter der Durchgangsflure leuchten vor uns auf und verschwinden wieder. Ohne Red ist die Fahrt noch ein bisschen intimer – schließlich sind wir nicht zu dritt, sondern zu zweit – aber heute lachen wir so ausgelassen, dass wir uns aneinander festhalten müssen, um nicht aus der Kabine zu fallen.

Im sechzehnten Stock steigen wir kichernd aus und wechseln in den protzigen Fahrstuhl. Nachdem ich den obersten Knopf gedrückt habe, sinkt mein Hinterkopf an Corvins Brust und sein Arm legt sich um meine Taille. Während wir zur Ruhe kommen, strahlen uns zwei blasse Gesichter aus den Spiegelwänden entgegen. Die Befürchtung, dass mein Kinderumhang für die Party nicht ausreichen könnte, dass *ich* nicht reichen oder Corvin nicht gefallen würde, war unbegründet. Er faltet die Hände so selbstverständlich vor meinem Bauch, als tue er das täglich. In unseren Kostümen sehen wir aus wie ein mehrere Jahrhunderte altes Vampirpärchen, das eben einen gemeinsamen Mord verübt hat und sich gleich Arm in Arm in einen Sarg legt.

»Nach ihrem Streit hätte ich nie und nimmer gedacht, dass Jordan und Lieke heute Abend auf Brüderschaft trinken«, sage ich.

»Ich kann es auch kaum glauben«, erwidert Corvin. »So zufrieden wie nach den drei Shots mit ihr habe ich ihn lange nicht mehr gesehen.« Die Fahrstuhltüren springen auf und er zieht mich hinaus. »Komm. Wir schauen kurz nach Red.«

Die rotgetigerte Katze stolziert uns bereits auf dem Gang entgegen und maunzt ihren Besitzer vorwurfsvoll an. Corvin beugt sich zu dem Tier hinunter und streichelt ihr über den Kopf. »Na, Kleine? Alleinsein ist doof. Ich weiß. Aber auf der Party hast du garantiert keinen Spaß. Glaub mir.«

»Ideal ist so ein Hotel für eine Katze nicht, oder?«, frage ich und schaue ihm über die Schulter.

Corvin erhebt sich und betrachtet das Fellknäuel nachdenklich. »Meinst du? Ich glaube, es gefällt ihr hier. Nachts ist sie bei mir, aber tagsüber gern auf dieser Etage, vor allem wegen der Sky-Lounge. Dort wird das Frühstück serviert. Wenn sie sich unter die Gäste mischt, bekommt sie oft einen Happen vom Buffet ab. Ich kuschle nachher mit dir, Red«, versichert er der Katze, die sich schnurrend an seine Beine schmiegt. »Aber erst flitzen wir nach oben, Tia. Komm!« Er nimmt meine Hand.

»Was willst du mir denn zeigen?«, frage ich und folge ihm ins

Treppenhaus. »Mach's nicht so spannend. Geht's um die Sky-Lounge?«

Oben angekommen hält Corvin mir eine schwere Brandschutztür auf. »Nein. Besser.«

Ich schiebe mich an ihm vorbei und trete nach draußen. Sofort pustet mir ein kalter Wind um die Ohren. Über uns erstreckt sich der rabenschwarze Himmel. Einzelne, helle Punkte funkeln am Firmament – Sterne, so weit das Auge reicht. Je länger ich sie betrachte, desto mehr scheinen es zu werden. Und drunter sind wir. Klein und unbedeutend. Und trotzdem zusammen.

Als mir schwindelig wird, senke ich den Blick. Ich drehe mich zu Corvin um, der an der Tür lehnt und mich beobachtet. »Zahlt man für die Dachterrasse nicht normalerweise Eintritt?«

Er grinst und zieht eine Schachtel Zigaretten hervor. »Ich wohne hier. Soll ich Geld von dir verlangen, weil du sowas wie meinen Balkon besuchst?«

»Nein. Das wäre tatsächlich unhöflich.«

»Eben.« Sein Gesicht leuchtet auf, als er die Zigarette anzündet. Er pustet eine Rauchwolke in die Nacht und fügt leise hinzu: »Ich gebe mir echt Mühe, Tia.«

»Ja«, flüstere ich. »Das merke ich.« Er hat vorhin nicht mal darauf bestanden, meinen Cocktail zu bezahlen, obwohl es ihm auf der Zunge lag. Das habe ich ihm deutlich angesehen. Er arbeitet an sich, um mir zu beweisen, dass er mehr ist als ein abgehobener Hotelerbe.

Vorsichtig gehe ich über die Holzplanken und bahne mir den Weg an ein paar Liegen vorbei. Mit jedem Schritt komme ich dem Geländer näher, das die Dachterrasse vom Abgrund trennt. Hinter dem Sicherheitsnetz hört man deutlich die Geräusche der Nacht und sieht die Lichter der Stadt. Die Aufgeregtheit Berlins, die gleichzeitig so beruhigend ist, weil sie rund um die Uhr in derselben Intensität pulsiert.

Ich umfasse das Geländer und lehne mich nach vorn. Die Scheinwerfer der Autos formen sich zu Linien, die sich intervallweise durch die Straßen ziehen. Die Ampeln bestimmen ihren Takt, indem sie grüne, gelbe und rote Impulse an die Fahrzeuge senden.

Direkt vor uns zieht sich der Fernsehturm in den Himmel. Erhaben und stolz. Der untere Bereich der Kugel wird von Scheinwerfern beleuchtet, die ihre runde Form betonen. Der Antennenträger macht etwa ein Drittel des schlanken Kolosses aus. Rote und weiße Zylinder wechseln sich ab und werden nach oben hin immer schmaler. Der gute, alte Fernsehturm präsentiert sich nicht umsonst so, als sei er der Star unter den Berliner Monumenten. Er ist es auch.

Über den Horizont zieht sich ein hellorangefarbener Streifen. Wenngleich die Sonne die Berliner erst in ein paar Stunden wecken wird, kündigt sie ihr morgendliches Kommen bereits jetzt ungeduldig an.

»Ist es nicht wunderschön?« Corvin tritt hinter mich und legt die Hände auf meine Hüften. »Ich komme so gern hier herauf, wenn es Nacht ist. Die Sky-Lounge macht um eins zu. Danach habe ich die ganze Dachterrasse für mich. Und irgendwie auch ganz Berlin.«

Ich nicke und lehne mich an seine Brust. Meine Hand sucht seine.

Die Stadt vor uns ist so mächtig. Und wir sind es ebenso. Weil wir ihr trotzen.

»Ich glaube, ich habe Berlin lange nicht mehr so schön erlebt«, sage ich. Meine Stimme ist heiser. »Wenn ich durch die Straßen laufe, sehe ich Wasser, Mama und Schmerz. Aber das …« Ich unterbreche mich und blinzle. Der Ausblick raubt mir den Atem.

Corvin nimmt meine Hand und erwidert ihren Druck. »Deshalb wollte ich dir das zeigen«, murmelt er und legt sein Kinn auf meine Kapuze. »Wenn die Nacht so klar ist wie heute, kann man von hier oben aus unzählige Farben erkennen. Ich liebe Berlin einfach. Ich glaube, an dieser Stadt werde ich mich nie sattsehen können.«

Seine freie Hand gleitet von meiner Hüfte um meinen Bauch, als wolle er mir Halt geben. Gleichzeitig hüllt er mich in seinen Umhang und schützt uns beide vor dem gleißenden Wind. Eine angenehme Wärme geht von ihm aus und erfasst meinen frierenden Körper.

»Den Sonnenaufgang von hier oben zu sehen, ist überwältigend«, fährt er leise fort und streichelt sanft meine Hand. »Orange-rot und so freundlich. Ich hasse früh aufstehen. Trotzdem mache ich es manchmal, um das mitzuerleben. Ich würde nun gern vorschlagen, dass wir hier warten und uns den Sonnenaufgang zusammen anschauen, aber dafür ist es heute leider zu kalt.«

Der Umhang spannt an meinen Schultern, als ich mich zu ihm umdrehe. Er lässt meine Hand los und umfasst den Saum in meinem Rücken, sodass der Stoff uns weiterhin umgibt. »Du schaust dir die aufgehende Sonne an? Das überlebst du, obwohl du ein Vampir bist?«, necke ich ihn leise und taste nach seinen Hüften. Die Rüschen seines Hemdes kitzeln meine Wangen.

»Einmal pro Dekade geht das klar. Wenn man vorher genug Menschenblut getrunken hat«, erwidert er mit einem frechen Grinsen.

Lächelnd schmiege ich mich an ihn. »Es ist so schön, dir zuzuhören, wenn du über Berlin sprichst, Corvin. Du bist so begeistert. Das ist richtig ansteckend.«

Er schmunzelt. »Es ist schwierig, mit dir zu reden, ohne begeistert zu sein.«

Mit heißen Wangen senke ich den Kopf. Er bringt mich so unfassbar in Verlegenheit, macht mich schwach mit Worten, deren Beständigkeit ich nur erahnen kann.

Darf er mich so sehen? Will ich mich so verletzlich zeigen?

Doch als er die Kapuze von meinem Kopf schiebt, muss ich seinen Blick unweigerlich erwidern. Diese Geste ändert alles. Denn ihr liegt so viel Magie inne. Als hebe er einen Schleier von meinem Gesicht. Ich will mich ihm zeigen, meine geröteten Wangen, meine stille Sehnsucht. Und so halte ich seinen suchenden Blick aus, lausche seinem stockenden Atem und dem Wind, dessen Rauschen seine eigene Farbe hat.

Dann legt Corvin die Hand an meine Wange, beugt sich zu mir herunter und küsst mich. Langsam, zärtlich und mit derselben Umsicht, mit der er bei unserer ersten Begegnung meine Hand gestreichelt hat. Er schmeckt nach Rauch und Himbeerkirschsaft. Nach unserem Blutgetränk. Nach dem, was wir suchen, brauchen und ineinander finden.

Als er die Lippen öffnet und mit der Zunge nach meiner tastet, bleibt er sanft und voller unterdrückter Aufregung. Angesichts dessen, dass er sich Fremden über so betont gleichgültig und taff gibt, hätte ich nicht mit so viel Vorsicht gerechnet. Er ist so rücksichtsvoll, dass es meinen Hunger auf ihn steigert.

Ich höre meinen Herzschlag so laut in den Ohren widerhallen, dass es die Geräusche des Windes und der fahrenden Autos übertönt. Die überwältigende Kulisse verblasst in meinem Bewusstsein. Übrig bleiben Corvin und ich. Zwei Vampire unter einem

Umhang. Ein vor Sehnsucht glühender Fleck auf einem Hochhaus in der Nacht.

Ich stelle mich auf die Zehenspitzen und ziehe ihn zu mir herunter. Ich spüre sein Begehren, merke ihm an, wie sehr er darauf bedacht ist, sich nicht mehr zu nehmen, als ich ihm geben möchte. Doch statt den Kuss zu intensivieren, unterbricht er sich und fährt mit den Fingern über seinen Mund.

»Sorry. Ich will dir nicht wehtun.« Er hebt die Oberlippe und offenbart die angeklebten Reißzähne. Einem fauchenden Vampir sieht er damit ähnlicher, als er es wahrscheinlich beabsichtigt.

»Du tust mir nicht weh«, stoße ich hervor. Meine Lippen brennen wegen des Zugwinds, brennen, weil sie ihn vermissen. Brennen, weil sie mehr wollen.

»Tu ich nicht?«

»Nein. Du musst dich nicht zurückhalten.«

Sein Mundwinkel hebt sich zu einem Grinsen. »Okay.« Dann vergräbt er die Hand in meinen Haaren und zieht mich an sich. Kurz tanzt sein stockender Atem über meine Wange, dann drückt er seine Lippen auf meine. Sofort spüre ich es wieder. Sein brennendes Begehren, seinen Durst nach mir.

Als sein Griff in meinem Nacken sich verstärkt, keuche ich leise auf. Der Umhang gleitet mir von den Schultern, als er von dem Stoff ablässt, um auch mit seiner anderen Hand mein Gesicht zu umschließen. Die Fangzähne streifen mich nun prägnanter als zuvor. Sein Verlangen überträgt sich auf mich wie ein Lauffeuer und entzündet eine Flamme, die nur er zu löschen vermag.

Eine Weile stehen wir auf dem Dach des Hochhauses und küssen uns. Als er schließlich die Lippen von meinen nimmt, sind meine Arme kalt, aber mein Herz glüht. Schwer atmend blinzle ich zu ihm hoch. Es sprüht so viel Euphorie in mir wie lange nicht mehr. Es ist ungewohnt und belebend, aber auch so stark, dass ich Gefahr laufe, mich in seinen Armen zu verlieren. Als wolle er mich diesem Risiko nicht länger aussetzen, hält er inne und gibt mir einen Moment zum Durchatmen.

Vorsichtig streicht er mir eine Strähne aus den Augen und sagt: »Du bist ein ganz schön wilder Vampir.«

Leise lachend fahre ich mir mit den Fingern über die Lippen. »Dabei habe ich heute noch gar kein Menschenblut getrunken.«

Dann wird plötzlich die Tür zum Treppenhaus aufgerissen. Ein schwer atmendes Krümelmonster tritt heraus und reißt erleichtert die Arme in die Luft. »Hier seid ihr ja! Dass du nie auf dein Handy schauen kannst, Corvin!«

»Was ist los?« Zaghaft nimmt er die Hände von meinen Hüften.

Lieke entgeht nicht, dass wir so nah beieinanderstehen. Glücklicherweise lässt sie das unkommentiert. »Es geht um Nora«, erwidert sie, setzt die Kapuze ab und fährt sich durch die blassblauen Haare. »Sie hat plötzlich keine Luft mehr bekommen und Panik gekriegt. Es geht ihr mittlerweile besser. Marten und ich haben sie in die Sky-Lounge gebracht und Jordan ist unten völlig verloren, weil seine beiden DJs weg sind. Reinhold hat übernommen, aber das hat Jordan auch nicht gepasst. Versteh ich. Die Gäste hören jetzt *Weiß der Geier, oder weiß er nicht, ganz egal, ich liebe dich*!«

»Wir müssen sofort zu Nora«, murmelt Corvin und wir drei stürzen ins Treppenhaus.

Die Sky-Lounge, die neben dem Frühstücksraum auch noch als Restaurant und Café fungiert, ist genauso monochrom gehalten wie der Rest des Hotels. Im Gegensatz zur Lobby ist sie jedoch sehr dunkel. Schwarzer Teppich, graue Polster, dunkel lasierte Tische und eine Bar aus Quarz. Welcher Architekt auch immer die Inneneinrichtung dieses Gebäudes entworfen hat, scheint Farben gehasst zu haben.

Aufgrund der Party ist die Sky-Lounge heute geschlossen. Marten steht am Tresen und lässt Wasser in ein Glas. Er tut das mit so viel Selbstverständlichkeit, dass ich darauf schließe, dass die Gruppe öfter Zeit in den abgeriegelten Bereichen des Hotels verbringt.

Nora sitzt auf einem Ledersessel und nimmt dankend das Glas von Marten an. Ihre Schminke ist verwischt. Als wir auf sie zukommen, lächelt sie. »Ihr beiden Vampire habt euch also aus dem Staub gemacht, ja? Unser Krümelmonster macht die Pferde wild. Seid unbesorgt. Ich bin wieder auf dem Damm.«

»›Seid unbesorgt‹? Na, du hast gut reden.« Lieke geht vor ihr in die Hocke und nimmt ihre Hand. »Du warst leichenblass und hast nach Luft geschnappt! Ich dachte, du kippst um! Bist du sicher, dass wir nicht einen Arzt holen sollen?«

Nora nippt an dem Glas und knüllt das Taschentuch in ihrer Hand. »Es geht schon, glaube ich. Plötzlich hat sich alles gedreht … Die ganzen Menschen, der fensterlose Saal … Dass die Luft so schlecht war, hat alles nur noch schlimmer gemacht. So schlecht ging es mir lange nicht mehr. Ich habe Michelle angerufen, sie wird mich in der nächsten halben Stunde abholen.« Nora schluckt, woraufhin ihr Gesicht einen besorgniserregenden Ton annimmt.

Lieke will sich das keine Sekunde länger ansehen und schiebt einen Polsterhocker herbei. »Bis Michelle da ist, legst du gefälligst die Beine hoch. Außerdem verordne ich dir Nervennahrung. Marten?«

»Ja, Doktor Lieke?«

»Wir besorgen Kekse.« Entschlossen dreht sie sich zu Corvin um, der ihr mit einem angedeuteten Nicken die Erlaubnis gibt, die Küche zu plündern. Dann stolziert sie, gefolgt von Marten, durch die Schwenktüren.

Das Krümelmonster wird fündig. Kurz darauf machen wir es uns auf Sesseln und auf dem Boden rund um Nora bequem und mampfen Chocolate-Chip-Cookies.

Noras Gesicht nimmt langsam wieder Farbe an. Auch wenn sie wenig spricht, erkenne ich in ihrem Gesicht, wie sie sich nach und nach entspannt. Liekes und Corvins Blödeleien kann man schlecht lange zuhören, ohne früher oder später zu lachen.

Als Michelle durchklingelt, ist Nora wieder sicher auf den Beinen. Da wir alle sie zum Auto begleiten wollen, drücken wir uns zu fünft in den Fahrstuhl. Zwei Vampire, ein Krümelmonster, eine Elfe und ein Zombie starren einander in die besorgten Gesichter. Bis wir alle grinsen müssen, weil Nora eine Grimasse schneidet und Lieke sich bei Corvin darüber beschwert, dass die Jazzmusik nicht gegen den Soundtrack des Films *Halloween* ausgetauscht wurde.

Vor dem Hintereingang treffen wir Michelle. Sie trägt einen schwarzen Hut auf ihren langen, braunen Haaren und ein herzliches Lächeln auf den Lippen. Sie begrüßt Nora mit einem flüchtigen Kuss und wartet geduldig darauf, dass ihre Freundin sich von uns verabschiedet. In der Gruppensitzung hatte Nora sie als sehr verständnisvoll beschrieben. Dass die beiden einander Kraft geben, merkt man an ihrem Umgang miteinander.

Plötzlich hallt Roland Kaiser aus dem Hotel. Lieke quiekt auf. »Jetzt reicht's. Jemand muss Reinhold aufhalten. Wir sehen uns am Montag, Nori!« Gefolgt von Marten wetzt sie zur Party zurück.

Nora steigt in den Wagen und lässt das Fenster hinab. »Wie sieht's aus, Tia? Willst du mitfahren?«

Ich bin überrascht über diese Frage und gleichzeitig auch nicht. Hätte sie dieses Angebot nicht wiederholt, würde ich sicherlich bis in die frühen Morgenstunden bei meinem Vampir bleiben und vielleicht sogar darüber hinaus. Aber will ich das wirklich? Wäre das nicht … zu viel? Zu schnell? Die unternehmungslustige Seite in mir, die so lange in einem tiefen Schlummer lag, ist erwacht und schnuppert neugierig in der Luft. Doch die Vorsicht hält dagegen und ringt die Unvernunft schneller nieder, als ich ›Abenteuer‹ denken kann.

Schweren Herzens wende ich mich an Corvin. »Ich werde mitfahren.«

Für ihn kommt diese Entscheidung sichtlich überraschend. »Was? Wieso? Bleib doch noch. Ich könnte dir später ein Taxi bestellen oder dich …« Er nimmt meine Hand.

Ich schüttle den Kopf. »Ich denke … Es reicht für heute, Corvin.«

Er senkt den Blick, während seine Finger mit meinen spielen. Für einige Sekunden sucht er nach Worten, tastet nach meinen Grenzen, erkennt sie und hält sie ein. »Okay. Komm gut nach Hause.« Ein sehnsüchtiges Funkeln blitzt in seinen Augen, dann legt er die Hand in meinen Nacken und zieht mich an sich. Sein Kuss kommt plötzlich, ist kurz, aber zärtlich. »Ich schreibe dir«, flüstert er.

Und dann sitze ich auch schon bei Michelle und Nora auf der Rückbank. Der Vampir vor dem Nobelhotel wird immer kleiner, während der Golf in die Nacht eintaucht und sich zielsicher durch den Verkehr windet. Vorhin habe ich Fahrzeuge wie unseres von oben durch die Straßen gleiten sehen. Nun bin ich selbst in einem und somit Teil des bunten, nächtlichen Treibens.

»Es tut mir leid, dass der Abend für dich mit so einem unangenehmen Erlebnis enden musste«, sage ich zu Nora. Auch, weil ich endlich aufhören will, an diese mit Kajal umrandeten grünen Augen zu denken, denen ich vorhin einen Teil meiner Seele offenbart habe.

»Ich hatte die ganze Zeit so ein mieses Gefühl«, erwidert Nora seufzend. »Als sei ich bezüglich meiner mentalen Gesundheit zu leichtsinnig geworden. Vielleicht habe ich mir zu viel abverlangt und sollte mir mehr Pausen gönnen.« Sie dreht sich zu mir um und lächelt. »Aber immerhin hattest du einen erfolgreichen Abend, Tia.«

Ich lächle zurück. Die grünen Augen – da sind sie wieder, in meinem Kopf und überall. »Ja. Den hatte ich.«

Nachdem ich aus dem Auto gestiegen bin und die roten Rücklichter des Golfs in der Finsternis verblasst sind, suche ich meine Schlüssel. Mir fällt auf, dass Paps' alter Mercedes nicht in der Einfahrt steht, und ich bin mir sofort sicher, dass er ausgeflogen sein muss. Wahrscheinlich konnte er sich angesichts des nahenden Hausverkaufs nicht an seine guten Vorsätze halten, ist zu Tante Horst und hat sich mehr Bier hinter die Binde gekippt, als er Espressi trinken konnte. Aber dann höre ich im Flur stehend das Schnarchen aus seinem Zimmer und mir fällt ein, dass der Wagen ja verkauft ist und sein Fehlen nichts über Paps' Aufenthaltsort aussagt.

Kopfschüttelnd verdrücke ich mich im Bad. Unfassbar. Trotz der Rückschläge gelingt es meinem Vater, trocken zu bleiben.

Nachdem ich mich vom Make-up befreit habe, falle ich ins Bett und starre an die Decke. Meine Gefühle fahren Achterbahn. Was war das denn für ein Abend?

Ich bin zurück nach Berlin gekommen, um Maries Hochzeit zu

besuchen. Um mich mit der Vergangenheit zu versöhnen. Vielleicht sogar, um Frieden mit meinem Vater zu schließen. Dabei finde ich Corvin und alles zwischen uns geht so schnell. Allein der Gedanke an unseren Kuss bringt mein Herz zum Stolpern. Es war so schön, so berauschend … Und verdammt nah dran am Kontrollverlust. Wie der Abend wohl geendet wäre, wenn wir unsere Küsse in eines der aberhunderten Hotelzimmer verlagert hätten? Hätten wir uns, benebelt von der spannenden, kribbelnden Lust, stoppen können, etwas zu tun, das ich bereuen könnte? Sicherlich nicht.

Jetzt bin ich mir sicher. Es war die richtige Entscheidung, die Party früher zu verlassen.

Was bin ich für Corvin? Sollte ich mich ihm öffnen? Kann ich das überhaupt?

Während ich nachdenke, vibriert mein Handy.

Corvin: Ich kann's nicht erwarten, dich wiederzusehen. Schlaf gut, Kapuzenmädchen. :)

Grüne Augen, aufregendes Kribbeln. Sie bestimmen meine Gedanken, während ich mein Gesicht im Kissen vergrabe und hinein quieke.

Mit Sicherheit riskiere ich einiges, wenn ich ihn näher an mich heranlasse. Andererseits wage ich so viel, seit ich wieder in Berlin bin. Wahrscheinlich sollte ich bei ihm keine Ausnahme machen. Und wer weiß – vielleicht ist der Mann mit der Kapuze und den Fangzähnen genau das, was mir guttut.

13.

Ein Affe, der bei dreißig Grad im Schatten einen Schal trägt

»Du isst also noch immer diese Frühstücksflocken mit dem Einhorn drauf, egal wie spät es ist, was? Ist die zweite Packung schon leer?« Prüfend schüttelt Paps den Cornflakeskarton hin und her. Dann nimmt er grummelnd die dampfende Kaffeetasse an sich und setzt sich zu mir an den Esstisch. »Du hast dich kein bisschen verändert.«

»Du anscheinend schon«, erwidere ich mampfend und betrachte ihn mit ehrlichem Interesse.

Paps hebt die Achseln und schlürft von der mattschwarzen Flüssigkeit.

»Als Kaffeejunkie bist du mir lieber«, setze ich hinzu und trinke die Hafermilch aus der Schüssel.

Paps reibt sich den Bart und stellt die Tasse ab. Wieder ist es die mit der Aufschrift *Bester Papa der Welt*. Er nutzt sie auffällig oft. »Ich mir auch.« Er zieht die Zeitung an sich und setzt seine Lesebrille auf.

Ich umschlinge die Knie und blicke aus dem Fenster. Gelborangefarbene Blätter wirbeln von der alten Birke. Es ist Ewigkeiten her, dass wir zum Essen zusammen am Tisch saßen. Mama war noch da. Und Paps trank nur am Wochenende. Ich schaue zum Tischende, zu ihrem Platz. Und auf einmal ist es, als wäre sie da. Ihr braun gewelltes Haar, das in der Herbstsonne immer so toll glänzte. Ihre dunklen Augen, die meinen so ähnelten. Und ihr mitreißendes Lachen.

Einige Momente lang starre ich den leeren Stuhl an, hole mir eine Mateflasche aus dem Kühlschrank, setze mich wieder. Dann platzt es aus mir heraus: »Bist du Pierre eigentlich mal begegnet?«

Paps hebt den Kopf. Die Brille rutscht ihm bis zur Nasenspitze. »Du willst nun doch über deine Mutter sprechen?«

Ich reibe mir die Schläfe. »Ja. Nachdem die Waschmaschine ausgelaufen ist, fühlte ich mich dafür nicht bereit. Jetzt schon.«

»Na schön. Pierre. Du meinst den Vogel, mit dem deine Mutter abgehauen ist?«

»Ja. Ich habe den Typen nie kennengelernt, für den sie uns verlassen hat.«

Paps faltet seufzend die Zeitung zusammen.

»Also hast du ihn kennengelernt«, schließe ich. »Ich weiß nur, dass er Künstler war und aus Frankreich kam. Angeblich war er stinkreich. Stimmt das? Wie war er? Bestimmt ein aufgeblasener Gockel.«

Paps zögert. Dann hebt er verschwörerisch den Finger. »Der war der größte Schnösel, dem ich je begegnet bin. Ein gelackter Affe, der immer einen Schal trug. Auch bei dreißig Grad im Schatten. Anscheinend gehört sich das für einen Maler mit eigenem Atelier.« Abfällig grunzt er.

Entschlossen nicke ich. Wenn mein Vater über den Typen lästern will, der unsere Familie zerstört hat, bin ich sowas von dabei.

»Genauso habe ich ihn mir vorgestellt. Total eingebildet. Und Mama ist auf ihn abgefahren, weil er Geld hatte.«

Paps winkt ab. »Ach, Tia. Das war das Beste daran. Der Knabe war nicht reich.«

»Nicht?«

»Nein. Deine Mutter hat uns für einen Blender verlassen. Erfahren habe ich das, als ich das Erbe angetreten habe. Scheiden lassen haben wir uns ja nie.«

Ich kneife die Augen zusammen. »Hat sie dir Schulden hinterlassen?«

Paps seufzt. »Eine ganze Menge.«

»Das ist ja furchtbar«, sage ich leise und starre betroffen in meine leere Schüssel. »Ich habe meinen Teil des Erbes ausgeschlagen. Ich wollte nichts von ihr haben, nachdem sie uns im Stich gelassen hat.«

»Das hätte ich auch tun sollen«, brummt Paps. Sein Blick schweift ans Tischende. »Den Partys und Reisen von ihr und Pierre habe ich es mitunter zu verdanken, dass ich dieses Haus nicht halten kann.«

Fassungslos hole ich Luft. »Was? Mama ist schuld daran?«

Paps lächelt beschwichtigend. »Beruhige dich, Tia. Nur zur Hälfte. Ich hab' mir viel selbst eingebrockt.«

»Aber …« Hilflos hebe ich die Achseln. »Auch die Hälfte ist eine Menge. Bist du nicht wütend?«

Paps nippt an seinem Kaffee. »So wie du?« Er wirkt sehr abgeklärt dafür, dass wir über seinen finanziellen Ruin sprechen. Wieder beeindruckt mich, wie gefasst er ist.

Ich setze an, mich zu erklären, doch Paps nickt. »Ich verstehe dich. Du hast allen Grund, wütend auf deine Mutter zu sein. Ich war es auch, glaub mir. Aber …« Er dreht den Ring an seinem Finger. »Sie hat ihn nie ausgezogen. Das berührt mich, weißt du?«

Meine Augen weiten sich. »Du liebst sie noch.«

Er antwortet nicht.

»Obwohl sie uns vor über zehn Jahren verlassen hat. Und sich Proseccos auf Yachten gegönnt hat, für die du heute mit diesem Haus bezahlst.«

Er begegnet meinem Blick mit verengten Lidern. »Du bist ja noch immer voller Hass.«

»Zurecht, finde ich.«

»Sie war krank, Tia. Eine bipolare Störung besteht aus manischen und depressiven Episoden. Sie war euphorisch und hat sich völlig überschätzt, wenn sie in eine Hochphase rutschte.«

»Sie hätte sich Hilfe suchen können. Sie hatte Familie.«

»Das Tückische an dieser Erkrankung ist, dass die Betroffenen sich während einer Manie fantastisch fühlen. Sie hat sich nicht krank gefühlt. Ich verstehe deinen Ärger, Tia. Deine Mutter war für dich eine Enttäuschung, darüber brauchen wir nicht diskutieren. Aber dieses Ende hat sie nicht verdient.«

Schweigend drücke ich die Fingerspitzen aneinander. Vor meinem inneren Auge erwachen die Bilder zum Leben, die mir Zeitungsartikel über ihren Unfall ins Hirn pflanzten. Ein einzelner Tropfen Kondenswasser rinnt die Mateflasche hinunter. Ich schlucke. »Das hat niemand.«

»Sehe ich ebenso.« Er trinkt den Kaffee leer. Kurz reden wir nicht. Dann steht Paps ächzend auf. »Wie auch immer. Ich finde es schön, dass du hier bist. Dass wir ab und an zusammensitzen und essen. Wie früher. Ganz früher.« Er zwinkert unbeholfen.

»Kaffeetrinken gilt nicht als Essen«, widerspreche ich.

»Müsli mit Hafermilch schon, oder was?«

»Klar. Eher als deine Dosenravioli. Das kriegt doch kein Mensch außerhalb eines Festivals runter.«

Herausfordernd wedelt Paps die zusammengerollte Zeitung.

»Wenn das so ist, Madame, sollten wir uns mal am Herd duellieren. Was meinst du?«

Ich lache. »Du verlierst sowas von.«

»Das wollen wir mal sehen. Ich nehme die Herausforderung an.«

»Ich ernähre mich aber überwiegend vegan. Das ist dir klar?«

»Bei Gott. Musst du es deinem alten Herrn so schwer machen?«

Wir grinsen einander an.

Paps stellt seine Tasse in die Spülmaschine. »Ich bin gleich auf dem Dachboden. Nachher werde ich zum Supermarkt gehen und einkaufen. Wenn du willst, kannst du mitkommen.«

Ich schüttle den Kopf. »Ich bin in der Selbsthilfegruppe.«

Paps triumphiert. »Du gehst noch mal hin?«

»Ja. Du hattest recht. Es sind supernette Leute dort.«

»Hängt das mit dem mysteriösen Hotelerben zusammen, den Marie erwähnt hat?«

»Mit dem hat das rein gar nichts zu tun.« Ich würde auch nochmal zu The Broken Hearts Club gehen, wenn Corvin nicht käme. Da ich aber sicher weiß, dass er kommt, muss ich erst recht hin. Davon soll mein Vater aber nichts erfahren.

Dieser scheint mir meine Aussage nicht so ganz abzukaufen, er grunzt nämlich etwas Zweifelndes und marschiert zur Treppe.

»Paps?«, rufe ich ihm hinterher und er hält inne. »Was machst du eigentlich immer auf dem Dachboden?«

Langsam dreht er sich zu mir um. Sein freches Grinsen erinnert mich an die Schwarzweißfotos seiner Einschulung. »Lass einem Mann seine Geheimnisse. Wir sehen uns nachher.«

Die S-Bahn fährt ratternd über die Gleise, während ich auf mein Handy starre. Ich habe zum ersten Mal nach der Party das Haus verlassen, da ich es vorzog, den Sonntag in meinem alten Zimmer zu verbringen. Nach all der sozialen Interaktion war ich platt. Ein Teil von mir hat erwartet, dass Corvin sich nicht melden würde. Nein, ich war mir sogar so gut wie sicher. Es gab schließlich viele ansehnliche Monster auf der Party. Warum hätte dieser charismatische Vampir seinen Sarg ausgerechnet in der Halloweennacht allein beziehen sollen?

Falsch gedacht. Irgendetwas muss ich richtig gemacht haben. Der Kapuzenjunge mit dem Nobelhotel schrieb mir nämlich, und zwar regelmäßig. So auch jetzt, während ich nach Lichtenberg zur Selbsthilfegruppe fahre.

Corvin: Wie läuft's eigentlich mit deinem Paps?

Tia: Tatsächlich etwas besser. :)

Corvin: Das freut mich. Falls du doch Abstand von ihm brauchen solltest, kannst du jederzeit im Bonzen-Hotel deines Vertrauens einchecken.

Grinsend stecke ich das Handy weg. Er fragt zwar nicht direkt nach einem Date, tänzelt aber schon eine ganze Weile darum herum. Ich bin gespannt, wie er sich verhält, wenn wir uns nachher im Stuhlkreis gegenübersitzen.

An die Lehne des grüngemusterten S-Bahn-Sitzes gelehnt, schaue ich aus dem Fenster. Die Sonne strahlt freundlich vom hellblauen Himmel. Wir sind bereits am Ostkreuz, haben die Spree also vor wenigen Momenten passiert. Das ging komplett an mir vorbei. Corvins Nachricht hat mich abgelenkt.

An diesem Montagabend ist es relativ voll in der Bahn. Feierabendverkehr. Mit meinen Over-Ear Kopfhörern lausche ich einer selbst zusammengestellten Playlist mit gelb-roten Liedern. Auf dem Vierersitz mir gegenüber kommen zwei Leute miteinander ins Gespräch, die unterschiedlicher nicht sein können. Die Haare der jungen Frau leuchten in allen Farben des Regenbogens, wohingegen der Mann einen langen, weißen Bart, einen Anzug und Sonnenbrille trägt. Sie scheinen sich nicht zu kennen, halten aber das gleiche Buch in der Hand und diskutieren angeregt über dessen Inhalt.

Die zwei alten Damen im Gang hingegen sind zusammen eingestiegen. Sie sitzen auf ihren Rollatoren und tauschen sich über das Gemüse in ihren Körben aus. Auf der Tasche der einen Dame ist das *Snickers*-Logo aufgedruckt. Ich schmunzle.

Die Ringbahn hält an. Leute steigen ein, andere steigen aus. Es sind Menschen verschiedenster Kulturen, die alle möglichen Sprachen sprechen und den unterschiedlichsten Berufen nachgehen. Jeder hat seine eigene Geschichte. Langsam kehren Erinnerungen in mir zurück. An das, was ich an Berlin geschätzt habe, ehe ich ging. Berlin ist für alle da. Berlin ist bunt. Wie konnte ich das vergessen? Habe ich es je vergessen? Wollte ich mich erinnern? Habe ich deshalb spontan zugesagt, als Marie mich fragte, ob ich ein paar Wochen bleibe?

Ich bin so in Gedanken, dass ich fast die Station verpasse. Aber nur fast.

Auf dem Weg zur Gruppe spaziere ich leichtfüßig über die Fußgängerbrücke am Storkower Bogen und schirme meine Augen von der tief stehenden Sonne ab. Die lockeren Wölkchen am Himmel verraten, dass fürs Erste kein Regen zu erwarten ist. Na bitte, Berlin. Geht doch.

14.

The Broken Hearts Club (2)

»Was soll das heißen, Nora kommt heute nicht? Wie sollen wir das denn ohne sie schaffen?« Fassungslos starrt Lieke in Reinholds Gesicht. Die Farbe hat sich über das Wochenende ein wenig herausgewaschen. Trotzdem hält sich das Blau tapfer in ihren hellen Haaren.

Reinhold zieht sich die Pudelmütze vom Kopf und schiebt die Stühle in den Stuhlkreis. »Die Party hat ihr wohl mehr zujesetzt als jedacht.«

»Reg dich ab, Lieke. Von mir aus übernehme ich den Job.« Gähnend lehnt Corvin sich zurück. Sein Gesicht verschwindet fast unter der Kapuze seines schwarzen Hoodies, als er sich streckt.

»Du?« Lieke lacht auf. »Vergiss es. Du tanzt schon deinem Bruder auf der Nase herum. Hier können wir sowas nicht gebrauchen.«

Corvin grinst vor sich hin. Als er mich an der Tür erkennt, hält er inne. Er nimmt Haltung an und schiebt sich die Kapuze vom Kopf. Wahrscheinlich will er einen aufgeräumten Eindruck machen. Ganz gelingt ihm das nicht, da die Geste seine Haare rettungslos aufgewirbelt hat. »Hallo, Tia.«

»Hallo«, druckse ich und spüre, dass meine Wangen heiß werden.

Es ist komisch, Corvin wieder gegenüberzustehen, nachdem ich mich am Wochenende gedanklich so viel mit ihm beschäftigt habe. Nachdem er mir bei Instagram gefolgt ist, habe ich bewusst wenig Zeit auf seinem Profil verbracht, um mich nicht total in Erinnerungen an unsere Küsse zu verlieren. Auf solch Contenance hat er hingegen verzichtet und jedes Foto von mir geliked, was es zu finden gab. Darunter auch das, auf dem Marie und ich vor dreieinhalb Jahren auf meiner Abschiedsparty mit von Schokokuchen verschmierten Lippen einen Kussmund formten. Ich sollte dringend meine Social-Media-Profile aufräumen.

»Tia ist da!«, jubelt Lieke. »Dem Himmel sei Dank! Fehlt nur noch Marten.«

»Ach, du kennst ihn doch. Der kommt immer zu spät«, sagt Corvin. Während er sich durch die Haare wuschelt, bemerkt er selbst, wie durcheinander sie sind. Er versucht, eine abstehende Strähne zu zähmen, drückt sie immer wieder an seine Stirn und deutet auf den Stuhl neben sich, doch Lieke sinkt mit einem Seufzen darauf nieder.

Entschuldigend hebe ich die Achseln und setze mich Corvin gegenüber.

»Dann warten wir noch fünf Minuten«, beschließt Lieke. »Wie geht's dir, Tia?«

»Gut«, erwidere ich und versuche, zu ignorieren, dass Corvin mich unentwegt ansieht. »Wie lange ging die Party noch?«

Nachdenklich legt sie den Finger an die Lippen. »Bis halb fünf ungefähr? Reinhold ist der geborene DJ. Wir haben uns abgewechselt. Das ergab einen seltsamen Mix, aber nachdem wir uns eingegroovt haben, waren wir nicht mehr zu stoppen. Jordan ließ uns machen, solange die Leute getanzt haben.«

Reinhold lächelt verstohlen.

»Und du, Corvin? Konntest du den Frieden wahren, den ich euch mühsam erkämpft habe?«, fragt Lieke.

Corvin legt den Kopf schief. »Anfangs schon. Bis gestern Morgen. Da gab es den nächsten Ärger mit Jordan.«

Lieke schlägt die Hand an die Stirn. »Was hast du nun wieder angestellt?«

Er legt den Fuß aufs Knie. »Ich habe Jenny in der Nacht von Samstag auf Sonntag nach Hause geschickt.«

Ungläubig schaut Lieke ihn an.

»Sie hatte die sechste Nachtschicht in Folge«, verteidigt sich Corvin. »Und ehe du weiterredest: Ja, mir ist bewusst, dass sowas im Idealfall vorher geklärt werden muss. Das ändert nichts daran, dass sie vor Müdigkeit kaum die Augen aufhalten konnte.«

»Das hört sich wirklich nicht gut an«, gibt Lieke zerknirscht zu. »Und wer hat dann die Rezeption besetzt?«

»Red und ich«, erwidert Corvin.

»Du hast dich mit einer Katze an den Tresen gesetzt?«, frage ich und komme nicht daran vorbei, mir vorzustellen, wie er mit den Füßen auf dem Schreibtisch und seiner Kapuze auf dem Kopf hinter dem goldverkleideten Tisch sitzt und Red davon abhält, über die Tastatur zu spazieren.

Corvin nickt. »Ja. Wir haben das richtig gut hingekriegt. Ein Gast wollte nachts auschecken. Weil ich das Kreditkartenmodul nicht bedienen konnte, habe ich ihm einfach die Rechnung ausgedruckt. Jordan war stinksauer, als er Red morgens am PC entdeckt hat, dabei waren die Kunden begeistert. Eine ist sogar ins Restaurant gelaufen und hat ihr das Thunfischmenü servieren lassen für dreißig Mäuse.«

Lieke und ich wechseln einen Blick. Dann prusten wir los. Im nächsten Moment führen Corvins Erzählungen über Red meine Gedanken zu Blue und das schmerzhafte Gefühl des Vermissens macht sich in mir breit. Immerhin tröstet mich das Foto von ihr, das Yannik mir heute Morgen geschickt hat. Ich kann mir sicher sein, dass es Blue bei ihm gut geht.

Marten platzt herein und schiebt die Tür hinter sich zu. »Was ist denn hier los? Habe ich was verpasst?«

»Corvin hat sich mal wieder unmöglich benommen und wurde dafür belohnt. Alles wie immer. Also nein, du hast nichts verpasst«, erklärt Lieke.

Etwas verwirrt setzt Marten sich und wir starten.

Lieke schnappt sich das Klemmbrett und macht damit klar, dass sie heute die Leitung übernimmt. »Hat jemand mit Nora gesprochen und weiß, wie es ihr geht?«

Marten hebt die Hand. »Ja, sie hat mir geschrieben und lässt euch schön grüßen.« Seine Stimme wird leiser und er krempelt langsam seine Ärmel hoch. »Sie sagte, sie habe eine Menge Spaß mit uns gehabt. Sie ist froh, dass sie sich unter Menschen getraut hat. Aber die Angststörung ist eben nicht weg. Darum braucht sie Zeit. Mit Michelle und mit ihrer Therapeutin. Die sieht sie morgen.«

»Dann hoff' ick, dass sie nächste Woche zurück is'.« Reinhold reibt sich die Stirn. »Wie sie übers Parkett jefegt ist … Hat mich fast vergessen lassen, dass sie Menschenansammlungen nich' abkann.«

Corvin nickt nachdenklich und spielt an der Kordel seiner Kapuze herum. »Das war wirklich mutig von ihr. Sie hat nicht eine Sekunde gezögert, als ich sie eingeladen habe. Im Gegensatz zu manch anderer hier.« Er grinst frech und zwinkert mir zu.

»Oh bitte, ich hatte einen guten Grund!«, gebe ich lachend zurück.

»Ach ja? Welchen?«, neckt er mich. »Blutphobie? Als Vampir?«

Lieke hebt die Braue und wirft Corvin einen mahnenden Blick zu.

Er verstummt sofort.

Andächtig legt sie das Klemmbrett auf ihren Schoß. »Alles klar. Gut zu wissen. Ich hoffe, Nora geht es bis zum nächsten Treffen besser. Dann legen wir mal los. Wie war eure Woche?«

Obwohl dies erst meine zweite Sitzung ist, wird schon beim Blitzlicht klar, weshalb Corvin und Lieke auf Noras Abwesenheit so geknickt reagiert haben. Als Moderatorin fehlt sie wirklich. Lieke ist charismatisch, witzig und locker – für die Leiterin einer Selbsthilfegruppe aber ein Stück zu emotional und sprunghaft. Trotzdem bemühen wir uns alle, das Beste aus der Situation zu machen.

»Ick war zum Vorgespräch bei dieser Therapeutin«, beginnt Reinhold.

»Oh, und?«, ruft Lieke begeistert.

»Ach.« Aus Reinholds Stimme ist klare Verachtung zu hören. »Ick soll auf eine Reha, sagt sie. Und dann die Züge probeweise in Begleitung fahren.« Mürrisch schüttelt er den Kopf.

»Was ist daran so schlimm?«, fragt Lieke.

Reinholds Augen verengen sich. »Zweiundzwanzig Jahre bin ich die Tanten allein gefahren. Ick lass mir doch jetzt nich' auf die Finger kieken, wie ein Erstklässler von der Lehrerin!«

Marten hat wieder diesen mitfühlenden Ausdruck im Gesicht, der mich stark an einen Therapeuten erinnert.

»Mensch Reini!«, ruft Lieke aufgekratzt. »Du hast diese Stimmen im Kopf, die dir sagen, dass du die Tanten, wie du sie nennst, entgleisen lassen sollst. Natürlich ist es besser, wenn du erst mal nicht allein fährst!«

Entgleisen? Ich starre von Reinhold zu Lieke und kann meinen Schrecken nicht verbergen.

»Oh, das haben wir noch gar nicht besprochen, oder?« Schuldbewusst reibt Lieke sich die Schläfe. »Sorry, Reini, du hättest entscheiden dürfen, wann wir das erzählen. Manchmal schieße ich etwas übers Ziel hinaus.«

Reinhold winkt ab. »Is' gut, Lieke. Wir sind een Club. Vor Tia können wir über allet reden. What haperts at … na, wie sagt ihr immer so schön?«

»*What happens at The Broken Hearts Club, stays at The Broken Hearts Club*«, vervollständigen Corvin und Lieke wie aus einem Mund und formen mit den Fingern ein brechendes Herz.

Reinhold grinst. Dann wird er ernst. »Ja, Tia, so stehen die Dinge. Ick hab diese Stimmen im Kopf.« Er drückt die Faust an die Stirn. »Zwangsjedanken nennen dit die Weißkittel.«

»Zum Glück hast du dich deinem Arzt anvertraut, Reini«, ergänzt Lieke.

»Der mir das Fahren verboten hat«, knurrt Reinhold düster.

»Was ja nicht für immer ist.« Marten ist bemüht, ihm eine Perspektive aufzuzeigen.

»Weeß ick ja«, schnarrt Reinhold. »Aber leicht isses auch nicht. Zu Hause fällt mir die Decke uff'n Kopp.«

»Dann ist eine Reha doch gar nicht so verkehrt, oder?«, wirft Marten ein. »Bringt Struktur.«

»Vielleicht findest du da ja einen Kurschatten«, feixt Corvin.

Lieke rammt ihm lachend den Ellenbogen in die Seite.

»Werden wir sehen.« Reinhold sieht mit sehnsüchtigem Blick aus dem Fenster, wo die Sonne langsam hinter den Hochhäusern verschwindet. Warum dieser Mann immer so einen schwermütigen Eindruck macht, verstehe ich nun. Er vermisst seine Berufung. Das Lokfahren. Seine *Tanten*.

Lieke drückt das Klemmbrett an die Brust. »Ich hoffe, deine Reha ist in der Nähe. Dann besuchen wir dich, Reini!«

Er lächelt müde und putzt sich die Brille. »Wollen wir sehen, wo es mich hin verschlägt.«

»Hoffentlich ans Meer! Machen wir weiter.« Lieke starrt auf das Klemmbrett und versucht, Noras Notizen zu entziffern. Als das misslingt, wirft sie es achselzuckend auf den Tisch hinter sich. »Marten! Wie geht es dir? Wie war deine Woche?«

Marten lächelt schüchtern. »Oh, ganz gut. Ich fand die Party richtig witzig. Danke, dass du uns eingeladen hast, Corvin.«

Dieser grinst und formt mit den Fingern ein Peace-Zeichen.

»Ich habe diese Woche etwas Neues ausprobiert«, druckst Marten und starrt auf seine ausgestreckten Beine. »Weil ich gefragt wurde, ob ich aushelfen kann, und ich kann doch so schlecht nein sagen, und … Ach.«

»Ja? Was war es? Spuck's aus!«, fordert Lieke.

Marten schaut unsicher in die Runde. Dann wendet er sich ab. »Ich bin fertig. Der Nächste ist dran.«

Beharrlich schüttelt Lieke den Kopf. »Halt. Du sagst jetzt, was dir auf der Seele brennt!«

Wenn Lieke ihn so entschlossen ansieht, kann Marten ihr anscheinend nur schwer etwas abschlagen. »Na gut.« Er fährt sich durch die gewellten Haare. Dann sieht er Corvin unvermittelt an. »Nach der Aufzeichnung der letzten Show ist Till auf mich zugekommen. Wir haben uns vor ein paar Wochen darüber unterhalten, dass ich als Jugendlicher Geige gespielt habe, aber seit über zehn Jahren kein Instrument mehr angerührt habe. Till hat mir die Violine von Theresa in die Hand gedrückt und wir waren überrascht, dass ich ihr ein paar anständige Töne entlocken konnte. Darum hat er gefragt, ob ich mir zutrauen würde, es in der Gruppe zu versuchen.«

Unbeeindruckt hebt Corvin die Brauen. »Und was hast du gesagt?«

Schuldbewusst senkt Marten den Blick. »Ich habe ja gesagt.«

»Oh, wow«, stößt Lieke aus. Weil ich verwirrt von Corvin zu Marten schaue, erklärt sie mir: »Es geht um die Late-Night-Show von Mira Bellenbaum. Kennst du die?«

Ich nicke. Die Show, die in Berlin produziert wird, läuft wöchentlich auf einem Untersender der Öffentlich-Rechtlichen. Ab und an bleibe ich beim Zappen darauf hängen, da ich die Sketche der Kabarettistin unterhaltsam finde und die Gesellschaftskritik angebracht.

»Dann hast du sicherlich auch das *Ultraviolet Orchestra* gesehen«, fährt Lieke fort. »Die Band, die das Intro und Outro spielt und Musikacts begleitet. Nun, Corvin und seine Violine nahmen einst einen herausragenden Posten ein. Er war der Stimmführer. Schade nur, dass er sein Hobby seit einem Jahr schleifen lässt.« Sie wirft Corvin einen scharfen Blick zu, der stur aus dem Fenster sieht. »Marten jobbt als Kabelträger bei der Produktion. So haben Corvin und er sich kennengelernt.«

Ich erinnere mich daran, dass die Musiker vom *Ultraviolet Orchestra* sich im Gegensatz zu herkömmlichen Orchestern modern geben und sich alternativ kleiden. Außerdem ist die Anzahl der Mitglieder überschaubar, etwa fünfzehn Leute. Auf den Geiger habe ich nie geachtet. Mich wundert, dass Corvin nie erzählt hat, dass er eine tragende Rolle bei Fernsehauftritten einnimmt. Ich bin beeindruckt. Sehr sogar.

Marten ist das Gespräch sichtlich unangenehm. »Till sagte, er habe dich abgeschrieben, Corvin. Weil du ihm nicht antwortest. Dass er vermutet, dass du nicht zurückkommen wirst. Dass er Ersatz braucht. Und weil er Potenzial in mir sieht, will er mich anlernen.«

»Aha«, sagt Corvin tonlos. Ihm ist nicht genau anzusehen, was er denkt. »Üben die mittlerweile schon an dem Videospiel-Weihnachtsmix? Letztes Jahr haben sie das geplant.«

Marten lächelt verhalten. »Tun sie. Im Advent wird es einen Mix von *Final Fantasy*, *Mario Kart* und *Zelda* geben. Till hat die Instrumente aufeinander abgestimmt und letzte Woche Noten ausgeteilt. Er ist ein Genie.«

»Ein wahres Genie«, erwidert Corvin mit leiser Stimme. »Er hat wirklich Gespür für Musik.«

»Hast du schon mit der Gruppe gespielt, Marten?«, fragt Lieke.

»Ja, ich war letztens etwas früher bei der Showprobe. Ich werde Übung brauchen, und eventuell ist bald eine neue studentische Hilfskraft für die Kabel nötig, aber abgesehen davon …« Verdutzt schaut er auf. »Kann ich mir gut vorstellen, fest einzusteigen. Es hat wirklich Spaß gemacht.«

»Das ist das Wichtigste«, schnarrt Reinhold.

Unruhig hebt Marten den Kopf. »Bist du jetzt sauer auf mich?«, fragt er Corvin. »Ich will dir deinen Posten im Orchester nicht streitig machen. Echt nicht.«

Alle Blicke richten sich auf Corvin. Es ist so still, dass man eine Stecknadel fallen hören könnte.

Corvin zögert. Dann sagt er: »Nein, das ist schon okay. Übernimm meinen Platz im *Ultraviolet Orchestra*.« Aufmunternd lächelt er ihm zu.

Diese Absolution hat Marten gebraucht. Es ist, als lösen sich in seinem Körper sämtliche Verkrampfungen. »Danke, Corvin.«

»Wir müssen unbedingt eine Show besuchen, bei der du spielst!«, ruft Lieke.

Martens Wangen nehmen einen hellen Rosaton an. »Ich gebe euch Bescheid, sobald ich aufgestellt werde. Mir fällt es schwer, einzuschätzen, wie schnell ich mich verbessere.«

Während ein allgemeines Geplapper den Raum erfüllt, fällt mir auf, wie Corvin für einige Augenblicke etwas weggetreten wirkt. Dann ist es, als ermahne er sich, gute Miene zum bösen Spiel zu machen, und er sagt: »Hey, Marten. Sollte Till an der Idee festhalten, das *Zelda* Theme mit der Kazoo zu spielen, halte ihn ab. Setz dich dafür ein, dass er die Otamatone mit der Weihnachtsmütze einsetzt. Die klingt stimmiger als die Tröte und hat mehr Charme.«

Martens Augen leuchten auf. »Werde ich tun!«

Die beiden lächeln einander an. Als der Fokus sich zurück auf Marten richtet, weicht die gute Laune wieder aus Corvins Gliedern. Während ich ihn beobachte, habe ich das Gefühl, ihn immer besser verstehen zu können. Er fühlt sich nicht wohl mit der Situation. Trotzdem ist es ihm wichtig, dass Marten es tut. Das ist ein wenig traurig, aber sehr lieb von ihm.

»Und Tia? Wie ging es dir diese Woche?«, fragt Lieke und setzt damit dem Geplauder ein Ende.

Ich gehe in mich und überlege. Tatsächlich waren die vergangenen Tage nicht so schlecht, wie ich es befürchtet hatte. Einerseits begann sie mit der Panik rund um das Desaster mit der Waschmaschine und Paps und ich sind meilenweit von einer gesunden Vater-Tochter-Beziehung entfernt. Andererseits gelang es uns, über Mama zu reden, ohne dass einer dem anderen haltlose Vorwürfe gemacht hat. Wenn man das mit der Kommunikation von früher vergleicht, sind wir für unsere Verhältnisse fast harmonisch.

»Mir geht's erstaunlicherweise gut«, erwidere ich. »Ich habe noch immer viele düstere Gefühle für die Stadt. Aber immerhin war das in den letzten Tagen nicht kontinuierlich so. Durch ein paar schöne Erlebnisse konnte ich Berlin wieder mit anderen Augen sehen. So, wie es wirklich ist. Wie ich es geliebt habe.«

Mein Blick findet Corvins und ich weiß sofort, woran er denkt. Weil ich daran denke, und weil manche Sachen zwischen uns einfach da sind, ohne dass wir sie aussprechen. So wie jetzt die Erinnerungen an unseren ersten gemeinsamen Kuss.

»Außerdem war die Halloweenparty spitze«, füge ich hinzu. »Ich glaube, dass ich auf einem guten Weg bin. Zurück zu Berlin zu finden, meine ich.«

»Du hast also Probleme, das Schöne an Berlin zu sehen?«, schlussfolgert Lieke.

Ich nicke. »Ja. Seit dem Tod meiner Mutter ist das so.«

Lieke legt die Stirn kraus. »Wenn ich darüber nachdenke … Wir im The Broken Hearts Club mögen alle depressiv und manchmal neben der Spur sein, aber wir kennen ein paar nette Orte hier. Oder?« Angriffslustig schaut sie in die Runde.

»Aber hallo.« Marten, Corvin und Reinhold nicken.

»Wollen wir Tia in der kommenden Woche etwas davon zeigen?« Lieke grinst.

Die drei Männer nicken erneut.

»Hast du Bock, dir die Stadt zurückzuerobern, Tia?«, fragt Lieke.

Zurückerobern. Das klingt schön. Sich seiner Vergangenheit zu stellen, kann unangenehm sein. Doch mit der Gruppe bin ich bereit, mir die Stadt neu zu erschließen.

Ich habe keine Ahnung, was die vier mit mir vorhaben. Dennoch – oder gerade deswegen – stimme ich zu. »Total.«

The Broken Hearts Club ist eine Selbsthilfegruppe, die unter der Kategorie »Depression« gelistet ist. In den vergangenen Tagen habe ich mich eingelesen, um zu erfassen, was Depression überhaupt ist. Schließlich war ich nie in Therapie und habe keine Diagnose. Nun bin ich etwas schlauer. Depression ist eine ernstzunehmende Erkrankung, die Betroffenen erhebliches Leiden zufügt. Wie genau, ist individuell. Depression kann mit Traurigkeit und Antriebslosigkeit einhergehen. Sie kann zu Schlaflosigkeit führen oder das Bedürfnis nach Schlaf erhöhen. Man kann das Interesse an allem verlieren, was einem Spaß gemacht hat. Manche Betroffene essen weniger, andere mehr. Die Symptome sind so verschieden wie die Menschen, mit denen ich im Stuhlkreis sitze.

Reinhold erzählt mit monotonem Brummen von der allumfassenden Traurigkeit und Leere, die sich über seinen Alltag gelegt hat. Weil er nicht Lokfahren darf, hat er viel Zeit, die er kaum füllen kann. Also grübelt er. Bis spät in die Nacht.

Martens Problem ist nicht die Schlaflosigkeit. Ihn bestimmt die Angst. Doch er hat nicht Angst um sich, sondern um Fenja, seine kleine Schwester. Sie ist verschwunden, seit sie vor einigen Monaten nicht von einer Pilgerreise zurückgekehrt ist. Marten hat sie schon oft gefunden. Im Traum. Erdrosselt, erstochen, ertrunken. Gewissheit hat er keine und ändern kann er nichts an der Situation. Er muss lernen, mit Fenjas Fernbleiben zu leben, denn das Mysterium um ihr Verschwinden können nur die Ermittler lösen.

Lieke liebt Extreme und ist für alles offen, das starke Gefühle auslöst. Ob Achterbahnen oder Tiefseetauchen. Lieke ist für alles bereit und immer ein wenig drüber. So auch heute. Sie hopst von einem Thema zum nächsten, ist mitreißend und lustig. Ich habe das Gefühl, als mache sie das, um nicht über sich reden zu müssen. Um nicht daran erinnert zu werden, wie es war, als das Jugendamt sie in Obhut nahm. Das ist in Ordnung. Denn hier gibt jeder so viel preis, wie er mag. Und vielleicht findet sie ja die passenden Worte in einer anderen Sitzung.

Und dann bin da noch ich. Total traurig, sehr zurückgezogen, viel am Schlafen, dauernd im Bett, aber so gar nicht depressiv. Oder?

Ob ich in der Selbsthilfegruppe richtig bin, habe ich ein paarmal infrage gestellt. Nun ist es für mich sonnenklar. Ja. Der Tod meiner Mutter hatte mich in eine federleichte Melancholie gestürzt, die fernab von Berlin viel besser zu ertragen war als hier. In Frankfurt, weit weg von den Erinnerungen an Mama, fiel es mir leichter, einfach weiterzuleben. Verflogen sind die Gefühle jedoch nicht. Die Trauer, die Wut und die allgemeine Sicherheit darüber, dass in meinem Leben so viel ungünstig gelaufen ist, begleiten mich seit ihrem Ableben bei allem, was ich tue. Eine Diagnostik steht noch aus. Trotzdem deutet viel darauf hin, dass ich depressiv bin.

Zur Gruppe zu gehen, war ein Übersprungshandlung. Nun bin ich dafür dankbar. Paps hatte recht. Im Kreise dieser Menschen bin ich nicht allein und fühle mich verstanden. Der Austausch mit ihnen ist ganz anders als der mit Marie und Nele. Und darum möchte ich ihn nicht missen.

Als Lieke die Runde geschlossen hat, greifen wir zu unseren Jacken. Draußen ist es dunkel geworden und die Laternen scheinen in den Konferenzraum. Ich räume meinen Stuhl auf und bemerke, dass Corvin an dem Tisch neben mir lehnt. Er sieht mich an und schaut nicht weg.

Ein verirrter Schwarm Schmetterlinge saust durch meine Brust. Ich bin mir sicher, dass er mich heute fragen wird, ob wir den Abend gemeinsam verbringen. Wieder geht mir durch den Kopf, dass ich mich nicht auf die Nähe eines feierwütigen Hotelerben einlassen sollte. Aber ich weiß, dass ich nicht ablehnen kann, nicht ablehnen werde und auch nicht will. Nicht, wenn er mich so ansieht.

Plötzlich klingelt Reinholds Handy. *»Verdammt ich lieb dich«* von Matthias Reim hallt durch den Raum.

Corvin kommentiert die Musik mit dem Wort »Blau.«

Ich antworte sofort: »Rosa-Braun.«

Wir beide grinsen.

»Wollen wir heute was zusammen essen gehen?«, fragt Lieke.

Reinhold schüttelt den Kopf und winkt uns zum Abschied zu, ehe er den Anruf annimmt und den Raum verlässt.

»Ich wäre dabei«, erwidert Marten. »Ist doch fast schon Tradition.« Auch Corvin und ich nicken.

»Sehr cool! Jungs, geht ihr schon mal vor und wartet unten?«, ruft Lieke und legt ihr überzeugendstes Lächeln auf. »Ich muss noch was mit Tia besprechen.«

Skeptisch zieht Corvin die Brauen zusammen. Dann schlüpft er in seinen Windbreaker, was dazu führt, dass kurz ein Streifen tätowierte Haut an seiner Hüfte zum Vorschein kommt, und verschwindet mit Marten im Flur.

Ich starre ihm hinterher. Er ist also nicht nur an den Armen, sondern auch an der Seite tätowiert? Womit? Vor meinem inneren Auge spielt sich unweigerlich ein Film ab, in dem ich den Saum seines Shirts hochschiebe und mich eigenhändig vergewissere, für welches Motiv er sich entschieden hat. Verdammt, wo kommen denn jetzt diese ganzen Hormone her? In Corvins Nähe geht in regelmäßigen Abständen meine Fantasie mit mir durch.

Lieke reißt mich aus den Gedanken. »Tia, was bitte hast du mit Corvin angestellt?«

Meine Ohren werden heiß. »Ich – was?«

Sie lacht. »Er kam sogar gekämmt zur Gruppe! Jedenfalls war er das, ehe er sich mit der Kapuze die Frisur ruiniert hat.«

»Oh, das«, murmle ich und ziehe den Reißverschluss meiner Jacke bis zum Kinn. »Nun … wir verstehen uns gut. Und wir sind uns in vielen Dingen ähnlich. Wir haben zwar verschiedene Hintergründe, befinden uns aber auf demselben Weg, schätze ich. Wir suchen den richtigen Umgang mit unserer Familie.«

Nachdenklich nickt sie. »Das ist kein schlechter Vergleich. Und hey, ich mache dir keinen Vorwurf. Es wundert mich nur. Was ich davon halten soll, dass Marten seinen Platz im *Ultraviolet Orchestra* übernimmt, weiß ich auch nicht. Corvin hat die Auftritte geliebt. Sein Austritt fühlt sich jetzt so endgültig an.«

Ich ziehe mich auf einen Tisch. »Corvin hat mir nur wenig über das Orchester erzählt. Es ging meistens ums Hotel.«

Lieke setzt sich neben mich und wickelt eine Strähne um den Finger. »Ja, alles dreht sich für ihn ums Hotel. Obwohl er es hasst. Es ist sonderbar.«

Kurz schweigen wir und lassen die Beine baumeln.

»Wie wohnst du eigentlich, Lieke?«

»Ich lebe ein paar Tramstationen entfernt in Lichtenberg.«

»Allein?«

»In einer kleinen Wohnung, ja. Leider muss ich bald ausziehen, weil der Vermieter Eigenbedarf angemeldet hat.«

»Oh nein. Es ist so schwer, in Berlin bezahlbaren Wohnraum zu finden.«

»Du sagst es. Aber zur Not habe ich noch Corvin. Ich könnte jederzeit im *Spree Château* unterkommen, wenn ich das möchte.« Mit einem seligen Seufzer streckt sie sich. »Ich bin so froh, damals zum The Broken Hearts Club gestoßen zu sein. Für mich ist er mittlerweile sowas wie ein Familienersatz geworden. Ich brauche keine Beziehung, um mich geborgen zu fühlen, solange ich diese Leute um mich habe.«

Ich muss lächeln. Es hört sich schön an, wie Lieke über

die Selbsthilfegruppe redet, die so viel mehr für sie geworden ist.

»Weißt du, Corvin war nie ein Beziehungsmensch«, fährt sie fort. »Er war auch nie der sexuelle Typ. Das fing erst an, als er aus seiner WG ins Hotel gezogen ist. Ich will dir nicht sagen, dass Corvin ein Aufreißer ist, aber … Er hat in letzter Zeit wenig anbrennen lassen.«

Obwohl ich diese Beobachtung selbst gemacht habe, versetzen mir ihre Worte einen Stich. Ich will sowas nicht über den Mann hören, der mein Herz höherschlagen lässt. »Kann er ja machen«, murmle ich. »Zwischen uns ist ohnehin nichts spruchreif.«

»Ich will nicht in euer Kennenlernen reingrätschen! Corvin ist ein herzensguter Mensch. Ich sage dir das trotzdem, weil ich das an deiner Stelle einfach gern wissen wollen würde.«

Lieke und Corvin scheinen sich gut zu verstehen. Aber ist das schon alles? Prüfend mustere ich sie, doch in ihrem Gesicht entdecke ich nicht die Spur von Missgunst. Anscheinend meint Lieke es gut.

»Corvin hat eine Vergangenheit und ich habe ebenso eine«, erwidere ich nach einer kurzen Pause. »Aber wir leben in der Gegenwart. Ich will ihn vorbehaltlos kennenlernen. Das hat er verdient.«

Lieke rutscht vom Tisch. Plötzlich wirkt sie peinlich berührt. »Wahrscheinlich hast du recht, Tia. Sorry. Vielleicht hätte ich dir das nicht sagen sollen.«

Ich folge ihr zum Ausgang, wo sie abschließt. Ihre fluffigen, blassblauen Haare versteckt sie unter einer Pandamütze.

»Nein, ich danke dir, Lieke. Dass du mir das sagst, hat echten …« Ich denke nach. Als sich das passende Wort in meinem Kopf manifestiert, zögere ich kurz, spreche es dann doch aus. Laut und deutlich. »Freundinnencharakter.«

Lieke sieht mich einen Moment verblüfft an. Dann fällt sie mir strahlend um den Hals. »Selber Freundin.«

Grinsend drücke ich sie an mich. Gemeinsam spazieren wir nach unten.

15.

In Schlangenlinien über die Oberbaumbrücke

»Vietnamesisch.«

»Nein, italienisch.«

Corvin verschränkt die Arme vor der Brust. »Wir waren letztens erst Pizza essen. Lass uns zu *Nom* gehen.«

»Man kann bei *Alfredi* noch andere Dinge essen als Pizza«, widerspricht Lieke und ahmt ihn nach, indem sie ebenfalls die Arme verschränkt. »Pasta gibt es dort auch!«

Corvin schüttelt den Kopf. »Die Köche unseres Hotelrestaurants machen prima Nudeln. Aber weißt du, was die gar nicht draufhaben? Asiatische Küche. Außerdem gehen wir heute ohne Reinhold essen. Der spricht sich immer gegen Sushi aus. Wir müssen die Gelegenheit nutzen!« Corvin setzt sich die Kapuze auf und lehnt sich an die Wand des Begegnungszentrums.

»Was du nicht alles für Argumente findest, um heute nicht zu *Alfredi* zu müssen! Wie kann man zu Pizza nein sagen?« Lieke rauft sich die Haare. »Du bist ein hoffnungsloser Fall, Corvin!«

Neugierig schaue ich von Corvin zu Lieke, gespannt, wer die

Diskussion für sich gewinnen wird. Hinter uns erstrecken sich die Plattenbauten Lichtenbergs mit ihren gelb erleuchteten Fenstern in den dunklen Himmel.

Marten, der Vierte im Bunde, steckt die Fäuste in die Jackentasche. Ihn hat bis jetzt niemand nach seiner Meinung gefragt. Deshalb überrascht er mich, als er sich einmischt. Er schiebt den Fokus nämlich nicht auf seine persönliche Präferenz, sondern auf mich. »Wieso fragen wir nicht einfach Tia? Abgesehen von der Party ist das ihr erstes externes Gruppentreffen. Sie sollte entscheiden.«

Corvin und Lieke beenden ihr Streitgespräch schlagartig und drehen sich zu uns um.

Lieke lässt Martens Worte kurz sacken, dann zieht sie schuldbewusst die Schultern hoch. »Du hast recht. Wir sind egoistisch. Worauf hast du Lust, Tia?«

Etwas überfordert starre ich auf meine Schuhe. Nun muss ich mich zwischen Liekes und Corvins Vorschlägen entscheiden, dabei will ich mich doch gar nicht auf die Seite von einem der beiden stellen. In Frankfurt treffe ich mich selten mit Leuten. Dementsprechend bin ich es nicht gewohnt, nach meiner Meinung gefragt zu werden. »Mir ist wichtig«, stammele ich, »dass es dort eine vegane, zumindest vegetarische Auswahl gibt. Abgesehen davon ist es mir egal.«

Corvin und Lieke wechseln einen eisigen Blick. Dann beginnt Corvin zu grinsen, während Lieke zeitgleich ausruft: »Mist! Corvin, der geht an dich.«

Marten sieht mir die Verwirrung an und erklärt: »*Nom* hat neben Fisch eine ausschließlich vegetarische und vegane Auswahl. Corvins Vorschlag hat klar gewonnen.«

Erleichtert atme ich durch.

»Gut«, seufzt Lieke. »Das einzige Problem ist, dass *Alfredi* direkt um die Ecke gewesen wäre. Nun müssen wir mit der Tram nach Friedrichshain fahren. Bis dahin bin ich sicherlich verhungert.«

»Die halbe Stunde hältst du schon durch.« Corvin stößt sich von der Wand ab und läuft zu einem Fahrradständer. »Ich nehme mein Rad dann mit in die Bahn. Schade, dass wir nicht alle eins haben, sonst wären wir in Nullkommanichts da.«

»Leute mit Rad in der Bahn nerven!«, versucht Lieke ein letztes Mal, uns alle umzustimmen.

Während er das Schloss entriegelt, schaut Corvin über die Schulter und schüttelt grinsend den Kopf. »Vergiss es. Die Entscheidung ist gefallen. Ich hätte aber einen Vorschlag, wie wir es schneller zu *Nom* schaffen.«

»Ach ja? Welchen denn?«

Unsere Blicke folgen Corvins ausgestrecktem Finger. Er deutet auf zwei Roller, deren Lenker grün leuchten.

»E-Scooter?« Lieke nickt anerkennend. »Keine schlechte Idee.«

»Aber das sind nur zwei«, gebe ich zu bedenken. »Wir brauchen drei.«

»Zum Glück haben wir einen Millionär in unseren Reihen. Der kann uns ja mal eben einen zusätzlichen Roller kaufen«, schlägt Lieke vor.

Corvin lässt sich nicht aus der Ruhe bringen. Mit dem Rad an seiner Seite schlendert er zu uns zurück und sieht mich unvermittelt an. »Ich glaube, ich habe eine bessere Lösung.«

Wenig später finde ich mich auf dem Gepäckträger von Corvins Fahrrads wieder. Der Wind reißt an meiner Jacke, pustet mir die Kapuze von der Stirn, weht mir die düsteren Gedanken aus dem

Kopf. Und wir sausen durch die Nacht, fliegen durch die Straßen, sind ein wenig zu rasant, aber nie zu unvorsichtig. Genau die erfrischende Mischung, die ich brauche.

Nur noch vereinzelte Pfützen erinnern an die Schauer der letzten Woche. Der Asphalt ist trocken und die Rinnsteine gesäumt von Laub. Die Bäume entledigen sich so langsam von ihren Blättern, halten aber an ihnen fest, solange sie können. Viel zu schön sind ihre rot-orangefarbenen Kronen, um sich leichtfertig von ihnen zu verabschieden.

Lieke und Marten sind die ganze Zeit auf ihren E-Scootern vor uns. Zwei verlässliche Rücklichter, die in der Ferne tanzen. Ein konstantes, rotes Flackern inmitten all der beleuchteten Schaufenster und Wohnhäuser, für deren Bewunderung mir kaum Zeit bleibt. In dieser Stadt gibt es so viel zu sehen, zu riechen, zu schmecken und zu fühlen. Auf Corvins Gepäckträger sitzend, bekomme ich richtig Lust darauf, das alles in den kommenden Wochen zu erkunden.

Fest bohren sich meine Finger in Corvins Jacke. Ein wenig zu fest, sodass er sich zu mir umdreht. »Alles okay bei dir?« Seine Stimme ist ein vertrautes Rufen im Sog der Nacht.

»Alles okay!« Die Geschwindigkeit gibt mir so viel Leben, dass ich nach Luft schnappen muss, weil ich vor Begeisterung den Atem angehalten habe. Zu wenig Sauerstoff, zu viel Sauerstoff. In seiner Menge genau die richtige Dosis Ausgelassenheit.

»Das ist gut. Wenn was ist, sagst du mir Bescheid, ja?«

»Mache ich.«

Die Rücklichter biegen ab und wir beide legen uns in die Kurve. Bogenförmige Fenster erstrecken sich den überdachten Gang entlang. Alles geht so schnell. Trotzdem würde ich nie auf Pause drücken wollen.

Liekes vergnügtes Jauchzen hallt bis zu uns. Mit Marten fährt sie Schlangenlinien, sodass sie sich in ihrer Position abwechseln. Mal fährt sie links, dann wieder rechts. Und er ist immer neben ihr. An ihrer Seite, auf sie abgestimmt, egal, für welche Richtung sie sich entscheidet.

Corvins Hand legt sich auf meine. Bei der Berührung seiner Finger muss ich wieder ans Dach denken und an das Begehren in seinen Küssen. Und ich bin froh, dass er trotz allem so verlässlich meine Hand hält. Oder wegen allem. Ich bin froh über ihn.

Und dann erst bemerke ich das Wasser um uns herum. Abseits der bogenförmigen Fenster zieht es sich bis an den Horizont. Schwarz und tief.

Erschrocken drücke ich das Gesicht an Corvins Rücken. Na klar. Um nach Friedrichshain zu kommen, müssen wir über die Oberbaumbrücke. Es ist fast unmöglich, längere Strecken in Berlin zurückzulegen, ohne mit der Spree oder ihren Kanälen konfrontiert zu werden. Sie ist überall.

Die Nase an den regenabweisenden Stoff des Windbreakers gedrückt, verharre ich eine Zeit lang in meiner eigenen kleinen geschützten Dunkelheit. Dann ist der Fluss auch schon überquert. Wir sind wieder in den Straßen, zurück in der Stadt mit den bunten Lichtern. Dort, wo ich hingehöre.

»Wir sind gleich da.« Corvin zieht die Hand weg und legt sie auf den Lenker.

»Ist gut«, antworte ich.

Weil die Pflastersteinstraßen Friedrichshains uns durchschütteln, schlinge ich die Arme um ihn. Von mir aus könnte diese Fahrt noch ewig andauernd. Auf der anderen Seite kann ich es kaum erwarten, abzusteigen und Corvin wieder ins Gesicht zu sehen.

The Broken Hearts Club hat nicht zu viel versprochen. In dem Restaurant sind Tische in Vertiefung im Boden eingelassen und Kissen auf dem Teppich dienen als Sitze. Wir lümmeln auf dem Teppich, während wir essen. Die Vorspeisenplatte ist köstlich, die Pho schmackhaft, und die selbstgemachte Limonade ein Highlight. Und dazu …

»Alles ist vegan.« Obwohl ich pappsatt bin, bestaune ich die Speisekarte, von der ich noch lange nicht genug gekostet habe. »Wir müssen wiederkommen. Nächstes Mal probiere ich die Udonnudeln mit Seitan oder die vegane Ente oder …«

»Das Sushi ist auch nicht zu verachten«, sagt Marten und deutet auf die gläserne Vitrine, hinter der Mitarbeitende gefüllte Algenblätter zusammenrollen.

»Und die Desserts«, ergänzt Lieke und schlürft den Rest ihrer Erdbeer-Minz-Limonade aus. »Die haben hier Matcha Cheesecake.«

»Matcha Cheesecake?«, quieke ich und blättere auf die letzte Seite der Karte.

»Sowas gibt's wohl nicht da, wo du derzeit wohnst, was?« Kichernd schiebt Lieke den Rest ihres Tellers zu Marten. Dieser greift seufzend zur Gabel und nimmt sich kommentarlos ihrem aussortierten Gemüse an.

»Asiatische Küche haben wir in Frankfurt«, erwidere ich. »In die Innenstadt brauche ich allerdings eine halbe Stunde. Und so eine üppige, vegane Auswahl findet man dort nicht.«

»So viel ist gar nicht verkehrt an Berlin, was?«, wirft Corvin ein und grinst mir vielsagend zu.

»Eigentlich nicht«, murmle ich und schaue aus dem Fenster.

Vereinzelte Spaziergänger schlendern an dem Restaurant vorbei. Die Straßen sind an diesem Montagabend ruhig, aber nicht leer. Viele Bars sind bis in die Nacht geöffnet und sogar einige Tanzclubs öffnen unter der Woche ihre Tore. Es ist nicht die Option auf Party rund um die Uhr, die ich vermisst habe. Doch das Pulsieren der Großstadt, die Möglichkeit auf ein Abenteuer zu jeder Tages- und Nachtzeit – dieses Gefühl habe ich nur in Berlin.

»Da alle fertig sind, zahle ich und wir gehen?«, schlägt Corvin vor und ruft den Kellner.

Lieke und Marten stimmen zu, ich zücke jedoch mein Portemonnaie. »Nichts da. Ich zahle mein Essen selbst.«

Corvin hebt überrascht die Brauen und sieht kurz so aus, als wisse er nicht, wie er reagieren soll.

Lieke lehnt sich schmunzelnd an Martens Schulter und dieser erklärt: »Tia, das haben wir dir noch gar nicht erzählt. Wir machen das immer so. Es ist unsere Tradition, dass Corvin zahlt. Es macht ihm nichts aus.«

»Im Gegenteil«, brummt Corvin. »Ich fände es beschämend, wenn ihr für euer Essen selbst aufkommen müsstet, während ich das aus der Portokasse nehme.«

»Es bietet viele Vorteile, mit einem Bonzen befreundet zu sein«, seufzt Lieke verträumt und umfasst dankbar über den Tisch hinweg Corvins Hände.

Verdutzt starre ich in die Runde. Ich hatte mir vorgenommen, Corvin nicht noch mal durchgehen zu lassen, dass er mich mit Geld beeindrucken will. Doch gerade ist er anders. Er protzt nicht. Er will uns einfach entlasten. Wie die Gruppenmitglieder finanziell aufgestellt sind, weiß ich nicht. Aber dem ein oder anderen könnten zwanzig Euro pro Nase fürs Essengehen ein Loch in die Haushaltskasse reißen. Und so beschließe ich, nicht weiter zu diskutieren. Es ist nicht nur nett, sondern auch rücksichtsvoll von Corvin, dass er die Rechnung übernehmen will.

»Na gut«, sage ich gütig und stecke mein Portemonnaie weg. »Gönn uns.«

Aufgrund des üppigen Trinkgelds fällt Corvin doch noch aus der Reihe, aber das ist okay. Der Kellner hält den Zwanzigeuroschein so überwältigt ins Licht, dass mir das Herz aufgeht. »Mir hat noch nie jemand so viel geschenkt«, keucht er und schleicht davon, ehe Corvin es sich anders überlegen könnte.

Nachdem wir das Restaurant verlassen haben, wickeln wir unsere Schals fest um unsere Hälse. Es ist kühl geworden und der Wind gibt einen Vorgeschmack auf den kommenden Winter.

Marten und Lieke umarmen uns, schwingen sich auf ihre E-Scooter und fahren gemeinsam zur nahegelegenen S-Bahn-Station.

Ich will Corvin gerade fragen, ob die beiden einander durch die Gruppe so vertraut sind oder ob zwischen ihnen mehr läuft, da sagt Corvin: »Okay, Kapuzenmädchen. Ich habe morgen nichts vor und somit den ganzen Abend Zeit. Bock, unser Date zu erweitern?«

Date? Habe ich etwas verpasst? Ich starre ihn an und lasse die letzten Stunden Revue passieren. Wir waren nicht allein, weswegen ich das nie als Date bezeichnet hätte. Auf der anderen Seite hatte er mich immer wieder unter dem Tisch berührt, von meinem Teller gekostet und mich eingeladen. Ich hatte mich unglaublich wohlgefühlt in seiner Nähe. So ein richtiges Date war das nicht. Aber es kam dem schon sehr nah.

Ich blinzle zu ihm hoch. »Ja. Gern.«

Er nimmt meine Hand. »Gut. Dann komm.«

16.

Mut zum Träumen

»Ein Filmabend?« Meine Finger sind noch immer fest mit Corvins verschränkt, als ich ihm aus dem Fahrstuhl in den Gang des siebenunddreißigsten Stocks folge.

»Ja. Hast du Lust?«

Ich nicke und sehe mich staunend um. Bis jetzt wusste ich nicht, dass es über der Dachterrasse und der Sky-Lounge ein weiteres Stockwerk gibt. Es ist so weit oben, dass man das von unten nicht sehen kann. Allerdings entdecke ich vor den Fenstern die Stahlträger, die die großen Neonbuchstaben *Spree Château* halten, die man bis in die Nachbarbezirke sehen kann.

Nun sind wir wirklich ganz oben. Hier befinden sich die kostspieligsten Zimmer des Hotels – die Sky-Supreme-Suiten. Dementsprechend nobel ist der Flur gestaltet. An knallige Farben hat sich der trostlose Inneneinrichter nicht gewagt, aber der Teppich ist flauschiger und die Tapeten wirken noch hochwertiger als auf den unteren Etagen. Wenn das überhaupt möglich ist.

»Kann man von den Zimmern aus auf Streamingdienste zugreifen?«, frage ich und trete unsicher von einem Fuß auf den anderen. Noch immer bin ich weit davon entfernt, mich von der Opulenz dieses Gebäudes nicht einschüchtern zu lassen. Außerdem planen Corvin und ich, den Rest des Abends gemeinsam zu verbringen. Das ist schön, aber ungewohnt, zumal meine letzte geteilte Zweisamkeit mit einem Mann eine ganze Weile zurückliegt.

Corvin zieht eine Schlüsselkarte aus der Tasche und lacht auf. »Natürlich. Es wäre traurig, wenn es kein Netflix gäbe. Nicht in meinem Hotel. Hier wohne ich übrigens. Meistens.« Er öffnet eine Tür. Sofort schiebt sich eine rot-orangefarbene Katze aus dem Schlitz und schmiegt sich an seine Beine.

»Wieso meistens?«

»Ich schlafe mal hier, mal da«, erwidert Corvin, streichelt Red über die flauschige Stirn und hebt sie auf seine Schulter. »Einfach, weil ich's kann. Ich habe die Wahl zwischen hunderten von Zimmern. Das muss ich ausnutzen.« Er schließt die Tür hinter sich. »Okay, wir können los. Ich wollte nur Red holen.«

Ich runzle die Stirn. »Warum bleiben wir nicht in deinem Zimmer?«

Corvin holt tief Luft und lässt suchend den Blick über die prunkvollen Bilderrahmen an der Wand schweifen. Dann lächelt er entschuldigend. »Ich bin echt unordentlich, weißt du?«

»Das macht mir nichts aus.« Um nicht zu sagen: Ich brenne darauf, hineinzusehen. Da drin muss er schließlich seinen ganzen Besitz lagern. Obwohl wir viel Zeit miteinander verbracht haben, kann ich nicht einordnen, ob er wirklich an sich arbeiten möchte, um aus diesem destruktiven Leben rauszukommen. Wenn ich in sein Zimmer schauen würde, könnte ich mir vielleicht ein besseres Bild von ihm machen.

Corvin schüttelt lachend den Kopf. Red stört das und sie schiebt ihm mit den Pfoten die Kapuze hinunter. »Glaub mir, du willst da nicht rein. Wir sind heute nebenan. Komm!« Er nimmt meine Hand und zieht mich hinter sich her. Da die Räume so groß zu sein scheinen, müssen wir etwa zwanzig Meter laufen, um vor der nächsten Tür anzukommen.

Ich will erneut auf das Zimmer zu sprechen kommen, doch Corvin ist so mitreißend, dass ich von dem Thema ablasse. Na gut. Sollten wir uns öfter sehen, werde ich auf einen Abstecher in seine vier Wände beharren.

Er hält eine Karte an das Schloss und entriegelt es mit einem Surren. Mit dem Rücken drückt er die Tür auf. »Da sind wir. Du musst dir den Ausblick ansehen. Er ist mega. Hey, was ist los?« Er wartet darauf, dass ich ihm folge, doch ich bleibe vor der Türschwelle stehen.

»Eine Sache noch.« Mein Blick fällt auf ein Bild an der Wand, das den Alexanderplatz in den Dreißigern abbildet. Wie die anderen Fotografien auch, wird es in einem exzentrischen Rahmen präsentiert, aber natürlich ist das Foto schwarzweiß. Ich sehe wieder in Corvins Gesicht, der verdutzt innehält. »Ich glaube, ich sende missverständliche Signale, wenn ich mit dir allein in dein Zimmer komme«, murmle ich und laufe rot an. Verdammt! In meinem Kopf hat sich das alles souverän angehört. Wieso fühlt sich das jetzt so peinlich an?

Corvin lässt die unruhige Red von den Schultern. Mit erhobenem Schwanz stolziert sie in das dunkle Zimmer.

»Dass wir uns letztens geküsst haben, fand ich superschön, aber …« Meine Wangen werden immer heißer. Ich reibe mir über die Stirn und brumme: »Sorry, es ist schwierig, sowas anzusprechen, ohne dass es in eine total unangenehme Richtung geht.«

Sein Gesicht erhellt sich, als ginge ihm ein Licht auf. »Du befürchtest, dass wir Sex haben könnten?«

Muss er das so direkt aussprechen? »Nein, also ja, also … nein!«

Ein klagendes Miauen dringt aus dem Raum. Red fragt, warum wir so lange brauchen.

»Ich will nur, dass wir es …« Ich hole tief Luft. »Wenn wir irgendwas angehen lassen … das langsam tun.« Mein Herz rast. Ich starre auf meine Schuhe.

Corvin schweigt und denkt über meine Worte nach. Wahrscheinlich unterscheide ich mich deutlich von den Bedürfnissen seiner letzten Dates. Aber mir ist es wichtig, dass er diese Grenze akzeptiert. Und damit er weiß, was ich von ihm erwarte und was nicht, muss das vorher geklärt sein.

Erst, als er sachte nach meinen Fingern greift, bemerke ich, dass er darauf gewartet hat, dass ich ihn anschaue. »Klare Worte«, fasst er leise zusammen. »Das mag ich. Und sicher. Ganz wie du willst.« Behutsam zieht er mich näher an sich heran. »Das ist ein Date, bei dem wir einander besser kennenlernen. Nicht mehr und nicht weniger. Klingt das nach etwas, womit du dich wohlfühlst?«

Ich strahle. »Total.« Ich bin heilfroh, dass er so verständnisvoll reagiert.

Red erscheint in der Tür und miaut uns vorwurfsvoll an.

Corvin wuschelt sich mit einem erleichterten Lächeln durch die Haare. »Super. Dann ist ja alles geklärt.« Er deutet auf die Katze. »Du hast sie gehört. Drinnen ist es cooler als im Flur.«

Ich schüttle heftig den Kopf. »Moment. So einfach geht das nicht. Ich kann jetzt nicht reinkommen.«

Ratlos hebt Corvin die Schultern. »Warum?«

»Vampire müssen ausdrücklich eingeladen werden, ehe sie fremdes Zuhause betreten.«

»Na wenn das so ist.« Er kickt die Tür nach hinten, hält sie mit dem Fuß auf und deutet eine Verbeugung an. »Darf ich dich hereinbitten, du kleiner Vampir? Ich verspreche, diese Nacht gut auf dich aufzupassen.« Er reicht mir die Hand und grinst sein typisches, freches Corvin-Grinsen, das nur jemand hat, der zu allem imstande ist. Ich lege die Hand in seine und lasse mich hineinziehen. Ich bin mir sicher, dass ich bei ihm gut aufgehoben bin.

Im Zimmer Dreitausendsiebenhundertdrei bleibt mir fast die Spucke weg. Die Süd- und Westseite sind mit bodentiefen Fenstern versehen, die den Blick auf die Stadt freigeben. Direkt vor uns erstreckt sich der Fernsehturm. Mir bietet sich derselbe Ausblick wie auf dem Dach, doch hier sind wir geschützt vor Wind und Wetter. Je näher ich der Scheibe komme, desto deutlicher erkenne ich die Silhouette der Katze, die auf dem Schreibtisch sitzt und in die Dunkelheit stiert.

Hinter mir leuchtet die Flurlampe auf und ich drehe mich blinzelnd zu Corvin um. »Nein. Bitte lass es kurz aus. In der Finsternis kommt die Stadt besser zur Geltung.«

Wie gefordert, löscht er das Licht. Es ist wieder dunkel.

»Der Ausblick beeindruckt mich jedes Mal aufs Neue«, murmle ich. Corvins Präsenz deutlich hinter mir spürend, taste ich nach ihm und finde seine Hand.

Er legt das Kinn auf meinen Kopf. Vorsichtig streichelt er sich meine Arme hinauf und lässt sie um meinen Körper wandern. »Mich auch. Immer wieder. Obwohl ich ihn jede Nacht aufs Neue sehe«, sagt er leise. »Das meiste an diesem Hotel kann ich nicht ausstehen. Aber wenn ich hier oben bin – allein oder mit Red – dann ergibt alles Sinn.«

Als wüsste die Katze, dass von ihr geredet wird, hebt sie den Kopf und maunzt uns an.

Ich schmunzle. »Ziemlich gesprächig, die Dame.«

Corvins Kinn nickt auf meinem Scheitel. Er streckt die rechte Hand nach ihr aus, während er mich mit dem linken Arm umschlingt. »Sehr. Wir haben unsere eigene Sprache und können uns darüber verständigen.«

Ich lache und streichle sie. »Wirklich? Das musst du mir zeigen.«

»Gut, hör zu. Red?« Er legt einen fordernden Unterton in seine Stimme, auf den das Tier sofort reagiert.

»*Mau*?«

»Wer ist meine Lieblingskatze?«

»*Mau*!«

»Du! Richtig! Was meinst du? Hast du deshalb Leckerlis verdient?«

»*Mauuuu*!«

Lachend lehne ich mich an seine Brust. »Jetzt musst du ihr aber auch welche geben.«

»Du hast recht«, erwidert Corvin und steckt die Faust in die Hosentasche. »Mist. Ich habe natürlich keine dabei. Ihr zwei wartet hier und ich hole sie, okay?«

Ich drehe mich zu ihm um und nicke. Er setzt an, sich von mir zu lösen, doch er zögert. Seine Hände falten sich hinter meinem Rücken und er betrachtet mit flachem Atem meine Augen, meine Nase und meinen Mund. Ohne zu weiteren Annäherungen anzusetzen, verharren wir so. Eng umschlungen, die Gesichter nur wenige Zentimeter voneinander entfernt. Wir genießen die Nähe, die wir einander bieten. Die Ruhe, die in uns einkehrt. Die zarte Spannung, die zwischen uns wächst.

Schließlich gibt er sich einen Ruck und lässt mich frei.

»Bleib nicht so lange weg, ja?«, bitte ich.

»Ich beeile mich. Wenn du magst, check das Zimmer aus. Auf fünfundfünfzig Quadratmeter gibt's einiges zu sehen.«

Er huscht hinaus und ich bleibe mit Red zurück. Es mag an dem leeren Hotelzimmer liegen, das kurz nach dem Einzug immer lieblos und fremd wirkt, aber Corvin fehlt mir sofort. Mit ihm fühlt sich alles vertraut an. So wunderschön. Und ein Teil von mir fragt sich, ob es richtig ist, mein taumelndes Herz in seine Hände zu geben. Oder ob unsere Seifenblase bald zerplatzt und wir anstelle von Geborgenheit nur Ernüchterung in den Armen des anderen finden. So oder so. Ich möchte es herausfinden.

Ich knipse die Schreibtischlampe an und schaue mich um. Corvin hat nicht zu viel versprochen. Ein Raumteiler trennt den Wohnbereich mit Sofa und Fernseher von einem massiven Bett. Das Bad ist etwa dreimal so groß wie das von Paps, verfügt über ein Doppelwaschbecken und eine ebenerdige Regendusche. Wie zu erwarten, wirkt alles sehr edel. Nichtsdestotrotz kristallisiert sich auch hier die penetrante Farblosigkeit heraus. Als habe der Inneneinrichter Panik gehabt, eine Kombination zu wählen, die schneller aus der Mode kommt, als er ›bunt‹ sagen kann.

Als Corvin zurückkommt, strecke ich den Kopf aus dem Bad. »Das Zimmer ist einfach irre.«

Er grinst. »Ja, oder?«

»Ein bisschen kann ich nachvollziehen, weshalb du hierhergezogen bist.« Ich betrachte mich im massiven Badspiegel und richte meine Haare.

»Hört, hört.« Dem Maunzen zufolge versorgt er Red mit Leckerlis.

»Aber nur ein bisschen. Hat Jordan mal im Hotel geschlafen?«

»Nicht einmal.«

»Das versteh ich wiederum auch nicht. Ihr seid zwei absolute Gegensätze.«

»Unsere Mutter hat das auch immer gesagt. Die hat übrigens mal hier geschlafen.«

Ich lösche das Licht im Bad und trete zurück in die Suite. »Oh, tatsächlich? Was hat sie eigentlich zu eurem Erbe gesagt?«

Corvin lässt sich auf das Sofa fallen. Red schleckt ihm begierig die Finger ab. Auf dem Beistelltisch stehen zwei Limos. »Ach …«, murmelt er und schaltet den Fernseher an. Er macht nicht den Anschein, als wolle er ausgiebig über sie reden. »Mom wohnt schon eine Weile auf Malle. Sie hat dort einen Club eröffnet. Jordan und mir hat sie angeboten, uns mitzunehmen, aber wir sind lieber in Berlin geblieben. Sie kannte das Hotel. Jeder kennt es. Außerdem gehörte das *Spree Château* Dads Bruder. Als sie hörte, dass es nun unseres ist, wollte sie es sich trotzdem ansehen. Und wenn wir eins haben, dann Übernachtungsmöglichkeiten.«

Ich setze mich neben ihn. »Klingt, als hättet ihr nicht so ein gutes Verhältnis.«

Er wendet den Blick ab. Beleuchtet vom Bildschirm fallen mir seine hellen Bartstoppeln auf, die sich seine Wangenknochen hinunterziehen. Auch die Tattoos am Hals stechen mir ins Auge. Es sind Raben, deren Schwingen sich bis zu seinen Schlüsselbeinen ziehen. »Ach, ich weiß nicht. Auch kein schlechtes. Zu unserem Vater haben wir seit unserer Kindheit keinen Kontakt. Mom hat uns allein großgezogen. Es wäre bloß schön gewesen, wenn sie mit der Auswanderung gewartet hätte, bis ich achtzehn war. Aber na ja.« Obwohl er vermeintlich locker spricht, scheint ihm das Thema mehr auszumachen, als er vorgibt.

»Sie ist gegangen, ehe du erwachsen warst?«, frage ich überrascht. »Wer hat sich dann um dich gekümmert?«

»Jordan. Er ist zwei Jahre älter als ich.«

»Oh, wow.« Das hört sich nicht nach einer gefestigten Jugend an.

»Es ist schon okay, Tia. Ehrlich«, ergänzt Corvin. Seine Hand vergräbt sich in dem roten Fell der Katze. »Jordan hat sich super um mich gekümmert. Er hat uns eine Wohnung gesucht und dafür gesorgt, dass immer Essen auf den Tisch kam. Du wirst es kaum glauben, aber wir waren mal unzertrennlich.«

Erstaunt ziehe ich die Beine an. Aufgrund ihres ruppigen Umgangs miteinander hätte ich nicht vermutet, dass die Brüder in der Vergangenheit harmonierten.

»Ich habe nach dem Abi eine Ausbildung begonnen«, fährt Corvin fort. »In dem Fahrradladen. Als Jordan mit seiner Freundin zusammengezogen ist, haben zwei andere Leute die Zimmer unserer Wohnung übernommen. So entstand eine WG. Es ging mir nicht schlecht, nachdem meine Mutter weg war.«

»Aber auch nicht gut.« Das ist keine Frage, sondern eine Feststellung.

Corvin widerspricht nicht. Er streichelt der Katze über den Bauch, während sie sich an seiner Seite fallen lässt, und ich betrachte ihn nachdenklich. Seinen Erzählungen zufolge war er schon als Jugendlicher auf sich allein gestellt. Nun wundert mich nicht mehr, dass dieses Hotel ihm endgültig den Boden unter den Füßen weggezogen hat. Dass seine Mutter ihn verließ, hat er verhältnismäßig gut weggesteckt. Plötzlich Millionär zu sein, war dann einfach zu viel.

Ich überlege fieberhaft, was ich ihm Tröstendes sagen kann, doch Corvin sieht mich an und grinst. »Du hast mich noch nicht gefragt, welchen Film ich mit dir schauen möchte.«

Verwirrt durch den plötzlichen Themenwechsel hebe ich den Kopf. »Nein. Welchen?«

»So finster die Nacht. Sagt dir das was?«

»Nein.«

»Es ist ein schwedischer Vampirfilm.«

Ich strahle. Das klingt vielversprechend.

Corvin wählt den Film aus und lümmelt sich in die Sofaecke. Ich umfasse meine Knie und nippe an der Limo. Die Tür lassen wir angelehnt, damit Red das Katzenklo am Ende des Ganges finden kann. Fürs Erste bleibt sie bei uns und hockt sich ans Fenster. Die Lichter der Stadt üben auch auf sie eine unerklärliche Faszination aus.

Der Bildschirm wird schwarz und offenbart die Namen der Darsteller. Wieder flammt die Nervosität in mir auf. Mein letzter Filmabend muss mit Thorsten gewesen sein, einem Tinder-Date. Nach dem halben Film riss er das Fenster auf, weil die Luft angeblich so schlecht war, und lud mich bei gefühlten fünf Grad unter seine Wolldecke ein. Als der Abspann lief, machte ich, dass ich wegkam und deinstallierte Tinder, noch ehe ich zu Hause war.

Auch mit Yannik hatte ich eine Zeit lang viele Filme gesehen. An das letzte Mal kann ich mich allerdings nicht mehr erinnern. Die Funken zwischen uns erloschen Monate, ehe wir uns trennten. Dass er mich für mein Tipi belächelte, war ein Faktor von vielen, die dazu führten, dass ich mich mit den Jahren weiter und weiter von ihm distanzierte. Vielleicht saß der Schock rund um Mamas Tod auch so tief, dass ich emotional abgestumpft war. In meinem Herzen war einfach kein Platz mehr. Nicht für Yannik und auch nicht für Thorsten oder andere Männer, die mich in der Bahn anlächelten oder mir in der Bar einen Drink ausgaben. Für eigentlich niemanden.

Mit Corvin ist das irgendwie anders, denke ich und umfasse meine Zehen. Ich habe fast vergessen, wie heftig es in der Magengegend ziehen kann, wenn jemand neben einem sitzt, den man mag. Vielleicht bin ich wirklich verknallt.

»Tia.« Obwohl im Film noch nichts Nennenswertes passiert ist, redet Corvin mit gedämpfter Stimme. »Da das hier ein Date ist, möchte ich dich dazu einladen, näherzukommen. Natürlich nur, wenn du willst.«

»Ich will.« Bedächtig rutsche ich in seine Nähe und lehne mich an die Rückenstütze, auf der sein Arm ruht. Ich bin steif wie ein Brett.

Corvin lacht. »Wenn dann richtig, oder?« Sanft zieht er mich an sich, sodass ich an seiner Brust ankomme, und schlingt die Arme um mich. Mit weit aufgerissenen Augen lasse ich es geschehen. Er legt den Kopf auf meine Schulter und schiebt die Finger zwischen meine. Überall um mich herum ist Corvin und er ist so gemütlich, dass ich in seinen Armen fast untergehe.

»Du bist so warm«, flüstere ich.

»Und du bist überraschend kühl.« Die Bartstoppeln kitzeln meinen Hals, während er redet. Sein Daumen streichelt über meinen Handrücken.

»Das bin ich fast immer.«

»Habe ich schon gemerkt. Das passt gut zu einer Vampirdame.«

Schmunzelnd schmiege ich mich an ihn.

Obwohl der Film spannend ist, fällt es mir schwer, der Handlung zu folgen. Eine angenehme Aufregung durchströmt jede Faser meines Körpers. Ich spüre seine gleichmäßigen Atemzüge im Rücken und bemerke, wie ich mich ihnen anpasse. So atmen wir im selben Rhythmus. Als wären wir eine Person. Oder zwei, die zusammen viel besser können.

»Tia? Bleibst du mit mir wach bis zum Morgengrauen?«

Das nervöse Ziehen in meinem Magen wird heftiger. Ich drehe mich zu ihm um, sehe ihm in die Augen, die meinem Gesicht so nah sind und mit verhaltener Neugier auf mich gerichtet sind.

»Ich kann's versuchen«, wispere ich. »In welcher Richtung geht die Sonne auf?«

Er deutet zum Fenster. Aufgrund eines Szenenwechsels wird der Bildschirm hell und beleuchtet seine Wangen, die einen zarten Rosaton angenommen haben. »Genau dort. Wir müssen nicht mal das Zimmer verlassen.«

»Klingt verlockend.« Auf dem Bildschirm passieren Dinge, ich höre es, sollte es mir ansehen … Doch Corvin sieht mich so konzentriert an, dass ich nicht wage, den Blick von ihm zu lösen. Unfähig, seine Gedanken zu deuten, frage ich: »Was ist?«

Er reibt sich über die Stirn. »Oh, ich … Es ist nichts.«

»Nun sag schon.«

»Na gut.« Er grinst frech und erinnert kurz an den Mann mit dem Knicklicht, der den DJ bestechen wollte. Dann tritt in seinen achtsam gewählten Worten eine hauchdünne Unsicherheit zum Vorschein. »Hast du eine Ahnung, wie schwierig es ist, mit dir allein zu sein, ohne dich zu küssen?«

Mein Mund öffnet sich in stillem Erstaunen, während ich versuche, die richtigen Worte zu finden. Es gelingt mir nicht. »Ich … Also …«

Sanft streichelt er mir eine Strähne aus der Stirn und sieht mich aufmerksam an.

Mein Herz schlägt mir bis zum Hals. Meine Arme sind noch immer kühl, doch etwas in mir fängt Feuer. »Nein«, druckse ich. »Also, die Möglichkeit habe ich ja eh nicht, ich …« Mensch Tia, was redest du da?

»Ich denke die ganze Zeit daran.« Die Unsicherheit in seinem Tonfall flacht ab und wird durch eine Gewissheit ersetzt, die mir den Atem raubt. »Wenn wir unter Menschen sind oder allein. Ob du in meiner Nähe bist, oder am anderen Ende der Stadt. Ich will dich einfach immer küssen.« Seine Hand gleitet meine Wange entlang. »Seit dem Dach, nein, lange davor schon … Meine Gedanken führen mich dauernd zu dir.«

Seine Augen sind klar und ehrlich und voller Sehnsucht. Die linke Seite seines Gesichts wird von dem Bildschirm beschienen, auf dem Vampirmädchen und Menschenjunge sich liebe Sachen zuflüstern. Sie sind ein bisschen wie wir. Reden. Und schweigen. Während sie warten. Auf die Reaktion des anderen.

Auch Corvin schweigt, wartet, sieht mich an. Fordert sich nichts ein, was ich vorhin ausgeschlossen habe. Dabei will er mich. Ich merke es deutlich an seinem unregelmäßigen Atem und dem kaum merklichen Zittern in seinen Fingerspitzen, die über meine Schläfe fahren.

Mein Hirn ist wie leergefegt und gleichzeitig so voll. Ich will ihm antworten, ihm ein Stück von meiner Gefühlswelt offenbaren, doch die Worte fügen sich in meinem Kopf einfach nicht zu Sätzen zusammen. Und so tue ich etwas, zu dem ich lange nicht imstande war. Ich lasse mich von meiner Intuition leiten, lehne mich ihm entgegen und küsse ihn.

Obwohl die Spannung zwischen uns unerträglich war und ich seine Sehnsucht mit jedem Moment deutlicher spürte, reagiert er nicht so stürmisch, wie ich es erwartet habe. Er hält inne, lässt mich machen, lässt mich auf ihn zugehen. Dass er sich noch immer um Zurückhaltung bemüht, ist rührend. Vor allem, da ich mittlerweile weiß, wie weit er über das Ziel hinausschießen kann.

Als unsere Zungen einander berühren, geht ein sanftes Beben durch seinen Körper. Sie begrüßen einander vorsichtig und langsam – so gut kennen sie sich ja noch nicht – und beginnen dann ihren altbewährten Tanz.

Um das Gleichgewicht nicht zu verlieren, stütze ich mich an seiner Brust ab und schlinge die andere Hand um seinen Nacken. Er unterbricht den Kuss, schaut mir mit feurigem Blick in die

Augen und sieht dann davon ab, übertrieben zurückhaltend zu sein. Mit einem Ruck zieht er mich auf seinen Schoß und küsst mich. Eine Hand stützend auf meine Hüfte gelegt, die andere in meinen Haaren. Verlangend, und trotzdem wertschätzend. Bedürftig, aber entschlossen. Sein Atem ist stockend, als er Luft holt, sein Griff an meiner Hüfte immer fordernder. Und ich lasse mich einfach von ihm mitziehen, hinein in den Strudel unseres Begehrens.

Plötzlich dringt ein lauter Knall aus dem Fernseher. Ich fahre hoch. Der Junge im Film hat einem Mitschüler einen Hockeyschläger übergezogen. Schwer atmend versuche ich, meinen rasenden Puls zu beruhigen.

Mit geröteten Wangen sieht Corvin zu mir hoch, ehe er sich mit den Fingern über die Lippen fährt. »Sorry. Wir wollten nur gemeinsam einen Film sehen. Vom Küssen war nicht die Rede. Ich hätte mich im Griff haben sollen.«

Ich lache. »Das ging von mir aus. Wenn sich also jemand entschuldigen muss, dann bin das ich.«

Sein Grinsen ist so neckend wie eh und je. »Keine Sorge. Ich kann damit umgehen.«

Mit heftig pochendem Herzen rutsche ich neben ihn und lasse mich in seine geöffneten Arme sinken. »Wir sollten trotzdem ein bisschen runterfahren, damit es nicht eskaliert. Okay?«

»Eskaliert?« Das Lächeln in seinem Gesicht wird noch breiter. Vermutlich stellt er sich den Verlauf einer Eskalation bildlich vor. »Gut.« Ein Schauer durchfährt meinen Körper, als er wieder das Kinn auf meine Schulter legt und seine Bartstoppeln meinen Nacken streifen.

Ich lege die Hand auf seine und befehle mir, abzukühlen und mich auf den Film zu konzentrieren. Das ist gar nicht leicht, weil er in unregelmäßigen Abständen bittersüße Küsse auf meinen Hals platziert.

Immerhin geben wir uns Mühe. Und das macht den Moment kostbar.

So finster die Nacht hat das Potenzial, *unser* Film zu werden. Der Streifen, der für uns noch in zehn Jahren Bedeutung haben könnte, weil er lief, während wir auf unserem ersten Date knutschten.

Unabhängig davon muss ich mir den Streifen noch mal in Ruhe ansehen. Als der Junge am Ende nämlich im Zug sitzt, weiß ich weder, was sich in seiner beistehenden Kiste befindet, noch wohin er fährt. Dafür weiß ich, dass Corvin warm und zärtlich ist. Und dass er sich furchtbar bemüht, sich an mein Tempo zu halten.

Während der Abspann läuft, kommentiert Corvin das Lied. »Rot.«

»Rot sehe ich es auch. Und orange.«

»Fast eine Übereinstimmung. Möchtest du einen weiteren Film schauen? Oder wollen wir im Bett auf die Sonne warten?« Als ich zögere, fügt er hastig hinzu: »Nur warten natürlich.«

Ich muss grinsen. Corvin ist niedlich, wenn er verunsichert ist. »Klingt super. Ich darf nur nicht vergessen, Paps zu schreiben. Der gibt sonst eine Vermisstenanzeige auf.«

Corvin runzelt die Stirn. »Sagtest du nicht, dass ihr drei Jahre keinen Kontakt hattet? Wieso kontrolliert er, wann du zu Hause bist?«

Ich zucke die Achseln. »Mich wundert das auch. Vielleicht ist es eine typische Eigenschaft von Vätern. Manche entwickeln sie früher, und meiner eben echt spät.« Ich folge Corvin in das Schlafzimmer. Da er mittlerweile eine LED-Leuchte an der Decke angemacht hat, kann ich die edle Einrichtung im hinteren Teil des Zimmers bestaunen. Als ich das Boxspringbett in seiner vollen

Pracht entdecke, bleibt mir fast die Spucke weg. »Wow. Das Teil ist echt heftig!«

»O ja. Wenn du einmal da drin gelegen bist, fragst du dich nicht mehr, warum ich so gern im Hotel schlafe.«

Mit Yannik hatte ich auch ein Boxspringbett angeschafft, das aber bei Weitem nicht so imposant war wie dieses Exemplar. Mein aktuelles Bettgestell kann da nicht mithalten, ich habe es von der Vormieterin übernommen. Es knarzt ein bisschen, ist nur neunzig Zentimeter breit, aber es ist meins. Trotzdem macht dieses Hotelbett mit seiner plüschigen Rückengarnitur was mit mir. Es erinnert mich an Yanniks Verlobte Linda. Sie schläft jetzt in meinem ehemaligen Bett. Sie konnte schließlich auf Yanniks Bedürfnisse eingehen.

Ich nicht.

Ich trauere seit langem nicht mehr um die Beziehung zu meinem Ex. Trennungen gehören zum Leben dazu. Aber es ist schwierig, das Scheitern zwischen uns nicht als Versagen einzustufen. Lindas Bauch wächst. In Zukunft begegnen mir die beiden mit ihrem Sohn im Treppenhaus und wahrscheinlich werde ich das Babygeschrei durch die Wände hören können. Vielleicht sollte ich mir endlich eingestehen, dass es vielleicht der bequemste Weg war, in die Wohnung nebenan zu ziehen, aber nicht der klügste.

Corvin reißt mich aus meinen Gedanken. »Der Federkern ist Bombe. Willst du es testen?« Er tritt sich die Sneaker von den Füßen und klettert aufs Bett.

»Moment, was machst du da?«

»Man kann hier drauf richtig toll springen. Komm hoch!«

»Halt! Wir sind doch keine kleinen Kinder mehr. Außerdem – was tun wir, wenn das Bett kaputt geht?«

»Du hörst dich an wie Jordan«, neckt er mich.

Dieser Typ ist einfach unmöglich! Mit verschränkten Armen

schmolle ich. Als ich sehe, wie er zum Sprung ansetzt, bildet sich ein Lächeln auf meinen Lippen. »Du hast recht. Was soll's.«

Corvins Gesicht erhellt sich, als ich meine Schuhe aufschnüre und sie ausziehe. Wo ich schon mal dabei bin, entledige ich mich auch meiner Jeans und Corvin tut es mir nach. Anschließend nehme ich seine Hand und lasse mich von ihm nach oben ziehen. Wir hopsen gemeinsam auf dem sündhaft teuren Bett und lachen uns fast tot. Zum Glück ist die Decke in der Suite so hoch, dass Corvin sich nicht den Kopf stößt. Weil wir so unterschiedlich viel wiegen, kommen wir immer wieder aus dem Takt, halten uns schließlich an den Händen und springen synchron.

Als wir Arm in Arm in die Kissen fallen, atmen wir schwer. Die Decke ist zerwühlt, aber unsere Herzen glühen. Er umschlingt meinen lachenden Körper und legt die Stirn an meine.

»Das hat wirklich Spaß gemacht«, gebe ich zu. »Ohne dich wäre ich nie auf so eine Idee gekommen.«

»Du bist immer so verkopft, Tia«, sagt er mit einem sanften Lächeln. »Manchmal fehlt dir der Mut zum Träumen.«

»Und dir fehlt oft der Boden unter den Füßen.«

»Dort versteht mich ohnehin niemand. Außer dir.« Er streicht mir eine Strähne aus dem Gesicht. Rührung liegt in seiner Stimme und der Hauch von Bewunderung.

»Ich finde es nicht schwer, dich zu verstehen«, flüstere ich. »Natürlich ist es leicht, zu behaupten, dass Geld glücklich macht. Es löst viele Probleme. Aber mit Geld kommt Verantwortung. Erwartungen entstehen. Jetzt wo ich weiß, wie du aufgewachsen bist, kann ich deine Haltlosigkeit nachvollziehen, Corvin. Vielleicht nicht die Aktion mit dem Feueralarm … Aber an sich verstehe ich dich.«

Er grinst. »Du weißt noch nichts davon, dass ich wenige Wochen nach der Testamentseröffnung mit ein paar Bekannten die Wand in einem Zimmer im fünften Stock mit Stickern vollgeklebt habe.«

»Wie bitte?«, frage ich lachend.

»Sie musste komplett neu tapeziert werden.« Seine Hand streichelt sich meine Hüfte entlang. »Schade eigentlich. Es sah ungelogen ziemlich cool aus. Es hatte unseren eigenen Touch.« Er wendet sich ab und starrt nach draußen. Die Scheinwerfer des Fernsehturms fallen ihm ins Gesicht.

Ich halte inne. »Einen eigenen Touch, sagst du?«

Er nickt. »Die Wand war ganz bunt. Auf keinem Quadratmeter sah man denselben Aufkleber zweimal.«

»Ihr habt den Raum zu eurem gemacht«, fasse ich nachdenklich zusammen.

»So in etwa. Aber hey, dir muss etwas an mir liegen.« Er pikst mich in die Seite. »Bis jetzt bin ich niemandem begegnet, der diese Aktion nicht daneben fand.«

Ich winde mich lachend in seinen Armen. »Ich kann den Drang nachvollziehen, hier etwas Farbe reinbringen zu wollen. Vor allem von einem Typen wie dir. Du siehst Musik in bunten Tönen. Nun gehört dir das farbloseste Hotel, in dem ich je war. Das passt einfach nicht zusammen.«

Er grinst. »Besser hätte ich es nicht zusammenfassen können.« Seine Hand legt sich schützend auf meine Hüfte. Ernst sieht er mir in die Augen. »Du bist schon echt klasse, Tia.«

Ein Schwarm wilder Schmetterlinge saust mir durch den Bauch. Ich liebe es, wenn er so etwas über mich sagt. Seinen zärtlichen Blick halte ich kaum aus. »Weißt du, wann die Sonne aufgeht?«

Er sieht mir so gebannt in die Augen, dass ich kurz denke, er habe die Frage nicht richtig verstanden. Dann erwidert er weggetreten: »In ein paar Stunden«, und drückt die Lippen auf meine.

Okay, das ist echt vage. Interessiert hat mich die Antwort sowieso nicht.

Ich lege die Hände an seine Wangen und lasse mich von ihm in eine innige Umarmung ziehen. Meine nackten Beine berühren seine und ich bin kühl und er ist so warm, dass wir den Kuss unterbrechen, um uns kurz anzugrinsen. Dann zieht er mich wieder an sich, küsst meine Lippen, meine Wange, meinen Hals. Seine Hände gleiten unter mein Shirt, wärmen und streicheln mich.

Er ist überall um mich herum, und ich fühle mich so umsorgt. Abgefangen in meiner Suche nach Geborgenheit, aufgefangen in meiner pulsierenden Lust. Wir tauchen ein in das Verlangen des anderen, werden eine Symbiose, und mein Körper nimmt seine Wärme an und trägt sie mit.

Ich richte mich auf, ziehe trotz der Hitze die Decke über die Schultern und beuge mich zu ihm herunter, um meine Lippen nicht zu lange von seinen zu trennen.

Im matten Licht der Stadt erkenne ich den überraschten, aber zufriedenen Ausdruck in seinem Gesicht. Nach meiner Ansage, es langsam angehen zu lassen, habe ich selbst nicht erwartet, dass ich mich heute Nacht ein weiteres Mal auf ihn setzen werde. Doch für den Moment folge ich meiner Intuition und höre auf mein Bauchgefühl, wenngleich es zu kaum etwas zu gebrauchen ist. Es schreit nämlich unaufhörlich seinen Namen.

Er setzt sich auf und packt meinen Hintern. Während seine Lippen meine suchen, drückt er mich enger an sich. Ein ersticktes Japsen dringt aus meiner Kehle, als ich die Beule durch den Stoff unserer Unterwäsche ertaste.

Verunsichert nimmt er die Hände von mir, als wolle er mir die Chance geben, zurückzuweichen. Doch ich will ihn an mir spüren und ich will, dass er sich meiner Lust auf ihn bewusst ist. Ich reibe mich der Länge seiner Erektion entlang und er keucht auf.

Die Arme um meine Taille geschlungen, verstärkt er den Druck. Dank der Intensität unserer Zärtlichkeiten bekomme ich eine vage Vorstellung davon, was mich in seinen Shorts erwartet. Mein Herzschlag beschleunigt sich mit meiner wachsenden Erregung. Wäre da bloß nicht diese überflüssige Barriere unserer Unterwäsche … Er würde in mich hineingleiten, wir wären einander ganz nah ungezähmt, uneingeschränkt, komplett zusammen.

Plötzlich umfasst er meine Hüften und hält sie fest. »Hey, Tia«, flüstert er mit verschleiertem Blick. »Ich will dich an dieser Stelle daran erinnern, dass du wolltest, dass das ein Kennelern-Date wird. Wir sollten einen Gang zurückfahren.«

Mit bebender Unterlippe starre ich ihn an. Wie kann er jetzt so geistesgegenwärtig sein und uns stoppen? Will er mich etwa nicht? Nein, das ist Quatsch. Der Gegenbeweis liegt groß und ansprechend unter mir.

Ich zögere, dann nicke ich reumütig. »Du hast recht.« Er lässt zu, dass ich langsam von ihm runterrutsche und mich neben ihn auf die Matratze fallen lasse.

So liegen wir für einige Augenblicke nebeneinander. Alle Viere von uns gestreckt, schwer atmend und ohne uns zu berühren, starren wir an die Decke und warten darauf, dass unsere Erregung abklingt.

Meine Gedanken überschlagen sich. Corvin hatte mich so weit, dass ich zu allem bereit wäre. Trotzdem hat er mich an meine Vorsätze erinnert und uns aufgehalten. Wieso ist er bloß so vernünftig? So hätte ich ihn nicht eingeschätzt. Ich unterdrücke den Drang, ihn darauf anzusprechen und sage stattdessen: »Das wird eine wahre Herausforderung, bis zum Morgengrauen wach zu bleiben und nur zu kuscheln, wenn die erste halbe Stunde zusammen im Bett schon so abläuft.«

Er streckt den Arm aus und nimmt meine Hand. »Wird es. Aber ich bin zuversichtlich.« Er sieht mich an und grinst. »Ich genieße jede Sekunde.«

Ich lächle zurück. Corvin ist rücksichtsvoll und heiß. Wie es aussieht, stolpere ich in eine klebrig süße Romanze. Und ich denke nicht daran, mich davon abzuhalten.

17.

Sechshundertneunundzwanzig geteilt durch drei

Als ich erwache, ist es hell. Blinzelnd sehe ich mich um. Vor dem Fenster thront der Fernsehturm und reckt seine Spitze in die Wolken. Ein Arm ist um mich geschlungen und eine Katze liegt zusammengerollt zwischen mir und einem fremden Körper.

Ich muss schmunzeln. So fremd ist mir der Körper nämlich gar nicht mehr. Zwar haben Corvin und ich es nicht geschafft, bis zum Sonnenaufgang wach zu bleiben, lagen aber stundenlang nebeneinander und redeten, bis wir schließlich einschliefen.

Ich lernte in diesen Stunden viel Neues über ihn. Dass er auch kein Fleisch isst und dass er unbedingt mal nach Las Vegas reisen will. Er kocht gern, hasst aber das Wäschewaschen und lässt es mittlerweile vom Housekeeping erledigen. Damit sie Jordan gegenüber dichthalten, zahlt er ihnen ein üppiges Trinkgeld. Außerdem will er damit ihr Gehalt aufbessern. Das ist seiner Ansicht nach nämlich viel zu niedrig.

Doch ich erfuhr noch mehr über Corvin. Dass ihm das mit der Wäsche inzwischen unangenehm ist, dass er es aber einfach nicht hinkriegt, seinen Alltag zu strukturieren. Er könnte eine Waschmaschine kaufen, doch wo soll er die anschließen? Er könnte ausziehen, aber wohin? In welche Richtung sein Leben gehen soll, weiß er einfach nicht. Wohingegen er sich kurz nach der Erbauszahlung in der eigenen Ungewissheit treiben ließ, stört sie ihn mittlerweile. Er möchte herausfinden, was er mit seinen unzähligen Möglichkeiten anfangen will, und er sehnt sich danach, anzukommen.

Während er das erzählte, hielt er erst meine Hand und dann meinen ganzen Körper. Wir sprachen über die Bezirke, in denen wir aufwuchsen, und die Schulen, auf die wir gingen. Wir fanden heraus, dass ich als Neunjährige einmal im Publikum saß, als er als Achtjähriger eine unbedeutende Rolle in einem Kindertheater spielte. Dort warf er als Sonnenblume verkleidet immer wieder braune Papierblättchen in die Luft, die Kerne darstellen sollten.

Wir lachten genauso viel, wie wir uns küssten. Und irgendwann, nachdem Red sich zwischen uns legte und wir alberne Fingertiere formten, schliefen wir ein.

Ich drehe mich zu ihm um und betrachte ihn. Seine Augen sind geschlossen, sein Atem ruhig und gleichmäßig. Da Corvin ohne T-Shirt geschlafen hat, habe ich endlich Zeit, seine Tätowierungen zu ergründen. Ein riesiger Oktopus liegt auf seiner Brust, dessen Tentakel sich bis zum Bauch hinab ziehen. Seine Arme ziert ein bunter Mix aus Ornamenten, neotraditionellen Motiven und Schriftzügen. Auch eine geflügelte Violine und die Aufschrift *Veloboy* sind zu finden. Tätowierte Erinnerungen an die Dinge, die ihm einst wichtig waren. Selbst schlafend ist Corvin ein unheimlich hübscher Kerl. Ich glaube, dass ihm das bewusst ist. Schließlich geben ihm die Frauen in seinem Umfeld mehr als genug Bestätigung.

Doch nun, wo er ruhig atmend neben mir liegt, hat sich die

Ausstrahlung des selbstbewussten, gleichgültigen Mysteriums von ihm gelöst. Er sieht jünger aus. Friedlich. Sorglos.

Ich will mich aufrichten, um ins Bad zu huschen, doch meine Unruhige überträgt sich sofort auf Corvin. Er brummt etwas, ohne aufzuwachen, und ich lasse mich zurück in seinen Arm sinken. Anscheinend hat er einen leichten Schlaf. Ich kriege es nicht übers Herz, ihn aufzuwecken, und so akzeptiere ich mein Schicksal und bleibe neben ihm liegen. Beobachte, wie sein Brustkorb sich hebt und senkt, wie die Decke auf meinem Arm im Takt seines Atems nachgibt, wie fein sich die Härchen auf seinem Arm über seine Tattoos ziehen.

Bis ich sehe, dass das Display meines Handys aufleuchtet. Jemand ruft an. Das kann ich nicht ignorieren. Hastig fahre ich hoch und gehe ran. »Hallo?«

»Tia!« Paps' Stimme ist ein heiseres Knurren. »Gott sei Dank! Ich dachte schon, dir sei was passiert!«

Corvin hebt den Kopf und schaut blinzelnd zu mir hoch. Verschlafen sieht er so unzufrieden und dennoch goldig aus, dass es mir schwerfällt, mich auf das Telefonat zu konzentrieren.

»Ich, ähm … sorry, ich muss vergessen haben, dir Bescheid zu sagen.«

»Vergessen, so sieht's aus!«, bellt Paps verärgert. »Wo, in Gottes Namen, steckst du?!«

Unentschlossen starre ich in Corvins Gesicht. Wenn Paps eins nicht erfahren darf, dann, dass ich die Nacht bei einem Mann verbracht habe. »Ich habe bei Marie geschlafen!«, schwindle ich.

»Soso.« Mein Vater schnaubt. »Und wie kann es dann sein, dass Marie mir heute Nacht nicht sagen konnte, wo du bist?«

Leise fluchend presse ich die Faust an die Stirn.

Red steht auf und streckt sich gähnend. Mit einem zarten Maunzen tapst sie auf Corvin zu und drückt ihre Stirn an seine.

Er flüstert eine Begrüßung in ihr Ohr und schaut mich beunruhigt an.

»Tja, dann…«, murmle ich. »War ich wohl wo anders.«

»Was du nicht sagst.« Paps seufzt. »Ist ja auch egal, wo du dich rumtreibst. Ich habe dich nur um eins gebeten. Sag mir Bescheid, wenn du auswärts schläfst. Okay?«

»Okay«, krächze ich. »Sorry, ich habe es einfach vergessen. Mach dir keine Sorgen, ich komme in den nächsten Stunden nach Hause.« Der Verlauf des Telefonats ist mir mittlerweile mehr als peinlich.

»Gut. Falls ich nicht da bin, wenn du kommst – ich bin einkaufen. Werde auch dein Einhornmüsli mitbringen. Und eine Kanne Kaffee habe ich gekocht. Für dich. Steht neben der Spüle.«

»Danke dir«, erwidere ich überrumpelt. »Bis später.«

Wir legen auf. Ich lasse das Handy auf die Decke sinken und starre es an.

»Herzlichen Glückwunsch zu deinem Helikoptervater. Ich dachte, nach der Mittelstufe ist sowas vorbei.« Corvin setzt sich auf und rutscht an meine Seite.

Ich wische mir mit dem Handrücken über die Stirn. »Dachte ich auch. Anscheinend holt er jetzt alles nach, was er früher verpasst hat.«

»Nervig«, sagt Corvin. »Aber auch ein wenig rührend.«

Ich schaue ihn skeptisch an. »Verbrüderst du dich gerade mit meinem Vater?«

»Ich fand ihn nicht unsympathisch, wenn du das meinst. Er holt Frühstück für dich, was? Ist doch lieb von ihm.«

»Irgendwie schon.«

»Frühstück musst du unter Umständen doppelt essen. Das *Spree Château* macht schließlich die besten Pancakes der ganzen Stadt.«

Begeistert quieke ich auf. »Die lasse ich mir nicht entgehen.« Ich will aus dem Bett steigen, doch Corvin hält mich zurück. Ich lande an seiner Brust und er zieht mich unter die Decke. Ich lache und strample.

»Und ich lasse mir dich nicht entgehen«, flüstert er und legt seine Lippen auf meine.

Ich gebe nach. Die Pancakes können warten.

Wenig später stehe ich vor dem weitläufigen Buffet in der Sky-Lounge und weiß gar nicht, wo ich zuerst hinsehen soll. Lachs, Parmaschinken, Obstsalat, gereifter Käse, gebratener Speck, gekochte Eier, Waffeln in allen Variationen – den Wünschen der Hotelgäste sind keine Grenzen gesetzt. Das Brot kann sogar in fünf verschiedenen Bräunungsgraden getoastet werden.

Für einige Sekunden lasse ich mich von den Köstlichkeiten hypnotisieren. Dann mache ich kehrt und stapfe mit weit aufgerissenen Augen auf Corvin zu.

Dieser kauert lässig auf einem der Designerstühle, die Kapuze tief in die Stirn gezogen. Red hat sich so entspannt um seine Schultern gelegt, als sei sie gerade nicht mit ihrem Besitzer in einem vollen Speisesaal. Als Corvin den leeren Teller in meiner Hand sieht, runzelt er die Stirn. »Hoppla. Von Luft und Liebe allein wirst du den Tag aber nicht überleben.«

Keuchend lasse ich mich auf den Stuhl ihm gegenüber sinken. »Das war mir einfach zu heftig. Diese Auswahl. Und dann erst die Leute. Die Pancakes habe ich nicht mal gefunden.«

Corvin mustert mich besorgt. Er streckt die Hand aus und nimmt meine über den Tisch hinweg. »Hey. Das ist *mein* Hotel. Du musst dich hier nicht eingeschüchtert fühlen.«

Ich lächle. Es ist lieb, dass er das sagt. Aber das ist nicht das Problem. »Ich weiß. Trotzdem kenne ich sowas einfach nicht. Dieser Küchenchef macht Eier, von denen ich noch nie gehört habe.«

Corvin stutzt. »Eggs Benedict?«

Ich nicke und schiebe den Teller von mir. »Genau. Was, zur Hölle, ist das?«

Er grinst. »Habe ich mich anfangs auch gefragt. Probiere es aus. Nimm von allem etwas, teste dich durch. Für dich ist es umsonst. Zur Not geben wir das Zeug zurück. Bei all dem Überfluss fällt das ohnehin nicht auf.« Mit finsterer Miene deutet er zum Nebentisch, an dem ein Pärchen seine vollen Teller zurücklässt. Offensichtlich verabscheut er dieses verschwenderische Verhalten. Dass er mir trotzdem vorschlägt, passt zu dem wilden Corvin, der in ein Hotel zieht, das er eigentlich verachtet.

»Alles zurückzugeben wäre auch daneben.« Missmutig greife ich zur Kaffeekanne. »Ich mache jetzt einen auf meinen Vater und trinke das hier. An Getränken gibt es am Buffet nämlich anscheinend alles, außer Mate.«

Corvin streckt sich. »Kein Mate für mein Kapuzenmädchen? Das wäre doch gelacht. Ich besorge dir einen. Du wartest hier, während ich uns Frühstück hole, okay? Ich stelle dir einfach was zusammen.« Er grinst mich so zuversichtlich an, dass mir ein wohliger Schauer über den Rücken huscht.

Dankbar nicke ich. Dass er mir den Gang zum Buffet abnimmt, ist genau die Art von Unterstützung, die ich brauche.

Mit der Katze im Nacken schlendert Corvin zur Auslage. Verstohlen beobachte ich ihn. Optisch hebt er sich so sehr von den Gästen ab, dass viele sich nach ihm umdrehen. Eine Frau macht sogar Fotos von Red. Corvin scheint die neugierigen Blicke allerdings nicht im Geringsten zu kümmern. Zwar tritt er mit einer

Sicherheit durch den Speisesaal, die klar ausstrahlt, dass er sich hier gut auskennt, jedoch macht er dabei einen so unaufgeräumten Eindruck, dass ihm anzumerken ist, wie wenig er von all der Protzerei hält. Er ist ein wandelnder Widerspruch und dabei so unverschämt anziehend. Wie ein verlorener Rockstar, dem heute niemand den Champagner aufs Zimmer bringen wollte. Für einige Momente lasse ich mich davon hinreißen, ihm hinterher zu schmachten.

Dann bemerke ich zwei Kellner in der Nähe. Sie räumen den Nebentisch ab und scheinen mich aufgrund der großen Zierpflanze zwischen uns nicht zu sehen.

»Von dem, was die Gäste alles zurückgehen lassen, könnte ich meine Tochter eine ganze Woche lang ernähren«, murmelt die Frau. Ich recke den Hals und stelle fest, dass es Jenny ist, die Dame von der Rezeption. Ich wusste gar nicht, dass sie auch als Kellnerin aushilft.

»Mir fällt dazu schon lange nichts mehr ein«, brummt ein Mann in ihrem Alter. Ihn sehe ich zum ersten Mal. »Hast du's gesehen? Einer der Chefs hat sich mal wieder blicken lassen.« Die Teller klirren, als er sie auf das Tablett stapelt.

»Corvin oder Jordan?«, fragt Jenny und sieht sich um.

»Was weiß ich, wie die Brüder heißen«, erwidert der Kellner. »Ich halte von beiden gleich wenig. Es ist nicht der im Anzug, sondern der Durchgeknallte mit der Katze.«

»Ach, du meinst Corvin.« Jenny nimmt die Kaffeekannen an sich. »Der ist ein ganz Lieber, wenn man ihn besser kennenlernt. Er hat letztens meine Schichten übernommen, damit ich früher zu Ella nach Hause konnte. Außerdem darf den jeder duzen. Jordan nicht, der hat einen riesigen Stock im Arsch.«

Ich muss grinsen. Mich freut, dass Corvin Jenny aushelfen konnte. Ihre Schilderungen zu Jordan amüsieren mich ebenso.

»Alle Latten am Zaun hat der trotzdem nicht.« Ihr Kollege scheint ziemlich schlecht auf die Brüder zu sprechen zu sein. »Den Feueralarm letztens hat er ausgelöst. Wie ein pubertierendes Kind ist der. Und triebgesteuert. Dass der am Frühstücken ist, bedeutet wohl, dass er mal wieder eine abgeschleppt hat.«

Ich halte den Atem an und spitze die Ohren.

»Lass den Jungen«, erwidert Jenny beschwichtigend. Sie zieht die weiße Tischdecke ab und schüttelt eine neue auf. »Du warst doch auch mal jung.«

»Ja, aber ich war nicht *so*.« Er hält inne und sieht sie eindringlich an. »Weißt du, was er mir erzählt hat? Sein Ziel ist es, in jedem gottverdammten Zimmer dieses Ladens eine Frau flachzulegen. Und dir ist klar, wie viele Zimmer wir hier haben?«

Jenny schluckt. »Sechshundertneunundzwanzig.«

»Sechshundertneunundzwanzig, ja. Ein Drittel hat er schon, sagte er.« Ein hohles Lachen dringt aus seiner Kehle. »Er führt Buch darüber. Völlig verloren, dein *lieber* Junge.«

Wortlos starre ich auf die Tischkarte. *Auf einen wundervollen Tag im Spree Château!* steht darauf. Die Stadt unter der Fensterfront an meiner Seite ist an diesem Dienstagmorgen bereits erwacht. Die Herbstidylle kann mich nicht von der Schönheit des Ausblicks überzeugen. Nicht jetzt. Und vielleicht nie wieder.

Jenny hat geantwortet, doch ich habe nicht mehr richtig zugehört. Ihr Kollege fragt sie: »Was meinst du? Welche hatte heute die Ehre, bei dem verzogenen Erben zu nächtigen? Ich tippe auf die da hinten im grünen Blazer. Das ist sein Beuteschema. Oder die, die dort am Eingang wartet. Die giert ihm die ganze Zeit hinterher.«

»Mensch Theo.« Jenny lacht. »Wir wissen beide, dass Corvin es faustdick hinter den Ohren hat. Aber über dein Liebesleben spekuliert auch keiner. Also tu mir den Gefallen und deck Tisch zweihunderteinundzwanzig ein, ja?«

Ihr Kollege erwidert etwas, unterbricht sich jedoch.

Corvin ist aufgetaucht und drückt sich an den Kellnern vorbei. Überraschenderweise kennt er die Namen von beiden. »Hey, Jenny. Guten Morgen, Theo. Alles gut bei euch?« Er setzt sich und stellt einen vollen Teller mit zwei Gabeln zwischen uns. Red tapst ihm von den Schultern und rollt sich auf dem Stuhl neben ihm ein.

»Morgen, Corvin.« Jennys Blick trifft meinen. Ihre Wangen färben sich rot. »Ja, uns geht's gut. Euch einen guten Appetit.« Gemeinsam mit Theo verdrückt sie sich.

»Ich dachte, wir können von einem Teller essen. Lass es dir schmecken. Hier sind die Pancakes und das hier …« Corvin deutet auf ein zerlassenes Ei auf einem Toast, das herrlich lecker aussieht. »Ist übrigens Eggs Benedict. Ich habe es ohne Speck bestellt. Schmeckt trotzdem prima.«

Wortlos starre ich auf den üppigen Teller voller Leckereien. Die Wortfetzen des Kellners kreisen durch meinen Kopf.

Corvin schiebt mir eine Gabel rüber. »Bis auf das Ei ist alles vegan.« Er zwinkert und beginnt zu essen. »Im Übrigen will ich dich darauf hinweisen, dass wir den Sonnenaufgang heute Morgen nicht gesehen haben und na ja …« Er grinst verlegen. »Strenggenommen müssten wir das Date wiederholen und dieses Mal wirklich durchmachen. Hey, was ist los?«

»Zweihundertneun Komma Sieben«, murmle ich. Es ist gar nicht leicht, eine so krumme Zahl durch drei zu teilen.

»Was?«, fragt Corvin perplex.

Ich starre ihm in die Augen und dann wieder auf das Buffet. Jenny steht am anderen Ende des Raumes und beobachtet mich beunruhigt. Als ich ihren Blick auffange, dreht sie sich hastig um.

Wieder sehe ich in Corvins Gesicht. Seine Haare sind von der Kapuze aufgewirbelt. Er ist so hübsch, dass es mir einen Stich versetzt.

Er konnte mit seinen vergangenen Bekanntschaften nicht so schnell eine solch intensive Intimität erreichen wie wir. Das ist nicht möglich. Das zwischen uns ist etwas Besonderes. Oder? Ist er einfach gut darin, sich auf sein Gegenüber einzustellen? Bin ich austauschbar? Auf einmal bin ich mir nicht mehr sicher.

Mir fällt Liekes Warnung ein. Corvins Wunsch, im Hotel zu schlafen. Dass ich nicht in sein Zimmer sollte, sondern ins benachbarte.

Ich habe keine Ahnung, ob ich Mittel zum Zweck war, um ein Kreuz hinter einen Posten seiner Liste zu setzen. Aber dass ich es in Erwägung ziehen muss, reicht mir.

Ich hebe den Kopf und sehe ihm in die Augen. »Den Sonnenaufgang sehe ich mir lieber allein an«, antworte ich, stehe auf und lasse ihn mit seinem vollen Teller zurück.

Ich höre ihn noch meinen Namen rufen, als ich das *Spree Château* bereits verlassen habe.

18.

Gebückt, aber nicht gebrochen

Zurück in Paps' Haus lehne ich mich erleichtert gegen die geschlossene Tür. Der Geruch von Zuhause dringt mir in die Nase. Er entspannt mich.

Einige Momente lang starre ich die Garderobe an. Früher hingen hier bunte Frauenmäntel und Kinderanoraks. Nun sind es ausschließlich die grauen und schwarzen Herrenmäntel meines Vaters.

Dann reißt mich eine Stimme aus den Gedanken. »Tia?«

Ich atme tief durch und stapfe ins Wohnzimmer. »Ja. Hallo Paps.«

»Da bist du ja endlich.« Ächzend richtet er sich auf und legt die Zeitung beiseite. »Ich habe mir Sorgen gemacht. Wo hast du gesteckt?«

Ich laufe in die Küche und schütte mir eine großzügige Portion Einhornmüsli in eine Schüssel. Nun, wo ich endlich zu Hause bin, hängt mir der Magen in den Kniekehlen. »Wie du bemerkt hast, habe ich letzte Nacht woanders geschlafen und nein, ich will dir nicht sagen, wo. Können wir es dabei belassen? Mir geht's gut.«

Von ihm abgewandt schließe ich die Augen. Mir geht es schließlich gut. Oder?

Wieder sehe ich Corvin vor mir, der Nummern von Frauen in Silbertops und Zebrakleidern einsackt. Dann sein Kopfschütteln, als ich fragte, ob wir den Film nicht in seinem Zimmer schauen wollen. Habe ich mich wirklich in ihm getäuscht? Ich stelle den Müslikarton ins Regal zurück und drehe mich zu meinem Vater um. Auf meinem Gesicht liegt ein hoffentlich sehr überzeugendes Lächeln.

Paps betrachtet mich misstrauisch. »Warst du bei dem ominösen Hotelerben, über den du mit Marie geredet hast?«

Ich antworte nicht.

»Geht er gut mit dir um?«

Seufzend trotte ich an den Küchentisch und setze mich.

»Frühstück hat er dir jedenfalls keins gemacht«, kombiniert mein Vater mit zusammengekniffenen Augen. »Ich knöpfe mir den Knaben persönlich vor, wenn er dir wehtut. Hast du das verstanden?«

Das klingt ziemlich verlockend. Ich stelle mir vor, wie Paps Corvin zornig gegen die Wand presst, und meine Laune bessert sich für einen Moment. »Wie fürsorglich von dir. Aber ich komme gut allein klar. Ich bin keine fünfzehn mehr, okay? Und abgesehen davon …«

»Du kannst selbst entscheiden, ich weiß doch«, vervollständigt Paps schroff und zieht die Zeitung an sich. »Trotzdem. Solange du die Füße unter meinem Tisch stellst …«

»Wie hast du so schön gesagt, als ich dich nach dem Dachboden gefragt habe?«, unterbreche ich ihn. »*Lass einem Mann seine Geheimnisse.* Das tue ich. Aber bitte lass einer Frau auch ihre.« Entschlossen führe ich einen Löffel Müsli zum Mund.

Mit einem missmutigen Grummeln, das Zustimmung ausdrücken soll, schlürft Paps aus seiner Papatasse.

»Was steht heute bei dir an?«, versuche ich das Thema zu wechseln.

Paps faltet die Zeitung zusammen. »Ich habe nachher einen Besichtigungstermin für eine Wohnung. Ralf hat ihn mir besorgt. Der Vermieter ist ein Freund von ihm. Sie ist in Wilmersdorf. Recht zentral. Wenn du willst, kannst du mitkommen.«

Das Müsli bleibt mir fast im Hals stecken. Der Hausverkauf. Richtig. Ich räuspere mich und nicke. »Klar, gern.«

»Schön.« Er starrt gedankenverloren aus dem Fenster. »Ich bin gespannt, ob die Wohnung zu mir passt.«

»Und ich erst.« Vor allem bin ich froh, an der Planung teilzuhaben, um ihn beeinflussen und gegebenenfalls von einer schlechten Entscheidung bewahren zu können.

Paps räumt ab und ich löffle nachdenklich das Müsli. Auf meinem Handy blinkt eine Nachricht auf, doch ich drehe das Display auf den Tisch. Mir ist bewusst, dass ich mich kindisch benehme und Corvin direkt hätte zur Rede stellen sollen. Doch gerade kann ich einfach nicht anders. Letzte Nacht habe ich mich nach so langer Zeit wieder geöffnet, einem Mann und irgendwie auch Berlin. Das Ergebnis ist ernüchternd. Wahrscheinlich hätte ich mich nie aus meinem sicheren Kokon begeben und Nähe zulassen sollen. Ich denke an meine Wohnung und an Blue. Was gäbe ich darum, mich ein komplettes Wochenende mit ihr im Tipi zu verstecken und zu malen?

Paps erhebt sich und zieht eine Zigarettenpackung aus der Brusttasche. In der geöffneten Haustür stehend dreht er sich zu mir. Der Glimmstängel klemmt bereits in seinem Mundwinkel, als er nochmals auf seine potenzielle, neue Wohnung zu sprechen kommt. »Ich bin zuversichtlich. Die Bude von Ralfs Freund ist bezahlbar. Und weißt du, was das Beste ist? Sie hat sogar einen Balkon.«

Überrascht lasse ich den Löffel sinken. »Okay. Das klingt besser als erwartet.«

Zwei Stunden später trete ich durch die brüchige, alte Balkontür zu meinem Vater, der sich an einem rostigen Geländer festhält und raucht.

Als er mich bemerkt, dreht er sich lächelnd zu mir um. »Na, was sagst du zu der Wohnung?«, fragt er. Zumindest glaube ich, dass er das fragt. Es ist nämlich so laut hier draußen, dass ich ihn kaum verstehe.

»Wichtig ist eher, was sagst du?«, erwidere ich und ziehe mir die Kapuze über die Ohren. Der Wind pustet sie mir umgehend zurück auf die Schultern.

Paps drückt seine Zigarette in einem alten, vergessenen Aschenbecher aus. »Ich finde es eigentlich ganz schön!«, ruft er. »Die Dielen muss man abschleifen, eine Küche einsetzen … Aber Ralf hilft mir beim Renovieren. Mal sehen, ob das Bett in das halbe Zimmer passt. Sonst baue ich mir einfach eine Alternative.«

Ich starre ihn verdutzt an. Dann kann ich meine Gefühle nicht mehr zurückhalten. »Du hältst diese Wohnung wirklich für eine gute Lösung?« Ich raufe mir die Haare. »Sieh dich um! Direkt vor deinem Balkon liegen die Autobahn *und* die S-Bahn!« Bei diesem Stichwort rattert der rotgelbe Zug am Haus vorbei und hält quietschend am S-Bahnhof Bundesplatz. »Man kann sein eigenes Wort kaum verstehen!«

»Was?«, schnarrt Paps.

»Siehst du?« Schwer seufzend lasse ich mich an die Wand fallen. Putz rieselt mir in den Nacken. »Es ist zu laut hier!«

Paps zieht den Reißverschluss bis zum Kragen. Verdrossen blickt er auf die Autos, die keine dreißig Meter vom Haus entfernt über den Asphalt rasen. Obwohl die Schnellstraße von einer Lärmschutzmauer umgeben ist, können wir sie sehen. Die Wohnung befindet sich schließlich direkt unterm Dach.

Er wendet sich von mir ab und lehnt sich an das Balkongeländer. Plötzlich wirkt er zerbrechlich. Älter. Gleichzeitig aber auch stark. Der frühere Paps hätte sich schon längst in die nächste Kneipe verzogen, um der Realität nicht ins Auge blicken zu müssen. Die aktuelle Version stellt sich der Zukunft. Ist gebückt, aber nicht gebrochen.

»Außerdem ist die Wohnung im fünften Stock«, füge ich unglücklich hinzu. »Es gibt keinen Aufzug. Du wirst nicht jünger, Paps. Wie willst du später deine Einkäufe hier hochtragen?«

Er brummt etwas in seine Handfläche.

»Was sagst du?«

Scharf blickt er mir in die Augen. »Was ich sonst machen soll, habe ich gefragt, Tia.«

Verzweifelt schreie ich gegen den Lärm an. »Ich könnte Yannik um Hilfe bitten. Oder Marie!«

»Du willst dir von deinem Ex und deiner Freundin Geld leihen? Und wie sollen wir zwei das zurückzahlen? Denkst du, ich will dir irgendwann nichts, als ein altes Haus und einen Berg Schulden hinterlassen, wie es deine Mutter getan hat?« Obwohl er leise spricht, verstehe ich jedes Wort.

»Paps …«

»Also rede keinen Unsinn. Wenn du mir was Gutes tun willst, dann respektiere meine Entscheidung und gib nicht solche hanebüchenen Ratschläge. Sie helfen nicht weiter.« Damit wendet er sich ab und stapft in die Wohnung.

Aufgebracht folge ich ihm. Obwohl ich die morsche Balkontür hinter mir zudrücke, ist der Lärm der Autobahn allgegenwärtig. »Aber das kann nicht das sein, was du willst. Dein Zuhause ist das Hexenhaus. Du liebst es!«

Mein Vater hört mir nicht mehr zu. Er steht mitten in dem sanierungsbedürftigen Wohnzimmer und betrachtet das Licht, das durch die Balkontüren auf die vergilbten Tapeten fällt. »Hier ist es hell«, brummt er sanft. Die Dielen knarren unter seinen schwerfälligen Schritten. Plötzlich scheint er in einer anderen Welt zu sein. In einer friedlichen. Irgendwo, wo er glücklich und sicher ist.

Ich halte inne und betrachte ihn verständnislos.

»Der Preis ist unschlagbar«, fügt er leise hinzu. »Ich habe Glück, eine Chance auf diese Wohnung zu bekommen.« Er dreht sich zu mir um. Ein Lächeln bildet sich unter seinem grauen Bart. »Ich nehme sie.«

Widerworte kochen in mir. Wut, Traurigkeit und Ärger. Doch dann erinnere mich an seine Bitte, seinen Weg zu respektieren. Und deshalb flüstere ich: »Okay.« Denn Paps' Entscheidung ist schon längst gefallen.

Am Dienstagnachmittag geben Nele und ich unser Bestes, Marie bei den Hochzeitsvorbereitungen zu unterstützen. Doch als wir unserer Freundin abends die Ergebnisse präsentieren – das Gästebuch sowie die Hochzeitsspiele sind fertig –, ist sie vom Schuhkauf am Nachmittag derart geschafft, dass wir sie kurzerhand zu einem Mädelsabend verdonnern. Und so pflanzen wir uns zu dritt auf Maries Couch und schauen *Stolz und Vorurteil*. Wie in alten Zeiten.

Unser Plan geht auf: Marie gelingt es für ein paar Stunden, die Hochzeitsdeadlines zu vergessen. Es ist toll, zu spüren, dass alles zwischen uns dreien wie früher ist, wenn Mister Darcy auf dem Bildschirm seine feurigen Liebesbekundungen macht. Und es entspannt auch mich, bei den Mädels abzuschalten.

Wir drei wissen, wie der Film endet, schließlich haben wir ihn mindestens fünfmal zusammen gesehen. Deshalb schnattern wir, wenn eine Szene uns nicht interessiert, und fiebern mit, wenn die Differenzen des Pärchens ausweglos erscheinen. Denn am Ende wird alles gut. Zumindest darauf ist Verlass.

Als ich mein Handy aus der Tasche ziehe, blinkt mal wieder eine Nachricht auf. Eins muss man Corvin lassen. Er lässt nicht locker. Dass er unbedingt mit mir reden will, spricht dafür, dass unser Date sich immerhin von den unzähligen anderen abgehoben hat, die er schon hatte. Nichtsdestotrotz erfordert es Energie, mich mit ihm auseinanderzusetzen. Energie, die ich gerade nicht aufbringen kann. Meine Schutzmauern sind hochgezogen. Das Fünkchen Vertrauen, das ich bereit war, in unser Kennenlernen zu legen, ist erloschen. Ob ich diese Flamme jemals wieder entzünden will, entscheide ich an einem anderen Tag. Und deshalb schreibe ich ihm.

Tia: Ich melde mich bei dir, wenn ich so weit bin. Okay?

Nur wenige Momente später trudelt seine Antwort ein.

Corvin: Okay. Ich bin da, wenn du mich brauchst.

Dann bleibt mein Handy ruhig. Dass er sich an meine Bitte hält, erleichtert mich. Er ist in der Lage, meine Grenzen zu respektieren.

Mit fortschreitender Uhrzeit fallen mir immer wieder die Augen zu. Das Ende des Films bekomme ich nur am Rande mit. Das war zu erwarten. Schließlich lag ich die halbe Nacht plappernd in den Armen eines Hotelerben und küsste mir die Lippen wund.

Nach einer Weile erwache ich eingekuschelt unter einer Decke. Ich schnappe auf, wie Marie Nele leise erzählt, dass ich Mister Fünfhundert-in-bar von und zu Dildo wiedergetroffen habe.

»Der ist aber erstmal kein Thema mehr«, murmle ich schlaftrunken und richte mich auf. »Ich muss jetzt dringend nach Hause.«

Marie stellt besorgt ihren Hugo neben die Chipsschüssel. »Du kannst heute Nacht gern hier schlafen, Tia. Dann musst du nicht mehr raus in die Kälte.«

Ich schüttle den Kopf. »Danke, aber ich möchte einfach nach Hause. Paps wartet auf mich.« Und tatsächlich glaube ich, dass ich mich dort am wohlsten fühlen werde.

Zurück im Hexenhaus rede ich kurz mit Paps, ohne die Wohnungsbesichtigung zu erwähnen.

Dann verschwinde ich in meinem Kinderzimmer und rolle mich unter der Decke ein. Ich genieße die vertraute Umgebung. Den Geruch von altem Holz und abblätternder Farbe. Das Geräusch der klappernden Fensterläden und des raschelnden Laubs im Garten. Und obwohl mir dieses Haus in den letzten Jahren nicht gefehlt hat, zieht es in meiner Brust, als ich mir vorstelle, es nie mehr betreten zu dürfen. Unerklärlicherweise vermisse ich es jetzt schon.

19.

Ein Rosen verschenkender Vampir

In den kommenden Tagen stürze ich mich in die Arbeit am Kinderbuch, zeichne Katzen, Mädchen und Wollknäuel. Ich schicke Skizzen an die Autoren und setze ihre Rückmeldungen um. Nebenbei bastele ich Karten für das Ehetauglichkeitsspiel und entwerfe Hintergründe und Accessoires für die Fotowand. Vor meinem Fenster funkeln Sonne und Regen. Dem Anblick vom Berliner Herbst halte ich stand. Aktiv an ihm teilnehmen möchte ich jedoch nicht.

Eines Nachmittags kommt Marie vorbei und segnet die Platzkärtchen für die Tische ab. Weil Nele verhindert ist, begleite ich sie im Anschluss zu einem Probestyling. Im Zuge dessen werde auch ich geschminkt, und Paps fallen fast die Augen aus dem Kopf, als ich mit angeklebten Wimpern nach Hause komme.

Am Abend des nächsten Tages bekoche ich Paps. Es gibt Tofubolognese. Obwohl er angibt, das vegetarische *Zeug* nur aus Höflichkeit zu kosten, verlangt er Nachschlag. Während wir essen, balancieren wir um den tonnenschweren Elefanten namens Hausverkauf, der es sich mitten auf der Wohnzimmercouch gemütlich gemacht hat. Wie und ob ich versuchen soll, ihn umzustimmen, ist mir nach der Wohnungsbesichtigung ein Rätsel. Als er nach dem Abwasch ächzend die ersten Umzugskartons ins Haus schleppt und ein Seufzen ausstößt, das vor unterdrückter Traurigkeit nur so trieft, ziehe ich mich in mein Zimmer zurück. Ich wäre ohnehin keine große Hilfe, im Gegenteil. Wahrscheinlich würde ich früher oder später auf Alternativen zu sprechen kommen und womöglich würde eine hitzige Diskussion entbrennen. Doch Paps hat mich gebeten, es ihm nicht unnötig schwer zu machen, und dem will ich nachkommen.

Als ich am Freitagabend in die Küche schlendere, um mir eine Schüssel Einhornmüsli zu machen, wirbelt Paps durchs Wohnzimmer. Er riecht nach Eau de Cologne und hat das Radio aufgedreht. »N'Abend, Tia! Ich gehe spontan aus. Ins Kino und im Anschluss vielleicht in eine Kneipe.«

Stirnrunzelnd mustere ich ihn. »Kneipe?« Als Kind eines Alkoholikers schwingt in dieser Planung automatisch Bedrohung mit.

Paps lacht und dreht die Musik leiser. »Mit den anderen von der Selbsthilfegruppe. Mach dir keine Sorgen. Es gibt Kaffee und Kiba.«

»Kiba«, wiederhole ich tonlos. Ich kann mir meinen Vater schlecht mit einem Kirschbananensaft bei Tante Horst vorstellen. Aber ich spüre, dass er es ernst meint. Er freut sich. Und deshalb freue ich mich mit.

»Das Zeug ist echt lecker!«, beteuert er und zieht sich die Jacke über.

Das nächste Lied läuft an und mein Herz gerät ins Stolpern. Es ist das Lied, zu dem der Vampir meines Vertrauens mich zum Tanz gebeten hat. Er hat es grün genannt, meine Hand genommen und beim Lächeln spitze Fangzähne entblößt. Und ich hatte mich in seine Arme begeben und ihn angestrahlt, bis zwischen uns schwarz-weiß-rosa Funken sprühten.

Paps wedelt vor meinem Gesicht herum. »Tia? Alles klar bei dir? Du siehst aus, als hättest du einen Geist gesehen.«

Hastig lasse ich mich mit dem Müsli an den Küchentisch sinken. »Was? Nein. Mir geht's gut.« Raus aus meinem Kopf, Corvin!

»Na dann bin ich beruhigt.« Paps schnappt sich seine Schlüssel. »Ich bin jetzt weg. Stell allein zu Hause bloß keinen Unsinn an, klar?«

Ich grinse. »Bring mich nicht auf Ideen.«

»Du bist ein junges Ding! Solltest du auf einen Freitagabend nicht was vorhaben, statt immerzu über deiner Arbeit zu brüten?«

Ich verdrehe die Augen. »Ich kann mir die Zeit gut allein vertreiben. Ich muss nicht …«

Im nächsten Moment vibriert mein Handy.

Paps grinst vielsagend. »Na, wenn das nicht deine Rettung ist. Ich hau ab.«

»Schönen Abend dir!« Während er das Haus verlässt, lese ich die Nachricht.

Corvin: Willst du wegen der Eier nichts mehr mit mir zu tun haben?

Verständnislos starre ich das Display an. Dann pruste ich los.

Tia: Wie, zur Hölle, kommst du auf die Eier?

Corvin: Die Eggs Benedict waren das Letzte, über das wir geredet haben, ehe die Stimmung gekippt ist. Ich verstehe bis jetzt nicht, wieso du verschwunden bist. Das würde ich aber gern.

Natürlich kann er sich das nicht erklären. Er hat das Gespräch zwischen den Kellnern nicht mitgekriegt. Unabhängig davon, ob er ernsthafte Absichten mit mir hat, ist es unfair, ihn länger im Unklaren zu lassen.

Tia: An den Eiern gab es nichts auszusetzen. Aber ich denke, wir sollten reden, wenn du willst.

Corvin: Und ob ich das will! Heute Abend schon was vor? Magst du vorbeikommen?

Tia: Heute Abend habe ich Zeit. Aber lass uns bitte woanders treffen als im Hotel.

Corvin: Warum? War dir das Zimmer zu pompös? Ich kann auch eine Besenkammer in den unteren Etagen reservieren. Die sind Basic, aber weit über dem Standard der Konkurrenz.

Corvin: ›Besenkammer‹ ... Oh Shit, das sollte sich nicht anzüglich anhören.

Tia: Nein. Ich möchte einfach nicht ins Hotel.

Corvin: Okay. Tja, dann ... komme ich zu dir?

Tia: Das geht klar.

Corvin: Gut. Gib mir die Adresse. Ich schwing mich auf mein Rad und bin in einer halben Stunde da.

Tia: Klingt, als hättest du mich vermisst.

Corvin: Du hast keine Ahnung.

Für einige Momente starre ich dümmlich grinsend aufs Display. Dann reagiere ich. Was? In dreißig Minuten? Ich schaufle das Müsli in mich hinein, renne die Treppe hoch und stürze ins Bad.

Frisch geduscht laufe ich zum Fenster. Er ist noch nicht da. Herrje. Wieso geht jetzt plötzlich alles so schnell?

Auf einmal werde ich furchtbar nervös. Seit ich ein Teenager war, hatte ich keinen Besuch eines Jungen oder Mannes in diesem Haus. Zwar werkelt mein Vater in unregelmäßigen Abständen an der Fassade herum, aber besonders vorzeigbar ist es nicht. Vor allem nicht im Vergleich zu dem protzigen Hotel, das Corvin sein Eigen nennen darf.

Ich atme tief durch und schiebe den Zweifel aus meinem Bewusstsein. Corvin kommt nicht aus wohlhabenden Verhältnissen. Unser Hexenhaus wird ihn nicht abschrecken. Viel beunruhigender ist die Frage: Wie werden wir beide miteinander umgehen?

Ich will mir gerade einen Plan zurechtlegen, da höre ich Motorengeräusche vor dem Haus. Meine Augen weiten sich. Ach du Scheiße. Der ist einfach mit einem Porsche vorgefahren.

Corvin steigt aus, drückt die Tür hinter sich zu und sieht sich um. Obwohl ich hin- und hergerissen bin, ob es sinnvoll ist, ihn besser kennenzulernen, macht mein Herz einen sehnsüchtigen Hüpfer. Dass dieser große, hübsche Kerl mit der Kapuze und den Millionen auf dem Konto alles stehen und liegen gelassen hat, um im Handumdrehen vor meiner Tür zu erscheinen, treibt meinen Puls gewaltig in die Höhe.

Ich trete vom Fenster zurück und ziehe unsicher am Saum des Pullovers. Meine Haare sind noch nass und meine Gedanken unaufgeräumt. Schon klingelt es an der Tür. Ich zögere, zucke mit den Achseln und laufe hinunter. Corvin hat mich genauso kennengelernt. Wenn ich ihm so nicht gefalle, kann er direkt wieder gehen.

Als ich die Tür öffne, steht Corvin direkt davor. »Hallo Kapuzenmädchen«, sagt er und drückt mir mit einem frechen Grinsen eine Rose in die Hand.

»Hallo. Und danke.« Überrumpelt nehme ich sie an. Vom Fenster aus habe ich nicht gesehen, dass er sie dabeihat. Ich spüre meine Wangen heiß werden. Es ist Jahre her, dass jemand mir Blumen geschenkt hat.

Er lehnt sich abwartend an die Wand und mustert mich. In seinen Augen funkelt Neugier und eine Spur Zärtlichkeit. Gar nicht das, was ich von einem Typen erwartet habe, der Affären mithilfe einer Liste abhakt. Kann es sein, dass sich alles um ein dummes Missverständnis handelt? Habe ich ihn zu Unrecht auf Abstand gehalten? So unbequem dieses Thema ist, ich muss ihn fragen. Während ich schweigend mit mir hadere, komme ich mir lächerlich vor. Und weil mir nichts Besseres einfällt, schnuppere ich aus einer Übersprungshandlung heraus an der Rose.

»Und? Wie riecht sie?«, fragt Corvin.

»Nach Rose.«

»Wer hätte das gedacht?« Er verschränkt belustigt die Arme vor der Brust.

»Ich wollte sichergehen. Schön, dass du da bist.« Mit Wangen so feuerrot wie die Blüte halte ich die Tür auf und laufe ins Wohnzimmer.

»Hast du nicht was vergessen?«, ruft er mir hinterher.

Ich fahre herum. »Was?« Er meint doch nicht etwa einen Kuss? Hoffentlich nicht. Wenn er mich so ansieht und darauf besteht, kann ich vermutlich nicht ablehnen und wenn es blöd läuft, heute Abend gar nichts klären. Na wunderbar. Bereits jetzt springen meine guten Vorsätze lachend aus dem Fenster.

»Vampire dürfen nicht ohne Einladung eintreten«, sagt er und macht einen ebenso verwirrten Eindruck wie ich. »Oder gilt das nicht mehr?«

Ach, das meint er. Erleichtert atme ich auf. Zum Glück kann er meine Gedanken nicht hören. »Doch, das stimmt. Du darfst natürlich reinkommen.«

Er tritt herein und zieht sich die Kapuze vom Kopf. Seine Haare scheinen gekämmt gewesen zu sein, werden aber nun aufgewirbelt.

Ich stürze zum Esstisch und stelle die Müslischüssel in die Spüle. Dann nehme ich eine Vase aus dem Schrank. Weil ich nicht recht weiß, wie ich mit Corvin umgehen soll, bin ich dankbar, mich mit der Blume beschäftigen zu können.

»Es hat geregnet, darum habe ich das Auto genommen«, erklärt er und schlendert langsam in das Wohnzimmer. Interessiert betrachtet er die abgewetzte Couch, den Röhrenfernseher und die offene Küche.

»Ist mir aufgefallen«, brumme ich und lasse mir extra viel Zeit dabei, Wasser in die Vase zu füllen. »Ist ja ein schmuckes Ding, das du da hast.«

»Ich habe das günstigste meiner Autos genommen.« Seine Stimme kommt näher. Er klingt nachdenklich. »Kurz nach der Auszahlung bin ich im Autohaus total eskaliert. Ich habe mir drei ziemlich teure Schlitten gekauft. Leider stehen die Dinger meist ungenutzt in der Parkgarage. Vielleicht sollte ich die

Autos verkaufen. Ich fühle mich auf dem Rad ohnehin am wohlsten.«

Als ich vor ein paar Tagen mit ihm gefahren bin, habe ich das gemerkt. Wenn er das Fahrrad neben sich her schob oder fuhr, wirkte er routiniert und komplett. Wie ein Maler, dem man den Pinsel reicht, oder ein Handwerker, der zur Zange greift.

»Vermisst du deine Arbeit im Fahrradladen?«, frage ich und stelle die Blumenvase auf den Tisch.

Corvin dreht sich zu mir um und scheint kurz überrascht. Dann erwidert er: »Nun. Ich habe den Job sehr geliebt. Das Schrauben in der Werkstatt. Die Beratung der Kunden. Die vielen Räder. Als ich dann das Hotel hatte, hielt ich es für unnötig, dort zu arbeiten. Ich brauchte das Geld schließlich nicht mehr. Also habe ich gekündigt.«

»Einen Job kann man doch auch machen, einfach weil er Spaß macht, und nicht des Geldes wegen.«

»Ja. So weit habe ich damals leider nicht gedacht.«

»Kannst du dort nicht wieder anfangen?«

Er lächelt, doch es erreicht seine Augen nicht. »Der Zug ist abgefahren. Die haben jemand Neuen eingestellt. Außerdem kann Linus mich nicht mehr leiden, glaube ich.«

Wie es dazu kam, kann ich mir vorstellen. Corvin beherrscht die Gabe, sein Umfeld innerhalb kürzester Zeit mit seiner großspurigen Art zu vergraulen. Seinen Erzählungen zufolge war das vor einem Jahr noch schlimmer.

»Und was ist mit dem Orchester?«, hake ich nach. »Man landet ja nicht mal eben so in einer Big Band, die wöchentliche Shows begleitet, die im TV ausgestrahlt werden. Du musst deine Geige sehr geliebt haben.«

Corvin stützt sich mit den Händen am Sofa ab. »Das habe ich, keine Frage. Aber um ehrlich zu sein, hatte ich beim Erlernen einen Vorteil. Ich habe nämlich nach Farben gespielt. Nie nach Noten.«

»Wie ist das möglich?« Verdutzt sehe ich ihn an. Ich kann mir das gar nicht vorstellen. Geigenmusik höre ich hellblau. Doch als ich kurz darüber nachdenke, ergibt sein Gesagtes Sinn. »Du siehst Farben in den Tonfolgen. Nicht nur im Instrument.«

»Exakt.« Ein Schmunzeln zupft an seinen Mundwinkeln.

»Aber dann fehlt dir doch diese Art, deiner Synästhesie Ausdruck zu verschaffen. Oder?«

»Schon. Aber das Leben geht weiter. Auch ohne Geige«, sagt Corvin. Offensichtlich möchte er das Thema wechseln und sieht sich demonstrativ um. »Das hier ist es also, ja? Das Haus, das verkauft werden soll.«

Ich bin froh, dass er noch nicht auf unsere Differenzen zu sprechen gekommen ist. Mit ihm Smalltalk zu führen, fällt mir leicht. Meine Aufregung legt sich in seiner Gegenwart schneller als erwartet.

»Ist es. Paps ist heute Abend übrigens unterwegs. Sonst hättest du ihn direkt kennenlernen können.«

Verschüchtert kratzt Corvin sich am Kopf. »Das ist mir ganz recht, um ehrlich zu sein. Nichts gegen deinen Vater. Aber ich weiß nicht, ob er mich leiden könnte.«

Ich muss unwillkürlich lachen. »Das weiß ich allerdings auch nicht.«

Ans Sofa gelehnt, betrachtet er mich mit einem sanften Lächeln. Er schaut auch dann nicht weg, als ich nicht mehr lache.

Wieder werden meine Wangen heiß. Nach unserem Date ist es komisch, mit Corvin in einem Raum zu sein, ohne seine Nähe zu suchen. Dass er mir trotzdem Freiraum lässt, rechne ich ihm hoch an.

Verunsichert fahre ich mir durch die feuchten Haare. Ich sollte endlich mit der Sprache herausrücken. Doch ich kann nicht. Ich will nicht hören, dass es stimmt. Will für ein paar heile Momente länger daran glauben, dass das zwischen uns etwas mit Bestand ist.

Geduldig sieht Corvin mich an. Als wolle er mir die Sache erleichtern, schlägt er vor: »Du hast so viel von meinem Zuhause gesehen. Nun würde ich gern deines kennenlernen. Hast du Lust, mich herumzuführen?«

Verdutzt fahre ich mir mit der Zunge über die Lippen. »Du willst dir dieses Haus ansehen? Ich wohne hier ja nur vorübergehend. Außerdem ist es nicht ansatzweise so schön wie dein Hotel.«

Seine Antwort kommt wie aus der Pistole geschossen. »Schön ist relativ.« Abwehrend hebt er die Hände. »Das war nur ein Vorschlag. Der kam mir in den Sinn, weil dir der Hausverkauf so nahe geht. Tut mir leid. Ich bestehe nicht darauf.«

Ich schlucke. Langsam kristallisiert sich heraus, dass mir dieses Gebäude weit mehr bedeutet als ihm das Hotel. Wer durch die verwinkelten Gänge läuft, sieht nicht nur ein altes Haus. Er schaut mir direkt in die Seele. Sollte ich ihn herumführen, würde ich außerdem kostbare Minuten gewinnen, in denen ich überlegen kann, wie ich die Sache mit der Liste anspreche. Dieser Gedanke überzeugt mich. »Das ist eine schöne Idee. Komm mit!«

Er lächelt. Dann folgt er mir in den Flur und wir streifen gemeinsam durch die Zimmer.

Paps' Hexenhäuschen ist nicht besonders groß. Abgesehen von der Wohnküche besteht es aus vielen kleinen Räumen, die mit urigen Gegenständen zugestellt sind. Wasserkocher, Flugdrachen, Sonnenschirme und Sandwichtoaster – man findet allerhand interessante Dinge, die Mama in ihren manischen Phasen gekauft hat, und für die mein Vater keine langfristige Verwendung gefunden hat. Die Einrichtung ist zusammengewürfelt, aber wohnlich. Auch wenn er nicht in der Lage war, Ordnung zu halten, konnte Paps jedem Zimmer ein Fünkchen Gemütlichkeit bewahren.

Gemeinsam mit Corvin entdecke ich das Haus neu. Manche Räume habe ich seit meiner Rückkehr nicht betreten. In dem Gästezimmer am Ende des Ganges stapeln sich gepackte Umzugskisten, was mir einen Stich versetzt. Und ich finde weitere Dinge, die hier eigentlich nicht hingehören.

Stirnrunzelnd nehme ich eine Mappe an mich, auf der *TIARA W. KUNST KLASSE Drei c* steht. »Warum hat er die hier abgelegt?«, murmle ich und blättere durch die von Wasserfarben gewellten Bilder. »Meine Schulsachen waren immer auf dem Dachboden.«

Mit großen Augen sieht Corvin mir über die Schulter. »Das hast du gezeichnet? In der dritten Klasse?«

Ich nicke und drücke ihm die Mappe in die Hand. »Kunst war mein Lieblingsfach.«

Beeindruckt hält er die Zeichnungen ins Licht. »Wahnsinn. Ich kann bis heute nicht ansatzweise so gut malen. Und du machst das mit acht?«

Ich lache. »Darum habe ich mein Hobby zum Beruf gemacht.« Stirnrunzelnd sehe ich mich um. Den Hometrainer habe ich zuletzt auf dem Dachboden gesehen. Genauso das alte Kastenradio und die Twistermatte.

»Du musst mir unbedingt zeigen, was du aktuell illustrierst.« Behutsam fährt Corvin die dünnen Linien nach, die bis heute meinen Zeichenstil ausmachen.

»Vielleicht später«, erwidere ich. »Hier stimmt etwas nicht.« Ich packe seine Hand und ziehe ihn hinaus. Er legt die Bilder auf die Kiste und stolpert mir hinterher.

Im Flur verschränke ich die Arme vor der Brust und starre auf eine verschlossene Tür ohne Schlüssel. »Jetzt haben wir uns alle Räume angeschaut. Aber einer fehlt noch.«

»Der Dachboden?«, rät Corvin und betrachtet interessiert die Bilder an der Wand. Klein-Tia ist auf ihnen zu sehen, als Vierjährige Hand in Hand mit Tom von nebenan.

Ich nicke und reiße achtlos die Schubladen des Sekretärs auf. »Paps will partout nicht, dass ich dort hochgehe. Warum hat er nicht gesagt. Dabei war das als Jugendliche mein Rückzugsort. Meine Leseecke ist oben. Wenn er sie nicht aufgelöst hat.«

Verblüfft beobachtet Corvin, wie ich die Kommode durchwühle. »Und jetzt suchst du den Schlüssel?«

»Ja«, presse ich hervor. »Ich habe keine Lust mehr auf diese Geheimniskrämerei.«

Kurz steht er ratlos daneben, dann wirft er ein: »Sagtest du nicht, dass dein Vater trockener Alkoholiker ist? Dann sollte er einige Schnapsverstecke haben.«

Ich halte inne. Dieser Einwand ist nicht übel. »Gib mir einen Moment«, murmle ich und stürze hinunter in die Küche.

Unter der Spüle werde ich tatsächlich fündig. Ich stoße nicht auf eine Flasche Hochprozentiges, sondern auf einen Schlüssel mit Anhänger. Mein Finger streichelt über das kitschige Plastikherz, ehe ich es öffne. Ein Foto von Mama, Paps und mir ist darin. Ich bin etwa zehn und halte strahlend einen riesigen Fisch in die Kamera. Auf dem Bild waren wir gemeinsam zelten und unheimlich glücklich. Vor sehr langer Zeit.

Ich schlucke die Erinnerung herunter und laufe zurück zur Dachbodentür. Der Schlüssel passt.

»Das war ein super Tipp«, flüstere ich und drücke mich in den engen Aufgang.

»Nun bin ich gespannt, was dein Dad um jeden Preis geheim

halten will.« Corvin zieht die Tür hinter uns zu. Im letzten Augenblick bemerkt er, dass die Klinke lose ist, und sichert uns den Ausweg, indem er das beiliegende Handtuch um Außen- und Innengriff schlingt. Die Tür legt sich in die Angeln. Es wird dunkel.

Ich taste nach dem Lichtschalter und drücke ihn. Nichts tut sich. Ich drehe mich zu Corvin um, der mir im engen Schacht ganz nah gekommen ist. »Sorry, der Schalter scheint kaputt zu sein«, druckse ich. Weil ich auf der zweiten Stufe stehe, sind wir auf Augenhöhe.

»Kein Problem.« Seine Stimme stockt unter der wachsenden Spannung zwischen uns. »Es ist mir egal, ob es ganz dunkel ist oder ganz hell … Es macht Spaß, mit dir das Haus zu entdecken.«

Das klingt so ehrlich, dass mein Herz sprüht. »Ich würde meinem Familiengeheimnis mit niemandem lieber auf den Grund gehen als mit dir«, erwidere ich und lege meine Hand auf seine. Ich fühle mich so wohl bei ihm. Und das auch noch so schnell. Wie konnte das passieren? Ich weiß doch noch immer nicht, was es mit dieser Liste auf sich hat!

Dann frage ich skeptisch: »Riechst du das auch?«

Corvin nickt. »Farbe.«

Ich nehme seine Hand und ziehe ihn hinter mir her, die hölzernen Stufen empor.

20.

Die Sache mit der Liste

Der Lichtschalter auf der Empore funktioniert. Das dämmrige Licht einer Glühbirne erhellt den Dachboden und auch Corvin, der blinzelnd die obersten Stufen nimmt.

Es ist unerwartet sauber hier oben. Der Raum ist freigeräumt. Die Balken wurden vor nicht allzu langer Zeit geschliffen. Der Mond scheint durch die weiten Fenster eines Anbaus. Genau auf eine Staffelei.

»Er malt hier Bilder?« Überrascht starre ich die Farbtuben und Spraydosen an, die unter der Dachschräge stehen. Pinsel verschiedener Stärken sind auf einem Beistelltisch abgelegt.

»Und das nicht zu knapp.« Corvin spaziert an mir vorbei zu einer Ansammlung von Leinwänden, die an der Holzverkleidung lehnen. »Allein das sind zwanzig Stück. Und dort hinten …« Er deutet in die Nähe eines herabhängenden Teppichs, der als Raumtrenner fungiert. »Dort ist auch ein Stapel Bilder in allen möglichen Größen.«

Ich löse mich aus meiner Starre und schlendere an Paps' Malutensilien vorbei. »Wie kann das sein? Er hatte früher nichts mit

Malerei am Hut.« Beeindruckt bleibe ich vor der Staffelei stehen, die sein aktuelles Projekt trägt. Paps' Stil ist abstrakt. Grasgrüner, unruhiger Boden erstreckt sich unter einem gelborangenen Himmel. Eine Ansammlung meerblauer Tupfer lässt einen See im Sonnenaufgang erahnen. Das Gemälde weckt in mir ein Gefühl der Wärme. Als habe mein Vater einen Ort gemalt, an dem ich schon mal war. Aber eventuell spielt mir meine Fantasie einen Streich.

»Er hat hier idealen Lichteinfall.« Corvin deutet auf das Dachfenster.

»Um unser Haus stehen viele Bäume. Er wollte wohl lieber hier in dem höchsten Stockwerk malen, als sie zu stutzen und ihr Wachstum einzuschränken.« Konzentriert studiere ich die Leinwand. »Paps hat eine experimentelle Technik gewählt und mit dem Spachtel gearbeitet. Außer hier unten. Den Teil hat er konventionell mit dem Pinsel gemalt.«

»Da spricht die Fachfrau«, erwidert Corvin. »Ich hätte null Ahnung, wie er das gemacht hat.«

»Gut kenne ich mich damit nicht aus. Mein Stil ist anders. Ich zeichne detaillierter und benutze keine kräftigen Farben.«

»Aber der Apfel fällt nicht weit vom Stamm, was?«

Ich fahre herum. Corvins Lächeln ist hell und etwas herausfordernd.

Ich verschränke die Arme vor der Brust. »Wir ähneln uns kein bisschen. Weder unsere Malstile noch unsere Charaktere.«

»Aber ihr wählt beide die Kunst als Mittel, um euch auszudrücken.« Sein Grinsen wird immer breiter.

Ich boxe ihm spielerisch in die Seite. »Im Gegensatz zu Paps würde ich ihn nicht umbringen, wenn er sich meine Zeichnungen ansieht. Was die Frage aufwirft … Warum will er das vor mir geheim halten?« Verständnislos sehe ich zu Corvin hoch. »Für diese Bilder muss sich niemand schämen.«

»Vielleicht verarbeitet er damit etwas und fühlt sich angreifbar. Seine Vergangenheit mit dem Alkohol oder so.« Corvin betrachtet Leinwände, die auf einem Tisch stehen. Auf ihnen hat Paps verschiedene Techniken und Farbkombinationen angewandt. Obwohl sie so unterschiedlich sind, kann ich mich nicht entscheiden, welches Werk mir am besten gefällt.

»Sie sind alle sehr ausdrucksstark«, murmelt er. »Es ist schade, dass er sie versteckt. Sie gehören an die Wand. In eine Ausstellung, oder …« Seine Stimme verliert sich.

»Viel Erfolg dabei, ihn davon zu überzeugen. Du kannst dir nicht vorstellen, wie stur er sein kann. Wenn er sie um jeden Preis vor der Öffentlichkeit zurückhalten will, tut er das.« Ich spähe am Raumtrenner vorbei. »Das hier überrascht mich noch mehr. Paps hat den Dachboden komplett freigeräumt, aber meine Leseecke hat er nicht angerührt.«

Ich halte Corvin den Teppich auf und er schlüpft an ihm vorbei in den abgetrennten Bereich.

Ein lilafarbenes Sofa steht an der Wand. Es ist bestückt mit etlichen Kissen. In einem selbstgebauten Regal finden sich Bücher verschiedener Genres. Durch ein rundes Fenster fällt das Mondlicht.

»Oh wow. Anscheinend hat er die Hoffnung nicht aufgegeben, dass du zurückkehrst.« Corvin nimmt das Buch von dem Beistelltisch und knipst die Leselampe an. »Der letzte Roman, den du hier gelesen hast, war von Stephen King. Hat dich der *Friedhof der Kuscheltiere* nicht überzeugt?«

Lachend lasse ich mich auf die Couch fallen. »Doch, eigentlich schon. Aber in der Zeit vor meinem Auszug ging es drunter und drüber. Paps hat viel getrunken. Ich habe mir das Buch später sogar nachgekauft, um es zu Ende zu lesen. Das war mir lieber, als für zehn Minuten in dieses Haus zurückzukehren.«

»Das klingt heftig.« Corvins Blick verdunkelt sich. »Du hast hier viele hässlichen Erfahrungen machen müssen. Umso schöner ist es, dass du dich deinem Vater wieder annäherst und er mit dem Malen anscheinend einen Ersatz zum Alkohol gefunden hat.« Er setzt sich zu mir. Wir beide sinken in die Polster ein. Obwohl die Couch groß ist, habe ich sie noch nie mit jemandem geteilt.

Er lässt sich an die Lehne sinken und für einen Herzschlag lang verlieren wir uns in den Augen des anderen. Mein Herz ist leicht. Ich bin froh, die Leseecke wiederentdeckt zu haben und Paps besser zu verstehen. Außerdem freue ich mich, weil Corvin und ich wieder miteinander sprechen. Aber dann fällt mir ein, dass wir keinen Schritt weiter sind als am Buffet. Ich wende den Kopf ab, um dem Impuls zu widerstehen, mich an ihn zu schmiegen.

»Vielleicht sollten wir darüber reden, was in der Sky-Lounge los war«, sagt Corvin leise.

Etwas in mir verkrampft sich. Trotzdem nicke ich. »Ich glaube, das war nur ein blödes Missverständnis«, plappere ich. »Wahrscheinlich habe ich überreagiert.« Das war es doch, oder? Das muss es gewesen sein. Corvin ist kein oberflächlicher Aufreißer. Oder?

Aufmerksam sieht er mich an. »Erzähl mir, was los war.«

Ich winkle die Beine an und hole Luft. »Während du Essen geholt hast, war da dieser Kellner am Nebentisch mit Jenny. Er sagte, dass …« Es auszusprechen, fällt mir schwer. Trotzdem zwinge ich mich dazu. »Dass du eine Liste hast, mit der du systematisch jedes Hotelzimmer abhakst, in dem du Sex hattest. Sie haben spekuliert, welcher Gast an diesem Tag die Glückliche war. Mich haben sie nicht gesehen.« Ich lache unsicher und wage nicht, Corvin ins Gesicht zu sehen. »Das hat mich schockiert.

Ich konnte nicht bleiben.« Ich atme tief durch. Endlich ist es raus.

»Das hast du gehört?« Seine Augen weiten sich. Seit er die Kapuze nach seinem Erscheinen vom Kopf geschoben hat, hat er sie nicht mehr aufgesetzt. Trotz seiner verwuschelten Haare und dem zur Hälfte zugezogenen Reißverschluss des Zip-Hoodies bekommt er es hin, gleichzeitig unaufgeräumt und ästhetisch zu wirken. Die Zweifel nagen an mir. Der Frau, die nicht mit diesem Kerl aufs Zimmer geht, ist nicht mehr zu helfen.

Ich wende den Blick ab und nicke.

»Fuck.« Corvin seufzt und lässt den Kopf an die Rückenlehne sinken. »Jetzt verstehe ich, warum du plötzlich weg warst.«

Ich starre auf die Bücher im Regal. Alle habe ich mindestens einmal gelesen. Ich warte darauf, dass Corvin widerspricht. Dass er aufklärt, dass ich mich verhört habe oder Theo sich geirrt hat. Doch er tut es nicht. Stattdessen sagt er leise: »Du bist mir innerhalb der kurzen Zeit wirklich wichtig geworden, Tia. Und darum will ich ehrlich zu dir sein. Ja, dass ich so eine Liste habe, stimmt.«

Ich kneife die Augen zusammen. Nein. Verdammt.

»Nachdem ich plötzlich reich war … Ich fühlte mich unbesiegbar, weißt du?« Der zerrissene Ausdruck in seinem Gesicht geht mir durch Mark und Bein. »Ich hatte keinen Halt mehr, habe dauernd einen draufgemacht. Meine Freunde spalteten sich in zwei Lager. Die alten fanden mich zum Kotzen, was ich mittlerweile verstehen kann. Sie haben mir ins Gewissen geredet und an mein Verantwortungsbewusstsein appelliert. Aber mir war das egal. Darum haben viele sich von mir distanziert. Das Orchester, meine WG … Wenige sind geblieben. Zum Beispiel Lieke.« Er lächelt. »Dann gab es noch die neuen Freunde. Die vom Videodreh gehören dazu, und Bekanntschaften wie Cara und Yvette von der Neunziger-Party. Die feiern mich ab, wenn *ich* mich abfeiere.« Er spielt an der Kordel seiner Kapuze herum. »Mit ihnen kann ich Geld verprassen und Spaß haben. Sie reden mir nicht rein, sondern genießen es mit mir.«

»Glaubst du nicht, dass sie weg sein werden, wenn das Geld aufgebraucht ist?«, platzt es aus mir heraus.

Corvin hebt den Kopf und lächelt. Es ist abgeklärt und zart und traurig. »Es muss einiges passieren, damit das Konto leer ist. Aber ja, natürlich bin ich mir dessen bewusst. Diese Leute mögen mich nur, weil ich Champagner und dicke Autos finanzieren kann. Wahrscheinlich werden von diesen Freunden kaum welche übrig sein, wenn ich mit den Partys aufhöre.«

Nervös befeuchte ich meine Lippen mit der Zunge. Immerhin macht er sich darüber keine Illusionen.

Ernst sieht er mir in die Augen. »Es ist komisch, von einem Tag auf den nächsten beliebt zu sein. Am Anfang war ich überrascht, dass so viele Frauen auf einmal mit mir ins Bett wollten. Dann habe ich einfach mitgemacht. Im Vollrausch kam mir die Idee mit der Liste. Keine Ahnung, wie Theo davon Wind bekommen hat. Eine Weile war mir alles egal. Eventuell habe ich es ihm erzählt. Vielleicht hat er mir Wein nachgeschenkt, als ich gerade damit geprahlt habe.« Corvin zuckt die Achseln.

Ich schlucke. Meine Kehle ist staubtrocken. Obwohl ich es nicht will, entschlüpft mir mit belegter Stimme: »Stimmt es, dass du über zweihundert Zimmer abgehakt hast?«

Verständnislos runzelt er die Stirn. Dann lacht er. »Das hat Theo gesagt? Wo hat er denn diese Information her? Vielleicht hat er die Liste beim Saubermachen gefunden.« Corvin wird wieder ernst. »Ich weiß es nicht, um ehrlich zu sein. Ich habe ziemlich viele abgehakt. Es kann sein, aber es scheint mir ein wenig hoch gegriffen. Zeitweise war mir wirklich alles egal. Aber nach einer Weile habe ich mich nicht mehr bemüht, die Liste zu vervollständigen. Auf Dauer verliert unverbindlicher Sex mit verschiedenen Frauen seinen Reiz. Man fühlt sich bestätigt, klar. Aber das braucht man irgendwann nicht mehr. Immer wieder aufs Neue muss man sich auf das Gegenüber einstellen, die Vorlieben herausfinden … Wirklich schön ist es doch, wenn man seine Partnerin kennt und erfassen kann, worauf sie abfährt. Dann weiß man, was man mit ihr anstellen muss, damit sie auf ihre Kosten kommt.«

Bei diesen Details eröffnet mein Kopfkino seine Vorhänge. Ich erröte und konzentriere mich wieder aufs Gespräch. Seine Schilderungen passen zu dem Corvin, den ich kennengelernt habe. Ob er mit den Frauen in den Silbertops sprach oder mit der im Zebrakleid. Er war ihnen gegenüber aufgeschlossen, machte aber nicht den Eindruck eines verzweifelten Schürzenjägers, der jedem Rock hinterherrennt, um einen Haken hinter eine Zimmernummer zu setzen.

»Du bist jetzt bestimmt enttäuscht von mir«, murmelt Corvin.

Meine Kehle ist trocken. »Es wäre einfacher für mich, mit dir umzugehen, wenn es die Liste nicht gäbe. Du wolltest, dass wir um keinen Preis in dein Zimmer gehen. Das hat mich stutzig gemacht und leider gut zu dem gepasst, was Theo über dich gesagt hat.«

»Mein Zimmer war wirklich nicht aufgeräumt.« Er sieht mich eindringlich an und tastet nach meiner Hand. »Wir hatten ein Kennenlern-Date. Ich habe nie geplant, dich auf eine Liste zu setzen, die ich gar nicht mehr bediene. Du musst mir glauben, Tia. Das mit uns ist … anders.«

Ich ziehe die Hand weg. Nachdenklich beobachte ich Staubpartikel, die vom Mond beschienen durch die Dunkelheit wirbeln. »Wie kann ich mir dessen sicher sein?«

»Das kannst du nicht.« Seine Augen blitzen entschlossen auf. »Du musst mir vertrauen.«

Unwillkürlich denke ich an Lieke. Ihr gegenüber hatte ich darauf plädiert, dass jeder es verdient hat, dass man ihn vorbehaltlos kennenlernt. Was das angeht, hat Corvin mich nie enttäuscht. Er ist zuverlässig, zärtlich und immer da, wenn ich ihn brauche. So auch jetzt.

Seine Hand zuckt wieder in meine Richtung, doch er sieht davon ab, einen erneuten Versuch zu unternehmen, nach ihr zu greifen. Leise fährt er fort: »Mit dir zusammen zu sein, ist so besonders, Tia. Du siehst mehr in mir als die anderen Leute. Ich kann dich nicht mit Geld beeindrucken. Im Gegenteil. Ich habe sogar überlegt, Jenny zu fragen, ob sie für heute Abend ihren alten Corsa gegen meinen Porsche tauscht, damit ich nicht so prollig rüberkomme. Dann dachte ich, das wäre auch nicht in deinem Sinn.«

Ich pruste los. »Auf so eine Idee kommst nur du. Aber ja. Bleib lieber bei deinem Porsche.« Kichernd rutsche ich zu ihm herüber und lasse den Kopf an seine Schulter sinken. Ich taste nach seiner Hand und er nimmt sie und drückt sie fest. »Du machst es mir nicht einfach, Corvin«, spreche ich in die Dunkelheit. »In mir schrillen alle Alarmglocken, wenn du über dein Leben erzählst. Außerdem suche ich gerade gar nichts Festes. Und dann tauchst du in dieser Selbsthilfegruppe auf und bringst mich total durcheinander mit deiner Schulterkatze, deinem komischen Anrufbeantworter und deinem Millionenerbe.«

Er schmunzelt und zieht mich enger an sich. »Der alte Spruch lautete: *Mein Name ist Band, James Band. Ich habe die Lizenz zum Aufnehmen*. Gefällt dir das besser?«

Kopfschüttelnd lache ich.

»Bezüglich des Durcheinanders muss ich dir widersprechen. Du bist diejenige, die in meinen Safe Space eingedrungen ist. Ich besuche The Broken Hearts Club seit Monaten. Und dann kommst du und machst kitschige Dinge mit meinem Kopf.«

Ich stoße ihm sanft in die Rippen und er weicht mir grinsend aus.

Als er wieder an mich heran rutscht, legt er den Arm um mich und stellt eine innige Nähe zwischen uns her. »Ich habe darüber nachgedacht, was du letztens gesagt hast. Dass mir der Boden unter den Füßen fehlt.« Vorsichtig streichelt er mit der Hand über meine Schulter. »Das stimmt. Aber du ziehst mich in eine Realität zurück, in der ich leben will.«

Mein Herz schlägt so heftig, dass ich den Puls in den Ohren rauschen höre. »Und mich ziehst du hinauf«, erwidere ich und denke an die spannende und lustige Zeit im Hotel und in der Stadt zurück. »In den Tagen ohne dich war ich überwiegend in meinem Zimmer und habe mich zurückgezogen.«

»Ich finde, wir ergänzen uns ziemlich gut«, sagt Corvin. »Und darum hoffe ich …« Er holt tief Luft. »Dass du mich weiterhin treffen willst.«

Ein Lächeln huscht über mein Gesicht. Dieses Mal bekämpfe ich den Impuls nicht, seine Nähe zu suchen. »Ich will. Aber lass es uns langsam angehen, okay?«

»Wie sähe das für dich aus?«

»Fürs Erste möchte ich nicht noch mal bei dir im Hotel schlafen. Ich hoffe, du verstehst das.«

Nachdenklich seufzt Corvin, während er mit meiner Hand spielt. »Du hast Bedenken, dass du doch noch auf der Liste landest, was? Das ist unbegründet, Tia. Ehrlich. Aber gut.« Er drückt mir einen Kuss auf die Haare. »Dein Tempo, deine Regeln. So viele Dates, wie du magst und wo du magst. Ich zeige dir, dass du mir vertrauen kannst. Du bist es wert.«

Ich schrecke hoch, als ich von draußen den Motor eines alten Mercedes aufheulen höre. Völlig durcheinander sehe ich mich um. Wir sind noch immer auf dem Dachboden. Corvins Arm liegt um meinen Bauch. Er schläft.

Ich ziehe mich zu dem runden Fenster über dem Sofa hoch und schaue hinaus. Die leere Straße ruht friedlich zwischen den Vorgärten in der Dunkelheit. Eine Laterne flackert und eine Katze schleicht den Gehweg entlang. Alles ist wie immer. Erleichtert lasse ich mich zurück aufs Sofa sinken.

»Was ist los?«, brummt Corvin und hebt verwirrt den Kopf.

»Ich habe Lärm gehört und dachte, Paps sei nach Hause gekommen«, erkläre ich und rutsche an Corvins Seite. »Dabei hätte das unmöglich er sein können. Er hat ja keinen Führerschein mehr.« Ich taste nach meinem Handy und finde eine Nachricht von Paps. Er schreibt, dass er bei einem Freund schläft und erst gegen Mittag zurück ist. Ganz ohne Tippfehler. Er ist tatsächlich nüchtern geblieben.

»Wir haben es geschafft, hier einzuschlafen?« Corvin stützt sich auf und reibt sich die Augen. Während er versucht, sich zu orientieren, sieht er sehr niedlich aus mit seinen verwuschelten Haaren. Gekränkt mustert er die Armlehne und reibt sich den Nacken. »Das war alles andere als bequem.«

»Du bist ja auch die edlen Kopfkissen aus dem *Spree Château* gewohnt«, necke ich ihn.

»Die sind tatsächlich ziemlich komfortabel.« Entschuldigend zuckt er die Achseln. Dann fragt er mit leiser Stimme: »Du möchtest wahrscheinlich nicht, dass dein Vater mitbekommt, dass ich hier bin. Willst du, dass ich gehe?«

Das Mondlicht fällt auf seine Lippen, die im matten Schein voll und weich aussehen. Der Ausdruck auf seinem Gesicht ist fragend, ein wenig bittend, aber nicht drängend. Die vage Erinnerung daran, auf seiner Brust einzuschlafen, schießt mir durch den Kopf und ich stelle mir vor, wie ich ihn zur Tür bringe, in die Nacht entlasse, in mein kaltes Zimmer gehe und allein unter die Bettdecke krieche.

»Nein«, erwidere ich und rutsche auf seinen Schoß. »Bitte bleib noch ein wenig.« Seine Augen weiten sich, als ich die Lippen auf seine lege, und für einige Momente lässt er die Zärtlichkeit stumm geschehen. Dann zieht er mich zu sich herunter, vergräbt die Hand in meinen Haaren und küsst mich.

Nervöse Funken entzünden sich in meiner Brust und fahren hinab in meinen Bauch.

Den ganzen Abend lang hatten wir die Hand des anderen gehalten und uns von den letzten Tagen ohneeinander erzählt. Die Trennung wog schwer, die Differenzen waren zu präsent. Wir hielten das Feuer zwischen uns auf Sparflamme und streichelten einander allenfalls zärtlich über den Arm, bis wir einschliefen. Doch nun ist es anders.

Ihn kurz nach dem Aufwachen so verschlafen neben mir vorzufinden, weckt das Begehren in mir. Und ich erinnere mich daran, dass ich in seiner Gegenwart auf meine Intuition hören darf.

Seine Hände gleiten unter mein T-Shirt und tasten sich langsam nach oben. Sie wärmen mich, meine Haut und meine bibbernde Seele. Widerwillig löst er die Lippen von mir. »Sag mir einfach Bescheid, wenn du nicht weitergehen willst, okay?«, flüstert er.

Ich nicke.

»Schläfst du immer mit BH?«, fragt er stirnrunzelnd.

Lachend schüttle ich den Kopf. »Viel zu unbequem.« Mit einem geschickten Handgriff löse ich den Verschluss im Rücken und schlüpfe aus den Trägern. Ich ziehe den BH unterm T-Shirt hervor und lasse ihn auf den Boden fallen.

Corvin setzt sich auf und schaut mit großen Augen zu mir hoch. Stück für Stück schiebt er den Stoff empor. Seine Aufforderung, ihn zu stoppen, wenn es mir zu viel wird, liegt wie eine schützende, warme Decke über uns. Gleichzeitig ist sie mein Sicherheitsnetz. Er ist so behutsam, dass das die Möglichkeit, ihn auf Abstand zu halten, in weite Ferne rückt.

Nach einem letzten, prüfenden Blick umschließt er meine Brüste und küsst sie. Zärtlich lässt er die Zunge um die linke Brustwarze kreisen und massiert die rechte sanft.

Ein leises Stöhnen entweicht meinen Lippen. Er sieht mit einem frechen Grinsen zu mir hoch. Dann sagt er ernst: »Du bist wunderschön.«

Kurz sehen wir einander lächelnd an, während das Mondlicht auf unsere erhitzten Gesichter fällt.

Dann legt er die Hand unter meinen Po, hebt mich auf die Sitzfläche und stützt den Arm neben mir auf. Er rutscht zwischen meine gespreizten Beine und lässt mich deutlich spüren, wie sehr ich ihm gefalle. Seine Finger gleiten unter den Bund der Hose und er sieht mich prüfend an. »Bitte Tia, unterbrich mich, wenn es dir zu schnell geht«, wiederholt er.

Ich schmunzle. Es ist reizend, wie besorgt er ist. »Es ist okay. Ich genieße die Zeit sehr mit dir.«

Er lächelt. Dann öffnet er den Knopf meiner Hose und zieht sie mir von den Hüften. Sein Kuss ist voller Sehnsucht und Zärtlichkeit. Er ist so vorsichtig und leidenschaftlich. Ich fühle mich in seinen Armen so gut umsorgt. Mein Herz glüht und die Lust pulsiert in mir, mächtig und vorbehaltlos.

Langsam streichelt er sich von den Brüsten zu meinem Bauch bis zu meiner Mitte. Er zögert, doch als meine Hüfte seiner Hand entgegen zuckt, lässt er seine Finger tiefer gleiten. Er seufzt leise auf, als er die Feuchtigkeit ertastet. Unwillkürlich drückt er seinen

Schoß an mich und weicht dann schuldbewusst zurück. Als sei die Offenbarung seiner Härte eine zu offensive Forderung.

Solange er so zärtlich mit mir umgeht, ist er mit seiner Lust bei mir willkommen. Ich taste nach seiner Erektion, was er mit einem erleichterten Grinsen quittiert und sich meiner Hand entgegen presst. »Möchtest du mich anfassen?«, flüstert er.

Ich nicke.

Mit schnellen Handgriffen entledigt er sich seiner Hose. Schwer atmend sieht er mir in die Augen, während ich seinen Penis berühre. Seine Finger zwischen meinen Beinen beben, als ich ihn in die Hand nehme. Er bemüht sich sichtlich, sein Begehren nicht die Oberhand gewinnen zu lassen, während er sanft in meine Faust stößt. Als meine Küsse fordernder werden, legt er die Zurückhaltung endlich ab. Überwältigt von seiner Erregung ist er atemberaubend sexy und bleibt trotzdem vorsichtig. Während seine Finger mich erkunden, lauscht er meiner Reaktion. Sie verweilen am Zentrum meiner Lust und massieren mich.

Er löst die Lippen von meinen und murmelt: »Ich wäre so gern ganz mit dir zusammen.«

Ich halte inne. Seine Berührungen treffen genau die richtigen Stellen, in genau dem richtigen Tempo. So heiß gelaufen fällt es mir schwer, ihn abzuweisen. Aber wir sind bereits jetzt intimer miteinander, als ich es eigentlich nach unseren Differenzen erwartet habe. Heute schon mit ihm Sex zu haben, würde sich nicht richtig anfühlen.

Ich schüttle den Kopf. »Das ginge mir zu schnell, Corvin.«

Sein Atem stockt, aber nur kurz. »Okay. Darf ich dich trotzdem zum Höhepunkt bringen?«

Ich schlucke. Dafür muss ich mich geborgen fühlen und mich fallen lassen. Ich weiß nicht, ob mir das nach den Unsicherheiten der letzten Tage gelingt. »Du kannst es versuchen«, erwidere ich schüchtern.

Er lächelt. Sein Penis streift meinen Schenkel, als er sich zu mir herunterbeugt, und sendet einen Schauer der Erregung durch meinen Körper. »Setz dich nicht unter Druck«, flüstert er. »Ich will, dass du dich gut fühlst.« Er küsst mich voller Hingabe und tastet sich wieder zu meiner Körpermitte hinab. Den richtigen Rhythmus findet er sofort. Er weiß mit mir umzugehen. Bei ihm bin ich sicher.

Er bricht den Kuss und küsst sich meinen Körper hinunter. Und ehe meine Vernunft den reizvollen Anblick von Corvins Gesicht zwischen meinen Beinen verurteilen kann, legt er die Lippen auf die empfindsame Stelle und kostet von mir.

Mein Kopf sinkt auf das Sofa und die Luft entweicht meiner Lunge. Ich suche verzweifelt etwas zum Festhalten und finde seine Hand. Ich drücke sie, während er mich mit der Zunge erforscht und langsam und beständig die empfindliche Haut liebkost. Mit einem sanften Seufzen reagiert er auf das Beben in meinem Körper, sieht sehnsüchtig zu mir hoch und lässt zwei Finger in mich hineingleiten.

Mein Verstand knipst sich aus. Meine Bedenken ebenso. Da sind nur noch wir beide. Mein Verlangen, seine Zärtlichkeiten, die sich der Geschwindigkeit meiner Atemstöße anpassen, und dieses unsichtbare Band, das zwischen uns erwächst. Ein Anfang. Die Chance auf eine Grundlage. Vertrauen.

Als meine Hände sich in seine Haare graben, verstärkt sich die Intensität seiner Zunge. Er stöhnt ein weiteres Mal leise auf, und dann ist es um mich geschehen. Meine Erregung entlädt sich in einem unerwartet schnellen und schönen Höhepunkt. Er passt seine Bewegung dem Zucken meiner Lust an, bis sie verklingt.

Er legt den Kopf auf meinen Schenkel und platziert federleichte Küsse auf den Venushügel.

Keuchend starre ich hinauf zur Dachschräge. »Ich dachte, ich könne mich nicht fallenlassen. Und nun ging es so schnell.«

Corvin legt sich neben mich und nimmt mich in den Arm. »Ich finde es unglaublich, dass es dir so leichtfiel, loszulassen. Ich fühle mich geehrt.« Als er mich küsst, schmeckt und riecht er nach mir.

Ich kichere. Corvin muss wirklich vernarrt in mich sein. Aus welchem Grund sollte er mich sonst so einfühlsam zum Höhepunkt bringen und mir dafür sogar ein Kompliment machen?

Er lächelt verhalten und küsst sich meinen Hals hinab. Seine Hand wandert zu meinen Brüsten, während die andere seine Erektion umschließt und er damit beginnt, sich zu massieren. »Ich stehe total auf deinen Körper«, flüstert er und sieht zu mir hoch. »Ich stehe total auf dich.«

Ich schmiege mich an ihn und drücke die Lippen auf seine. Seine Zunge ist suchend und fahrig. Die Faust in seinem Schoß hebt und senkt sich. Flink zieht er sich das T-Shirt aus und ich tue es ihm nach. Ich lege die Hände auf seine und löse ihn ab, umschließe ihn und berühre ihn ausgiebig.

Ein Beben geht durch seinen Unterleib. Er sucht weiterhin meine Nähe, während er in meine Faust stößt. Von vornherein hat er keine Probleme, loszulassen. Haut an Haut liegen wir beieinander, und unser Körperkontakt scheint ihm nie innig genug zu sein. Er stürzt ungebremst in sein Verlangen und ist dabei unbewusst so mitreißend wie ansehnlich.

Als er kommt, lässt er mich bedingungslos an seiner Erregung teilhaben. Sein Stöhnen ist wie Musik in meinen Ohren. Tief und rau und gleichzeitig voller Leidenschaft. Ein helles, pulsierendes Gelb mit der schönsten Melodie und dem leichtesten Klang.

Nach seinem Höhepunkt legt er den Kopf auf meine Schulter.

Er will mir nah sein. Das spüre ich. Sanft streichle ich ihm durch die Haare und lausche, wie sein Atem sich langsam beruhigt.

»Das war himmlisch, Tia.« Er küsst mich auf den Mund, zieht ein Taschentuch aus seiner Hoodietasche und reicht es mir.

»Fandest du es nicht schlimm, dass …« Meine Stimme bricht ab. Mir geht nicht aus dem Kopf, dass ich ihn erst heiß gemacht und ihm dann etwas verwehrt habe.

Er lacht. »Was hieran soll ich bitte schlimm finden? Du hast dich wohlgefühlt. Ich mich auch. Es war super so.« Er steht auf und putzt sich ab. Das Mondlicht legt einen glänzenden Schimmer auf seine Haut.

»Das war es«, stimme ich zu. Er reicht mir sein T-Shirt und ich streife es über.

Er schlüpft in seinen Hoodie. »Begleitest du mich ins Bad? Ich finde mich zwar in einem Nobelhotel mit siebenunddreißig Etagen zurecht, aber in eurem Hexenhaus werde ich mich garantiert verlaufen.«

»Mache ich«, erwidere ich. Doch ehe ich ihn durch das heimelige Chaos führe, will ich den Moment kurz festhalten. Ich richte mich auf und schlinge die Arme um ihn.

Überrascht lässt er es zu und streichelt mir sanft durch die zerzausten Haare. An ihn geschmiegt fahre ich mit den Fingern das Logo seines Hoodies nach. Durch den Stoff spüre ich seinen Herzschlag. Kräftig, aufgeregt, entschlossen. Ich drücke mein Ohr an seine Brust, um ihn deutlicher zu hören und die Farbe seines Wesens genauer zu ergründen. Sein Puls ist ein helles Pulsieren in der Dunkelheit. Er untermalt das glühende Versprechen eines strauchelnden Mannes, der sich aufrichten und beweisen will.

21.

Was fair ist und was angemessen

Als ich erwache, ist es hell. Die Sonne blinzelt durch die Fenstergläser und die Äste der alten Birke werfen mir Schatten ins Gesicht. Jemand ruft meinen Namen. Ich setze mich auf und versuche herauszufinden, wo die Stimme herkommt. Sie ertönt ein weiteres Mal. Jetzt ist sie näher.

Panisch sehe ich mich um und entdecke Corvin neben mir. Er schläft. Fieberhaft rekonstruiere ich die letzte Nacht. Weil die Luft rein war und der Dachboden kühl, lud ich Corvin kurzerhand in mein Bett ein. Ich wollte in seinen Armen liegen, ohne dass er noch schlimmere Nackenschmerzen bekam. Und die peinlichen Poster und die *Punks not Dead*-Sticker am Schrank meines Kinderzimmers konnte er im Dunkeln ohnehin nicht erkennen. Ich schlief ein, ohne einen Gedanken an einen Wecker zu verschwenden.

Nun habe ich den Salat. Es ist zwölf Uhr, mein Vater poltert durchs Haus und ein Mann mit verstrubbelten Haaren und abgewetztem Bandshirt liegt in meinem Bett.

Hektisch rüttele ich an Corvins Schulter.

Verschlafen brummend öffnet er die Augen. Wieder ist er hinreißend verwirrt, als er erwacht. Leider bleibt mir keine Zeit, diesen Anblick zu genießen.

»Mein Paps ist da! Wir müssen aufstehen!«, zische ich und schlüpfe aus dem Bett.

»Tia?«, donnert es aus dem Flur. »Wo steckt dieses Mädchen? Schläft sie etwa noch?«

Corvins Augen weiten sich. Für einen Moment betrachtet er verwundert die Blink-182-Poster und das Elefantennachtlicht. Dann springt er blitzschnell in seine Hose. »Fuck. Soll ich aus dem Fenster klettern?« Hektisch unternimmt er den Versuch, seine Haare an die Stirn zu drücken.

Die Schritte im Flur entfernen sich wieder.

Während ich den Kopf aus der Öffnung des Hoodies schiebe, kichere ich los. »Bloß nicht. Wir sind im ersten Stock. Bleib einfach hier und verhalte dich ruhig. Ich werde dich später rausschmuggeln.« Paps reagiert schon über, wenn ich woanders schlafe. Ich will auf keinen Fall, dass er mitbekommt, dass ich über Nacht Besuch hatte. Schließlich hat er betont, dass dies sein Haus sei, in dem seine Regeln gelten.

Corvin nickt und ich stürze auf den Flur. »Hallo Paps!«, rufe ich gezwungen heiter und spaziere die Treppe herunter. »Du bist ja schon zu Hause!« Im nächsten Moment beiße ich mir auf die Zunge. Schon? Er hatte nicht geplant, woanders zu schlafen. Im Grunde genommen ist er viel zu spät.

Paps sieht ungewöhnlich frisch dafür aus, dass er über Nacht weg war. Früher traf man ihn nach einer Kneipentour mit mindestens einem Fleck Erbrochenem auf dem Hemd an. Skeptisch kneift er die Augen zusammen. »Wie siehst du denn aus? Hast du noch geschlafen?«

»Wie kommst du darauf?« Nervös fahre ich mir durch die Haare.

Prüfend sieht er mich an. So eindringlich, dass ich befürchte, er kann mir an der Nasenspitze ansehen, was ich heute Nacht auf dem Dachboden getrieben habe. »Du wirkst, als ob du …«

»Das ist die Berliner Luft«, entgegne ich. »Sie wirkt einfach belebend. Wow, du hast Pizza mitgebracht?«

»Ja.« Brummig lässt er zwei Pappkartons auf den Tisch fallen und hängt seine Schlüssel ans Brett. »Heute wäre ich dran dich zu bekochen. Aufs Einkaufen hatte ich aber keine Lust. Ich werde es nachholen, verlass dich drauf. Hoffentlich bist du okay mit dieser Alternative.« Er lächelt schräg.

»Pizza ist super!«, stimme ich zu und plappere direkt weiter. »Hattest du Spaß mit den Leuten aus deiner Gruppe?«

Grunzend nickt er. »Aber wahrscheinlich nicht so viel wie du.« Kopfschüttelnd reibt er sich übers Gesicht. »Hätte ich gewusst, dass du es gestern Nacht auf *diese* Art krachen lässt, hätte ich eine dritte Pizza mitgebracht.«

Ich glotze ihn an. »Wie bitte? Worauf willst du hinaus?«

Paps verschränkt die Arme vor der Brust. »Also bitte, Tiara. Mach mir doch nichts vor.«

Ich will gerade etwas erwidern, da legt sich eine Hand auf meine Schulter. Zwei Finger erhoben, sagt Corvin mit einem verschmitzten Lächeln: »Hi, Tias Dad.«

Ich fahre herum. Noch während ich ihn stumm dazu auffordere, sich in Luft aufzulösen, atmet Paps erleichtert durch.

»Gott sei Dank ist dieses alberne Versteckspiel vorbei«, schnarrt er mit finsterem Blick. »Der Porsche in der Einfahrt gehört ja wohl kaum dir, Tia.« Er klappt die Pizzakartons auf und stellt Teller auf den Tisch. Mehr zu sich als zu uns murmelt er: »Und ich habe gehofft, das mit dem Hotelerben ist ein Witz.«

Wie vor den Kopf gestoßen, umklammere ich das Treppengeländer. Das Auto habe ich komplett vergessen. Corvin aber nicht, weswegen er die Flucht nach vorn angetreten ist.

Während Paps sich der Pizza zuwendet, drückt Corvin zuversichtlich meine Schulter. Ohne dass mein Vater es mitbekommt, haucht er mir einen sanften Kuss auf die Schläfe und läuft dann mit überraschender Leichtigkeit auf ihn zu. »Ich bin Corvin. Nett, Sie kennenzulernen.«

Paps mustert ihn, als sei er vom Himmel gefallen. »Ich bin Artus. Tias Vater, wie du dir zusammenreimen konntest.« Den tadelnden Schwiegervaterblick beherrscht er wie kein Zweiter. »Setzt euch, Kinder. Die Pizzen müssen dann wohl für drei reichen.«

Ich habe immer gedacht, dass das Kennenlernen zwischen Vater und dem potenziellen, festen Freund nicht mehr ganz so peinlich ist, wenn man erwachsen ist. Aber die folgende halbe Stunde belehrt mich eines Besseren.

Während ich mit gesenktem Kopf esse, will ich am liebsten im Boden versinken. Paps' strenge Miene trägt wenig dazu bei, dass ich mich wohler fühle.

»Das ist wirklich ein tolles Haus!« Corvin sieht sich mit einem anerkennenden Nicken um. »Sie kümmern sich eigenständig um seine Instandsetzung, oder?«

Ungläubig sehe ich ihn an. Paps auf das Haus anzusprechen, um das Eis zu brechen, ist ein gelungener Schachzug. Er liebt es schließlich. Corvin hat meinen Vater nicht nur schnell verstanden, sondern geht auch empathisch mit ihm um. Nachdem er so heftig mit Jordan angeeckt ist, habe ich das nicht erwartet. Dennoch hoffe ich, dass diese Frage Paps nicht traurig macht, da er das Haus verlassen muss.

»Ich habe viel hier selbst gemacht«, schnarrt Paps kauend und ich höre erleichtert einen zufriedenen Unterton in seiner Stimme. »Die Dielen geschliffen, die Hütte im Garten gebaut … Vor ein paar Jahren habe ich alle Heizungsrohre erneuert.« Stirnrunzelnd betrachtet er die Tattoos auf Corvins Unterarmen und wirft dem Raben an seinem Hals einen abschätzigen Blick zu.

Anerkennend nickt Corvin. »Wow. Das klingt nach einem vielseitigen Talent. Tia hat mir ein bisschen was vom Haus gezeigt. Es steckt viel Arbeit im … Aua!« Überrascht sieht er auf und reibt sich das Schienbein, gegen das ich ihm einen versehentlich etwas zu festen Tritt verpasst habe.

Mahnend hebe ich die Brauen. *Kein Wort vom Dachboden!*, sende ich ihm damit und hoffe, dass er den Hinweis versteht.

Kurz sieht er verwirrt aus, dann geht ihm ein Licht auf und er fährt sicher und locker fort. »Es steckt viel Arbeit im Treppengeländer. Und in … der Küche.« Er legt ein überzeugendes Lächeln auf, dem ich persönlich alles glauben würde.

Nicht aber Paps. Seine Augen huschen skeptisch von Corvin zu mir. »Das Treppengeländer war schon drin. Habe ich so übernommen. Daran wurde fünfundzwanzig Jahre nichts gemacht.«

»Oh.« Corvin reibt sich den Nacken. Ein zarter Rosaton zieht sich über seine Nase. »Aber die Küche und die Rohre sind … sehr eindrucksvoll.«

Paps macht kein Geheimnis daraus, dass Corvin ihm suspekt ist. Er rollt die Augen und tupft sich den Mund an einem Taschentuch ab.

So langsam wirken wir drei wie ein schlechter Sketch. Hinter vorgehaltener Faust muss ich kichern.

Beide Männer sehen mich fragend an. Dann grinst zu meiner

Erleichterung auch Paps. Corvin lächelt und nimmt unter dem Tisch meine Hand.

Paps stapelt die leeren Pizzakartons aufeinander. »Wenn dir ein Hotel gehört, warum schlaft ihr in Tias Kinderzimmer?«, fragt er in einem für seine Verhältnisse freundlichen Tonfall.

»Sie wollte mir ihr Zuhause zeigen«, erwidert Corvin souverän und lässt nicht erahnen, dass ein Fetzen Papier der Anlass dafür war. Er zögert, dann fügt er hinzu: »Sie ist sehr traurig, dass es verkauft werden muss. Nicht wahr?« Er stupst mich an.

Hastig nicke ich. »Ja. Ich hoffe nach wie vor, dass wir eine Lösung finden, ehe du hier raus musst, Paps.«

Mein Vater zieht die buschigen Brauen zusammen. Dass ich den Hausverkauf mit Corvin besprochen habe, erstaunt ihn. »So spielt halt manchmal das Leben«, brummt er. Er nimmt die Pizzakartons in die Hand und macht den Eindruck, als wolle er das Thema schnellstens abhaken.

Corvin rutscht auf seinem Stuhl nach vorn. Entschlossen blickt er von Paps zu mir. »Ich hätte eine Idee, wie man dieses Problem lösen könnte.«

Paps hält inne und dreht sich mechanisch zu uns um. Die Fragezeichen sind ihm deutlich ins Gesicht geschrieben. »Du?«, krächzt er herausfordernd. »Na dann, lass mal hören.«

»Ich wollte dir das schon länger vorschlagen, Tia«, murmelt Corvin. Seine Worte überschlagen sich. »Aber es gab noch nicht den richtigen Zeitpunkt.« Er räuspert sich und verkündet: »Ich kaufe das Haus und schenke es Ihnen. Oder ich schenke Ihnen das Geld für das Haus. Wie wir das machen, ist egal. Wir tilgen die Schulden und zack.« Er schnipst. »Könnten Sie hier wohnen bleiben.«

Kurz ist alles still.

Dann frage ich tonlos: »Was?«

»Ich habe so viel Geld auf dem Konto, Tia.« Eindringlich sieht Corvin mir in die Augen. »Das weißt du. Es macht mir nichts aus. Im Gegenteil. Ich könnte es für etwas Gutes verwenden. Für euch.«

Daraufhin fällt mir nichts mehr ein. Ich bin sprachlos.

Paps hat sich abgewandt. Die Hände auf die Arbeitsplatte geheftet, starrt er auf die Spüle, ohne sich zu rühren.

Irritiert schaut Corvin von meinem Vater zu mir. Wahrscheinlich hat er mit einer enthusiastischeren Reaktion gerechnet. »Stimmt was nicht? Ich erwarte nichts dafür, falls Sie das befürchten. Ich stelle einen Scheck aus oder bringe das Geld in bar. Wie wir das handhaben, ist völlig egal. Von mir aus übertrage ich Ihnen die Summe heute noch.«

Paps' Schultern beben.

Meine Kehle ist staubtrocken. Ich schlucke. »Corvin«, beginne ich. »Wir reden hier über viel Geld. Du kannst doch nicht einfach …«

»Warum nicht?« Er zuckt die Achseln. »Du bist mir wichtig, Tia. Dieses Haus ist dir wichtig.«

Paps wirbelt herum. Sein Gesicht ist knallrot. In seinen Augen lodert der Zorn. Er deutet so rabiat zur Tür, dass ich befürchte, ein Knopf seines Hemdes platzt ab. »Raus«, stößt er leise hervor.

Corvin starrt ihn fassungslos an. »Wie bitte?«

»Raus aus meinem Haus!«, brüllt Paps.

Von der Lautstärke überrascht, weicht Corvin zurück. Völlig durcheinander rappelt er sich auf und zieht den Reißverschluss seines Hoodies hoch. »Aber ich wollte doch nur …« Seine Stimme bricht ab. »Helfen.«

Hastig eile ich an Corvins Seite und packe seine Ärmel. »Du kannst nicht …« Kopfschüttelnd atme ich durch. »Das ist too much. Ich denke, du solltest jetzt wirklich gehen.«

»Was glaubst du eigentlich, wer du bist?«, bellt Paps. »Du willst mich wohl veralbern mit deinem Hotel!«

Wütend drehe ich mich zu ihm um. »Er geht und du hältst den Mund! Verstanden?«

Zornig vor sich hin brabbelnd wendet Paps sich der Küchenanrichte zu. Ich erwarte, das Ploppen eines Korkens zu hören und das Geräusch von Whiskey, das in ein Glas geschüttet wird. Stattdessen springt die Espressomaschine an. Mir würde ein Lächeln übers Gesicht huschen, wenn die Lage nicht so ernst wäre.

Ich werfe meinem Vater einen vernichtenden Blick zu und begleite Corvin nach draußen.

An seinem Auto angekommen, zieht er eine Schachtel aus der Tasche und zündet sich grimmig eine Zigarette an. Zum Glück sieht Paps das nicht, der würde erneut die Krise kriegen.

»Das habe ich wohl vergeigt, was?«, fragt Corvin und lehnt sich an die Karosserie.

»So ziemlich.«

Er wischt sich über die Augen. Die Glut leuchtet vor seinem Gesicht. »Das tut mir leid. Es ist nur unfassbar unfair, dass ich dieses ganze Geld bekommen habe, ohne etwas dafür getan zu haben. Ich habe es nicht mehr oder weniger verdient als ihr. Deshalb würde ich es liebend gern teilen.«

Seufzend sehe ich zu ihm hoch. »Das ist mir klar, Corvin. Aber du bist weit über das Ziel hinausgeschossen. Du hast meinen Vater eben erst kennengelernt und willst ihm jetzt mehrere hunderttausend Euro schenken? Natürlich flippt er aus! Er ist von der alten Schule. Er würde nie Almosen annehmen. Von niemandem. Man arbeitet und verdient sich so etwas. Das ist seine Auffassung vom Leben und von Besitz.«

Corvin zieht an seiner Zigarette. »Das ist nicht fair.«

»Ich weiß, dass das nicht fair ist, aber so ist er nun mal.«

Wir schweigen, während Corvin raucht. Als er fertig ist, wiederholt er: »Es tut mir wirklich leid. Die Nacht war so schön und jetzt gab es so ein Chaos. Ich hoffe, dass du mich trotzdem nochmal sehen willst.«

Ich grinse. »Zum Glück bin ich nicht mein Vater.«

Corvin lächelt. Dann legt er die Hand in meinen Nacken und küsst mich. Er ist unruhig, aber zärtlich und schmeckt nach Pizza und Rauch.

»Ich tue dir keinen Gefallen, wenn ich nach Kippen schmecke, was?«, murmelt er mit seinen Lippen dicht an meinen.

»Nicht wirklich.«

»Ich werde versuchen, mir das abzugewöhnen. Vielleicht gelingt mir damit mal was Gutes.«

»Du musst wegen mir nicht aufhören. Schön fände ich es aber auf jeden Fall.«

»Na dann.« Er zwinkert und küsst mich erneut. »Ich würde dich jetzt gern auf eine Spritztour einladen, aber dann schaltet dein Dad sicherlich die Kripo ein.« Er steigt in den Wagen.

Ich lache. »Keine Sorge. Er hat sich eben zwar aufgeführt, als sei ich minderjährig, aber er weiß, wo seine Grenzen liegen. Ich sollte trotzdem nach ihm sehen.«

Ich verabschiede Corvin, zögere noch ein paar Momente und stehle mich ins Haus. Ich will Paps erklären, dass Corvin es gut gemeint hat. Mein Sturkopf von Vater würde so ein Angebot wahrscheinlich nie annehmen, aber ich will ihn so weit bringen, dass er wenigstens einsieht, dass der Vorschlag großzügig war.

Im Wohnzimmer angekommen, rufe ich seinen Namen. Doch von ihm ist keine Spur zu finden. Ein Zettel auf dem Tisch erklärt mir, dass er sich für den Rest des Tages aus dem Staub gemacht hat. Er muss sich heimlich aus dem Haus geschlichen haben, als ich mit Corvin am Auto stand.

Seufzend lasse ich den Zettel sinken und trinke Paps' Espresso.

Mir fällt ein, dass sich der Dachbodenschlüssel noch immer in meiner Hosentasche befindet. Ehe ich ihn in das Versteck zurücklege, betrachte ich noch einmal das Foto im Anhänger. Unsere strahlenden Gesichter machen mir klar, dass der Tod seiner großen Liebe Paps alles genommen hat. Den Boden unter den Füßen genauso wie das Haus, in dem er wohnt.

Mein Vater will jetzt nicht reden. Und das ist sein gutes Recht.

Paps taucht den Rest des Tages tatsächlich nicht auf. Das ist ungewöhnlich, zumal er bereits vorige Nacht außer Haus verbracht hat. Es verstärkt meine Annahme, dass er Abstand sucht. Corvins unbedachtes Angebot hat ihn anscheinend härter getroffen als geahnt.

22.

Eine feurige Rede

Am Montagnachmittag mache ich mich auf den Weg, um Corvin vom *Spree Château* abzuholen. Ich will mit ihm zusammen zum The Broken Hearts Club fahren. Obwohl ich mich auf die Sitzung freue, beschleicht mich ein mulmiges Gefühl. Ich weiß nicht, wie unsere Annäherungen sich auf die Gruppendynamik auswirken. Ob unser enges Verhältnis bemerkt und akzeptiert wird. Außerdem bin ich verunsichert. Corvin war vorletzte Nacht ehrlich zu mir, einfühlsam und zärtlich. Dass er zu impulsiven Aktionen neigt, macht ihn interessant, aber auch unberechenbar. Ich brauche Zeit, um Vertrauen aufzubauen. Länger als die meisten Menschen. Corvin ist mit seiner sprunghaften Art eine wahre Herausforderung für mein Sicherheitsbedürfnis. Denn je mehr ich mich ihm öffne, desto verletzlicher mache ich mich.

Während die S-Bahn über die Elsenbrücke rattert, fallen mir die *Monecule Men* ins Auge. Die Abendsonne fällt durch die Löcher des Monuments. Unter ihren Füßen zieht sich die Spree bis zum Horizont. Die Skulptur stellt eine Nahtstelle des ehemaligen Ost- und West-Berlins dar. Sie ist ein Symbol der Einheit.

Wehmut kommt in mir auf. Die vergangenen Wochen waren voller Wandel, Abenteuer und dem Geschmack von Versöhnung. Und … voller Corvin. Es wird schwer, kommenden Montag zurück nach Frankfurt zu fahren und ihn nicht mehr nach Lust und Laune treffen zu können. Ich bin mir nicht sicher, ob unser gegenseitiges Interesse bestehen bleibt. Aber welche Alternative habe ich? Sollte ich in Berlin bleiben und beobachten, wie mein ehemaliges Zuhause dem Erdboden gleichgemacht wird? Die gemütliche Wohnung mit meinem Rückzugsort, dem Tipi, aufgeben? Nein. Das ist viel zu riskant.

Am Ostkreuz tritt ein Musiker in die Bahn und reißt mich aus meinen Gedanken. Sobald wir losgefahren sind, haut er in die Saiten und spielt den Passagieren ein energetisches Lied vor. Alle müssen zuhören. Ob sie wollen oder nicht.

Meistens nervt mich das. Aber heute erfüllt mich der Gesang mit Freude. Akustikgitarren höre ich immer in warmen Gelb- und Orangetönen. Und ich frage mich, in welcher Farbe Corvin die Musik wahrnimmt. Obwohl uns nur noch wenige Minuten trennen, kann ich es kaum erwarten, ihn zu sehen.

In der Hotellobby angekommen, halte ich nach Corvin Ausschau, entdecke ihn aber nicht. Ich lasse mich auf einem der Sofas sinken und warte.

Geduldig betrachte ich den weitläufigen Eingangsbereich, der mir mit jedem Besuch vertrauter wird. Mein Blick bleibt an dem leerstehenden Laden in der hinteren Ecke hängen. Corvin hat mir erzählt, dass darin früher teurer Schmuck verkauft wurde. Die Chefin war in Rente gegangen und durch Jarons Tod wurde kein Ersatz eingestellt. Es ist ein Jammer, dass die Fläche leer steht.

Plötzlich springt mir ein Gast ins Auge, der gar nicht in dieses Hotel passt. Er ist unrasiert, trägt eine abgewetzte Jacke und löchrige Schuhe. Er beißt von einer Lachsschnitte ab und schlurft gemächlich nach draußen.

Für einen Moment starre ich ihm verwundert hinterher. Dann rapple ich mich auf und stolziere zur Lobby.

»Oh. Tia. Hallo.« Jenny begrüßt mich mit einem müden Lächeln. Mich überrascht, dass sie mittlerweile meinen Namen kennt. Um das zu hinterfragen, bleibt mir keine Zeit.

»Wer war das denn?«, frage ich sie und deute in die Richtung, in der der Mann verschwunden ist.

Jenny winkt ab. »Das ist mal wieder auf Corvins Mist gewachsen. Falls du ihn suchst – er ist oben in der Sky-Lounge. Serviert Leuten Essen, sogar in Absprache mit Jordan. Trotzdem hat es geknallt. Sieh selbst.«

Ich atme tief durch. »Danke dir.« Was ist denn nun schon wieder passiert?

Ich steuere den Fahrstuhl an, doch Jenny hält mich auf. »Tia? Hast du einen kurzen Moment?«

Zögerlich komme ich zu ihr zurück. »Was gibt's?«

Ihre Wimpern flackern. »Wegen letztens. Beim Frühstück. Du hast uns gehört, nicht wahr? Theo und mich. Als wir gerätselt haben, wer Corvins Auserwählte ist.«

Ich schlucke. »Ja, das habe ich.«

Sie seufzt. »Das tut mir leid. Ich habe dich hinausstürmen sehen und Corvins Gesicht, als du weg warst. Er konnte sich das überhaupt nicht erklären. Er sah aus, als …« Sie beugt sich zu mir vor und flüstert vielsagend: »Als habe man ihm das Herz herausgerissen.«

»Oh.« Das klingt unheimlich pathetisch. Gleichzeitig schmeichelt es mir.

»Ich will mich bei dir dafür entschuldigen, dass wir euer Date gecrasht haben.« Ihre Stimme ist noch immer leise. »Corvin ist ein lieber Typ.«

Ich lächle sie an. »Wir haben das geklärt. Aber danke fürs Richtigstellen, Jenny.«

Mit leichtem Herzen fahre ich mit dem Fahrstuhl in die Sky-Lounge. Die ganze Zeit über kann ich nicht aufhören, daran zu denken, wie fertig Corvin gewesen sein muss, als ich weg war.

Ob seine Zuneigung von Dauer ist, kann ich nicht beurteilen. Aktuell scheint sie allerdings glühend und aufrichtig zu sein.

In der Sky-Lounge empfängt mich ein Duft, der anders ist als der des Frühstücksbuffets. Ich rieche warmes Essen – eine Mischung aus Gemüse und Frittiertem –, viele Menschen und etwas, das hier ganz und gar nicht reingehört. Ich rieche …

Plötzlich springt mich ein schwarzer Vierbeiner an und vergräbt seine nasse Nase in meinem Hoodie. Er ist klein, aber so stürmisch, dass er mich fast umreißt.

Lachend streichle ich ihm über die Schlappohren. »Hallo, wer bist du denn? So ein braver Junge.«

Zwei weitere Mischlinge laufen schwanzwedelnd auf mich zu. Ich will sie begrüßen, zwei Hände sind aber definitiv zu wenig für drei Vierbeiner.

»Braves Mädchen! Das ist eine Sie!«, berichtigt mich ein Mann krächzend. Er sitzt mit zusammengeschlagenen Beinen auf einem der noblen Sessel. Als er grinst, entblößt er eine breite Zahnlücke.

»Oh, entschuldige. Ein braves Mädchen bist du!«, verbessere

ich mich und klopfe dem Tier auf den pelzigen Rücken. »Was ist hier los? Gibt's hier was umsonst?«

Der Mann mit der Zahnlücke nickt. »Der Hotelbesitzer stand vor der Tafel und hat uns auf ein warmes Mittagessen eingeladen. Über den Dächern Berlins!« Er deutet beschwingt an dem Gewusel vorbei auf den Fernsehturm, als wäre mir die Kugel vor dem Fenster sonst nicht aufgefallen. »Netter Typ, dieser Herr Corvin. Er überlegt, das wöchentlich zu machen. Aber der Kerl im Anzug ist von dieser Idee nicht begeistert.«

Ich muss nicht nachfragen, um darauf zu schließen, dass er Jordan meint.

Seufzend sehe ich mich um. Die Sky-Lounge ist voll. Wahrscheinlich geht der Puls von Corvins Bruder bei der Masse an Menschen durch die Decke. In einer Ecke am anderen Ende des Raumes entdecke ich einen Mann mit Kapuzenpullover. Er kniet vor einem Mädchen, das ihm ein Spielzeugauto zeigt. Als sein Bruder ihm auf die Schulter tippt, schiebt er seine Hand weg wie eine lästige Fliege.

»Lass es dir weiterhin gut schmecken, ja?«, rufe ich dem Mann mit den Hunden zu.

Er nickt. »Werde ich tun, junge Dame! So speist man nicht alle Tage!«

Ich steure die Brüder an. Auf meinem Weg komme ich an Leuten verschiedener Alter und Nationen vorbei. An einem Tisch wird ausschließlich rumänisch gesprochen. Am nächsten sitzt eine sechsköpfige Familie. Zwei alte Männer in Lederjacken und Rauschebärten löffeln Kaviar. Und über die Hände einer jungen Frau mit neongrüner Igelfrisur flitzt eine Ratte.

Als Jordan mich sieht, atmet er erleichtert aus. »Tia. Gott sei Dank. Du bist die Einzige, die ihn zur Vernunft bringen kann.« Er deutet auf Corvin, dem das Mädchen begeistert das batteriebetriebene Blaulicht zeigt. »Ich habe ihm gestattet, hier ein Essen für einen guten Zweck abzuhalten, aber das geht zu weit. Diese Tiere hier überall. Und diese Menschen.« Jordans Halsschlagader pulsiert im Takt seiner Wut. »Er kann nicht einfach Penner einladen!«

Wütend kneife ich die Augen zusammen. »Jordan, mir reicht es«, sage ich scharf und lauter, als ich geplant habe. »Erstens hat Corvin diese Leute an der Tafel aufgefunden. Und zweitens sagt man nicht Penner, sondern wenn überhaupt Wohnungslose!« Kurz erinnere ich mich daran, wie Corvin Lieke bei unserem ersten Gruppentreffen in Bezug auf die Sexarbeiterinnen verbessert hat, und ich muss grinsen.

Corvin dreht sich zu uns um. »Tia!« Sein Gesicht erhellt sich. Er tätschelt dem Mädchen die Schulter und kommt umgehend auf uns zu.

Jordan seufzt. »Na schön. Dann eben Wohnungslose! Aber du kannst das doch nicht unterstützen! Sieh dich um. Eventuell beklauen uns diese Leute! Und einer der Mistköter hat vorhin in die Ecke geschissen!«

Corvin zuckt die Achseln. »Na und? Stella hat es wieder weggemacht. Der Teppich ist jetzt sauberer als zuvor.«

»Das glaubst auch nur du! Wenn du dich doch bloß anpassen könntest. Ein Anfang wäre, in deiner Funktion als Hotelier einen Anzug zu tragen! Aber nein, du …«

»Jordan, hör zu.« Ich hole tief Luft. Diesmal will ich nicht tatenlos danebenstehen, während die Brüder sich streiten. »Du hast recht. Es geht hier wirklich ziemlich chaotisch zu. Aber sieh dir Corvin doch an! Er engagiert sich für das Hotel! Wann tut er das sonst?«

Die Brüder schweigen.

Bis Corvin die Chance ergreift, die ich ihm mit meinem Einmischen offengelegt habe. »Sich für sozial benachteiligte Menschen einzusetzen, ist super für unser Image. Abgesehen davon ist es gut für die Seele.«

»Bündelt eure Energien doch in Zukunft und entfaltet euch gemeinsam«, schlage ich vor. »Fahrt nicht einfach mit der Hotelführung eures Onkels fort. Es ist schließlich eures! Macht es auch dazu!«

Ich verstumme. Während ich gesprochen habe, habe ich nicht bemerkt, dass es still geworden ist. Sämtliche Gäste haben sich zu mir umgedreht und meiner Rede gelauscht.

Jordan sieht völlig verblüfft aus. Und in Corvins Augen leuchtet etwas auf, das ich noch nie in seinem Gesicht gesehen habe.

Unsicher blicke ich mich um. Ich setze an, mich für die Lautstärke zu entschuldigen. Da zieht Corvin mich auf einmal an sich und küsst mich. Überrumpelt lasse ich es zu. Seine Lippen strahlen an meinen, sein Atem ist unregelmäßig und feurig. Er schlingt die Arme um mich und intensiviert den Kuss. Mein Herz erzittert und pocht dann ganz schnell. Dies ist nicht nur eine Wertschätzung von ihm. Es ist ein Bekennen zu mir, vor seinem Bruder.

Dann ertönt ein Klatschen. Eine weitere Person stimmt ein. Zwei. Nach wenigen Sekunden klatschen etliche Leute im Raum, wahrscheinlich ohne wirklich zu wissen, wofür.

Mit heißen Wangen löse ich mich von Corvin und starre verschämt in die Runde.

Der Mann mit den Hunden pfeift durch seine Zahnlücke. »Bündelt eure Energie!«, zitiert er mich lachend. »Seh' ich auch so, Mädchen.« Seine Hunde bellen zustimmend.

Ich erröte noch heftiger.

Während wir darauf warten, dass die Leute sich beruhigen, nimmt Corvin nicht für eine Sekunde die Augen von mir. Sie strahlen so viel Zärtlichkeit aus. Ich bebe vor Glück, aber auch vor Aufregung. Es tut gut, endlich für meine Meinung eingestanden zu sein.

Jordan sieht aus, als habe er einen Geist gesehen. Oder sogar eine ganze Armee. Dass Corvin mich öffentlich geküsst hat, scheint ihn ebenso zu überfordern wie unsere Message. Die Resonanz gibt ihm den Rest.

»Ich fand deine Worte super, Tia«, sagt Corvin. »Tut mir übrigens leid, dass du warten musstest. Ich beeile mich. Ich verabschiede mich noch kurz von Ellie.« Er widmet sich dem Mädchen mit dem Spielzeugauto.

Erleichtert stelle ich fest, dass der Trubel sich langsam legt.

Jordan tritt von einem Fuß auf den anderen. Sein Blick klebt an Corvin, der sich mit Feuereifer um das Mädchen kümmert. »Das Hotel zu unserem machen, sagst du?«, murmelt er skeptisch.

»Wenn du Corvin aufträgst, sich um eine verantwortungsvolle Organisation zu kümmern, tut er das, vermute ich«, rede ich Jordan ins Gewissen. »Du weißt doch, wie leidenschaftlich er sich in soziale Ungerechtigkeit stürzt.«

Nickend betrachtet Jordan seinen Bruder. »Vielleicht hast du recht. Ich werde darüber nachdenken.«

23.

The Broken Hearts Club (3)

»Deine Mutter ist ertrunken?« Es hat schon eine Weile niemand gesprochen, als Marten die Stille durchbricht. In seinen sanften, braunen Augen funkelt der Drang, durch den Konferenzraum zu stürmen und mich in den Arm zu nehmen. Doch er bleibt sitzen, und darüber bin ich froh.

Ich will die Gruppe nicht in Aufregung versetzen. Ich habe schon lange mit Mama abgeschlossen. Glaube ich. Ich habe ihre Todesursache erwähnt, weil es ein wichtiges Detail für mich ist. Über mich. Wenn man mit mir Freundschaft schließen will, sollte man davon wissen.

»Ja«, erwidere ich. »Bei einem Badeunfall. Sie war mit ihrem Lebensgefährten auf einer Yacht in Dänemark. Anscheinend war sie betrunken, als sie schwimmen gegangen ist. Oder sie ist ins Wasser gefallen. Genau kann man das nicht rekonstruieren. Der Typ hat entweder geschlafen oder er war auch voll. Er hat es jedenfalls nicht mitbekommen.«

In den Gesichtern von Reinhold, Nora, Marten und Lieke spiegeln sich Mitgefühl und Entsetzen. Corvin wage ich nicht anzusehen. Ich hoffe, dass er mir nicht übelnimmt, dass ich ihm bis jetzt nichts von diesem Vorfall erzählt habe. Als unsere Blicke sich treffen, stelle ich fest, dass diese Sorge unbegründet war. Er verurteilt mich nicht für mein Schweigen. Er ist genauso erschüttert wie die anderen.

Ich lächle in die Runde. Es ist nicht erzwungen. »Das ist schon okay. Es ist eine ganze Weile her.«

Mein Blick schweift zum Fenster. Draußen regnet es wieder. Tropfen perlen von den Ästen. Ich frage mich, ob ich mir glauben kann. Ist das wirklich okay? Oder erwähne ich das nur, um niemandem ein schlechtes Gefühl zu geben? Bin ich vollends über den Tod meiner Mutter hinweg? Mein Gefühl für Trauer ging mir schon lange verloren.

»Seen, Flüsse und Meere hasse ich seitdem«, setze ich hinzu.

Corvin atmet tief durch.

»Warst du nach dem Vorfall in Therapie?«, fragt Marten.

Ich schüttle den Kopf.

Nora schiebt sich eine Strähne hinters Ohr und lehnt sich vor. »Du sagtest bei unserem ersten Treffen, dass du Konflikte mit deinem Vater hast, weil du nicht auf der Beerdigung deiner Mutter warst.«

»Ja. Ich konnte einfach nicht hin. Ich war frisch zu Yannik gezogen. Meinem Ex.« Mein Blick huscht zu Corvin. Frühere Beziehungen waren in unseren Gesprächen noch kein Thema gewesen. Ich versuche, in seinem Gesicht eine Gefühlsregung auszumachen, doch er bleibt konzentriert und besorgt. »Mein Leben in Berlin war nicht leicht. Ich wollte einen Neustart wagen. Als ich ein Jobangebot in Frankfurt bekam, dachte ich, es geht bergauf. Und dann erhielt ich den Anruf von Paps. Mit dieser niederschmetternden Neuigkeit.«

Ich erinnere mich daran, wie ich ihn dreimal bitten musste, das

Gesagte zu wiederholen. Zum einen, weil er so undeutlich brabbelte, und zum anderen, weil ich es einfach nicht glauben konnte. Ich konnte mir nicht vorstellen, dass meine Mutter tot aus der Nordsee geborgen wurde. Sowas passierte nur in Krimis. Oder? Den Rest des Gesprächs kann ich nur verschwommen aus meinem Gedächtnis abrufen. Ich fragte, ob es auf der Beerdigung eine Aufbahrung geben würde. Ein seltsamer Einwand, vielleicht der unterbewusste Wunsch nach einer letzten Begegnung, einer beidseitigen Wiedergutmachung. Doch Paps antwortete lallend: »Eine Wasserleiche willst du nicht sehen, glaub mir, Tia. Sie trieb stundenlang im Meer, bis sie herausgefischt wurde. Schminke kann da nicht viel ausrichten.«

Beim Gedanken an den Schmerz in seiner Stimme und dem Sturm in meinem Herzen zucke ich zusammen. Im Anschluss des Telefonats entschied ich, nie wieder nach Berlin zurückzukehren. An diesem Vorsatz hielt ich fest. Bis Maries Hochzeitseinladung in meinen Briefkasten flatterte.

»Dass ihr Tod so grausam war … Hat dich das wütend gemacht?«, fragt Nora.

»Und ob. Ich hatte Berlin verlassen, um mich von den schlechten Energien meiner Eltern freizumachen. Ich wollte mein Leben leben. Glücklich werden. Dann erfuhr ich, dass sie betrunken von einer Yacht gefallen und ertrunken ist. Musste das sein? Ich war schockiert und total aufgelöst. Das war so ein vergeudeter Tod. Sie ging so unbedarft mit ihrem Leben um wie mit mir.« Ich bemerke, wie emotionslos meine Stimme klingt und wie empathielos sich diese Aussage anhören muss. »Ich klinge so kalt. Findet ihr das schlimm? Mama ist ja nicht ertrunken, um mich zu ärgern.«

Marten erschaudert.

Nora schüttelt vehement den Kopf. »Nein, Tia. Wenn dieses

Ereignis solche Emotionen in dir auslöst, ist das in Ordnung. Deine Gefühle sind valide.«

Dankbar nicke ich. »Ich bin mir sicher, dass es richtig war, nicht auf die Beerdigung zu gehen. Trotzdem hat das alles etwas mit mir gemacht. Ich wurde in den Jahren darauf so … taub. Abgestumpft. Ich lebte vor mich hin. Weit weg von Berlin. In Sicherheit.« Nachdenklich kratze ich mich am Kopf. »Ich glaube, ich sehne mich nach Versöhnung. Meine Mutter hat mir nie gezeigt, dass ich ihr wichtig bin. Dass sie stolz auf mich ist. Ich wollte das so gern einmal von ihr hören. Nun wird das nie passieren. Und das macht mich traurig.«

»Verstehe.« Mitfühlend nickt Nora.

Ich atme tief durch und lächle. Ich bin froh, mich geöffnet zu haben. Für den Moment liegt die Last der Geschehnisse nicht nur auf mir, sondern auf den Schultern von uns allen. Das Gewicht ist für mich leichter zu tragen.

Die anderen schweigen betroffen. Die Erzählungen von Mamas Tod erwecken schaurige Assoziationen. Bilder, mit denen ich mich seit Jahren auseinandersetze. Aufgequollene Gliedmaßen, minutenlanger Todeskampf. Bei vollem Bewusstsein erlebte Panik, Erschöpfung, Schmerz. Ein nasses Grab, das einen entkräfteten Körper unwiderruflich in seine Tiefen zieht.

Corvin ergreift das Wort. »Wo wir über das Thema Vergangenheitsbewältigung reden … Es gibt ein Familienmitglied, das ebenfalls Versöhnung sucht, oder?« Er zwinkert mir zu.

Lieke hebt die Brauen. Ihre Augen springen von Corvin zu mir, als analysiere sie, was zwischen uns läuft.

»Paps?«, erwidere ich. »Ja, das kann sein.« Den anderen Clubmitgliedern erkläre ich: »Seit ich zurück bin, kriegen wir uns dauernd in die Haare. Neuerdings interessiert er sich dafür, was in meinem Leben passiert. Er will sogar wissen, wo ich schlafe.«

Corvin bettet den Fuß aufs Knie. »Das tut er, weil er für dich da sein will. Er weiß nur nicht genau wie.«

»Für ihn findest du ziemlich nette Worte dafür, dass er dich vorgestern rausgeschmissen hat«, erwidere ich grinsend.

»Tias Vater hat was?«, quiekt Lieke.

Eine Diskussion entflammt. Lachend beobachte ich, wie Lieke Corvin in die Mangel nimmt. Diese Einzelheit habe ich nicht uneigennützig fallen lassen. Der Fokus rutscht endlich von Mama auf ihn. Ich kann durchatmen.

Während Corvin sich aus Liekes Fragen windet, schießt mir durch den Kopf: Derzeit verschiebt sich auch mein persönlicher Schwerpunkt von meiner Mutter auf ihn. Immer mehr, je länger ich in Berlin bin. Das fühlt sich schön an. Der Schock über ihren Tod und die Kälte in meinem Herzen wird langsam aufgefangen. Die Stadt besteht nicht mehr nur aus Erinnerungen an Mama und Assoziationen an ihren Verlust. Berlin ist auch Corvin. Jauchzende Schmetterlinge, intensive Farben, prickelnde Spannung.

»Lasst uns noch mal zum Thema zurückkommen«, unterbricht Nora das Geschnatter. »Warum auch immer dein Vater Corvin vor die Tür gesetzt hat – ihm passiert das sicherlich nicht zum ersten Mal. Also hat das nicht viel zu sagen.«

Wir alle lachen, auch Corvin.

»Dir kann ein Zeichen der Liebe sein, wenn ein Vater so überbehutsam is'.« Reinhold sieht mich aus weisen Augen an. Ich erinnere mich daran, dass er einen Sohn im Teenageralter hat, zu dem kein Kontakt besteht. Mir wird klar, dass er Paps wohl besser verstehen kann als irgendwer anderes hier.

»Ihr habt recht. Vielleicht sollte ich nachsichtig mit ihm sein. Schließlich ist er der Einzige, der mir von der Familie geblieben ist.«

Martens Blick ist fest auf mich gerichtet. »Was eurer Familie widerfahren ist, ist wirklich harter Tobak, Tia«, sagt er ernst. In seinen Augen schimmert so viel Sanftheit, dass mir richtig warm wird. »Eine Therapie kann wirklich helfen. Ich gehe zweimal wöchentlich zu einer Sitzung am Alex. Der Club ist klasse, keine Frage. Aber eine Fachfrau oder ein Fachmann kann anders auf gewisse Probleme eingehen.« Er lächelt mich aufmunternd an.

»Finde ich auch!« Nora schaltet sich ein. »Ich bin ebenfalls in Therapie. In letzter Zeit dachte ich oft, ich brauche sie gar nicht mehr. Aber nach der Panik auf der Party war ich froh über die Sitzung.« Nachdenklich fährt sie mit den Fingern über das Klemmbrett. »Weißt du, Tia? Heilung ist kein proportionaler Graph. Es ist eine schwankende Linie. Rückschläge setzen die Fortschritte der letzten Monate nicht außer Kraft. An sich weiß ich das. Aber ich fühle es nicht immer. Meine Therapeutin hat mich daran erinnert.«

Ich lächle. »Danke, ihr beiden. Ich sollte wirklich darüber nachdenken.«

»Hey, Marten!«, ruft Lieke quer durch den Raum. Sie wendet sich von Corvin ab, mit dem sie getuschelt hat. »Wolltest du nicht was verkünden?« Unauffällig mustert sie mich. Corvin steckt schmunzelnd die Fäuste in die Hoodietasche.

Meine Wangen glühen. Er muss ihr eben von unseren Annäherungen erzählt haben. Das ist in Ordnung, mit Lieke ist er schließlich befreundet. Dass beide nach ihrem gemurmelten Gespräch grinsen, schickt mir einen warmen Schauer über den Rücken. Ich fühle mich angenommen.

Marten holt tief Luft. »Ach, Lieke … Ich weiß nicht, ob mir das recht ist, dass alle zur Show kommen. Ich hatte kaum Zeit, zu üben und …« Unsicher huscht sein Blick zu Corvin.

»Haste ‘nen Auftritt mit dem Orchester?«, fragt Reinhold. »Dit ging ja zackig.«

Seufzend nimmt Marten Haltung an. »Ja. Die Aufzeichnung für die Mittwochssendung ist am Sonntag und ich wurde mit eingeplant. Dabei werde ich gerade erst wieder mit den Basics der Geige vertraut. Ich kam noch nicht mal dazu, mir eine eigene zu kaufen. Till meint, im schlimmsten Fall werden Patzer rausgeschnitten, ich solle mir keine Gedanken machen. Und meine Therapeutin sagt, wenn der Orchesterleiter an mich glaubt, soll ich das auch tun.« Ein Lächeln schleicht sich über sein Gesicht. Wieder schaut er zu Corvin und senkt die Lider.

»Deine Therapeutin klingt mega!«, ruft Lieke. »Ich wäre total gern dabei! Der Rest vom The Broken Hearts Club bestimmt auch.«

Nora und Reinhold nicken.

»Prinzipiell sollte das möglich sein. Ich werde fragen, ob ich ein paar Freikarten bekomme.« Marten wagt nicht, aufzusehen.

»Ich kann leider nicht«, sage ich. »Ich bin auf Maries Hochzeit. Ihr wisst schon. Der Grund, weshalb ich zurück in Berlin bin.«

»Ich kann auch nicht«, ergänzt Corvin, wie aus der Pistole geschossen. Eine Erklärung, was er stattdessen macht, gibt er nicht ab. »Trotzdem wünsche ich dir viel Spaß auf der Bühne. Du rockst das schon.«

Dass Corvin nicht zu seinem Auftritt kommt, scheint Marten zu entlasten. »Danke dir.«

»Bedeutet das, dass du bald zurück nach Frankfurt musst?«, fragt Lieke mich.

»Ja.«

»Wie schade. Du bist doch Teil der Gruppe geworden.« Sie verschränkt die Arme vor der Brust und schiebt die Unterlippe vor. »Aber das wussten wir schon vorher.«

»Ich fahre erst nächste Woche«, erkläre ich. »Unsere kommende Sitzung lasse ich mir nicht entgehen.«

An diesem Abend sind wir alle beim Essen dabei. Wie schon letzte Woche von Lieke gewünscht, besuchen wir den nahegelegenen Italiener. Reinhold hatte ebenfalls damit geliebäugelt, weshalb keiner etwas dagegen einwenden wollte.

Lieke und ich teilen eine riesige Pizza, Reinhold wählt ein Steak mit Kroketten und Nora, Marten und Corvin bestellen Nudeln. Mit von Tomatensoße verschmierten Mündern verabreden wir uns mampfend für den kommenden Donnerstag, um gemeinsam die Stadt unsicher zu machen. Denn dass sie mir schöne Facetten Berlins zeigen wollen, haben die Clubmitglieder nicht vergessen.

Wie üblich zahlt Corvin. Der Kellner spendiert uns aufgrund des großzügigen Trinkgelds eine doppelte Runde Amaretto, die uns noch ausgelassener macht.

Als wir uns im Novemberwind mit herzlichen Umarmungen voneinander verabschieden, ist die Stimmung locker. Die Hochhäuser werfen quadratische, gemütliche Lichter aus den Wohn- und Schlafzimmern in die Nacht. Und ich schaue in die leuchtenden Augen der Gruppe und genieße jede aufgeschnappte Anekdote, jedes flüchtige Lächeln. The Broken Hearts Club bietet nicht nur Hilfe zur Selbsthilfe. Das gegenseitige Verständnis gibt uns Kraft.

Abende wie diese werde ich nach meiner Abreise vermissen.

24.

Locken zwischen den Fingern

Nachdem die Gruppe sich aufgelöst hat, schlendern Corvin und ich zur S-Bahn. Die Temperaturen sinken. Der Winter kommt. Corvin schiebt meine Hand in seine Jackentasche, um sie zu wärmen.

Am Bahnsteig setzt er schüchtern zu der Frage an, ob ich mit ihm ins Hotel kommen möchte. Ehe er zu Ende spricht, falle ich ihm ins Wort und erkläre, dass ich die nächste Bahn nach Grünau nehmen werde.

»Ich könnte mitkommen. Aber dein Vater will mich sicher nicht sehen, oder?«, fragt Corvin und reibt sich die Schläfe.

»Tot bestimmt gern.«

Wir grinsen.

»Gib ihm ein paar Tage. Dann kannst du dich bei ihm entschuldigen, insofern es dir leidtut.«

Mit gerunzelter Stirn blickt Corvin zur Anzeige hoch. Die Bahn kommt in zwei Minuten.

»Es tut mir nicht leid«, stellt er klar. »Ich bin davon überzeugt, dass ich euch helfen kann. Ich weiß nur nicht genau, wie.

Wir müssten eine Lösung finden, mit der dein Dad sich wohlfühlt.«

»Du wirst auf Granit beißen. Paps ist stur. Vergiss das nicht.«

»Ich bin es auch«, erwidert er, zieht mich an sich und küsst mich.

Wir küssen uns, bis die Bahn einfährt.

Danach stehe ich winkend im Abteil und beobachte, wie seine Silhouette immer kleiner wird.

Vielleicht ist es unfair, ihn wegen der Liste auf Abstand zu halten. Schließlich habe ich kein Recht, ihn dafür zu verurteilen. Ich vertraue ihm. Aber ich vertraue ihm noch nicht genug, um den höchsten Einsatz auf den Tisch zu legen – mein Herz.

Und Sex würde bedeuten, ihm alles zu geben. Weil das eine ohne das andere nicht funktioniert.

Zumindest nicht für mich.

Dass ich mich dem Ärger meines Vaters beuge, will ich hingegen nicht auf mir sitzen lassen. Und deshalb ziehe ich mein Handy aus der Tasche und tippe eine Nachricht.

Tia: Hast du Lust, mich heute doch noch zu treffen? Ich hätte da eine Idee.

Als ich Corvins Gestalt zwei Stunden später neben unserem Briefkasten sehe, kann ich ein Kichern kaum unterdrücken. Ich muss es aber. Paps darf von diesem strenggeheimen Einstieg nichts mitbekommen.

Corvin hatte nicht gezögert. Er war duschen und kam dann gleich vorbei. Ich kann mich auf ihn verlassen. Ich bin seine Priorität.

Aus dem Fenster gelehnt, dirigiere ich ihn mit gedämpfter

Stimme über den Zaun aufs Garagendach. Von dort aus steigt er in mein Zimmer ein.

Wir beide beben vor unterdrücktem Lachen und ein bisschen auch vor Glück. Seit ich sechzehn war, ist niemand durch mein Fenster geklettert. Toms unerlaubte Besuche gehören zu den Lichtblicken meiner Teenagerjahre. Es war der Hauch von Unbeschwertheit zwischen dem immer leeren Kühlschrank und der Sorge, mein Vater lande mal wieder in der Ausnüchterungszelle.

Schwer atmend schließt Corvin das Fenster und klopft sich die Hose ab.

»Wir benehmen uns wie die Hauptdarsteller eines Teeniefilms«, wispere ich.

»Dann ist es aber der beste Streifen seines Genres.« Corvin schlüpft aus dem Windbreaker und wir sehen uns mit leuchtenden Augen an. Dann schlingt er die Arme um mich und küsst mich. Er riecht nicht nach Rauch, sondern nach *draußen* und nach Abenteuer. Nach Ankommen. Und genauso schmeckt er.

Darauf bedacht, dass der im Wohnzimmer sitzende Paps uns nicht hört, ziehe ich Corvin ins Bett. Wir kriechen unter die Decke und küssen uns.

Leise Musik dringt aus dem Ghettoblaster der Teenager-Tia. CDs, die ich vor zehn Jahren hier vergessen habe. Und wir halten zwischen unseren Küssen inne und flüstern einander die Farben der Melodien zu.

Als es wenig später vom Flur schnarrt: »Gute Nacht!«, stecke ich den Kopf unter der Decke hervor und rufe so klar wie möglich: »Gute Nacht!« Dann harren wir mit gedämpftem Atem aus und warten darauf, dass es im Haus ruhig wird.

Während wir den Geräuschen des laufenden Wasserhahns im Bad lauschen, kommt mir ein Gedanke. »Du bist nicht wirklich verplant am Sonntag, oder?«, flüstere ich. »Das war eine Ausrede, um nicht zu Martens Auftritt zu gehen.«

»Warum fragst du?« Corvins Hände schlüpfen unter mein Shirt. Wie immer ist er wärmer als ich.

»Marie will unbedingt, dass alle ihre Brautjungfern mit Begleitung kommen. Nachdem sie dir den Dildo verkauft hat, war sie davon überzeugt, dass du für mich die richtige Wahl bist.«

Corvin stützt sich auf den Ellbogen und tastet sich vorsichtig meine Hüfte hinauf. »Das wundert mich. An dem Abend habe ich mich nicht von meiner besten Seite gezeigt.«

»Sie kam darauf wegen der Kapuzenpullover. Und wegen unserer Ausstrahlung.«

Er lächelt, beugt sich hinunter und haucht sanfte Küsse auf mein Schlüsselbein. »Bist du wirklich bereit, dich mit mir als Begleitung vor deinen Freundinnen zu zeigen?« Seine Stimme ist verwundert. Fast ergriffen.

»Ich würde dich mitnehmen, um ihr einen Gefallen zu tun. Und … weil ich mich mit dir an meiner Seite sehr wohlfühle.«

Sanft beißt er mir in den Hals. »Dann wirst du etwas hinkriegen, was mein Bruder in fünfundzwanzig Jahren nicht geschafft hat.« Er hebt den Kopf und grinst mich an. »Ich werde einen Anzug anziehen.«

Ich pruste los und presse mir im nächsten Augenblick die Hand vor den Mund.

Corvin erstickt mein Lachen mit einem Kuss.

Am nächsten Morgen verlässt Corvin früh das Haus. Paps hat nichts von dem nächtlichen Besuch mitbekommen und das soll so bleiben. Wir zögern den Moment des Abschieds hinaus und küssen uns, bis unsere Wangen glühen. Dann schwingt er sich aus dem Fenster und springt leise von der Garage.

Während ich mein Einhornmüsli esse, weicht das breite Grinsen nicht aus meinem Gesicht. Wir sind letzte Nacht nicht bis zum Äußersten gegangen, erforschten den Körper des anderen aber bis in die frühen Morgenstunden. Es gibt so viel zu entdecken, zu erspüren und zu schmecken. Corvin kriegt es hin, mich zu begehren, ohne dass ich mich zu vorschnellen Handlungen gedrängt fühle. Das ist eine völlig neue Erfahrung für mich und unglaublich schön.

Gegen Vormittag holt mich Marie ab und wir fahren mit Nele zur Hochzeitslocation. Wir wollen mit dem Veranstalter die letzten Feinheiten der Deko durchsprechen, die Sitzordnung festlegen und den Ablauf planen.

Ich bin gespannt, denn ich betrete heute zum ersten Mal das *Schloss Geranienhof*.

Marie hat nicht zu viel versprochen. Die Atmosphäre ist überwältigend. Von außen wirkt es wie ein Märchenschloss der Neuzeit. Im Inneren beeindrucken ein chinesisches sowie ein pompejanisches Zimmer, ein Vogelzimmer, ein Pfauenzimmer und ein Jagdzimmer. Alle sind im barocken Stil gehalten. Ein idyllischer Landschaftspark liegt zu Füßen des Vorhofs. Eine Prinzessinnenhochzeit lässt sich hier zweifellos realisieren.

Das *Schloss Geranienhof* hat seinen Sitz im Berliner Umland, zehn Minuten von der nächsten Ortschaft entfernt. Das Brautpaar hat sich bewusst für diese abgelegene Lokalität entschieden. Von den Balkonterrassen aus hat man eine atemberaubende Aussicht über die Felder. Der Himmel ist frei von Lichtverschmutzung. Genau richtig, um Sternschnuppen zu sehen.

Marie und Boris sind vernarrt in Astronomie. Jährlich feiern sie ihre Liebe im Zeichen der Leoniden – einem Sternschnuppenschauer, der Vorhersagen zufolge am vierzehnten November am hellsten erstrahlt. Deshalb fiel ihr Hochzeitsdatum auf den unberechenbaren Spätherbst. Wir Brautjungfern beten den Wettergott an, dass er uns nicht enttäuscht und Marie und Boris einen klaren Himmel schenkt.

Während der Veranstalter uns durch die prunkvollen Säle führt, gehen wir die Planung durch und Nele hakt eine Checkliste ab. Marie wuselt herum und kommt kaum zum Luftholen. Es sei noch so viel zu tun. Würde alles reibungslos ablaufen? Wir beruhigen sie. Schließlich ist ihr unsere Unterstützung sicher.

Während der Veranstalter Maries unzählige Wünsche mit dem Küchenchef bespricht, besichtigen wir den Vorhof.

Marie ist kaum zu bremsen. »Das Beste habt ihr noch gar nicht gesehen! Seht euch das an. Hier wird der Empfang stattfinden. Toll, nicht?« Aufgeregt deutet sie auf einen gigantischen Steinpavillon. Er steht am Rande eines Stegs, der auf einen weiten See führt.

Plötzlich bleibe ich wie vom Donner gerührt stehen. O nein. Ich hatte es die ganze Zeit verdrängt. Das Schloss Geranienhof hat seinen Namen vom Geraniensee. Und dieser liegt nun mit seiner ganzen Pracht vor uns.

Marie strahlt. Sie fährt in ihrem Monolog fort, platziert gedanklich Stehtische ans Ufer und kalkuliert die Menge der Sektgläser. Und ich starre auf das unruhige Wasser. Die krause, dunkelblaue Oberfläche. Das Schilf, das sich in den Wind legt. Und ich frage mich, wie es ist, wenn man darin treibt. Wenn man schreit und hilflos winkt, und niemand einen hört. Wenn einen die

Kraft verlässt und die Panik einnimmt. Wenn man Wasser schluckt und nicht mehr zu Atem kommt.

Ich balle die Hände zu Fäusten. Raus aus meinem Kopf, Mama. Du warst nie da, wenn ich dich gebraucht habe. Also tauche nicht auf, wenn ich mich nicht an dich erinnern will!

»Tia?« Nele legt die Hände auf meine Schultern. Sie dreht mich zu sich, sodass ich sie ansehe und nicht den See. Ihre Stirn kommt meiner ganz nah. »Du kannst am Sonntag drin warten, wenn du nicht am Wasser sein möchtest, okay? Wir regeln das draußen ohne dich.«

Ich gehe kurz in mich. Dann schüttle ich den Kopf. »Ich will es probieren.«

»Na gut. Aber scheue dich nicht, reinzugehen, wenn der Anblick dir schlechte Gefühle gibt.«

»Ich behalte es im Hinterkopf. Danke.«

»Und hier wäre der perfekte Platz für die Torte!« Strahlend deutet Marie auf einen Rhododendron. »Ob man die Pflanze verschieben kann?«

Nele lässt mich los und dreht sich zu Marie um. »Du willst einen Strauch umpflanzen?« Sie lacht auf. »Ich werde es für dich in Erfahrung bringen«, verspricht sie und wir schlendern zu dritt zum Schloss zurück.

Als ich am frühen Abend zurückkomme, ist es still im Haus. Ich rufe nach Paps, aber niemand antwortet. Ich bin allein. Schon wieder. Mein Vater zieht sich auffallend oft zurück, seit Corvin ihn mit der überzogenen Schenkung überrollt hat. An Paps' Stelle würde ich höchstwahrscheinlich dasselbe tun. Wahrscheinlich ähneln wir uns tatsächlich mehr, als ich wahrhaben möchte.

Ich schlendere in mein Zimmer und überlege, was ich mit dem Rest des Tages anstellen soll. Ich bin mit Corvin verabredet, aber erst in ein paar Stunden. Der Hintergrund für die Fotobox ist weitestgehend fertig. Ich könnte den Platzkärtchen den letzten Schliff verpassen. Jedoch lassen mich die Gedanken rund um Paps nicht los.

Und so nutze ich die Gunst der Stunde, gehe kurzerhand zur Spüle, schnappe mir den versteckten Schlüssel und marschiere zum Dachboden.

Nachdem ich die Tür mit dem Handtuch vor dem Zufallen gesichert habe, trete ich die Stufen hinauf. Bereits auf der Treppe empfängt mich der Duft frischer Farbe. Er hat also gemalt, während ich weg war. Ich lächle.

Nachdem ich das Licht angeknipst habe, öffne ich aufgrund des Geruchs das Dachfenster über dem Sofa. Beim Blick auf den Ort, an dem Corvin und ich uns das erste Mal so nah kamen, schlägt mein Herz schneller. Ich frage mich, ob ich noch immer grün für ihn bin. Und ob er mir wieder mit diesem intensiven Funkeln in die Augen schauen wird. Nachher, wenn wir ungestört sind, und seine Finger sich langsam unter den Bund meiner Hose schieben.

Ich kühle meine heißen Wangen mit den kalten Händen. Beim Gedanken an Corvin fühle ich mich immer wieder wie eine frisch verliebte Sechzehnjährige.

Ich trete zu Paps‘ Staffelei und lasse sie auf mich wirken.

Das Bild, das er zuletzt gemalt hat, wirkt unruhig. Als sei er aufgebracht gewesen. Meerblaue Flächen fließen unter blutroten, aufgeschäumten Wolken. Wirres, schwarzes Schilf beugt sich einem geräuschlosen Sturm.

Der Anblick schnürt mir die Kehle zu. Ich spüre den Schmerz, der in den Adern des Künstlers pulsierte, als er den Spachtel durch die Farben zog. Ich spüre haargenau denselben Schmerz. Jeden Tag.

Ein Windzug rauscht durch das angekippte Fenster über die Leinwände. Die Glühbirne wippt hin und her. Ich fröstele und ziehe mir die Kapuze auf.

Obwohl es wehtut, kann ich den Blick nicht von der Staffelei nehmen. Das Bild übt eine beklemmende Anziehung auf mich aus. Es erinnert mich an den See von heute Mittag. An jedes Gewässer, an dem ich je war. An das nasse Grab meiner Mutter.

Ein Schnauben lässt mich zusammenzucken. Ich drehe den Kopf und japse auf. Das Bild hat mich so sehr in den Bann gezogen, dass ich sein Kommen nicht mitbekommen habe.

In Paps' Augen glüht heißer Zorn. »Was, zum Henker, machst du hier?«

»Ich …« Mit stockendem Atem weiche ich zurück. »Ich wollte wissen, warum ich nicht hoch darf, und …« Der Wind weht heftiger. Ein Pinsel wird von dem Luftzug erfasst und rollt von einem Karton.

»Das ganze Haus steht dir zur Verfügung.« Die Stimme meines Vaters ist kalt und hart. »Nur den Dachboden wollte ich für mich haben. Kannst du nicht einmal meine Grenzen akzeptieren?«

Ich will widersprechen, schlucke den Einwand aber hinunter. Er hat recht. Das hier oben ist sein Reich. Seit ich zurück bin, dränge ich ihn in Situationen, mit denen er abgeschlossen hat. »Kommt nicht wieder vor.« Mit gesenktem Kopf laufe ich an ihm vorbei.

Doch ehe ich die Stufen hinabsteigen kann, fällt die Tür mit einem Knall ins Schloss.

»Fuck.« Mit weit aufgerissenen Augen starre ich meinen Vater an.

Wir sind eingeschlossen.

Paps eilt zur Tür und rüttelt an ihr. Sie bewegt sich keinen Millimeter. Der Schlüssel steckt in der anderen Seite.

Für wenige Sekunden ist alles still. Dann faucht er ein knappes: »Na klasse!« und tigert schwer atmend zur Leinwand zurück.

»Schade, dass du … die Klinke noch immer nicht repariert hast«, sage ich und bemerke erst im nächsten Moment, wie unpassend das ist. Paps holt tief Luft, um mir eine Widerrede vor die Füße zu schleudern, doch ich hebe abwehrend die Arme. »Entspann dich, okay? Ich rufe Hilfe. Ein Haustürschlüssel ist unter der Fußmatte, oder? Marie könnte uns aufschließen.« Ich ziehe das Handy hervor und tippe hinein.

»Als ob eine Braut mitten in ihren Hochzeitsvorbereitungen Zeit hat, eine Freundin aus ihrem eigenen Dachboden zu befreien!« Ächzend lässt Paps sich auf einen Stuhl fallen.

»Wir kommen schon bald hier raus. Gedulde dich.« Ich stecke das Handy zurück in die hintere Jeanstasche und schließe das Fenster. Zum einen will ich vermeiden, dass der Wind weitere Gegenstände umwirft, zum anderen möchte ich Abstand zu Paps gewinnen.

Am liebsten würde ich weglaufen. Paps anscheinend auch. Aber offensichtlich geht das nicht.

Eine gute halbe Stunde schweigen wir uns an, während wir auf Hilfe warten. Der Wind reißt an den Giebeln.

Unauffällig auf seine Reaktion achtend, schlendere ich um die Staffeleien. Ich will die Zeit nutzen. Solange wir hier oben sind, kann Paps mich schließlich nicht vor sich aussperren.

Mein Vater hebt grummelnd den Kopf und verschränkt die Arme vor der Brust. Abwartend beobachtet er, wie ich die Leinwand bestaune.

»Deine Bilder sind der Hammer«, murmle ich und betaste vorsichtig die dicke Farbe auf dem bespannten Rahmen. »Früher hast du nie gemalt. Ich hätte nicht gedacht, dass du so ein Talent hast.«

Paps brummt etwas.

»Das hier ist mein Favorit.« Ich deute auf das Bild, das mich bei meinem letzten Besuch mit Corvin in seinen Bann gezogen hat. Die abstrakte Graslandschaft im Morgengrauen. Die gelbe Sonne. Der See. Ein roter Fleck im Hintergrund, der an ein Zelt erinnert. Oder an eine Frau in roter Regenjacke. Ich drehe mich zu meinem Vater um. »Das ist am Jungfernsee, oder? Der Ort, an dem wir früher immer angeln waren. Mit Mama.«

Paps sinkt in sich zusammen. Er schweigt.

»Du malst Orte, an denen du warst. Dinge, die dich bewegen. Sehr experimentell. Aber unheimlich berührend.«

Ein Knurren dringt aus seiner Kehle. Es klingt verärgert und gleichzeitig verletzt. »Du interpretierst da zu viel rein.«

Seine Reaktion zeigt mir, dass ich genau auf der richtigen Spur bin. »Du nutzt das Malen als eine Art Aufarbeitung. Deshalb willst du nicht, dass ich das sehe.«

»Bist du unter die Psychologen gegangen? Oder warum faselst du so einen neumodischen Quatsch?« Er winkt ab und stiert an die Dachbalken. Sein Widerspruch fällt für seine Verhältnisse ziemlich schwach aus.

»Warum schämst du dich?«, frage ich. »Deine Werke sind atemberaubend. Und wenn sie dir dabei helfen, etwas zu verarbeiten, ist das super. Ich mache das auch beim Zeichnen. Es ist mein Beruf.«

Ruckartig schnellt sein Kinn hoch. »Du … verarbeitest?«

»Ja. Ist es dir nicht aufgefallen? Ich male meist verspielte, kleine Mädchen mit Katzen. Dafür bin ich bekannt. Das ist mein Stil. Sie sitzen in chaotischen, gemütlichen Zimmern, bauen Höhlen aus Decken und spielen mit Bauklötzen und Pflanzen. Mit Alltagsgegenständen, die in Kinderaugen spannend sind. Woran erinnert dich das, Paps? Doch nicht etwa an deine Tochter?« Abwartend stemme ich die Hand in die Hüfte.

Nachdenklich reibt er seinen Bart. »Ich habe das noch nie von der Warte betrachtet.« Dann gibt er es zu. »Ja. Du hast recht. Natürlich. Das ist der Jungfernsee. Der Ort, an den wir jeden Sommer mit dem Wohnwagen gefahren sind und unsere Zelte aufgeschlagen haben. Freut mich, dass du es erkannt hast.« Er klingt geschmeichelt.

»Wusste ich's doch!« Begeistert reiße ich die Faust in die Luft. Dann schlendere ich zum nächsten Bild. »Das hier ist unser Garten, oder? Im Winter natürlich. Darum liegt der Schnee auf dem Rasen.«

Lächelnd nickt er.

»Und das …« Ich komme zu dem Bild mit dem dunklen Meer. »Ich weiß nicht, was für ein Gewässer du hier gemalt hast. Es … beklemmt mich. Und dich wahrscheinlich ebenso, oder?«

Paps schluckt. Sein Blick bleibt an den purpurnen Wolken hängen. Sie schweben über dem unruhigen Wasser wie ein dunkles Omen. »Es ist schwer, an Flüssen oder dem Meer zu stehen, ohne an sie zu denken.« Er seufzt. »Ich will dir deswegen jetzt keine Vorwürfe machen. Aber es war furchtbar für mich, Tia, dass du nicht da warst, als sie zu Grabe gelassen wurde.« Er blinzelt heftig und schaut weg.

Eine unangenehme Stille legt sich über den Dachboden.

Kalte Reue erfüllt mich. Aber nur halb. Der andere Teil wird von einer unbeirrbaren Wärme durchflutet. Er tut mir leid. Trotzdem bin ich davon überzeugt, dass meine Entscheidung richtig war. Ich will etwas Tröstendes sagen, doch Paps fährt fort.

»Ich erinnere mich noch genau an den Tag, als ich deine Mutter das erste Mal traf.« Er wischt sich über die Augen.

»Das war auf dieser Gartenparty, oder?« Die Geschichte habe ich bereits mehrmals gehört.

»Ja. Sie trug dieses rote Kleid. Sie war die Schönste dort. Jeder hat sie angestarrt. Aber sie tanzte nur mit mir.« Er lächelt breit. »Blöderweise war sie am Ende des Tages so betrunken, dass sie mir das ganze Bad vollgekotzt hat.«

Seufzend nicke ich. »Und das war der Beginn eurer brennenden Romanzen.«

Der zynische Unterton ist ihm nicht entgangen. »Ich weiß, was du meinst. Es endete, wie es anfing. Nie waren wir wirklich gut füreinander. Erst trank sie zu viel, dann ich und schließlich wir beide. Hätten wir damit aufgehört, wäre einiges anders verlaufen.«

Nickend lehne ich mich an einen Holzbalken. Dieses Maß an Reflexion habe ich Paps gar nicht zugetraut. Nun, wo er so nahbar zu sein scheint, möchte ich trotz meiner Vorsätze nachhaken. »Kannst du nicht noch mal über Corvins Angebot nachdenken? Das ist die einmalige Gelegenheit, das Haus zu behalten. Allein der Dachboden ist dreimal so groß wie die Wohnung an der Autobahn. Du hast hier oben genug Platz für deine Bilder!«

Lächelnd schüttelt Paps den Kopf. »Lass einfach gut sein, Tia. Ich kann auch dort malen. Erinnerst du dich an die Ausrichtung der Fenster? Der Lichteinfall ist optimal. Das war mir sehr wichtig.«

»Aber …«

»Außerdem habe ich vorhin die mündliche Zusage erhalten. Am Donnerstag unterschreibe ich den Mietvertrag.«

Meine Widerworte bleiben mir im Hals stecken. Ich sehe eine Abrissbirne vor mir, die inmitten dieses Dachbodens einschlägt und alles vernichtet, was wir an diesem Haus lieben. Doch dann erinnere ich mich daran, dass es Paps' Leben ist. Sein Haus. Und ich schweige.

Paps steht auf, tritt an mich heran und dreht mich zu einer winzigen Staffelei in der Ecke des Raumes. Ich weiß nicht, was mich mehr verwundert. Die Wärme in seiner Stimme oder, dass sein Atem nicht nach Alkohol riecht. Mein Gehirn ist noch immer auf die gewohnten Eindrücke programmiert. »Weißt du, was mein persönliches Lieblingsbild ist?«, fragt er leise, ohne die Hand von meiner Schulter zu nehmen. »Das hier.«

»Was ist das?« Im ersten Moment kommt mir das Bild im Vergleich zu den anderen belanglos vor, denn es ist ein Durcheinander aus braunen Wirbeln, gespickt von winzigen Funken und etwas, das wie zierliche Blätter aussieht. Rot, grün, gelb.

»Das«, sagt Paps leise, »ist der Blick eines Vaters auf sein Kind. Der Geruch und das Gefühl von Locken zwischen den Fingern. Meine Motte.«

Motte. Ich erschaudere. So hatten Paps und Mama mich früher genannt. Als ich klein war, sie nüchtern und sehr glücklich. Damals, als er mir das Laub aus den Haaren pflücken musste, wenn ich zu ausgelassen im Garten spielte.

Mit geöffnetem Mund drehe ich mich zu ihm um. »Du hast mich gemalt?«

Er nickt. Ein stolzer Zug umspielt seine Lippen. Nicht stolz darauf, wie er es gemalt hat. Sondern darauf, was er gemalt hat. Seine Tochter.

Eine tröstende Wärme erfüllt mich. Ich überlege fieberhaft, wie ich angemessen auf so etwas Schönes reagieren soll. Will ich mich bedanken? Oder ihn etwa umarmen?

Ehe ich mich entscheiden kann, wird die Tür aufgeschlossen. Corvin tritt auf den Dachboden. »Hallo! Ihr seid frei!«

Obwohl er sich freuen sollte, seufzt Paps verärgert auf. »Nicht der schon wieder.«

»Dem Himmel sei Dank.« Erleichtert atme ich durch. »Du hast den Schlüssel im Blumenkübel gefunden.«

»Schlüssel?« Verwirrt kratzt Corvin sich am Hinterkopf. »Nein, ich …« Er bricht ab und vollendet den Satz zum Glück nicht.

Paps scheint auch so erfasst zu haben, wie Corvin ins Haus gekommen ist. Leise vor sich hin jammernd vergräbt er das Gesicht in den Händen. »Du bist durchs Fenster eingestiegen, oder?« Ich will widersprechen, doch er winkt ab. »Lasst gut sein, Kinder. Tischt mir keine Märchen auf.« Er mustert Corvin mit missmutigem Stirnrunzeln. »Danke, dass du mich aus meinem eigenen Dachboden befreit hast. Ich mache jetzt das, was ich schon die ganze Zeit vorhatte. Abendbrot.«

Angesichts der angespannten Stimmung bin ich froh, dass Paps zur Tür marschiert. Doch er hat die Rechnung ohne Corvin gemacht.

Mit gestrafften Schultern lehnt dieser sich an den Pfeiler, der zur Treppe führt. Wohingegen er eben noch einen unaufgeräumten Eindruck machte, sieht er jetzt entschlossen aus. »Moment. Tias Dad? Artus. Ich würde gern auf unser letztes Gespräch zu sprechen kommen.«

Abwartend verschränkt Paps die Arme vor der Brust. Corvin ist viel größer als er. Deshalb sehen sie nebeneinander unfreiwillig komisch aus. Der überdrehte Kerl mit dem Hotel und der grummelige, alte Kauz, bald ohne Haus. Bis vor kurzem spielten die Männer in meinem Leben keine nennenswerte Rolle. Jetzt mausern sie sich zum Zentrum meiner Welt.

Ich erwarte, dass Corvin sich entschuldigt. Stattdessen sagt er mit fester Stimme: »Mir ist mittlerweile klar, dass ich bei unserer letzten Begegnung etwas unsensibel war. Das ändert nichts daran, dass ich helfen möchte.« Scharf sieht er ihm in die Augen. »Ich habe das *Spree Château* gemeinsam mit meinem Bruder übernommen. Allerdings fällt es mir schwer, mich mit dem noblen Stil zu identifizieren. Deshalb denke ich über eine Umstrukturierung nach.«

Zufrieden lächle ich. Meine Anregungen haben Früchte getragen.

Corvin läuft langsam an den Leinwänden vorbei. »Diese Bilder sind der Wahnsinn! So ausdrucksstark und experimentell in der Farbgebung. Ich kann mir sie super im *Spree Château* vorstellen. Sie könnten diese langweilige, noble Tristesse aufwerten.«

Mein Atem stockt. So langsam wird mir klar, was Corvin vorhat. Ich hätte ihn nie für so gewitzt gehalten.

Entschieden bleibt er vor Paps stehen. »Ich will die Bilder kaufen. Alle, die Sie bereit sind, abzugeben. Und noch mehr. Ich brauche drei für die Flure jeder Etage. Je fünf für die drei Tagungsräume und die Sky-Lounge. Sechshundertneunundzwanzig für die Zimmer. Insgesamt sind das siebenhundertsechzig Bilder. Werke dieser Art werden für einige tausend Euro gehandelt. Wenn Sie also bereit sind, sie zu einem Spottpreis von je tausend Euro abzugeben …« Er macht eine ausladende Handbewegung. »Kämen wir ins Geschäft.«

Damit wäre das Haus locker bezahlt. Ich grinse vor mich hin. Corvin ist immer für eine Überraschung gut.

Paps starrt Corvin an, als stünde vor ihm ein Wesen aus einer anderen Galaxie. »Wo, zur Hölle, soll ich siebenhundertsechzig Leinwände herkriegen?«, schnarrt er.

Corvin lacht. »Lassen Sie das meine Sorge sein. Die treibe ich auf. Die Farben und Pinsel auch. Sie bekommen alles von mir, was Sie benötigen, um Ihrer Arbeit gerecht zu werden.« Er zwinkert mir zu.

Ich strahle ihn an.

Grummelnd sieht Paps zu Boden.

»Zeit haben Sie unbegrenzt«, fährt Corvin fort. »Und wenn Sie fertig sind – ich kenne niemanden, der sich so gut mit Arbeiten rund ums Haus auskennt wie Sie. Sie sind ein Allroundtalent. Wir können immer fähige Hausmeister gebrauchen. Zur Festanstellung.«

Das ist wohl eine Schippe zu viel. Mein Vater kneift die Augen zusammen und starrt Corvin nieder. »Das ist doch alles konstruiert, oder?«, presst er hervor. »Es geht dir nicht um die Bilder. Wahrscheinlich hast du nicht mal vor, sie aufzuhängen. Du suchst einfach einen Vorwand, dieses Haus zu kaufen, weil du meine Tochter beeindrucken willst!«

»Wie bitte?« Wenn Corvin etwas nicht folgen kann, sieht er immer unbewusst etwas niedlich aus.

»Die Bilder sind unverkäuflich«, brummt Paps. »Ich frage mich, warum ich noch immer mit euch zwei Gurken hier oben rumhänge.« Damit verlässt er den Dachboden.

Wenn die Tür nicht lädiert wäre, hätte er sie wohl hinter sich zugeknallt.

25.

Poller Nummer zwölf

Am Donnerstag treffe ich The Broken Hearts Club bereits am späten Morgen. Nora, Marten und Lieke haben sich extra freigenommen. Sie wollen mit mir die Stadt erkunden, sodass ich mich daran erinnern kann, was ich früher an ihr geliebt habe. Weg vom Wasser: Das war meine Bitte.

Das hört sich in der Theorie ganz leicht an. In der Praxis ist das eine wahre Herausforderung. Die Spree und ihre Kanäle ziehen sich durch die ganze Stadt. Es ist nahezu unmöglich, sie zu durchqueren, ohne mit dem Fluss in Berührung zu kommen.

Doch die Gruppe hat eine Lösung gefunden. Sie lädt mich auf eine Führung der Berliner Unterwelten ein. Ich bin wahnsinnig aufgeregt. Seit meiner Schulzeit war ich nicht hier unten. Außerdem beeindruckt mich, wie viele Gedanken sich die Gruppe gemacht hat. Weniger Spree gibt es in der ganzen Stadt nicht.

Als wir einige wertvolle Erfahrungen später zurück an der frischen Luft sind, kaufen wir uns etwas zu essen und setzen uns ins Tempelhofer Feld. Wir spießen vegetarische Currywürste auf Holzgabeln und tunken sie tief in eine bunte Auswahl an Soßen.

Pappsatt lasse ich mich auf den Rasen sinken und breite die Arme aus. Der Himmel über mir ist graublau. Meine Hände sind kalt, aber mein Atem warm.

Lieke lässt sich neben mich fallen. Gemeinsam starren wir eine Weile in den Himmel. Dann klagt Reinhold über Rückenschmerzen, also fahren wir mit der U-Bahn zum KaDeWe. Wir spazieren durch die noblen Abteilungen und amüsieren uns über die unverhältnismäßigen Preise. Zum Schluss kaufen wir zwei mit Blattgold überzogene Cupcakes, die wir in gleich große, wenn auch winzige Stücke teilen und mit Kennerblick verkosten.

Der Tag ist unglaublich lustig. Weil wir nicht alles geschafft haben, was auf Noras Zettel steht, setzen wir die *Shiny Berlin Days*, wie Lieke sie nennt, am nächsten Tag fort.

Weil Nora, Lieke und Marten arbeiten müssen, begleitet Reinhold Corvin und mich am Freitagvormittag ins Naturkundemuseum, um uns gemeinsam Saurierskelette anzusehen. Obwohl wir verschiedener nicht sein könnten, fühle ich mich zu keinem Zeitpunkt unwohl. Im Gegenteil. Reinhold beeindruckt uns mit seinem Wissen über die Riesenechsen. Er kennt sich mit ihnen so gut aus, dass er Führungen leiten könnte.

Im Anschluss treffen wir Nora, Lieke und Marten an den Hackeschen Höfe. Die monumentalen Bauten sind so anders als die in der hessischen Vorstadt, in der ich wohne, und die von Fachwerkhäusern dominiert wird.

Danach schlendern wir durch den Mauerpark. Sonntags gibt es hier einen riesigen Flohmarkt, bestehend aus kleinen Berliner Manufakturen, ambitionierten Trödelverkäufern und einer Fressmeile. Im Amphitheater gibt es sonntags Karaoke. Es ist Party auf historischem Boden – früher war dies der Todesstreifen. Weil heute ein Wochentag ist, ist es jedoch relativ ruhig und wir bestaunen Restteile der Mauer, die mittlerweile als legale Sprayfläche für die Berliner Graffiti-Szene dienen.

Langsam kehren die Erinnerungen zurück. Berlin ist facettenreich. Diese Stadt ist so viel mehr als bedrückende Kindheitserinnerungen. Es ist meine Heimat, meine Zuflucht. Ich hoffe, dass ich diese Erkenntnis nicht wieder vergesse.

»*Hallo, Tias Dad. Ich bin Ihr neuer Schwiegersohn.*« Nora lässt die Schultern hängen und nimmt einen gleichgültigen Gesichtsausdruck an, der Corvins unverschämt ähnlich sieht. »*Ich kenne Sie zwar kaum, aber ich habe beschlossen, Ihr Haus zu kaufen.*« Ihre Gesichtszüge entspannen sich. »War es so?«

Ich lache. »In etwa.«

Lieke kichert und nippt an ihrem Guinness. »Du hast das Detail mit den tausend Euro pro Bild vergessen, Nori. Leute, wundert es euch ernsthaft, dass Artus das Angebot ausgeschlagen hat?«

Corvin seufzt. »Ich weiß, es lief nicht optimal. Aber ich wollte nicht kampflos aufgeben.« Seine Hand legt sich unterm Tisch auf meinen Oberschenkel. Es fühlt sich warm und schön an. Als verliere er nie die Verbindung zu mir, auch nicht, wenn wir unter Freunden sind.

Am Nachmittag dieses Freitags war ich mit Marten am Brandenburger Tor und am Holocaust Mahnmal. Er hat darauf bestanden, zum Abschluss die Hot Spots abzuklappern, und es war tatsächlich mal was anderes, als Touristin durch die Stadt zu schlendern. So kam ich dazu, mit Marten zu reden, der losgelöst von der

Gruppe etwas auftaute und mir mehr über sich erzählte. So erfuhr ich, dass er allein in einer WG am Ostkreuz wohnt, die er eigentlich mit seiner Schwester bezogen hat. Dass er sich nicht erklären kann, weshalb sie spurlos verschwunden ist, und dass er sie irgendwann finden wird. Er berichtet vom Geigespielen, seiner Aufregung vor dem Auftritt und von einem eher ungewöhnlichen Hobby: Dem Stricken. Er ist sehr geschickt und hat seine Mützen selbst gemacht.

Nun, zum Ende der *Shiny Berlin Days*, sitzen wir alle vom The Broken Hearts Club in Davy's Pub, einer irisch angehauchten Kneipe mit einem lustigen Wirt mit rotem Schnurrbart. Lieke hat diese Location ausgewählt, denn neben der Uni jobbt sie hier. Deswegen geht die erste Runde aufs Haus.

Das rustikale Ambiente gibt dem Pub einen gemütlichen Wohnzimmerflair. Irish Folk dudelt aus den Boxen und taucht meine Welt in blau-orangefarbene Schimmer. Pärchen schnattern am Nebentisch. Mein Herz fühlt sich nach den Erfolgserlebnissen der letzten Tage ganz leicht an.

»Ich glaube, dass Paps tatsächlich kurz darüber nachgedacht hat, das Angebot anzunehmen«, ergänze ich und umschließe Corvins Hand. »Es war gar nicht so schlecht, dass wir uns versehentlich auf unserem Dachboden eingeschlossen haben. Wir hatten ein paar schöne Momente dort. Paps war richtig versöhnlich.«

»Ich drücke die Daumen, dass dein Paps über seinen Schatten springt«, sagt Lieke. »Wenn er es nicht tut, hat er immerhin eine Wohnung zu tollen Konditionen in Aussicht. Ich suche schon seit Monaten. Aber immer, wenn ich eine bezahlbare Bleibe im Ring finde, wollen hundert weitere Bewerber die auch.« Seufzend legt sie das Kinn in die Hände.

Plötzlich vibriert mein Handy. Ich lese die Nachricht und hole tief Luft. »Wenn man vom Teufel spricht. Paps schreibt, dass er den Mietvertrag für die Autobahnwohnung unterschrieben hat.«

»Oh nein.« Corvin reibt sich die Augen.

Ein allgemeines Seufzen geht durch die Runde.

»Er will's so durchziehen, wie er sich dit vorstellt«, fasst Reinhold leise zusammen. »Kann ich irgendwie nachvollziehen.«

»Ich leider auch.« Meine Finger spielen mit dem Strohhalm in Noras leerem Glas. Dann hebe ich entschlossen den Kopf. »Wie auch immer. Wir haben alles gegeben, Corvin. Lass uns das Thema abhaken. Ich will euch fünf für die letzten Tage danken. Wir hatten viel Spaß. Genau das, was ich gebraucht habe.«

Reinhold kratzt sich schüchtern am Kopf. »Is' doch nich' der Rede wert. Ich kann nur für mich sprechen, aber es war eine schöne Abwechslung. Habe kaum Zeit zum Grübeln jefunden.«

»Mir hat es auch großen Spaß gemacht. Du kannst ruhig für uns alle sprechen!«, ergänzt Marten und die anderen nicken.

Typisch The Broken Hearts Club. Sie denken sich mir zuliebe ein Programm aus, das mir die Stadt näherbringen soll, und geben mir am Ende das Gefühl, als seien sie die Nutznießer dieser Aktion. Ich bin dankbar, dass an jenem verregneten Montagabend die Waschmaschine ausgelaufen ist und ich in die Gruppe gestolpert bin.

Nachdem wir gezahlt haben, laufen Reinhold und Nora zum Bus. Wir anderen machen uns auf den Weg zum S-Bahnhof.

Während wir gehen, spricht Lieke Marten Mut für den Auftritt am Sonntagabend zu. »Es wird super werden. Du wirst schon sehen!«

Er pflichtet ihr halbherzig bei, klingt aber nicht wirklich überzeugt.

Mir ist warm dank des Biers und gleichzeitig kalt wegen Paps' Nachricht. Zwar habe ich im Pub vorgegeben, dass das Thema

Hausverkauf für mich abgehakt sei, trotzdem beschäftigen mich die Sorgen um meinen Vater. Wer hilft ihm dabei, das Haus zu entrümpeln? Seinen Besitz zu sortieren? Wer fährt den Transporter mit seinen Umzugskartons? Und wie weit möchte ich ihn unterstützen?

Außerdem bereiten mir die unzähligen Stufen Kopfzerbrechen. Er ist ja nicht mehr der Jüngste. Gerade als ich verzweifelt darum bemüht bin, das Bild eines gealterten Paps aus meinem Kopf zu verbannen, der schreiend die Treppe hinunterstürzt, ruft Lieke: »Oh nein!«

Ich schaue auf und befürchte im ersten Moment, etwas sei passiert. Doch der Bahnsteig ist ruhig und friedlich. Zwei Betrunkene stolpern zum Aufgang, aber das ist ziemlich normal in Berlin. Liekes vor Schreck aufgerissene Augen sind auf den Hafen gerichtet, der sich im Treptower Park unterhalb der Bahngleise befindet. »Wasser. So ein Mist!« Unzufrieden dreht sie sich zu mir um. »Sorry, Tia. Wir haben uns solche Mühe gegeben. Dass die Spree an der S-Bahnstation liegt, haben wir voll vergessen.«

Ich betrachte die Boote, die auf dem unruhigen Wasser schaukeln. Vom Hafen aus kann man Floßfahrten buchen und über die Spree tuckern. Alternativ spaziert man durch den Park, holt sich eine Schale Pommes am Büdchen und verspeist sie am Ufer. Früher habe ich das oft nach der Schule gemacht. Mit Nele und Marie, aber auch mal mit Mama.

»Ich will da runter«, murmle ich und laufe zielstrebig auf die Bahnhofstreppe zu.

»Was?«, ruft Lieke mir fassungslos hinterher. »Ich dachte, du hast Angst vor Wasser!«

»Nicht direkt vor Wasser. Ich habe vor den Erinnerungen Angst!« Ich werde immer schneller, renne die Stufen hinab und biege in den Park ein.

Lieke schließt keuchend zu mir auf. »Ich will dir ja nicht zu nahe treten, Tia, aber wofür haben wir das gestern und heute dann gemacht?«

»Sei mir bitte nicht böse«, japse ich. »Ich will nur kurz etwas nachsehen.«

»Ich bin dir nicht böse! Ich will es einfach verstehen!«

Vor den Dampfern halten wir an. Seitenstiche bohren sich in meinen Bauch. Nach Luft schnappend mustern wir die Anlegestelle. Ein Boot reiht sich ans nächste. Sie grüßen uns mit einem sanften Wiegen. In der Ferne ist ein Riesenrad zu sehen, das zum stillgelegten Spreepark gehört.

Corvin und Marten kommen neben uns an. Letzterer hustet heftig. »Was ist denn los?«

Konzentriert laufe ich am Ufer entlang. Hier irgendwo muss es sein.

Als ich kurz über die Schulter schaue, sehe ich, wie Lieke verständnislos zu Corvin hochschaut. Da sie von mir keine befriedigende Antwort bekommen hat, erhofft sie sich eine Erklärung von ihm. Er kennt mich schließlich am besten.

Corvin zuckt mit den Schultern und folgt mir. »Ist alles okay mit dir, Tia? Suchst du etwas?«

»Hier ist es!« Ich leuchte mit meiner Handylampe auf einen Poller.

Wir stecken die Köpfe zusammen und starren auf die Zahl, die auf das Metall graviert wurde.

Lieke, die ebenfalls hinter uns auftaucht, liest vor. »*Zwölf*?«

Übermütig nickend setze ich mich. Meine Füße baumeln einen halben Meter über dem Wasser. »Genau hier war unser Platz. Der von Mama und mir. Am Poller mit der Nummer zwölf. Wir saßen früher oft am Treptower Hafen und haben Eis gegessen.«

Staunend lässt Lieke sich neben mich sinken. »Du verbindest mit diesem Platz eine Mutter-Tochter-Erinnerung?«

»Ja. Und zwar eine wirklich gute.«

Corvin und Marten sagen nichts. Dann setzen sie sich dazu.

Ich betrachte die Dampfer. Es sind andere als damals. Die Leute neben mir auch. Aber das Gefühl ist ein ähnliches. Keine Beklemmung. Keine Angst. Stärke im Beisein meiner Freunde, im Beisein meiner Mutter.

»Mama hat meistens einen Slush getrunken und mir ein Softeis spendiert. Gekauft hat sie beides an dem Büdchen dort drüben.« Wenn ich an jene Zeit zurückdenke, habe ich direkt wieder die Musik der kleinen Band im Ohr, die regelmäßig am Hafen ihre Lieder trällerte. Die Gitarre klang orange, der Gesang der Frau war türkis. In diesen Farben sehe ich in meiner Erinnerung Mama neben mir sitzen.

»Das ist eine tolle Erinnerung, obwohl sie am Wasser stattfand«, fahre ich fort. »Ich hatte damals keine Vorbehalte. Der Hafen ist ja auch sehr schön, wenn man sich auf das Hier und Jetzt konzentriert.« Und nicht auf die Vorstellung, wie jemand langsam in den Fluten untergeht.

Als habe er meinen Gedanken vernommen, legt Corvin schweigend den Arm um mich. Es spendet mir Kraft und Trost.

Ein kleines Boot fährt vorbei. Die Lichter glühen lila, grün und rot. Wir alle winken. Weil es dunkel ist und die Parkbeleuchtung aus, sieht der Kapitän uns nicht und niemand winkt zurück. Das ist in Ordnung. Wir freuen uns trotzdem.

Eine Weile sitzen wir am Ufer. Dann sage ich: »Ich glaube, ich werde diesen Tag nie vergessen. Wir. Hier. Am Wasser. Das ist eine Erinnerung, die ich mir ausgesucht habe.«

Lieke strahlt. »Das klingt toll, Tia. Lebe das Leben, an das du dich gern erinnern willst.«

»Ich werde es versuchen.« Lächelnd lehne ich mich an Corvins Schulter. Dass das Wasser unter meinen Füßen liegt, finde ich in diesem Moment sogar ganz schön.

26.

Lache deinen Dämonen ins Gesicht und sie lachen zurück

»Der Bengel hat echt den Schneid, schon wieder seine dicke Karre auf meiner Einfahrt zu parken.« Mein Vater späht aus dem Wohnzimmerfenster wie eine Oma, die überprüft, ob die Nachbarn die Hecke ordentlich gestutzt haben.

Vorsichtig gehe ich die Treppe hinunter. Den Rock des Kleides hebe ich an, damit ich mit meinen hochhackigen Schuhen nicht auf den Saum trete. »Lass ihn, Paps. Wir fahren auf eine Hochzeit. Marie flippt sicherlich aus vor Freude, wenn sie sieht, dass er so dick aufträgt.«

»Hat der tatsächlich einen Smoking an?« Paps' grauer Schopf verschwindet immer weiter hinter der Gardine. Hoffentlich drückt er sich nicht die Nase platt.

»Einen Anzug!« Ich laufe an ihm vorbei zur Haustür. »Das macht man so auf Hochzeiten.« Beschwingt ziehe ich die Tür auf und trete nach draußen.

Die helle Novembersonne fällt mir in die Augen und kitzelt meine Nase. Ich lächle. Maries Wunsch ist wahr geworden. Dem romantischen Hochzeitsshooting im raureifüberzogenen Feld vor der Schlosskulisse steht nichts im Weg. Nun hoffe ich, dass das Wetter bis heute Nacht anhält und wir die Sternschnuppen am klaren Himmel sehen können.

Mein Blick fällt auf den Porsche und den Mann, der lässig an der Beifahrertür lehnt. Seine Finger tasten nach seiner hinteren Hosentasche. Als er die Hand ohne eine Schachtel hervorzieht, muss ich schmunzeln. Er hat sich an seinen Vorsatz gehalten. Keine Zigaretten. Hoffentlich bereut er das nicht.

Er hebt den Kopf und sieht mich an. Das Sonnenlicht schimmert auf seinen hellen Haaren, die ich im Freien so selten ohne Kapuze sehe. Doch er hat auf seinen Hoodie verzichtet, nur für mich.

Sein Anblick bringt mein Herz aus dem Takt. Obwohl Corvin den Anzug mit der adretten Fliege gestern erst gekauft hat, trägt er ihn, als tue er das jeden Tag. Anscheinend gehört es zu seinem Charakter, stets einen gleichgültigen und somit selbstbewussten Eindruck zu machen. Auch in Klamotten, in denen er sich nicht wohlfühlt. Ich stelle ihn mir neben Jordan vor, der im Anzug immer etwas verkleidet aussieht. Zusammen wären die Brüder in diesem Outfit ein gewinnendes Team. Jordan mit seiner Expertise, und Corvin mit seiner einnehmenden Art. Leider werden wir Corvin davon nicht so schnell überzeugen. Das ist schade, aber in Ordnung.

»Wow.« Sein Blick gleitet über den roten Chiffon meines Kleids, den Seitenschlitz und die Schleife an der Taille. »Mit dir kann man sich ja heute sehen lassen.«

»Und mit dir erst.« Ich raffe den Rock und laufe die Treppe vor dem Haus herunter. Vor ihm bleibe ich stehen. Wortlos schauen wir einander in die Augen, perplex über die Verwandlung, die wir vollzogen haben.

Ein anerkennendes Grinsen huscht über sein Gesicht. Er setzt dazu an, mich zu umarmen, doch Paps' Stimme unterbricht uns.

»Tia. Potzblitz.« Mein Vater steht mit weit aufgerissenen Augen in der Tür. Er sieht uns an, als trügen wir aufeinander abgestimmte Pyjamas mit Bananen drauf. »Das … du …« Er sucht nach den richtigen Worten, findet sie aber nicht.

»Tja. Du warst so sehr damit beschäftigt, Corvin anzustarren, dass du mich gar nicht bemerkt hast.« Ich umschließe Corvins Hand.

Paps kommt aus dem Staunen gar nicht heraus. »Ihr seht aus, als ob ihr auf einen Abschlussball geht.«

Corvin grinst. »Wenn dem so ist, bin ich ein glücklicher Kerl. Ich darf mit der zukünftigen Prom Queen tanzen.«

Die Röte steigt mir ins Gesicht und Paps macht kurz einen peinlich berührten Eindruck. Grummelig winkt er ab. »Wie auch immer! Gut seht ihr aus, ihr zwei. Und Tia. Wegen meiner Nachricht …«

Er meint die SMS mit dem Mietvertrag. Natürlich haben wir beide es so gehalten wie immer und haben das Thema strikt umgangen.

»Das ist in Ordnung«, entgegne ich. »Ich akzeptiere deine Entscheidung. Wir akzeptieren das.«

Corvin spürt, wie schwer mir diese Aussage fällt. Er legt den Arm um mich, als wolle er mich stützen. »Die Bilder zu kaufen, war ja nur ein Angebot«, pflichtet er bei. »Ich helfe Ihnen gern beim Umzug, wenn Sie möchten.«

Verblüfft starrt Paps ihn an. Kurz macht es den Eindruck, als wolle er wild gestikulierend widersprechen, doch dann wird er ganz kleinlaut. »Dieses Angebot nehme ich gern an.«

»Wunderbar. Lassen Sie sich von Tia meine Nummer geben. Ich bin da, wenn Sie mich brauchen.«

Paps nickt wortlos. Eine unangenehme Stille legt sich über den Vorgarten. Dann brummt mein Vater: »Auf jeden Fall wünsche ich euch zwei viel Spaß. Aber wartet kurz. Ich habe noch eine Kleinigkeit für Marie.« Ächzend läuft er ins Haus.

Ich nehme mir den Moment, in dem wir allein sind, um die Nase an Corvins Hemd zu drücken. Es riecht frisch gewaschen, nach Hotel und sehr nach Corvin. »Es ist lieb von dir, dass du ihm helfen willst«, murmle ich.

Sanft streichelt er mir durch die Haare. »Wir wissen beide, dass er sich sonst übernimmt.«

Paps erscheint und wir lassen voreinander ab. Corvin vor meinem Vater so nah zu sein, fühlt sich nach all den Streits nicht richtig an.

»Hier.« Paps reicht mir ein Päckchen. »Sag der Braut liebe Grüße von mir.«

Ich halte es ins Licht. Der Form nach zu urteilen, befindet sich im Inneren eine kleine Leinwand. Ich strahle. »Ein selbstgemaltes Bild? Wie cool! Marie wird sich freuen. Willst du vielleicht mitkommen? Marie wäre begeistert, wenn du als Überraschungsgast dabei wärst.«

Paps winkt ab. »Ach was. Fahrt allein. Ich habe eh zu tun.«

»Das ist das erste Mal, dass Sie Ihre Kunst nach außen tragen. Oder haben Sie schon mal jemandem ein Bild geschenkt?« Corvin sieht Paps prüfend an.

Ertappt reibt mein Vater sich den grauen Bart. »Vorher noch nie, nein«, brummt er.

»Das finde ich toll«, sagt Corvin. »So kommen mehrere Leute in den Genuss Ihrer Kunst.«

»Hm.« Das indirekte Kompliment scheint Paps zu überfordern. Dann schimpft er los. »Jetzt hör endlich auf, mich zu siezen! Du kutschierst meine Tochter in deinem teuren Schlitten durch die

Gegend. Du brauchst mich nicht ansprechen, als wäre ich dein gottverdammter Vorgesetzter!«

Corvin starrt ihn überrascht an. Doch mittlerweile kennt er meinen Vater ein bisschen und reagiert gefasst auf seinen harschen Ton. »Oh. Gern. Deine Bilder sind schön, Artus«, verbessert er sich.

Ich grinse vor mich hin. Die beiden haben das Zeug zu einer total chaotischen Stand-up-Show.

»Habt ihr eigentlich mal darüber nachgedacht, eure Fähigkeiten zu vereinen?«, fragt Corvin wie aus dem Nichts. »Ihr habt völlig unterschiedliche Stile. Tia das Lineart, und Sie, äh, du … die Spachteltechnik. Wenn du helle oder blasse Farben verwendest, Artus, könnte Tia darüber malen. Ein Mädchen in die Landschaft, sozusagen.«

Mein Blick findet den meines Vaters. Er sieht ebenso verblüfft aus, wie ich mich fühle. Keiner von uns erwidert etwas.

Dann gebe ich zu: »Nun, also … Theoretisch wäre das machbar, aber praktisch?«

»War ja nur eine Idee«, sagt Corvin schnell.

»An Ideen mangelt es dem Burschen nicht«, brummt Paps, als sei Corvin nicht da.

Ehe es zur nächsten grotesken Situation kommen kann, sage ich: »Wir können ja ein anderes Mal darüber reden. Wir müssen jetzt los, Paps.«

»Ja ja. Geht nur.«

Ich will die Beifahrertür aufziehen, doch Corvin kommt mir zuvor. »Für heute musst du mich dein Gentleman sein lassen«, murmelt er zwinkernd. Er hat einen solch intensiven Unterton in der Stimme, dass mir eine Gänsehaut über die Arme kriecht.

Ich setze mich ins Auto und atme tief durch. Diesem Wagen mangelt es an nichts. Ich fühle mich fast so deplatziert wie im

Spree Château. Da Corvin mich zukünftig allerdings weder regelmäßig im Anzug noch im Porsche abholen wird, verbuche ich diesen Luxus als amüsante Spritztour.

Corvin setzt sich neben mich und steckt den Schlüssel ins Schloss. »Bereit?«

»Bereit.« Ich winke Paps zu.

Corvin lenkt den Wagen von der Auffahrt und fährt stadtauswärts. »Weißt du, was ich toll finde?«, fragt er nach einer Weile. »Bis vor kurzem hat dein Vater den Dachboden noch verbarrikadiert. Vor seiner eigenen Tochter. Jetzt steht er erstmals zu seinen Bildern.«

»Wenn er bloß den Wert seiner Kunst anerkennen und das Angebot annehmen könnte.« Seufzend streiche ich über das Geschenkpapier. »Dann wäre das Haus nicht verloren.«

»Vielleicht ist er auf dem Weg dahin«, sagt Corvin. »Und er kann es in einem Jahr oder so.«

»Dann ist es aber zu spät.«

»Das stimmt leider.«

»Warum hältst du an?«

»Weil ich etwas nachholen will.« Er fährt auf den Parkplatz einer Landstraße und zieht die Handbremse an.

»Und was?«

Er dreht den Kopf zu mir. Der Ausdruck in seinen Augen bringt mein Herz zum Rasen. »Das.« Er beugt sich zu mir herüber und zieht mich an sich. Sein Gesicht ist ganz dicht an meinem. Für einen Moment hält er inne, als wolle er testen, wie lange er die Spannung zwischen uns aushält. Doch schnell sieht er davon ab, uns auf die Folter zu spannen, und küsst mich.

In meinem Inneren entzündet sich ein Feuerwerk. Ich rieche, fühle und schmecke ihn. Und ich habe das Gefühl, dass alles nicht nah genug, nicht intensiv genug ist. Ich will mehr von ihm. Alles.

Doch ich muss meine Lust auf ihn im Zaum halten. Die Hochzeitszeremonie wartet auf uns.

Corvin scheint dasselbe durch den Kopf zu gehen. Zögerlich nimmt er die Lippen von meinen. Seine Finger streicheln sanft über meinen Nacken. »Du bist wunderschön. Ich kann kaum in Worte fassen, wie sehr ich dich begehre.«

Meine Wangen glühen. »Das Kleid gefällt dir also?«

Er grinst, presst sich halbherzig die zerzausten Haare an den Kopf und dreht den Zündschlüssel. »Und ob. Du kannst sowas ruhig öfter tragen. Aber das musst du natürlich nicht. Im Hoodie bist du genauso hübsch. Und mein Kapuzenmädchen.«

»Du siehst im Anzug auch ziemlich ansehnlich aus. Aber ganz du bist du als mein Kapuzenjunge.«

Wir lächeln uns an und Corvin fährt los. Die Leinwand mit Paps' Bild behalte ich die gesamte Fahrt über auf dem Schoß.

»Tia! Wow!« Ich bin noch nicht mal richtig im Saal angekommen, da drückt Nele sich schon an den Gästen vorbei und eilt auf mich zu. Ihre Haare sind zu Locken gedreht und zu einem eindrucksvollen Knoten hochgesteckt. Außerdem hat sie sich von Maries Stylistin schminken lassen. Dieses Angebot habe ich ausgeschlagen, weil ich mich mit meinem dezenten Make-up einfach am wohlsten fühle. Obwohl Nele dasselbe Kleid trägt wie ich, starrt sie mich an, als habe sie es noch nie zuvor gesehen. »Du siehst …« Sie sucht nach Worten. »Fantastisch aus!«

Meine Wangen werden heiß. »Nele. Übertreib nicht.«

Corvin erscheint hinter mir und legt die Hand auf meine Hüfte.

Nele sieht zu ihm hoch und ist das zweite Mal innerhalb von zehn Sekunden sprachlos. »Das ist ja …«

»Der Kerl mit dem Dildo«, vervollständigt Corvin.

»Mister Fünfhundert-in-bar!«, korrigiert Nele. »Wie ihr euch herausgeputzt habt! Wahnsinn. Lasst euch drücken!« Sie schlingt die Arme um mich und begrüßt auch Corvin wie einen alten Freund. »Fühlt ihr euch nicht total aufgeschmissen ohne Hoodies?«

»Du hast keine Ahnung. Aber was tut man nicht alles?« Ich löse mich von Nele und sehe mich um.

Obwohl der Empfang draußen am Steg stattfindet, haben sich bereits viele der Gäste gesetzt. Die Kulisse mag wunderschön sein. Aber kalt ist es trotzdem. Die meisten Frauen frösteln in ihren Kleidern und haben ihr Sektglas mit nach drinnen genommen.

Marie ist noch nicht da. Sie möchte als Letzte in den Saal schreiten. Wie eine Prinzessin.

»Brauchst du Hilfe bei den Vorbereitungen?«, frage ich Nele.

»O ja.« Sie wendet sich an Corvin. »Darf ich Tia kurz entführen? Ich bring sie dir auch schnell wieder.«

Corvin lässt meine Hand los. »Klar. Geht ihr raus?« Er schlüpft aus seiner Anzugjacke und zieht sie mir über die Schultern. »Hier. Damit du nicht frierst.«

»Danke.« Ich schiebe die Hände in die viel zu langen Ärmel.

Ein zufriedener Ausdruck schleicht sich auf sein Gesicht. Als gefalle ihm, mich in seinem Jackett zu sehen.

Wir lächeln einander an. Dann folge ich Nele nach draußen. Kühle Luft schlägt uns entgegen.

»Wie süß war das denn?«, zischt sie mir zu. »Und du wolltest erst nicht mit ihm herkommen.«

»Ja, es ist viel passiert«, murmle ich schuldbewusst. »Aber jetzt erzähl mal. Was ist noch zu tun?«

Nele seufzt. »Eine mittelschwere Katastrophe ist eingetreten. Der Fotograf ist krank.«

»O nein!« Wir hatten keinen Gedanken daran verschwendet, für diesen Fall einen Ersatz zu organisieren. »Und nun?«

Ich folge Nele unter den Terrassenbalkon. Einige Taschen lagern hier draußen. In der Ferne liegt der Sektempfang. Ein paar Angestellte sammeln leere Gläser ein und weisen die Gäste darauf hin, dass die Veranstaltung bald beginnt.

»Erinnerst du dich, dass ich nach dem Abi eine Ausbildung in einem Fotolabor gemacht habe?«, fragt Nele.

»Du meinst die, die du nach drei Monaten abgebrochen hast?«

Sie zieht eine Kamera hervor. »Drei Monate sind besser als nichts. Ich habe mehr Ahnung davon als die meisten hier.«

»Du willst den Job eines professionellen Fotografen übernehmen?«

»Hast du einen besseren Vorschlag?« Sie drückt auf dem Gerät herum. »Mist, wieso geht das Teil nicht an?«

Ich ziehe einen Akku aus der beiliegenden Tasche. »Versuch's mal hiermit.«

Nele seufzt erleichtert und setzt ihn ein. Die Kamera erwacht zum Leben. »Kein Wort zu Marie«, presst sie hervor. »Sie flippt sonst aus. Ich muss das schaffen.«

Konzentriert fotografiert sie die Leute an den Stehtischen, die unweit des Wassers aufgebaut wurden. Gemeinsam sichten wir die Probeschüsse. Sie sehen brauchbar aus.

Nele atmet tief durch. Ihre Finger zittern.

Ich lege meine Hand auf ihre. »Es werden sicherlich tolle Bilder.«

»Ich hoffe es. Aber ich brauche deine Hilfe.« Sie zieht eine kleine Schatulle hervor und öffnet sie. Ein goldenes Paar Ringe kommt zum Vorschein. »Es war mein Job als Trauzeugin, die Ringe zu übergeben. Wenn ich die Fotos mache, schaffe ich das nicht. Du musst mich vertreten.«

Ich schlucke. Das ist viel Verantwortung. Marie wollte unbedingt, dass Nele diese Aufgabe übernimmt. Aber ich wäre ihre zweite Wahl gewesen. Das spüre ich. Und so nehme ich die Schatulle an. »Du kannst auf mich zählen.«

Sie strahlt. »Super. Dann flitze ich direkt mal rein und mache Fotos von den Gästen. Marie sollte in fünfzehn Minuten eintreffen. Aber sie lässt sich bestimmt Zeit, damit alle sie sehnlichst erwarten. Du weißt ja, wie sie ist.« Sie zwinkert. »Du kannst hier draußen auf sie warten, wenn du möchtest. Sie kommt mit ihrem Papa. Und mit Jacqueline.«

»Mache ich.«

Nele nickt mir zu und verschwindet schnellen Schrittes im Schloss.

Ich wickele die Anzugjacke fest um mich und fahre mit dem Finger über die herzförmige Schatulle. Ein aufgeregtes Kribbeln durchströmt mich. Vor wenigen Wochen war Marie noch eine Erinnerung an meine Schulzeit. Nun bin ich ihre Ringträgerin. Ich bin erleichtert und beschwingt. Es hat sich gelohnt, den steinigen Weg der Rückkehr auf mich zu nehmen.

Eine Weile beobachte ich, wie die letzten Gäste das Schloss betreten. Ich überlege, Corvin Bescheid zu geben, dass ich bei der Trauung in der ersten Reihe sitzen werde, sehe aber davon ab, als ein Auto sich nähert. Ist Marie schon da? Ich laufe darauf zu, doch es handelt sich nur um zwei Gäste, die spät dran sind.

Also warte ich, bis ich draußen allein bin. Nur ich und das Wasser.

Langsam drehe ich mich zum See. Die ganze Zeit lang habe ich versucht, ihn zu ignorieren. Dabei ist er so präsent. Weit und tief liegt er unter dem hellblauen Himmel. Die Wellen ziehen sich in feinen Rillen über die Oberfläche. Ruhig sieht er aus. Friedlich. Aber Wasser kann grausam sein. Das weiß ich genau.

Wie von selbst bewegen sich meine Füße über die Holzplanken. Sie knarren unter meinen Schuhen. Das Schilf hinter mir lassend, schreite ich zum Ende des Stegs. Ein Bild schiebt sich mir ins Bewusstsein. Der Anblick einer nach Hilfe rufenden Gestalt, die im Wasser treibt. Mama kämpft sich zurück in meinen Kopf. Ich schiebe sie bewusst von mir. Die ertrinkende Frau ist nur in meiner Fantasie. Eine Erinnerung an etwas, das ich zum Glück nie beobachten musste. Ein tragischer Unfall, der nicht hätte passieren dürfen. Diese Assoziation soll nicht mein Leben bestimmen. Das hätte meine Mutter nicht gewollt. Denn Paps hat nun mal recht. Die bipolare Störung hat sie phasenweise zu einem anderen Menschen gemacht. Im Grunde liebte sie mich.

Ich kneife die Augen zusammen und denke an vorgestern Abend zurück. Ich sehe Lieke, Marten und Corvin neben mir an der Spree sitzen und höre Liekes Worte in meinem Kopf. *»Lebe das Leben, an das Du dich erinnern willst.«*

Ich öffne die Augen. Der See ist weit und frei. Ein Schwarm Graureiher lässt sich am gegenüberliegenden Ufer nieder. Dieser Ort ist wunderschön. Ich bin bereit, das anzuerkennen. Und ich werde mir den heutigen Tag nicht kaputtmachen lassen.

Für einige Momente stehe ich allein am Ende des Stegs und bewundere die Schönheit der Natur. Dann beginne ich zu lachen. Ich stelle mich meiner größten Angst, den flüssigen Dämonen, und lache ihnen ins Gesicht.

Doch auf einmal gleitet mir etwas aus der Hand. Das Lachen bleibt mir im Hals stecken.

Platsch.

Die Schatulle. Die Ringe.

Ich starre auf die gekräuselte Wasseroberfläche. Von Sekunde zu Sekunde wird sie ruhiger. Der See hat die Ringe mit einem Happs verschluckt.

Nein. Das darf gerade nicht passiert sein. Ich träume, und wenn ich aufwache, sind die Ringe wieder in meiner Hand. Ich schließe die Augen und zähle bis drei. Dann öffne ich sie. Die Schatulle ist immer noch weg.

Gleißende Panik erfasst mich. Das Lachen, das eben über den See hallte, kommt mir vor wie das einer fremden Person. Warum? Warum, um alles in der Welt, musste ich auf den Steg treten? Warum bringt mir Wasser letzten Endes immer wieder Pech?

Heiße Tränen rennen meine Wangen hinab. Hilflos sehe ich mich um. Wenn Marie erfährt, dass ihre Ringe weg sind, ist die Katastrophe perfekt. Sie wird ausrasten. Mich zum Teufel jagen und die Hochzeit für geplatzt erklären. Jeder einzelne Gast wird diesen Tag als jenen in Erinnerung behalten, an dem die Brautjungfer die Ringe im See versenkt hat. Welch Schande.

Das Gesicht in den Händen vergraben wende ich mich vom Wasser ab. Ich ziehe in Erwägung, mich einfach aus dem Staub zu machen und Marie nie wieder in die Augen zu schauen. So müsste sie nicht mehr den Anblick der Frau ertragen, die ihren Hochzeitstag versaut hat. Doch das wäre feige. Ich würde weglaufen. Schon wieder. Vor den Menschen, die ich mag und die mir guttun. Vor meinem Zuhause. Wie auch die letzten drei Jahre. Ich würde alles hinter mir niederbrennen und hätte nichts. Aber … Es gibt da noch eine andere Möglichkeit.

Ich hole tief Luft und drehe mich wieder um. Die Wasseroberfläche ist so ruhig wie unberechenbar. Sicherlich einladend im Sommer, klirrend kalt im Winter. In meinen Augen ein Gefahrenherd. Zu jeder Jahreszeit.

»Los, Tia. Du schaffst das.« Die Worte, die ich herauspresse, sind heiser und erstickt. Meine Kehle ist staubtrocken. Ich zittere. Corvins Jackett gleitet von meinen Schultern und fällt hinter mir auf die Planken. Ich steige aus den Schuhen und kauere mich hinunter.

Sachte umspielt das Wasser die Pfähle, die den Steg halten. Es riecht nach Moos und nassem Holz. Es widert mich an. So muss der Tod riechen.

»Los. Glaub an dich. Sei die Heldin deiner Geschichte«, spreche ich mir Mut zu. »Versuch es wenigstens.« Ich kneife die Augen zusammen. Und dann lasse ich mich ins Wasser gleiten.

Erschrocken keuche ich auf. Abertausend Nadelstiche bohren sich in meine Haut. Die klirrende Kälte schnürt mir die Lunge zu. Ich muss alle Kraft aufwenden, um sie mit Sauerstoff zu füllen.

Immerhin dürfte das Meer nicht so kalt gewesen sein, als Mama starb. Es war Frühsommer und es hatte fünfundzwanzig Grad in Dänemark.

Ich schiebe den Gedanken aus meinem Bewusstsein und tauche ab. Blanke Panik kriecht durch meine Glieder und ich halte mich an den Pfählen fest, um nicht den Bezug zur Wirklichkeit zu verlieren. Winzige Holzsplitter bohren sich in meine Handfläche. Der Schmerz erinnert mich daran, dass ich noch da bin. Hier in der Realität. Und nicht in einem Albtraum.

Ich öffne die Augen. Ein Teil von mir erwartet, gleich auf Mama zu stoßen, die unter mir treibt und mich hinab zieht. Doch da ist nichts. Keine Mama, keine Schatulle. Nur schlammig grünes Wasser und Algen.

Ich ziehe mich hinauf und breche durch die Wasseroberfläche. Röchelnd schnappe ich nach Luft. Ein sanfter Luftzug schwebt über dem See und streichelt über meine nasse Haut. Zitternd umschlinge ich den Holzpfahl.

»Ich kann das nicht!« Wimmernd starre ich zum Steg hinauf. Und ich erschrecke. Denn da steht jemand.

Die Person gehört nicht zu den Hochzeitsgästen. Sie ist nicht dementsprechend angezogen. Stattdessen trägt sie eine quietschrote Regenjacke. Die braungelockten Haare tanzen um ihren Hals. Sie sieht mich an und lacht. Es ist das helle Geräusch, das immer durch die Küche hallte, wenn ich von der Schule kam. Wenn es im Haus nach Mittagessen roch. Und während alles so perfekt war, dass ich es als Kind noch gar nicht richtig verstand.

Die Frau bleibt vor mir stehen. Ein breites Lächeln erscheint auf ihrem Gesicht. Zuversicht. Liebe. »Ach Motte. Selbstverständlich kannst du das.«

Ich starre sie an. Das kann nicht wahr sein. Das ist eine Illusion. Meine Fantasie, die mir einen Streich spielt. Das kann nicht … »Mama?«

Sie nickt, als sei es das Natürlichste der Welt.

»Du … du kannst nicht hier sein!«

Sie lacht meinen Einwand weg. »Und warum siehst du mich dann?«

»Ich …«

»Tia, Schatz. Hör zu.« Sie geht in die Hocke und sieht mich eindringlich an. Ihre Stimme kiekst ein bisschen, wie immer, wenn sie aufgeregt ist. »Warum du bloß dauernd an dir zweifeln musst. Seit du klein warst. Stets hattest du Angst, dass du nicht schaffst, was du dir vornimmst. Deine Bilder waren dir nie gut genug. Und nun sieh dich an! Du lebst vom Zeichnen.«

Ich schlucke und streiche mir eine nasse Strähne aus dem Gesicht.

»Glaub an dich, Motte. Wir tun es auch. Dein Vater und ich.«

Ich runzle die Stirn. Das wird immer schräger.

»Nun los!« Mama klatscht auffordernd in die Hände. »Versuch

es nochmal! Du fängst dir eine Lungenentzündung ein, wenn du dich nicht beeilst.«

Ich nicke, hole tief Luft und tauche ab.

Das Wasser ist noch immer kalt, doch diesmal spüre ich es nicht so stechend. Ich halte mich an den Pfählen fest und ziehe mich hinab in die Dunkelheit.

Nun mache ich mir keine Gedanken, am Grund des Sees Mama zu treffen. Sie steht schließlich am Steg. Oder meine Fantasie gaukelt mir vor, dass Mama am Steg steht. Das muss es sein. Sie kann da nicht stehen. Sie ist tot. Oder war ihr Sterben in Wirklichkeit die Illusion? Habe ich jahrelang in einer Realität gelebt, die es nicht gibt?

Ich muss sie fragen, beschließe ich. Gleich, wenn ich mit der Schatulle wieder auftauche. Ich werde Mama fragen, wie sie hierhergekommen ist. In welcher Welt wir miteinander sprechen. Welche die reale ist. Und vor allem werde ich sie fragen, warum sie sich aus dem Staub gemacht hat. Weshalb sie uns verlassen und sich so hoffnungslos verschuldet hat. Ob sie sich manchmal nach uns sehnt. Und ob sie Paps und mich noch immer liebt.

Da. Die Schatulle. Sie ist inmitten eines Algenbüschels gelandet und liegt fest verschlossen vor mir. Schöner könnte der See sie mir nicht anreichen. Die Ringe in einem Nest aus Wasserpflanzen.

Ich ergreife sie und komme mir kurz vor wie Deagol, der den mächtigsten Ring Mittelerdes aus einem Fluss rettet. Und dann stoße ich mich vom Grund des Sees ab und schieße an die Oberfläche.

»Hab sie!« Die Schatulle an die Brust gepresst, schnappe ich keuchend nach Luft. »Du hattest recht, Mama, ich muss nur an mich glauben und …«

»Tia?«

Ich blinzle. Auf dem Steg steht jemand, aber es ist nicht

Mama. Es ist ein Mann mit einem weißen Hemd und blonden Haaren. Ich kenne ihn. Er kommt aus der Welt, in der Mama tot ist.

»Hast du hier eben eine Frau gesehen?«, rufe ich.

»Eine Frau?« Seine Gestalt nimmt Konturen an, und er rauft sich die Haare. »Nein! Geht es dir gut? Was, um alles in der Welt, machst du im Wasser?«

Ich ziehe mich japsend an den Steg und lege die Schatulle neben seine Füße. »Die sind mir hineingefallen. Ich musste sie retten.«

Fassungslos und besorgt starrt Corvin mich an, dann fordert er: »Gib mir deine Hand.«

Ich tue es und er zieht mich zu sich hinauf.

»Kann man dich denn nicht für ein paar Minuten aus den Augen lassen?«, fragt er sanft und nimmt mich in seine Arme.

»Schimpf nicht mit mir. Dein Jackett habe ich vorher extra ausgezogen«, murmle ich.

Er lacht, zieht die Jacke an sich und legt sie um meine Schultern. »Dir sind also die Ringe in den See gefallen?«

Zitternd nicke ich. »Sie waren bei mir wohl nicht so in guter Obhut.«

Er drückt mich an seine Brust. Ich bin voller Wasser und Schlamm und er jetzt auch. »Das sehe ich anders«, flüstert er. »Schließlich hast du deine größte Angst bezwungen, um sie zu bergen.«

»Ich musste. Und dann habe ich einfach an mich geglaubt.«

Corvin drückt mir einen sanften Kuss auf die nassen Haare. »Und ich glaube, du musst jetzt dringend ins Warme.« Er wickelt mich eng in seine Jacke, gibt mir die Schatulle in die Hand und hebt mich hoch.

Mein Kopf sinkt an seine Brust. Und während wir laufen, ist mir, als winke uns vom Steg eine Frau in roter Jacke hinterher.

27.

Die Leoniden

Als ich die Lider aufschlage, sehe ich direkt ins Gesicht der Braut. Die Besorgnis in ihren Augen verwandelt sich in Erleichterung. »Sie ist wach!«, verkündet sie triumphierend.

»Marie.« Überrumpelt sehe ich mich um. Ich erkenne barocke Säulen, Stuck an der Decke und verzierte Spiegel. Ich bin im gelben Saal. Instinktiv taste ich nach der Schatulle. »Wo sind die Ringe?« Endlich bemerke ich Corvin, der aufrecht auf dem Sofa sitzt. Seine Hand liegt auf meinem Bauch, mein Kopf auf seinem Schoß.

Marie nimmt meine suchende Hand. Der Schleier fällt über ihre braunen Haare und ihr Kleid ist so imposant, dass es mein gesamtes Blickfeld einnimmt. »Alles ist gut«, sagt sie beruhigend. »Die Ringe sind hier. Siehst du?« Sie hebt ihre Hand, an der ein Diamant funkelt.

Keuchend setze ich mich auf. Eine Wolldecke rutscht mir von den Schultern. Langsam kehren die Erinnerungen zurück. »Oh nein. Ich habe die Trauung verpasst, oder?«

Marie zeichnet Linien auf meinen Handrücken. Sie formen ein

Herz. »Hast du. Nachdem wir dich in trockene Kleider gepackt und gewärmt haben, bist du eingeschlafen. Aber das ist nicht schlimm. Deine Begleitung hat dich vertreten. Dass Mister Fünfhundert-in-bar mein Ringträger wird, habe ich nach dem Junggesellinnenabschied nicht erwartet. Aber er hat sich ganz gut angestellt.« Sie lächelt Corvin an, der verschmitzt zurück grinst.

»Aber …« Völlig durcheinander sehe ich von Corvin zu Marie. »Ich bin doch extra für die Trauung nach Berlin gekommen. Und ihr beide lasst sie mich verschlafen?«

Marie lacht. »Am wichtigsten ist, dass es dir wieder gut geht.« Sie schüttelt tadelnd den Kopf. »Ernsthaft, Tia, was hast du dir dabei gedacht?«

»Es tut mir leid. Ich war so tollpatschig«, murmle ich. »Ich wollte nicht, dass die Hochzeit platzt. Und ich wollte, dass wir Freundinnen bleiben. Schließlich war ich so lange nicht für euch da.«

»Das wird ja immer besser.« Marie legt mir die Hände auf die Schultern. »Denkst du wirklich, ich hätte dir die Freundschaft gekündigt, weil dir ein Missgeschick passiert ist? Ich bin so froh, dass du zurück in meinem Leben bist. Ich will nicht, dass du erfrierst oder gar ertrinkst!«

Schuldbewusst presse ich die Lippen aufeinander. Jetzt, wo ich mir von Marie in eine Wolldecke gekuschelt ins Gewissen reden lasse, kommt mir die Aktion surreal vor. Ist das wirklich passiert? Bin ich in den See gesprungen, um die Hochzeit zu retten? Ja. Und ich habe es geschafft. Weil ich Hilfe hatte. Ausgerechnet von Mama. Auch, wenn sie nur in meinem Kopf war – sie war *da*.

»Ich verspreche dir, dass ich nie wieder nach deinen Eheringen tauche«, versichere ich.

Marie lacht wieder. Sie wirkt gelöst und glücklich. Abgesehen von meinem Abstecher ins Wasser verläuft die Hochzeit anscheinend nach ihren Vorstellungen. »Trotzdem danke. Deinen Mut werde ich dir nie vergessen. Ich weiß, wie schwer das für dich gewesen sein muss.«

Ich schlucke und lasse mich an Corvins Brust sinken. Seine Hand an meinem Bauch streichelt mich unentwegt.

Marie erhebt sich und tritt zur Tür. »Ich werde gebraucht. Der Hochzeitstanz steht an. Ich bin froh, dass du wohlauf bist. Das Buffet ist übrigens eröffnet. Wenn du noch eine Weile auf dem Sofa bleiben willst, stellt dir Mister Knicklicht sicherlich etwas zusammen.«

Entschlossen schüttle ich den Kopf. »Ich schaffe das.«

»Aber mach nicht zu doll, ja?« Sie zwinkert und schiebt sich aus der Tür.

Seufzend rekapituliere ich die letzten Stunden.

Nachdem Corvin mich ins Schloss gebracht hat, herrschte helle Aufregung. Es stellte sich heraus, dass Neles Bruder Sam in den letzten drei Jahren eine Ausbildung gemacht hat und nun neben seiner Tätigkeit als Stripper hauptberuflich im Rettungsdienst arbeitet. Er hat mich untersucht und festgestellt, dass ich nur leicht unterkühlt, dafür aber enorm erschöpft war. Meine letzten Erinnerungen sind die Wolldecke und Corvin, der irgendwie die ganze Zeit in meiner Nähe war. Nachdem ich Tee schlürfte und sich Wärme in mir ausbreitete, muss ich eingeschlummert sein.

»Ich habe mir nicht viele Gedanken darüber gemacht, wie die Hochzeit wird, aber mit dieser Wendung habe ich nicht gerechnet«, sagt Corvin leise. Er macht einen ziemlich mitgenommenen Eindruck. »Wäre Sam nicht gewesen, hätte ich dich ins Krankenhaus gefahren.«

Ich lege den Kopf auf seinen ausgestreckten Arm und schmiege mich an ihn. Nachdem unsere Blicke sich gefunden haben, sieht er mich eine Weile einfach nur an. Und ich schaue zurück.

»Danke, dass du da warst«, sage ich.

Er lächelt müde und schiebt mir eine Strähne hinters Ohr. »Du schnarchst ganz leise. Wusstest du das?«

Verlegen schüttle ich den Kopf. »Das stimmt nicht. Das denkst du dir aus.«

»Nein, tue ich nicht. Es war ganz zart. Ich finde es niedlich.«

Ich halte seinem liebevollen Blick nicht stand und senke die Lider. »Hast du schon gegessen?«

Er schüttelt den Kopf.

»Dann lass uns das nachholen.« Ich befreie mich aus der Wolldecke.

»Bist du sicher, dass du dafür fit genug bist?« Er lässt mich nicht aus den Augen, während ich mich aufrappele. Seine Sorge ist hinreißend.

»Das wird sich herausstellen. Ich bin echt hungrig und du bestimmt auch.« Ich schaue an mir runter und japse überrascht auf. »Was ist das denn für ein Shirt?«

Corvin mustert mich grinsend. »Marie schläft heute im Schloss. Sie hat dir ihren Pyjama zur Verfügung gestellt.«

»Musste der ausgerechnet rosa sein?« Unzufrieden ziehe ich an dem Stoff mit der Einhornkatze drauf. Kaum zu glauben, dass ich das mal denke, aber jetzt wäre mir sogar das Brautjungfernkleid lieber.

»Ich habe mir gedacht, dass dir das nicht passt.« Corvin nimmt ein Kleidungsstück vom Tisch. »Aber zum Glück habe ich das hier im Auto gefunden.«

Strahlend lasse ich zu, dass er mir einen Hoodie über den Kopf stülpt. Er ist schwarz und groß und riecht nach Corvin. Wenn ich meine Chucks dazu anziehe, kann ich sogar mit der rosa Hose leben.

»Ganz mein Kapuzenmädchen.« Er nimmt meine Hand in seine und wir schlendern gemeinsam zum Buffet.

Während wir uns den Weg durch die Menge bahnen, ist Corvin stets an meiner Seite. Der Abstecher in den See hat mich ziemlich geschlaucht, psychisch und physisch. Zum Glück trage ich seinen schützenden Hoodie. In ihm fühle ich mich sicher.

Wir füllen unsere Teller und setzen uns. Während wir essen, beobachten wir das laufende Programm. Ehetauglichkeitstest, Herz aus dem Bettlaken schneiden, Baumstamm sägen – das Ehepaar lässt kein Spiel aus. Und sie haben unverschämt viel Spaß dabei.

»Maries Kleid ist so hübsch«, flüstere ich Corvin zu.

»Das stimmt«, erwidert er. »Man darf aber nicht außer Acht lassen, dass ihr das Shirt mit der Aufschrift *Gleicher Pimmel für immer* auch recht gut gestanden hat.«

Kichernd drücke ich seine Hand. Ich bin unglaublich froh, dass er da ist.

Als Hochzeitstanz führen Marie und Boris eine aufwändige Choreografie auf. Erst schreiten sie anmutig durch den Saal und lassen es dann richtig krachen. Mit einem Paukenschlag eröffnen sie die Tanzfläche und sämtliche Gäste stürzen an ihre Seite, um mit ihnen zu feiern.

Da ich noch wacklig auf den Beinen bin, schauen Corvin und ich dem Treiben aus sicherer Entfernung zu. Das ändert sich, als ausgerechnet *Friday I'm in love* aufgelegt wird. Schon nach den ersten Keyboardklängen finden sich unsere Blicke und wir lachen hinter vorgehaltener Hand. Inmitten der Party *The Cure* zu hören ist, als benenne jemand ein Geheimnis, das nur wir kennen. Es markiert den Beginn von uns und dieser magischen Anziehung zueinander. Und während wir einander einfach nur mit wissendem Lächeln ansehen, wird es uns klar. Wir sind die Gewinner eines Spiels, zu dem wir uns nie angemeldet haben. Jetzt schon. Obwohl wir nicht mal den Ausgang wissen.

»Nun müssen wir wohl doch tanzen«, sage ich und stemme mich hoch.

Corvin nickt und umschlingt meine Hüften. »Ich passe auf dich auf. Wir können uns ja am Rand halten.«

Und so landen wir auf der Tanzfläche. Corvin in seinem Anzug und ich in der Pyjamahose. Er hört grüne Farben, und ich schwarz-weiß-rosa. Sanft wiegen wir uns zwischen den ausgelassenen Tänzern. Und ich merke, wie ich das Geschehene in dieser fröhlichen Atmosphäre langsam verarbeiten kann.

Nach einer Weile fragt Corvin: »Als du im Wasser warst, hast du von einer Frau gesprochen. Erinnerst du dich? Wen hast du gemeint?«

Also hat er es doch mitbekommen. »Ich habe Mama gesehen«, erkläre ich leise. »Aber nicht auf eine schlechte Art. Erst dachte ich, sie zieht mich ins Wasser hinab. Stattdessen hat sie mich motiviert, weiterzutauchen. Es war … schön sie zu sehen.«

Gedankenverloren schaut Corvin auf unsere miteinander verschränkten Hände.

»Das hört sich sicherlich komisch an«, murmle ich und wende den Kopf ab.

Er schüttelt den Kopf. »Nein, gar nicht. Ihr Tod begleitet dich schon lange. Dass sie dir in einer Extremsituation erscheint, ist gar nicht verwunderlich.«

Erleichtert streichle ich über seinen Handrücken. Corvin weiß, wie sich Schmerz anfühlt, und kann nachvollziehen, wie die Verarbeitung von traumatischen Erlebnissen aussehen kann. Er versteht mich auf einer tiefen Ebene. Das ist der Vorteil, wenn man jemanden datet, den man in einer Selbsthilfegruppe kennengelernt hat.

»Es war wie eine Versöhnung«, fahre ich leise fort. »Von ihrer Seite aus.«

»Da es aber sehr wahrscheinlich ist, dass deine tote Mutter nicht am Steg war, sondern in deinem Kopf, können wir festhalten, dass die Versöhnung von dir ausging. Oder?« Herausfordernd sieht er mich an.

Ich stutze. »Meinst du?«

»Das würde ich schätzen. Aber ich bin allenfalls Küchenpsychologe. Wenn du dich eingehender damit beschäftigen willst …« Er holt tief Luft. »Wäre ein Therapeut sicherlich die richtige Adresse. Wie Marten sagte.«

Ich nicke nachdenklich. Sobald ich zurück in Frankfurt bin, sollte ich mich tatsächlich um Unterstützung bemühen.

Nach Einbruch der Dunkelheit versammelt sich die Hochzeitsgesellschaft auf dem Terrassenbalkon. Die Torte soll angeschnitten werden. Außerdem fiebert die Gesellschaft auf die Leoniden hin – den Sternschnuppenschauer, der sich während Maries und Boris‘ ersten Kuss durch die Nacht zog.

Das Mondlicht spiegelt sich auf der Oberfläche des Geraniensees. Helle Wölkchen fliehen aus unseren Mündern dem klaren Himmel entgegen. Glücklicherweise ist der Balkon mit Heizstrahlern ausgestattet, die uns in eine wohlige Wärme hüllen.

Als die pompöse Torte angerollt wird, verdichtet sich die

Menge. Alle wollen einen Blick auf das mehrstöckige Werk erhaschen, wenngleich ihre stattliche Größe unübersehbar ist. Als Corvin meine Unruhe bemerkt, schnappt er sich einen freien Stuhl an der Balustrade und zieht mich kurzerhand auf seinen Schoß.

Nach all der Aufregung könnte ich mich nirgendwo geborgener fühlen als so nah bei ihm. Verglichen mit der surrealen Begegnung am Steg fühlt sich seine Anwesenheit so irdisch an. Und das erste Mal gar nicht, als sei seine Zuneigung mit einem Haken verbunden.

Marie und Boris streiten sich lachend darüber, wer beim Anschneiden die Hand oben hat, und Corvin und ich diskutieren leise über den Gewinner.

»Sie einigen sich sicherlich auf einen Kompromiss«, vermutet Corvin.

Ich schüttle den Kopf. »Marie hat die Hosen an. Siehst du?«

Mit der Hand auf Boris' Fingern drückt Marie triumphierend das Messer in die Torte.

Übermütiger Applaus rollt über die Hochzeitsgesellschaft. Mittlerweile sind die meisten von ihnen angetrunken.

»Der Punkt geht an dich. Du kennst sie ja auch viel besser als ich«, sagt Corvin und drückt mir einen zarten Kuss auf die Wange.

Plötzlich blitzt es direkt vor meinem Gesicht. Ich erschrecke mich so sehr, dass ich mit dem Kopf an Corvins pralle. Während ich mir die Stirn reibe, entdecke ich die Übeltäterin. »Nele! Mir ist fast das Herz stehengeblieben!«

Lachend kommt sie auf uns zu. Die Kamera baumelt um ihren Hals. »Sorry! Aber ihr zwei aneinander gekuschelt, er im Anzug, du im Hoodie und Pyjamahose – das sah so süß aus! Ich musste das festhalten! Außerdem kam ich noch gar nicht dazu, dir zu deinem fragwürdigen Abenteuer zu gratulieren, Tia. Darf ich dich auf ein Stück Torte einladen?«

»Darfst du.« Ich verlasse Corvins sicheren Schoß.

»Wie sieht's mit dir aus, Mister Fünfhundert-in-bar?«, fragt Nele. »Willst du auch was, oder bleibst du hier?«

»Geht nur. Ich bin satt. Aber bitte passt auf euch auf.« Mit einem schrägen Grinsen bettet Corvin den Fuß aufs Knie. »Das letzte Mal, als ihr zusammen verschwunden seid, musste ich Tia eine halbe Stunde später aus dem See fischen.«

»Ich lass sie dieses Mal nicht aus den Augen! Ehrenwort!«, erwidert Nele lachend und zieht mich hinter sich her zu Marie.

»Wir drei sind wieder vereint! Das ist der beste Tag meines Lebens!« Marie schiebt sich die Kuchengabel in den Mund und breitet die Arme aus. Ehe wir widersprechen können, zieht sie uns in eine innige Umarmung. Sie riecht nach Schwarzwälder Kirsch, Parfüm und Sekt.

Nachdem sie mich freigibt, stiehlt sich ein Lächeln auf mein Gesicht. Mir ist ein bisschen schwindelig. Corvin, Marie, Nele – heute habe ich mehr Körperkontakt mit Menschen als in einem Jahr Frankfurt.

»Und Tia trägt einen Hoodie. Alles ist genau wie früher.« Nele tut uns je ein Tortenstück auf und wir drücken übermütig die Kuchengabeln aneinander. Dann stützen wir unsere Ellbogen auf die Balkonmauer, essen und schauen über den weiten Schlosspark. Der Himmel ist von Sternen überzogen.

»Jetzt fehlen nur noch die Sternschnuppen.« Marie zieht eine Schnute. »Damit die Sicht besser ist, haben wir extra auf ein Feuerwerk verzichtet.«

»Drücken wir die Daumen. Die Natur kann man leider nicht beeinflussen.« Ich schiebe mir ein Stück Kuchen in den Mund und schließe genüsslich die Augen. »Die Torte ist spitze, Marie.«

»Nicht wahr?« Sie seufzt erleichtert. »Es ist magisch. Abgesehen von deinem Tauchgang lief heute alles nach Plan. Auch die von dir gestaltete Fotobox wird super angenommen.«

»Das freut uns«, erwidere ich und Nele nickt.

Suchend blicke ich mich um. »Wo ist eigentlich der Bräutigam?«

»Der checkt deine Begleitung aus.« Marie verschränkt triumphierend die Arme vor der Brust. »Wie Corvin dich vorhin ins Warme getragen hat, klitschnass wie du warst! Ich hatte das Gefühl, ich beobachte *Aquaman*, wie er seine Liebste aus den Fluten rettet. Filmreif!«

Alarmiert fällt mein Blick auf Corvin. Boris steht an seiner Seite und unterhält sich mit ihm. Corvin wirkt etwas verwundert, scheint sich aber Mühe zu geben, das Gespräch am Laufen zu halten. Ich kann mir vorstellen, dass die beiden nicht viele Überschneidungspunkte haben, schließlich ist Boris Fußballer und Corvin Fahrradschrauber. Zwar eint sie ein stattliches Vermögen, dieses ist Corvin allerdings ohne aktives Zutun in die Hände gefallen, während Boris es sich durch den Sport erarbeitet hat.

»Du hast vergessen, zu erwähnen, wie er mit nassem Hemd in den Festsaal kam und euch die Ringe überreicht hat«, ergänzt Nele. »Als sei alles so geplant gewesen.«

»Typisch Corvin.« Ich reibe mir über die Stirn. Ich hatte bis jetzt nicht darüber nachgedacht, was genau im Trausaal geschah, während ich k. o. unter der Wolldecke lag.

»Mein Highlight war, dass er zwei Stunden mit ihrem Kopf auf dem Schoß auf dem Sofa saß, bis sie aufgewacht ist«, säuselt

Marie, stellt den Teller mit dem Kuchen ab und greift zum Sektglas.

Ich laufe rot an. »Das hat er getan?«

»Er ist total vernarrt in dich«, sagt sie ernst.

»Marie …«

»Und er kann sich kaum auf das Gespräch mit Bo konzentrieren. Immer wieder sieht er zu dir rüber!«

»Tut er nicht!«

»Tut er! Schau doch selbst!«

Ich drehe mich nach Corvin um und unsere Blicke treffen sich sofort. Er lächelt, wird dann aber von Boris angetippt, der ihm eine Zigarette anbietet. Corvin schüttelt hastig den Kopf.

Ich vergrabe die Gabel im Kuchen. »Das war Zufall.«

Marie und Nele lachen. »Schon klar!«

»Wie geht's denn nun weiter mit euch?«, fragt Nele beiläufig. »Was sind deine Pläne?«

Seufzend starre ich in die Sterne. Das ist eine gute Frage. Die Hochzeit haben wir hinter uns gebracht. Meine Mission in Berlin neigt sich dem Ende. »Meine Rückreise ist gebucht«, erwidere ich. »Ich werde Montagabend zurück nach Frankfurt fahren. Wie es mit Corvin weitergeht, wird sich zeigen.«

»Fernbeziehung? Das ist doch doof.« Marie schwenkt ihr Sektglas.

»Wir führen keine Beziehung.«

Ungläubig hebt sie die Brauen.

»Jedenfalls glaube ich das«, füge ich kleinlaut hinzu. »Wir kennen uns zu wenig. Woher soll ich wissen, ob er nicht in ein paar Wochen mit seinem Herzen ganz woanders ist?«

»Was ist mit Artus? Du wirst ihm fehlen. Und uns auch!« Provokant stemmt sie Hand in die Hüfte.

Meine Finger fahren über die kalte, raue Steinmauer. »Sein Haus wird verkauft. Somit habe ich in Berlin kein Zuhause mehr.«

Nele und Marie wechseln einen skeptischen Blick.

»Abgesehen davon …« Ich atme tief durch. »Was erwartet ihr von mir? Dass ich mir nichts, dir nichts zurück nach Berlin ziehe? Ich müsste ganz neu anfangen. Eine neue Wohnung suchen. Einen Umzug organisieren. Volles Risiko eingehen. Alles auf Rot setzen, in die blanke Ungewissheit springen. Das wäre viel zu riskant. Zu unsicher. Zu …«

Marie seufzt tief. Nele verschränkt die Arme vor der Brust.

»Was ist?«, frage ich.

»Sag du's ihr«, fordert Marie und nippt an ihrem Sekt.

»Gut«, brummt Nele. Eindringlich sieht sie mich an. »Tia. Hör zu. Ich weiß, dass du mit einem alkoholabhängigen Vater und einer bipolaren Mutter aufgewachsen bist. Dass du dich auf nichts verlassen konntest. Dass du die Erfahrung machen musstest, dass Versprechen von Bezugspersonen nicht eingehalten werden. Dass sie dich im Stich lassen, wenn du sie am meisten brauchst. Das war hart. Wir wissen das alles. Aber es würde dir nicht schaden, einfach mal zu vertrauen. Vertraue auf Artus. Auf uns. Vertraue ruhig auch auf Corvin. Und vor allem: Vertraue auf dich. Du bist nämlich echt stark. Weißt du das?«

Entgeistert starre ich sie an.

»Und wie stark du bist!«, schaltet Marie sich ein. »Wenn Corvin abgetaucht wäre, hätte es mich nicht gewundert, wenn du *ihn* ins Schloss getragen hättest!«

Ich lache. »Sei nicht albern.«

Nele packt mich am Arm. »Verstehst du nicht, Tia? Es geht nicht um körperliche Stärke. Um mentale! Sagtest du nicht, ihr seid gemeinsam in einer Selbsthilfegruppe? Und dass ihr euch gegenseitig stützt?«

Nervös befeuchte ich meine Lippen mit der Zunge. Sie schmecken nach Schokolade und Kirsche. Ich schaue zu Corvin herüber und wieder finden sich unsere Blicke sofort. Als befinde sich zwischen uns ein unsichtbares Band. Und als bekommen wir umgehend mit, wenn einer daran zieht und damit signalisiert, dass er den anderen braucht.

Ich löse mich von ihm und sehe Nele ins Gesicht. »Wenn ihr das sagt, hört es sich so einfach an. Aber das ist es nicht. Seien wir realistisch. Wir …«

»Es ist einfach. Du musst dich nur trauen.«

Ich will etwas entgegnen, doch Marie schreit plötzlich: »Da! Eine Sternschnuppe! Bo! Komm schnell!«

Die Außenterrasse gerät in Aufruhr. Boris eilt an Maries Seite. Alle starren hoffnungsvoll an den Himmel, doch nichts ist zu sehen.

Instinktiv drehe ich mich um und stoße direkt an Corvin.

»Hey, Kapuzenmädchen«, sagt er leise und legt den Arm um meine Hüfte. »Du hast mir gefehlt.«

Ich schiebe die Hand unter seine Anzugjacke. »Du mir auch.«

Ein Raunen geht durch die Menge. Quer über den See gleitet ein heller Punkt. Er funkelt stolz auf und verschwindet am Horizont.

»Die Leoniden«, flüstere ich.

»Maries Wunsch hat sich erfüllt«, schließt Corvin. Er legt mir das Kinn auf den Kopf und hält meine Hand in seiner. Wir beobachten das Spektakel Arm in Arm. Kurz ist es, als sei das alles für uns. Ein Schimmer der Hoffnung als Belohnung, weil wir so bemüht sind, aufeinander einzugehen.

Strahlend drehe ich mich zu Corvin um. Er sieht grinsend zu mir hinab. Ich spüre seinen Atem auf meinem Gesicht, hoffe, dass er sich zu mir herunterbeugt und mich küsst, doch plötzlich tastet er nach seiner Hosentasche. Er zieht sein Handy hervor und runzelt die Stirn. »Lieke ruft an. Was will die denn?« Er entfernt sich von der Gruppe, um sie trotz des Jubels zu verstehen. Als er zurück ist, steht ihm der Schock ins Gesicht geschrieben.

»Ist was passiert?«, frage ich.

»Es geht um das *Ultraviolet Orchestra*. Marten ist krank. Der Auftritt fällt ins Wasser. Es sei denn …« Corvin schluckt. »Ich vertrete ihn.«

28.

Geige spielen ist wie Fahrradfahren

Die Pflastersteine Berlin-Friedrichhains schimmern unter gelbem Laternenschein. Vorhin muss es in der Stadt geregnet haben, aber nur kurz. Es sind jedenfalls keine Pfützen entstanden, in denen sich die neonfarbenen Leuchtröhren des *Studios Fhains* spiegeln könnten.

Raucher stehen in Grüppchen vor dem Eingang. Eine Schlange von Zuschauern begibt sich einer nach dem anderen in die Taschenkontrolle. Die Stimmung ist gelöst. Schließlich freuen sie sich auf das neue Programm von Mira Bellenbaum.

»Hier sind wir.« Beim Blick auf die Menschen tastet Corvin nach seiner Kapuze, doch er greift ins Leere.

»Nie im Leben hätte ich gedacht, dass wir nach der Hochzeit noch auf eine Stand-up-Comedy Show gehen!«, erwidere ich ausgelassen. »Es ist ein schöner Abschluss, jetzt, wo meine Tage in Berlin gezählt sind.«

Bei der Erwähnung unseres nahenden Abschieds erlischt das matte Grinsen auf Corvins Gesicht. Zögerlich setzt er zu einer

Antwort an, aber da entdecken wir Lieke, die vor dem Eingang stehend nach uns Ausschau hält.

»Wie seht ihr denn aus?« Sie fällt uns lachend um den Hals, tritt zwei Schritte zurück und betrachtet uns von oben bis unten. »Corvin, du trägst tatsächlich einen Anzug! Und Tia, was ist das bitte für eine Hose?«

»Lange Geschichte«, erwidere ich seufzend und ziehe an Corvins Hoodie. »Falls du die Kurzversion hören willst: Ich habe beinahe die Hochzeit vermasselt, weil mir die Eheringe in den See gefallen sind.«

Entsetzt starrt Lieke von Corvin zu mir.

»Du hast das Detail vergessen, in dem du ins Wasser gesprungen bist, um sie herauszuholen, und damit die Party gerettet hast.« Corvin drückt meine Schulter. »Perspektive, Tia.«

»Ihr seid ein absolutes Chaospärchen, wisst ihr das?«, japst Lieke. »Wo auch immer ihr hingeht, ihr hinterlasst verwirrte, aber glückliche Menschen.«

»Paps und Jordan würden das so nicht unterschreiben«, brumme ich. Gleichzeitig bekämpfe ich den Drang, zu widersprechen. Pärchen? Corvin und ich? Erst behaupten das Marie und Nele, jetzt auch noch Lieke. Wir sind nicht zusammen. Glaube ich. Oder? Sieht es wirklich danach aus?

Im nächsten Moment verdrehe ich die Augen über mich selbst. Natürlich sieht es danach aus. Ich habe ihn auf die Hochzeit meiner besten Freundin mitgenommen. Mehr Commitment geht kaum.

Corvin sagt dazu gar nichts und bedenkt Lieke mit einem unverfänglichen Lächeln. Meinem Blick weicht er aus. Ich glaube, das Stichwort ›Abschluss‹ ist dafür verantwortlich. Tatsächlich habe ich diesbezüglich einiges mit ihm zu klären. Am liebsten würde ich das sofort tun, doch es bleibt keine Zeit. Schließlich haben wir überstürzt die Party verlassen und sind zurück nach Berlin gebrettert, um nun hier zu stehen.

Lieke übergeht meinen Einwand. »Was genau passiert ist, müsst ihr mir unbedingt später erzählen. Aber nun wartet das Orchester!«

Corvin stößt ächzend die Luft aus. Doch ehe er es sich anders überlegen kann, packt Lieke ihn am Arm und zieht ihn hinter sich her. Sie wechselt zwei Sätze mit dem Türsteher und deutet auf einen giftgrünen Ausweis, der um ihren Hals baumelt. Corvin scheint er auf Anhieb zu erkennen. Anstandslos lässt er uns ein.

»Ich war am Nachmittag mit Marten zum Soundcheck hier«, erklärt Lieke, während wir ihr durch die Gänge folgen. »Er war ja vorgestern schon angeschlagen, aber heute wurde es schlimmer. Er wollte mit Fieber auftreten. Das geht nicht!« Entschlossen reckt sie das Kinn vor. »Ich habe ihn nach Hause gebracht und ihm hoch und heilig versprochen, dass wir einen Ersatz finden. Till war optimistisch und hatte eine Vertretung im Sinn. Aber die Violinistin ist derzeit in Portugal. Ich bin echt froh, dass du einspringst, Corvin. Sonst hätte ich mir die Geige geschnappt, und damit wäre niemandem ein Gefallen getan.« Mal wieder fällt mir auf, wie vertraut ihr Umgang mit Marten ist, und ich frage mich unweigerlich, ob sie bemerkt hat, wie er sie manchmal ansieht. Sein Ausdruck ist so zärtlich, wenn er mit ihr oder über sie spricht. Er schaut sie an wie Corvin mich, schießt es mir durch den Kopf, und ein Kribbeln breitet sich in meinem Bauch aus.

»Ich bin mir nicht sicher, ob es richtig ist, dass ich Marten vertrete«, brummt Corvin. »Till habe ich seit etwa zehn Monaten nicht gesehen. Ich weiß nicht mal, welche Stücke auf dem Programm stehen. Hätte Tia mir nicht gut zugeredet, wäre ich gar nicht gekommen.«

»Gute Arbeit, Tia.« Hinter Corvins Rücken streckt Lieke beide Daumen hoch.

Während wir durch das hell beleuchtete Studio laufen, halte ich ehrfürchtig die Luft an. Dort steht das Pult, an dem Mira Bellenbaum einmal wöchentlich vor der Kamera ihren Platz einnimmt und ihre Sketche zum Besten gibt. Aus der Nähe sieht der Schreibtisch viel kleiner aus. Auf der rechten Seite erkenne ich das Podest, auf dem das Orchester während der Show sitzt. Die Instrumente stehen einsatzbereit vor den Notenständern. Auf der Tribüne suchen Zuschauer ihre Sitzplätze.

Auch Corvin mustert die Stühle, die für die Musiker bereitstehen. In seinen Augen glänzt eine Mischung aus stiller Sehnsucht und lautem Widerwillen.

»Geige spielen ist wie Fahrradfahren«, wirft Lieke ausgelassen über die Schulter ein. »Das verlernt man nicht. Wetten?«

»Woher willst du das wissen?«, erwidert Corvin streitlustig. »Du spielst kein Instrument.«

»Du wirst es ausprobieren müssen, um mich vom Gegenteil zu überzeugen. Alternativ können wir deine Orchesterkollegen nach ihrer Meinung fragen. Hier sind sie nämlich.« Lieke zeigt einem weiteren Türsteher ihren Ausweis und wir werden zum Backstagebereich durchgelassen.

In dem Hinterraum herrscht ein aufgeregtes Gewusel. Das Orchester besteht schließlich aus fünfzehn Menschen. Sie tragen alle schwarz und ein violettes Gimmick. Den alternativen Stil der Gruppe erkenne ich sofort aus dem Fernsehen wieder. Als sie uns Neuankömmlinge bemerken, drehen sich sämtliche Köpfe nach uns um.

Einige Herzschläge lang ist es still. Corvin steht wie angewurzelt auf der Türschwelle und rührt sich nicht. Jeder Muskel seines Körpers ist angespannt. Ich merke ihm an, dass er am liebsten wegrennen würde. Gleichzeitig weiß ich um sein Bedürfnis, aus dem verschwenderischen Leben auszubrechen und mit dem Orchester Frieden zu schließen. Deshalb flüstere ich: »Du schaffst das.«

Für den Bruchteil einer Sekunde sieht er mich an. Der Anflug eines Lächelns huscht über sein Gesicht, dann gibt er sich einen Ruck. Seine geballten Fäuste entspannen sich. »Hey, Ultraviolets«, sagt er mit fester Stimme. »Ich habe gehört, euch fehlt ein Violinist?«

Die Mitglieder wechseln schweigend Blicke. Ich spüre deutlich die Kluft zwischen dem Orchester und ihrem ehemaligen Kollegen. Aber ich sehe auch, was sie verbindet. Allein optisch passt Corvin perfekt in ihre Reihen. Wie gut sie wohl musikalisch harmonieren?

»Es ist wirklich Corvin«, murmelt ein drahtiger Mann mit krausem Haar und kommt, gefolgt von einigen Musikern, die Corvin besonders gut zu kennen scheinen, auf uns zu.

Der Mann schlingt die Arme um Corvin und drückt ihn an sich. Er strahlt eine gewisse Autorität aus, weshalb ich darauf schließe, dass es sich bei ihm um Till handelt, den Orchesterleiter. »Lieke hat angekündigt, dass du kommst«, sagt er dicht an Corvins Ohr. »Aber ich habe es nicht geglaubt. Bis jetzt.« Er löst sich von ihm und betrachtet ihn tief erleichtert. »Schön, dich zu sehen.«

Corvin reibt sich verlegen den Nacken. »Wenn's hart auf hart kommt, müssen wir doch zusammenhalten.« Er nimmt auch die anderen Orchestermitglieder in die Arme, und eine ruft anerkennend: »Du willst im Anzug auf die Bühne? Du bist wohl ein richtiger Geschäftsmann geworden mit deinem Hotel!«

Corvin schmunzelt. »Nicht wirklich.«

»So gar nicht!«, verbessere ich. »Wir waren eben auf einer Hochzeit.«

Till dreht sich zu mir um. »Du hast sogar deine Freundin mitgebracht, ja?« Er gibt mir die Hand. »Hey, ich bin Till.«

»Hi Till.« Freundin? Nun spricht auch Till mich darauf an! Ich weiß darauf nichts zu sagen und schüttle ihm mit roten Ohren die Hand.

Corvin macht einen ebenso ratlosen Eindruck. »Welche Lieder stehen auf dem Plan?«, fragt er. »Und womit soll ich überhaupt spielen?«

»Marten hat bisweilen mit der Orchestergeige geübt«, erwidert Till. »Nimm einfach die. Sie befindet sich auf der Bühne. Heute stehen drei Stücke auf dem Programm. Das letzte und das erste sind das Intro, das kannst du ja hoffentlich noch im Schlaf spielen. Von dem anderen zeige ich dir die Noten.« Er nimmt Corvin zur Seite und erklärt ihm den Ablauf. Nach wenigen Augenblicken wirkt es, als sei Corvin nie weggewesen. Ich frage mich, wie er es schaffen soll, sich einzufinden, wenn er so lange Zeit nicht einmal mit der Band geübt hat. Doch für Zweifel ist keine Zeit. Der Türsteher streckt nämlich den Kopf ins Zimmer und meldet: »In fünf Minuten geht es los!«

»Ich hoffe, dass ich das packe«, murmelt Corvin.

»Das wird schon.« Till klopft ihm auf die Schulter. »Geige spielen ist wie Fahrradfahren. Das verlernt man nie.«

Corvin runzelt die Stirn.

Lieke prustet los. »Sag ich ja!«

»Ich bin dir so dankbar, Tia!« Lieke hält meine Hand fest umklammert, während wir uns ins Studio schleichen. Ihre seit kurzem blassgrünen Haare wippen vor mir wie ein Richtungsweiser. »Marten war es so wichtig, dass ich zwischen Till und Corvin vermittle. Ich glaube, Corvin hätte sich gedrückt, wenn du nicht bei ihm gewesen wärst.« Verheißungsvoll reibt Lieke sich die

Hände. »Der heutige Abend ist eine Chance für ihn. Endlich muss er sich mal aussprechen. Oder eben ausspielen.«

»Denkst du, dass er in Zukunft wieder öfter mit dem Ultraviolet Orchestra auftreten wird?«

Eifrig nickt sie.

»Was ist mit Marten?«

Sie rollt die Augen und lacht. »Wer sagt, dass ein Orchester mit nur einer Violine besetzt sein muss? Ich glaube, eine Zweite könnte ganz nützlich sein. Till findet bestimmt eine Lösung, wenn beide dabei sein wollen.«

Ich nicke anerkennend. Eins muss man Lieke lassen. Sie ist witzig, voller Ideen und verdammt idealistisch. Würde ich es nicht besser wissen, hätte ich nie vermutet, dass sie mit Depressionen zu kämpfen hat. Aber nicht jedem sieht man das an. Es gibt Menschen, die mit Depressionen kämpfen und im Alltag super funktionieren. Andere überspielen es gekonnt.

Ich folge Lieke zur Tribüne. Als ich die bekannten Gesichter erblicke, quieke ich begeistert los. »Reinhold? Und … Nora?«

»Das lass ick mir doch nich' entjehen.« Unser ältestes Gruppenmitglied zwinkert mir unter seinen buschigen Brauen zu.

Auch Nora begrüßt mich überschwänglich. »Ihr seid da, und zwar ohne Corvin! Das muss bedeuten, dass ihr es geschafft habt!«

»Wenn er nicht kneift«, erwidert Lieke und sieht sich beunruhigt um. »Oje. Wir haben dich hier eingeschmuggelt, Tia. Da Corvin anstelle Marten gekommen ist und du nicht eingeplant warst, ist hier nur ein leerer Platz.«

»Das ist kein Problem«, entgegnet Nora. Sie zieht eine Frau auf ihren Schoß, die mir grinsend zuwinkt. Ich erkenne sie sofort an ihrem ausladenden Hut. »Michelle und ich teilen uns einen Sitz.«

»Das klingt nach einem guten Plan!« Lieke nickt begeistert und wir beide rutschen auf die freien Plätze. »Jetzt muss Corvin sich nur noch auf die Bühne wagen!«

Als sei dies sein Stichwort, geht das Licht aus. Die Menge jubelt. Die Musiker treten ein, setzen sich und greifen zu ihren Instrumenten. Im Dunkeln können wir ihre Gesichter nur erahnen. Einer von ihnen hebt sich allerdings deutlich von den anderen ab. Anstelle von T-Shirt und Jeans trägt er nämlich einen Anzug. Und als das Licht angeht, erkennen wir, dass jemand ihm ein frisches Hemd geborgt hat. Außerdem lugt ein lila Tuch in seiner Brusttasche.

»Er ist es!«, jauchzt Lieke. »Er traut sich!«

Corvin sieht blinzelnd in das violette Licht und mustert die Menge. Ihm ist deutlich anzusehen, wie nervös er ist. Er ist lange nicht mehr vor so vielen Menschen aufgetreten. Für einen kurzen Moment glaube ich, er schmeißt hin – ich an seiner Stelle würde spätestens jetzt die Beine in die Hand nehmen und rennen –, doch Corvin wäre nicht Corvin, wenn die Kameras ihn einschüchtern würden. Seine manchmal gleichgültige Art und die Fähigkeit, sich einfach von den Geschehnissen treiben zu lassen, hat schon oft zu Reibereien mit seinem Bruder geführt. Nun aber werde ich Zeuge, wie er und wir alle davon profitieren.

Er nimmt die Violine vom Notenständer und betrachtet sie wie eine alte Bekannte. Dann klemmt er sie zwischen Kinn und Schulter und zückt den Bogen. Mit einem schelmischen Grinsen dreht er sich zu Till um und signalisiert ihm mit einem Nicken, dass er bereit ist. Dann legen sie los.

Das Intro der Late-Night-Show beginnt leise mit der Bratsche und der Trompete, dem sich das Blech des Schlagzeugs anschließt. Der Bass und die Gitarre folgen, die Musik schwillt an und das Thema setzt ein. Getragen wird es von niemandem anderen als Corvin.

Mir bleibt fast die Spucke weg, als ich ihn spielen sehe. Er ist nicht einfach nur Teil des Orchesters. Er ist ein tragendes Element, das mit direkten, dynamischen Strichen das musikalische Motiv trägt. Immer wieder beleuchten die Scheinwerfer einzig und allein sein konzentriertes Gesicht. Und deshalb kann nicht nur ich meinen Blick nicht von dem jungen Mann mit den blonden Haaren und dem Anzug lösen. Niemand hier kann das.

»Du bist baff, Tia, was?«, fragt Lieke lachend, als sie mein Gesicht gesehen hat. »Corvin ist wahnsinnig musikalisch! Blöderweise hat er komplett auf seine Passion verzichtet, seit er das Hotel geerbt hat. Aber nun …«

In meinem Kopf vollende ich ihren Gedanken. *Aber nun erinnert er sich. Er hat Spaß. Und das nicht zu knapp.*

Als sei dies ein Wiedersehen mit einer verflossenen Liebschaft, lässt Corvin den Bogen über die Saiten tanzen. Solange ich ihn kenne, habe ich ihn noch nie so ekstatisch erlebt. Sein Hang, über das Ziel hinauszuschießen, trifft auf sein Talent. Dass er sich einmal verspielt, hört man heraus. Aber es stört ihn nicht. Und da er es übergeht, ignoriert es auch das Orchester und die Kamera sowieso. Sie liebt ihn.

»Mein lieber Schwan!«, ruft Reinhold beeindruckt. »Der Junge hat's drauf.« Er nickt im Takt des Schlagzeugs.

Till, der selbst an dem Synthesizer sitzt, beobachtet seinen Violinisten mit strahlenden Augen. Dass Corvin seine Leidenschaft auf diese Art wiederentdeckt, obwohl er nicht mal eingeplant war, erstaunt alle, außer Lieke.

»Er liebt es!«, japst sie.

»Ich liebe, wie er es liebt«, erwidere ich.

»Und er liebt, dass du da bist, Tia«, wirft Nora ein. »Siehst du?«

Das Intro endet mit dem Zusammenspiel aller Instrumente und Mira Bellenbaum tritt ins Studio.

Während sie sich beim Orchester für den Auftritt bedankt, ist Corvins Aufmerksamkeit wieder bei uns. Er strahlt übers ganze Gesicht. Im Blitzen seiner Augen erkenne ich Dankbarkeit. Wir wären nicht hier, wenn ich ihn nicht davon überzeugt hätte. Und hätte er Zeit gehabt, über eine mögliche Rückkehr nachzudenken, wäre es eventuell nie zu diesem Revival gekommen.

Ich hebe den Daumen, um ihm zu zeigen, wie sehr mir sein Auftritt gefällt.

Er deutet auf seine Ohren und dann auf seine Augen. Niemand hier versteht, was er mich mit dieser Geste fragen möchte. Ich hingegen weiß genau, was er meint. *In welcher Farbe hast du das Lied gehört?*

Farben kann ich sehen und hören, aber nicht zeigen. Deswegen hebe ich mir die Antwort für später auf. Grün. Seine Geige in Verbindung zu dem Orchester nehme ich in einem hellen Grün mit gelben Sprenkeln wahr.

Und weil er so strahlt, bin ich mir sicher, dass es ihm genauso geht. Das Intro der Show hört er in seiner Lieblingsfarbe.

29.

Wenn wir scheitern, dann scheitern wir zusammen

Es ist schon spät, als Corvin und ich im *Spree Château* ankommen. Wir mussten nicht darüber sprechen, um zur stillen Übereinkunft zu kommen, dass wir die Nacht gemeinsam verbringen wollen. Weil er nun endlich seinen Anzug ablegen und duschen möchte, sind wir vorerst ins Hotel gefahren, um im Anschluss zu Paps zu fahren.

Obwohl wir mal wieder nicht so richtig in das noble *Spree Château* passen, ist unsere Rückkehr heute ein Ankommen in vertraute Gefilde. Dass ich Hoodie und Pyjamahose trage und Corvin einen Anzug, spielt keine Rolle. Er gehört hierher. Darum kann auch ich mich hier willkommen fühlen.

Corvin grüßt den Rezeptionisten und schlingt den Arm um meine Schulter. Er drückt mich so demonstrativ an sich, dass ich verwirrt zu ihm hochschaue. Als ich seinem Blick folge, bemerke ich, dass ich den Mann hinter dem Tresen kenne. Es ist Theo. Der Kellner, der Jenny gegenüber so schlecht über Corvin geredet hat. Der Grund, weswegen ich aus dem Hotel geflüchtet bin. Und der

Ursprung, weshalb das zarte Pflänzchen unserer Zuneigung zueinander fast verging.

Theo grüßt uns. Er sieht, wie selbstverständlich Corvin meine Schulter umfasst. Seine Augen weiten sich.

»Wir wünschen dir eine angenehme Nachtschicht!«, ruft Corvin freundlich.

Theo ist so verdattert, dass er nur eine undeutliche Antwort murmelt.

Arm in Arm schlendern wir zum Fahrstuhl.

Dann sage ich: »Ich glaube, er rätselt fürs Erste nicht mehr laut im Frühstücksraum, welche Dame du abgeschleppt hast.«

Corvin grinst. »Denkst du, es war deutlich genug? Schaut er noch?«

»Ja, er …«

Corvin unterbricht mich, indem er mein Kinn in seine Richtung dreht und mich auf den Mund küsst. Es ist ein einnehmender, fordernder Kuss. Das Resultat eines langen Tages, an dem Zweisamkeit viel zu kurz kam. Er löst sich erst von mir, als der Fahrstuhl sich mit einem Läuten ankündigt. »Jetzt sollte er genug gesehen haben.«

Schwer atmend beruhige ich die Schmetterlinge in meinem Bauch. Gleichzeitig beobachte ich Corvin bewundernd aus den Augenwinkeln. Ich glaube, Yannik hätte einen Untergebenen gefeuert, wenn dieser für ein Missverständnis zwischen ihm und mir verantwortlich wäre. Corvin hingegen lässt jeden sein, wie er ist. Dass der Kellner niemanden schaden wollte, steht außer Frage. Dass Corvin sich nicht wie ein Vorzeigechef benommen hat, auch. Es wäre ungerecht, Theo für seine Worte abzustrafen.

Die Fahrstuhltüren öffnen sich. Eine kleine, rote Katze sitzt auf dem Boden und miaut uns an.

»Red!« Corvin geht in die Hocke und nimmt das Tier auf den Arm. »Was machst du denn hier? Wolltest du ausbüxen?«

Schmunzelnd trete ich zu den beiden in den Aufzug. »Wie ich bereits sagte: Ein Hotel ist kein Ort für eine Katze.« Ich hole tief Luft und setze hinzu: »Und für einen Vampirjungen auch nicht.«

Während der Fahrstuhl sich in Bewegung setzt, tapst Red über Corvins Schultern. Durch die Spiegel sehe ich, wie liebevoll er ihre Lieblingsstelle hinter ihrem plüschigen Öhrchen krault. Etwas Abwehrendes brummend zieht er mich an sich.

»Wenn du eine eigene Wohnung hättest«, fahre ich fort und lehne mich an seine Brust, »könntest du etwas mehr Alltag leben. Kochen zum Beispiel. Wann hast du das zum letzten Mal gemacht?«

Seufzend streicht Corvin sich durch die Haare. »Das war vor meinem Einzug in dieses Hotel.«

Ich pikse ihn in die Seite. »Du standest das letzte Mal vor einem Jahr hinterm Herd?«

Er fängt meine Hand auf und hält sie fest in seiner. »Ich weiß, Tia. Du hast recht. Vielleicht ist es tatsächlich Zeit für eine eigene Wohnung.« Er schiebt meine Kapuze zur Seite und drückt mir einen sanften Kuss auf die Schläfe. »Eine, in der Red eventuell einen Spielgefährten hätte.«

»Du willst dir eine zweite Katze holen?«

Reds Schnurren und der gleichmäßige Herzschlag ihres Besitzers dringen an mein Ohr. Es beruhigt mich.

»Na ja …«, druckst er. »Entweder das oder …« Er hält inne und scheint mit sich zu ringen. Dann wechselt er urplötzlich das Thema. »Weißt du, was ich nicht verstehe? Wieso sehen wir uns im Spiegel? Vampire können das doch nicht.«

Verdutzt schaue ich ihn an. Dann vergrabe ich kichernd das Gesicht an seinem Hemd.

Während wir Hand in Hand zu Corvins Zimmer spazieren, dringt eine Stimme an unser Ohr. »Corvin?«

Er bleibt abrupt stehen und starrt den Mann am Ende des Gangs an, der gerade im Begriff war, an seine Tür zu klopfen.

Auch ich halte inne. Jordan um diese Uhrzeit im siebenunddreißigsten Stock zu treffen, ist ungewöhnlich, zumal ich bezweifle, dass die Brüder seit dem Benefiz-Essen miteinander geredet haben.

Red bricht die Stille. Sie springt von Corvins Schultern und tapst maunzend auf Jordan zu. Als wolle sie ein Band zwischen den Brüdern knüpfen, schmiegt sie sich an seine Waden und umkreist schnurrend seine Beine. Sie zeigt, wie unkompliziert man sich jemanden annähern kann, zu dem man keinen guten Draht hat. Leider ist das für Menschen nicht immer so einfach.

»Du trägst ja einen Anzug.« In Jordans Augen strahlt Anerkennung.

Corvin presst die Lippen aufeinander. »Ich habe Tia auf eine Hochzeit begleitet.«

»Und im Anschluss waren wir bei Mira Bellenbaum«, füge ich übermütig hinzu.

»Du bist heute Abend aufgetreten? Oder hast du zugesehen?« Jordan hebt überrascht die Brauen.

Corvin nickt knapp. »Ersteres.«

»Wow.« Jordan senkt den Blick. »Das ist toll zu hören. Du warst doch ewig nicht mehr auf der Bühne.«

Corvin steckt die Fäuste in die Hosentasche. »Komm zur Sache, Jordie. Worum geht's? Ist die Rechnung von der Teppichreinigung da?«

»Was? Nein, ich …«

»Hat Red wieder in eine Zierpflanze gepinkelt?«

»Verdammt, Corvin! Jetzt hör mir doch mal zu!« Jordan presst die Lippen aufeinander. Während die Brüder, beide im Anzug, einander niederstarren, sehen sie sich ähnlicher, als ihnen bewusst ist. »Ich will mit dir reden. Es geht um die Zukunft des Hotels.«

Ich horche auf. Das klingt interessant und ziemlich wichtig.

Corvin ist noch immer skeptisch. »Du willst mit *mir* über das Hotel sprechen? Dich hat meine Meinung sonst nie interessiert. Und nun versuchst du's ausgerechnet um ein Uhr nachts?«

Entschuldigend hebt Jordan die Achseln. »Du bist nachtaktiv, Bruderherz. So weiß ich wenigstens, dass du wach bist.«

Kurz grinsen die beiden einander an. Dann verschränkt Jordan zufrieden die Arme vor der Brust. »Wollen wir in mein Büro? Es dauert auch nicht lange.«

Corvin sieht mich fragend an. Unser Aufbruch zu Paps würde sich verschieben. Aber ich bin die Letzte, die einem klärenden Gespräch der Brüder im Weg stehen wird. »Macht das gern!«, rufe ich aufgeregt. »Unter einer Bedingung.« Ich lege eine Kunstpause ein, in der Red zu mir trottet und meine Beine streift. »Jungs, ihr seid Familie! Redet miteinander, ohne dass ein Schreibtisch zwischen euch steht. Wie wäre es mit deinem Zimmer, Corvin?« Ich deute auf die Tür.

Corvins Augen weiten sich. »Das ist keine gute Idee, Tia.«

»Warum?«

Bittend legt Corvin die Handflächen aneinander. Als er realisiert, dass weder Jordan noch ich verhandeln wollen, zieht er seufzend seine Chipkarte aus der Tasche. »Na gut. Aber behauptet später nicht, ich hätte euch nicht gewarnt.«

Kurz nachdem die Tür geöffnet ist, tippelt Red in die Suite und pflanzt sich aufs Sofa. Dort beginnt sie eifrig, sich zu putzen.

Etwas überfordert bleibt Jordan im Zimmer stehen. Mit seinem Staunen ist er nicht allein. Auch ich sehe mich verdattert um.

Mit undurchdringlicher Miene streift Corvin an uns vorbei und knipst eine Stehlampe an. Warmes Licht fällt auf die Einrichtung. Die massive Kugel des Fernsehturms hängt in den Wolken vor dem Fenster.

Schließlich durchbreche ich die Stille. »Fahrräder?« Vor Jordan will ich es so direkt nicht sagen, aber in mir brodeln die Fragen: *Dein Ernst? Nur deshalb wolltest du mir nicht dein Zimmer zeigen?*

Corvin sagt nichts. Er setzt sich an den Rand eines der beiden Boxspringbetten. Es ist unberührt und frisch. Edel, bequem, aber farblos. Nur eins von hundert weiteren seiner Art in diesem Hotel.

»Warum hast du die Räder in dein Zimmer gestellt?«, fragt Jordan. »Wir haben doch genug Platz. Im Keller oder in anderen Zimmern. Und warum besitzt du überhaupt so viele? Das sind ja …« Leise murmelnd zählt er Fahrräder, die sich in dem Wohnbereich aneinanderreihen.

»Zwölf.« Corvin sieht uns nicht an.

Ich fahre mit dem Finger über den Metalllenker eines Diamantrads. Ich kenne es. Auf diesem Gepäckträger bin ich schon mitgefahren. Ich entdecke weitere hochpreisige Gestelle sowie Rennräder und Damenräder. Ein Exemplar wurde Silber eingesprüht, ein anderes sieht aus, als habe es seine besten Tage hinter sich.

»Die sind schön«, murmelt Jordan. »Sind die alle aus dem Laden?«

Für einige Momente sind nur Reds Putzgeräusche zu hören.

Dann sagt Corvin: »Ich konnte sie nicht zurücklassen. Ich habe viel Arbeit in sie gesteckt. Wenn ich in mein Zimmer komme und sie sehe …« Unsicher hebt er den Kopf. »Bin ich sofort glücklich. Sie machen diesen Ort wohnlich für mich. Zu einem Happy-Place.«

Jordan und ich wechseln einen Blick. Wir sind uns einig, dass zwölf Räder auf fünfundfünfzig Quadratmeter super in einen Fahrradladen passen, aber nicht in eine Wohnung. Schon gar nicht in ein Hotelzimmer. Gleichzeitig ist uns bewusst, was sie für Corvin bedeuten. Sie sind die Schnittstelle zu seinem alten Leben. Eine Erinnerung an den Job, in dem er glücklich war. Und deswegen urteilen wir nicht.

»Ach Bruderherz.« Schwer seufzend lässt Jordan sich auf das zweite Bett fallen. Beide Männer sitzen einander gegenüber und schauen auf ihre Schuhe.

Ich lasse mich neben Red auf das Sofa sinken, streichle ihren Bauch und überlasse den Brüdern das Gespräch.

»Ich finde es so schade, wie sich das zwischen uns entwickelt hat«, presst Jordan hervor. »Wir waren doch mal Freunde. Sind sogar zusammengezogen, als Mom weg war. Und nun sind wir so distanziert, dass du mir nicht mal mehr anvertrauen willst, dass Fahrräder in deinem Zimmer stehen.«

Corvin schluckt. Er schaut ihn nicht an, als er antwortet. »Das macht das Hotel. Dieses verdammte Geld. Der ganze Reichtum. Wir haben einander aus den Augen verloren.«

Jordan rutscht auf dem Bett nach vorn. Er lehnt sich mit den Ellbogen auf die Knie und schaut Corvin scharf an. »Dann lass uns etwas ändern. An dem Hotel. An uns. An der Art, miteinander umzugehen.«

Für den Bruchteil einer Sekunde sieht Corvin ihm zweifelnd in die Augen und dreht sich dann wieder weg. »Das Projekt ist gescheitert«, erwidert er. Im Gegensatz zur letzten Begegnung mit seinem Bruder klingt er nicht rebellisch. Er klingt resigniert. Traurig. »Ich überschreibe dir einfach meinen Teil. Was hältst du davon? Nimm …« Er deutet vage auf die imposante Einrichtung. »Alles. Du bist ohnehin besser im Managen als ich.«

Jordan schluckt. Dann schüttelt er heftig den Kopf. »Nein.«

Ich setze mich überrascht auf. Dass er so ein Angebot ausschlagen würde, hätte ich nicht erwartet.

»Wenn ich dieses Projekt ohne dich weiterführen soll, dann sind wir beide gescheitert«, sagt Jordan. »Und zwar als Familie. Wir haben uns immer aufeinander verlassen, wenn schon nicht auf unsere Eltern. Wir haben gemeinsam gekämpft. Als Mom nach Mallorca gezogen ist. Als wir Zeitungen ausgetragen haben, um uns über Wasser zu halten. Als wir nachts zusammen gelernt haben, damit du dein Abi schaffst. Wir haben zusammengehalten und so alles geschafft. Erinnerst du dich?«

Das erste Mal seit wir in der Suite sind, grinst Corvin. »Bestanden habe ich mit einer wackligen drei Komma sieben. Das habe ich dir zu verdanken.«

Jordan lacht. »Besser ein schlechtes Abi als gar keins. Das habe ich dir immer gesagt.«

Kurz hängen die Brüder ihren Erinnerungen nach. Dann fährt Jordan fort. »Tia, du hattest recht. Wir sollten unsere Energien bündeln. Das aus dem Hotel herausholen, was uns ausmacht, was wir wollen. Was auch du willst, Corvin, und nicht nur ich oder Jaron. Denn der ist tot.«

Corvin sieht auf und blinzelt. Diese Worte hören sich aus Jordans Mund befremdlich an. Fast zu gut, um wahr zu sein.

»Ich war egoistisch. Ich habe von dir Sachen erwartet, die du nicht erfüllen kannst. Du warst schon immer der Mensch, der sein Geld lieber gespendet hat, als fein essen zu gehen. Dass du so über die Stränge geschlagen bist …« Jordan putzt seine Brille.

»Das konnte ich anfangs nicht zuordnen. Ich war sauer. Aber so langsam verstehe ich dich. Du warst einfach geschockt.«

»Von einem Tag auf den anderen über eine Million reicher«, murmelt Corvin. »Ich habe noch nie so wenig gefühlt wie in dem Moment, als ich diese Zahl auf meinem Kontoauszug gesehen habe.«

Jordan ist nervös. »Darum lass es uns versuchen. Das *Spree Château* ist *unser* Hotel. Solange wir es nicht finanziell gegen die Wand fahren, bleiben uns alle Möglichkeiten offen. Das Essensangebot für sozial Benachteiligte war zum Beispiel eine interessante Idee. Vielleicht könnten wir das in unser Programm integrieren und monatlich ein Angebot zur Verfügung stellen.«

Corvin sieht ihn nachdenklich an. Dann nimmt er Haltung an wie ein Bankberater bei der Kreditverhandlung. »Wöchentlich«, verbessert er. »Und kostenfreie Übernachtungsmöglichkeiten bei Kälte für Wohnungslose.«

Jordan wirkt schockiert. »Das ist nicht so einfach zu organisieren. Wir sind doch gar nicht in der Lage, sowas durchzuführen.«

»Na und?« Wilde Entschlossenheit lodert in Corvins Gesicht. »Dann lass uns geschultes Personal an Bord holen. Sozialpädagogen. Wir stellen ihnen Büros zur Verfügung. Kostenlos.«

Jordan zieht scharf die Luft ein.

»Oder zumindest zu einem fairen Preis«, lenkt Corvin ein. »Außerdem möchte ich, dass sich die Zielgruppe und die Preise der Zimmer ändern. Jeder soll hier einchecken können. Nicht nur die High Society.«

Jordan malmt die Zähne aufeinander. Dann nickt er widerwillig.

»Fünf Ausbildungsplätze pro Jahr gehen an Menschen, die aus

schwierigen Verhältnissen kommen«, fährt Corvin fort. »Leute aus dem Vollzug oder von der Straße.«

Wieder weicht der Glanz aus Jordans Augen. Ich stelle mir vor, wie ein tätowierter Ex-Häftling ihn in der Küche nach den scharfen Messern fragt. Jordan würde Reißaus nehmen, ehe der Azubi »Bitte« sagen könnte. Hinter vorgehaltener Hand kichere ich.

Die Männer drehen sich zu mir um. Sie waren so sehr in ihre Verhandlung vertieft, dass sie mich total vergessen haben. Darüber freue ich mich. In der Vergangenheit hat einer von ihnen das Gespräch stets nach wenigen Minuten abgebrochen. »Wie sieht's aus mit der Gestaltung?«, frage ich und nehme Red auf den Schoß. »Hier ist alles sehr nobel eingerichtet. So langweilig.«

Grübelnd legt Corvin den Finger an die Lippen. »Ich habe deinen Vater ja nach seinen Gemälden gefragt. Die sind so schön bunt. Leider ist er ja nicht bereit, sie abzugeben.«

Jordans Hand gleitet über die Laken. »Die Bettwäsche würde ich gern so lassen. Weiß ist am einfachsten zu reinigen. Aber was die Bilder angeht …« Er betrachtet die eingerahmte Aufnahme der Eberswalder Straße, die neben dem Fernseher hängt. Sie ist in Grautönen gehalten. »Wir finden sicherlich etwas Farbenfrohes.«

»Das Personal könnte was anderes tragen als Schwarzweiß«, rufe ich übermütig.

Jordan erwidert wie aus der Pistole geschossen: »Pastellblau!«, während Corvin gleichzeitig vorschlägt:

»Waldgrün!«

Ich lache. Die Präferenzen der beiden könnten unterschiedlicher nicht sein, aber die Richtung ist dieselbe. Das ist ein guter Anfang.

Als ich aufstehe, um mich zur Minibar zu stehlen, springt Red vom Sofa. Sie hopst zwischen die Männer aufs Bett und lässt sich an Corvins Seite fallen. Dort liegt sie wie ein flauschiges Bindeglied, das die Annäherungen der Brüder mit einem Schnurren unterstreicht.

»Über den Namen müssen wir noch reden«, sagt Corvin.

»*Spree Château*?«, erwidert Jordan. »Vergiss es. Den lassen wir so.«

»Das klingt absolut prollig. Wenn wir unser Image verändern wollen, muss dieser Titel weichen.«

»Eine Änderung wäre ein organisatorisches Desaster! Unsere Geschäftspartner würden uns verwechseln, die Leuchtreklame auf dem Dach müsste ausgetauscht werden …«

»Optimal. Die Schriftart kann ich sowieso nicht leiden.«

»Corvin!«

Beide Männer unterbrechen die hitzige Debatte, als ein lautes Ploppen ertönt. Verwirrt drehen sie die Köpfe.

Ich reiße eine geöffnete Sektflasche in die Luft. »Jungs. Das erste Mal, seit ich euch kenne, führt ihr ein konstruktives Gespräch! Darauf müssen wir anstoßen!« Corvin will mir zur Hilfe eilen, um die Gläser anzunehmen, doch ich hebe abwehrend die Hand. »Bleib sitzen! Unterbrecht euch nicht, wenn ihr schon mal über euch redet.«

Mit einem schiefen Lächeln sinkt Corvin aufs Bett. Ich höre, wie er Jordan etwas zu murmelt. Dieser flüstert etwas Angetanes zurück, das sich verdächtig nach »Mit ihr hast du echt Glück gehabt« anhört.

Mir steigt die Hitze ins Gesicht. In der Hoffnung, sie mögen schnell das Thema wechseln, lasse ich mir extra viel Zeit beim Einschenken.

»Eines noch, Corvin.« Jordan spielt an seinen Schnürsenkeln herum. Der sanfte Tonfall in seiner Stimme lässt die Hingabe erahnen, mit der er sich einst um seinen Bruder kümmerte. Damals, als er der einzige Erwachsene war, zu dem Corvin aufblicken konnte. »Der ehemalige Schmuckladen im Empfangsbereich steht noch leer. Hast du nicht vielleicht Lust, ihn zu füllen? Mit deinen Rädern zum Beispiel.«

Corvin starrt ihn an. Dann lacht er verunsichert. »Du schlägst vor, dass ich dort meine Fahrräder verkaufe?«

»Oder dass du sie verleihst. Berlin ist voller Autos. Das hat uns früher schon gestört. Bringe mehr Bikes in die Stadt. Vermiete sie an Touristen. Verkaufe sie an Einheimische.«

Corvin sieht aus, als erwarte er, jede Sekunde aus einem Traum aufzuwachen. Überrascht sucht er meinen Blick.

Ich bin von dem Vorschlag hellauf begeistert. »Dann hättest du wieder deine eigene Werkstatt, Corvin.«

Weil Jordan und ich uns nach einigen Momenten nicht in Luft aufgelöst haben, schüttelt Corvin ungläubig den Kopf. Er zieht seinen Bruder auf die Beine und schlingt die Arme um ihn. Japsend erwidert dieser die Umarmung. Der Stoff von Jordans Anzug ballt sich in Corvins bebender Faust. Und so stehen sie eine Weile da. Zwei Brüder, deren Schicksal sie einst gespalten hat. Wiedervereint über den Dächern Berlins.

Nach einer Weile löst Jordan sich von Corvin. Seine Brille landet auf der Bettdecke, ehe er sich mit dem Handrücken über die Augen reibt. Er greift nach dem Glas, das ich ihm reiche, und murmelt: »Danke, Tia.«

Ein Lächeln huscht über mein Gesicht. Jordan bedankt sich nicht nur für den Sekt. Er bedankt sich für meine Anregungen und den Schubs.

Verwirrt zieht er die Brauen zusammen. »Hast du dir nichts eingeschüttet?«

»Nein.«

Die Brüder wechseln einen Blick.

»Es ging doch um euch«, piepse ich.

Sie verdrehen die Augen. Jordan drückt mir sein Glas in die Hand und kämpft sich durch das Fahrradchaos, um ein weiteres zu besorgen. Währenddessen legt Corvin den Arm um mich. »Natürlich stößt du mit an«, sagt er. »Wo wären wir ohne dich?«

»Geschäftlich gesehen begeben wir uns auf dünnes Eis, aber … Es wird guttun, Veränderung zuzulassen«, sagt Jordan. »Wenn wir scheitern, dann scheitern wir zusammen.«

»Der Satz gefällt mir«, sagt Corvin.

Die bauchigen Gläser klirren, als wir sie aneinanderstoßen. Die Brüder grinsen mit diesem wundervollen schelmischen Lächeln, die einander so sehr ähneln. Ihre Verwandtschaft lässt sich nicht leugnen. Hunderte von Metern unter uns erstrahlt die Stadt in den buntesten Lichtern. Und in mir entflammt ein ganz neues Gefühl. Stolz.

Ich konnte aktiv meinen Teil zur Aussprache beitragen. Die schüchterne, zurückhaltende Tia, die vor drei Wochen mit großen Augen den Streit zwischen den beiden beobachtete, hätte sich das nie getraut.

»Eins noch«, sagt Corvin und stellt sein leeres Glas ab. »Die Paternoster bleiben.«

Jordan verschluckt sich am Sekt.

»Sonst schalte ich den Verein zur Rettung der letzten Personenumlaufaufzüge ein«, ergänzt Corvin erbittert.

»Sowas gibt es?«, frage ich.

»O ja«, erwidert er grimmig. »Und sie sind nicht bereit, zu verhandeln.«

»Na gut«, sagt Jordan schmunzelnd. »Wir werden deine Paternoster behalten.«

30.

Silberstreifen am Horizont

»Du fährst tatsächlich schon morgen.« Corvin neigt den Kopf, presst die Lippen zusammen. »Warum hast du mir das nicht früher gesagt?« Die gelöste Fliege hängt ihm lose um den Hals. Während er in seinem Anzug auf diesem glamourösen Boxspringbett sitzt, sieht er ein wenig aus wie ein Rockstar, der für das Cover einer EP posiert.

Das Gespräch mit Jordan ging länger als gedacht. Dass Corvin mich von Paps' Haus abgeholt hat, scheint ewig her zu sein, dabei war es heute Morgen. Dieser Tag fühlt sich an, als sei er der längste meines Lebens.

»Ich konnte einfach nicht«, gebe ich leise zu. Mein Blick schweift zu den Fahrrädern und dann über das leere Sektglas, das Jordan auf dem Tisch abgestellt hat, ehe er ging. »Ich wollte nicht, dass sich alles anfühlt wie Abschied.«

»Kannst du deine Zugtickets nicht zurückgeben? Umtauschen … Verfallen lassen?« Suchend gestikuliert Corvin dem Fenster entgegen. »Ich weiß, du hasst es. Aber ich könnte dir neue Tickets kaufen. Datiert auf nächste Woche. Von hier aus kannst du doch auch arbeiten, oder nicht?« Der Ausdruck in seinen Augen ist bittend, beinahe bettelnd. Die Verblüffung überwiegt jedoch noch immer.

Ich schüttle den Kopf und gehe vor ihm in die Hocke. Ich nehme seine Hand, die kraftlos auf seinem Knie liegt, und schaue zu ihm auf. »Yannik fährt am Dienstag in den Urlaub. Ich muss zu Blue.«

Corvin wendet den Blick ab.

Ich bin mir nicht sicher, ob meine Worte zu ihm durchgedrungen sind. Deshalb füge ich hinzu: »Ehe ich nach Hause fahre, geh ich ein letztes Mal mit dir zur Gruppe.«

Sein Griff um meine Hand wird fester. Mit einem Ruck dreht er den Kopf zu mir. »Und wenn ich mitkomme? Nach Frankfurt?«

»Sei nicht albern.«

»Ich meine es todernst.«

»Du hast ein Hotel zu managen. Ein neues Konzept zu erstellen. Einen Fahrradladen aufzuziehen. Du solltest jetzt nicht aus einer Laune heraus nach Frankfurt gondeln. Du hast andere Prioritäten.«

»Du bist meine Priorität. Nichts anderes.« Seine Augen bohren sich in meine Seele, in mein Herz. Corvin bittet nicht nur. Er kämpft.

Ich kann dem fordernden Ausdruck nicht standhalten und senke die Lider.

»Du hast nicht vor, zurückzukommen. Oder?« Als sähe er ein, dass er mich loslassen muss, nimmt er die Härte aus seinem Griff. Nur noch sanft umschließt er meine Hand, die ihm entgleiten würde, wenn sie nicht an seinen Fingern festhalten würde. »Deswegen hast du vorhin von Abschied gesprochen.«

Ich schlucke. Es ist besser, ihn nicht anzusehen. Ich könnte Wut in seinem Gesicht erkennen, Trauer oder Hass. Zuneigung, Liebe, Verlangen. Starke Gefühle, die mich herausfordern, gefangen nehmen und einhüllen. Abenteuerlust, Sehnsucht, Begierde – wenn ich in Corvins Nähe bin, tauche ich in einen Wirbel aus Emotionen. Es ist warm und erfrischend, gemütlich und erquickend. Er ist das pure Leben und alles, was ich will.

Und dann ist er wieder Risiko. Herausforderung, Versuchung, Nervenkitzel. Eine Aufforderung, sich auf einen so chaotischen Menschen einzulassen. Die Gefahr, sich verletzlich zu machen. Er bemüht sich. Das weiß ich. Er begehrt mich. Das weiß ich auch. Aber ist sein Bestes mir sicher genug?

Ich räuspere mich, ehe ich antworte. Meine Stimme ist belegt. »Das kann ich nicht sagen.«

»Aber …«

»Berlin ist nicht mehr dasselbe, wenn Paps‘ Haus verkauft ist. Ich kehre sicherlich irgendwann zurück. Aber erstmal muss ich nach Hause. Ich muss die letzten Wochen sacken lassen. Überlegen, was ich aus dieser turbulenten Zeit mitnehme. Verstehst du das?«

»Schon.« Es klingt widerwillig. »Hätte ich das gewusst.« Corvin starrt auf die Kuhle, die Jordan auf dem Bett hinterlassen hat. »Dann hätte ich das Gespräch mit meinem Bruder auf übermorgen verschoben.«

»Wieso das denn? Es ist gut, dass ihr alles geklärt habt.«

»Um mehr Zeit mit dir zu verbringen. Jetzt ist es schon fast sieben Uhr und wir haben nicht geschlafen. Was meinst du, wie schnell die kommenden Stunden vergehen werden?« Corvins Züge werden sanft. Er holt tief Luft und umschlingt meine Hand nun auch mit seiner zweiten. »Tia, ich möchte dir etwas sagen.« Seine Stimme wird dünn. Er stockt.

Fuck. Auf was auch immer das hinausläuft – es könnte extrem

werden. So extrem, dass es wehtut, weil es so schön ist. Ich muss ihn unterbrechen. Sofort!

»Moment«, japse ich. »Wer hat festgelegt, dass wir schlafen müssen, nur weil es Nacht war?« Meine Augen brennen vor Müdigkeit, aber ich blinzle sie weg. Ich stehe auf und ziehe ihn auf die Füße. »Unser Vorhaben. Erinnerst du dich?«

Verständnislos starrt er zu mir herunter.

Ich deute aus dem Fenster. Am Horizont des schwarzen Himmels ist ein blasser, gelber Schimmer zu erkennen. »Wir wollten den Sonnenaufgang zusammen ansehen.«

Er folgt meinem Blick und nickt verwirrt. »Ja. Das stimmt.«

»Na also!«, rufe ich und ziehe ihn hinter mir her. »Komm! Wir gehen auf die Dachterrasse.«

Wir nehmen zwei Decken aus dem Schrank und treten hinaus. Der Wind reißt an unseren Haaren. Corvin führt mich zu einem windgeschützten Bereich an der Rooftop Bar, schließt ein Tor auf und nimmt neben mir auf einer Bank Platz. Eine Decke schlingen wir um die Beine, und die andere legen wir über die Köpfe. Eingehüllt in einer riesigen Kapuze warten wir auf die Sonne und verabschieden unsere letzte gemeinsame Nacht.

Berlin erwacht und wir nehmen live daran teil. Wie von Corvin angekündigt, ist es magisch, das von oben zu beobachten. Ich stelle mir vor, wie die Stadt aussieht, wenn es schneit. Corvin erinnert mich daran, dass es bei Schnee meist neblig ist und man gar nichts sieht. Darum bin ich doch froh darüber, dass der Himmel klar ist.

Krampfhaft bemüht, davon abzulenken, dass ich Corvin eben unterbrochen habe, plappere ich drauflos. Das ist ungewöhnlich für mich, aber die Müdigkeit hat sämtliche sozialen Filter in mir deaktiviert. Und so benenne ich, was unter uns liegt: Alexa, Straßenbahnen, Autos. Und Corvin sieht mir mit einem matten Lächeln dabei zu.

Schließlich steigt die Sonne wie ein brennender Ball in den Himmel. Der Silberstreifen am Horizont verwandelt sich in ein hellorangenes Meer, das sein Licht auf die Fenster der Gebäude wirft und von ihnen abprallt. Der Morgen leuchtet so hell, dass wir geblendet die Augen abschirmen.

»Der Sonnenaufgang ist heute wirklich spektakulär«, murmelt Corvin. Seine Hand schlingt sich unter den Decken um meine Taille.

»Und wir zerfallen nicht zu Staub. Wir trotzen der Sonne«, rufe ich und wippe mit den Füßen.

»Zum Glück haben wir genug Menschenblut getrunken.« Mit einem schiefen Grinsen mustert er mein Gesicht. Weil die Decke seine Wange abschirmt, liegen seine Augen im Dunklen. Das gibt ihm einen mysteriösen Look. »Erinnerst du dich daran, als wir das erste Mal hier oben waren?«

»Natürlich erinnere ich mich! Du hattest eine kurze Hose an, und diesen tollen Umhang.«

»Ich dachte, du hältst mich für einen miserablen Küsser, weil ich dich entweder verletze oder sabbere.« Seine Augen blitzen schelmisch auf.

»Wegen der Fangzähne?« Ich lache. »Nein, das war … irgendwie heiß. Sehr extravagant.« Eine Wärme breitet sich in meinem Bauch aus und wandert tiefer.

»Heiß?«, hakt er nach. Er legt das Gesicht an meines. Seine Nase fährt durch mein Haar.

»Ja, also, so einen Kuss hatte ich vorher noch nicht«, antworte ich nervös. »Ich hatte Angst, dass du mich beißt, aber das hat den Reiz ausgemacht, und …«

Corvin rückt näher. Sein Atem streicht in gleichmäßigen Abständen über meinen Hals. Die Stimmung zwischen uns ist gekippt in eine Mischung aus erotischer Anspannung und Emotionalität. »Ich fand es auch sehr reizvoll. Du hast mich am Hemd gepackt.« Er deutet auf seinen Kragen. »Und mich zu dir heruntergezogen.« Er schluckt schwer und befeuchtet seine Lippen mit der Zunge. In seinen Augen erkenne ich dasselbe Verlangen wie in denen des Vampirs von jener Nacht. »Du hast mir gezeigt, was du willst, wie du es willst. Das war verdammt hilfreich. Ich wollte nichts falsch machen. Weil ich gespürt habe, dass das zwischen uns etwas Besonderes ist.« Ernst sieht er mich an. Der Wind erfasst die Decke und weht sie ihm vom Kopf. Es wirbelt seine blonden Haare auf und bringt eine ungeahnte Ästhetik in die Situation.

»Nun.« Ich wende den Blick ab und suche nach Worten. Meine Füße wippen heftig. Er hat recht. Das zwischen uns ist nichts, was man jeden Tag findet. Uns verbindet ein Band, das sich bei Bedarf in ein Netz knüpft. Mal bin ich seins, mal ist er meins. Wir fangen einander auf. Geben uns Halt. Sind füreinander da.

»Wenn ich daran denke, dass wir uns bald trennen, dann …«, druckst Corvin, doch wieder übermannt mich der Drang, ihn zu unterbrechen. Ich werde mir immer sicherer darüber, was er sagen will, und ich will es nicht hören. Ich ertrage es nicht. Es wäre unangebracht. Zu …

»Hast du den Krähenschwarm gesehen?«, rufe ich und deute in die Ferne wie ein kleines Kind.

Corvin wirkt wie vor den Kopf gestoßen. Sein Blick folgt meinem Finger. Kein einziger Vogel schwebt am Himmel. Ungläubig sieht er mir ins Gesicht. Als ich entschuldigend die Achseln hebe, lächelt er. »Du willst um jeden Preis die Romantik zerstören, oder, Kapuzenmädchen?«

»Um ehrlich zu sein, möchte ich gern ein paar Stunden schlafen.«

Er setzt sich seufzend auf und zieht sich die Decke von den Schultern. »Okay. Ich gehe duschen und wir fahren zu Artus, ja?« Corvin spart die Anmerkung aus, dass der Abstecher zu meinem Vater ein lästiger Umweg ist. Er legt Wert darauf, dass ich mich bei ihm geborgen fühle, und drängt mich auch jetzt nicht dazu, gegen meine Prinzipien zu verstoßen und im Hotel zu bleiben.

Genau damit bestätigt er mein Vorhaben. Ich schüttle den Kopf. »Wir schlafen hier. Bei dir.«

»Aber …«

»Mir ist egal, was mit der Liste war. Ich will bei dir schlafen. Ich vertraue dir.«

Für einige Herzschläge verlieren wir uns in den Augen des anderen. Dann nimmt er meine Hand. »Du wirst es nicht bereuen.«

Als wir frisch geduscht unter die Bettdecke krabbeln, scheint die Sonne durch die Fenster in das Zimmer hinein. Sie fällt auf die Fahrräder, das samtweiße Sofa und auf das orangefarbene Fell der Katze, die sich auf ihrem Kissen auf der Fensterbank eingerollt hat. Und es fällt auf Corvins feuchtes Haar, seine nackten Schultern und in seine Augen. Grün wie Smaragde funkeln sie. Unergründlich und tief. Er legt sich neben mich. Das letzte Mal auf unbestimmte Zeit.

Mir stockt der Atem. Eine Masse an Empfindungen durchströmt meinen Körper. Es sind so viele, dass ich kaum damit umgehen kann. Wie schön er ist. Wie gut er riecht. Wie warm seine Haut sich an meiner anfühlt. Und wie geborgen ich in seinen Armen bin. Ich fühle so viel. Wie damals, ehe Mama starb. Bevor ich mich abkapselte, von mir selbst, meinem Unverständnis und der Trauer. Ich habe Angst, doch es ist auch schön. Ich will es mir erlauben, will mir *ihn* erlauben.

Zart umfasst er meine Hüfte. Seine Nase ist nur Millimeter von meiner entfernt. Wir riechen einander, die Anziehung, die Lust. Wir sprechen nicht. Es ist wie ein Wettbewerb. Wer bricht diesen Moment? Wer hält es als Erstes nicht mehr aus? Wer schnappt sich zuerst die Lippen des anderen, um sie zu küssen?

»Tia.« Corvins Hände streicheln sich behutsam meinen Rücken hinauf. »Was ich dir sagen wollte … Ich kann das nicht länger zurückhalten.«

»Pst.« Ich lege den Finger auf seine Lippen. »Wir reden ab jetzt nicht mehr darüber, dass ich heute gehe. Okay?«

Flehend sieht er mich an. Seine Lippen bewegen sich, ohne dass sie ein Ton verlässt.

»Bitte.«

»Aber …«

Es gibt nur eine Möglichkeit, ihn vom Sprechen abzuhalten. Und deshalb bin ich die Verliererin dieses unausgesprochenen Wettbewerbs. Ich küsse ihn, zerstöre unser magisches Zögern. Es fühlt sich gut an und überzeugt ihn. Er kann so nicht reden, will es gar nicht. Er will mich, so wie ich ihn will.

Seine Hände gleiten über meinen Körper, großzügig und wollend. Mit jeder Berührung zeigt er mir, was ihm auf der Zunge lag. Mir zuliebe hält er sich verbal zurück und küsst mich umso inniger.

Er zieht die Decke über uns. Ich umklammere seinen Nacken, vergrabe die Hand in seinen Haaren und schaue zu ihm hoch. Unter dem dünnen Satinstoff ist es hell und trotzdem gedimmt. Ich fühle mich wie in einem Zelt an einem Sommermorgen. Wir sind abgeschirmt in unserer kleinen Blase Idealismus. Ich bin vollends bereit, zu vergessen, dass ich in knapp vierzehn Stunden im Zug nach Hause sitze.

Auf den Ellbogen gestützt, betrachtet Corvin mein strahlendes Gesicht. Je länger er mir beim Lachen zusieht, desto heller glüht der Funke in seinen Augen. Und dann holt er mich sanft zurück in die Realität, indem er spricht und klarmacht, worum es ihm geht.

»Ich habe mich in dich verliebt. Ich empfinde so viel für dich, Tia. Ich weiß nicht, ob man dieses Gefühl Liebe nennen kann. Aber ich möchte es herausfinden.«

Die Spannung weicht aus meinen Gliedern. Meine Hände gleiten von seinem Hals und fallen neben mich auf die Matratze. Wortlos starre ich zu ihm hinauf. Dann presse ich hervor: »Du solltest das doch nicht sagen.«

»Warum nicht?«

»Weil …« Mein Herz schlägt so schnell, dass ich kaum sprechen kann. Mein Kopf ist wie leergefegt. Ja, warum eigentlich nicht? Wieso komme ich nicht damit klar? Habe ich mir das nicht gewünscht? Was ist los mit mir? Ich überlege, wie ich die nervös züngelnde Flamme in meinem Inneren löschen kann. Doch jeder Blick in Corvins Augen gießt neues Benzin in das Feuer.

Ich hole tief Luft und antworte: »Weil es so schön ist. Zu schön.«

Der besorgte Ausdruck in seinem Gesicht wandelt sich langsam in Unverständnis und schließlich in belustigte Überzeugung. »Es ist nicht zu schön. Es ist genau richtig.«

»Warum bist du dir dessen so sicher?«

»Weil es sich gut anfühlt. Ich vertraue meinem Bauchgefühl. Und das sagt, dass ich nichts mehr will, als mit dir zusammen zu sein.« Er grinst dieses schelmische Corvin-Grinsen. So, als wäre das alles ganz leicht. In seiner Welt ist es das auch. Ob er Geld hat oder nicht. Corvin hinterfragt seine Intuition nicht. Corvin handelt, wie er will. Was diesen Punkt betrifft, verkörpert er das genaue Gegenteil von mir.

»Aber stell dir doch mal vor, wir probieren es miteinander und es klappt nicht.« Mit schneller Stimme versuche ich, meine Ängste zu erklären. »Dann …«

»Das wäre ungünstig, ja.«

»Nicht nur das. Es würde mein Herz zerfetzen.«

»Meines auch.« Sein Lächeln wird breiter. Seine wachsende Zuversicht kann ich von Sekunde zu Sekunde weniger nachvollziehen. »Bedeutet das, dass man sich nicht auf neue Situationen einlassen darf, um der Gefahr zu entgehen, verletzt zu werden?« Sanft streichelt er durch mein Haar.

»Ja. Das bedeutet es.« Ich nicke entschlossen.

»Vergisst du damit nicht, dass Risiko belohnt werden kann?«

»Nun …«

»Das Thema hatten wir schon, Tia. Ich kann dir nicht garantieren, dass wir für immer zusammenbleiben würden. Was ich dir geben kann, ist mein Herz. Und das Versprechen, dass ich mein Bestes gebe. Damit mache ich mich genauso verletzlich wie du.«

Mein Unterkiefer bebt. Mein Herz strauchelt. Ich kann mich nicht daran erinnern, jemals so wertschätzende Worte empfangen zu haben. Es muss einen Haken geben. Corvin muss einen Haken haben. Er muss …

Er beugt sich zu mir herunter und küsst sanft meine Stirn. »Du bist großartig, weißt du das? Mein wundervolles, vorsichtiges Kapuzenmädchen.« Seine Lippen wandern hinab zu meinem Gesicht und fangen die heißen Tränen auf.

»Ich … Sorry, ich weiß einfach nicht, was ich sagen soll.« Während ich das ausspreche, verlassen weitere salzige Tropfen meine

Augenwinkel. Er nimmt die Zweifel so leichtfertig von mir. Und ich antworte auf seine Liebeserklärung mit dieser erbärmlichen Floskel. »Ich kann sowas nicht zurück sagen. Obwohl du es verdient hast.«

»Keine großen Worte zu finden, ist typisch für dich, Tia.« Der Ausdruck in seinen Augen ist offen und ehrlich. »Deshalb ist es genau richtig.« Vorsichtig legt er die Lippen auf meine. Ich schmecke Salz und Verständnis. Die Bereitschaft, mich zu nehmen, wie ich bin, ohne mich verändern zu wollen. Ausgerechnet von ihm. Corvin. Der von mir lernen musste, dass man viel kaufen kann, aber keine wahre Zuneigung. Der Mühe hatte, das zu verstehen, aber nie aufgegeben hat.

Ich erwidere den Kuss. Dass ich dabei weine, ist mir mittlerweile peinlich. Ich reibe mir die Tränen aus den Augen und sage: »Tut mir leid. Genau so ein Drama wollte ich vermeiden.«

»Schieb es auf die Müdigkeit«, murmelt er. »Das würde ich tun, wenn ich nach einer durchzechten Nacht so aufgelöst wäre.«

Ich seufze und schmiege mich an ihn. »Warum ist mit dir alles so herrlich leicht? Selbst weinen ist bei dir nicht so schlimm.«

»Das ist ein schräges, aber originelles Kompliment.«

Ich ziehe ihn an mich und küsse ihn. Die Tränen verebben. Das Glücksgefühl bleibt. Nur in den Armen eines Mannes wage ich, so stark zwischen den Emotionen zu wanken. Und ausgerechnet dieser ist in mich verliebt. Ich sollte der glücklichste Mensch der Welt sein, doch ich kann meine Zweifel nicht abschalten. Der Alltag und die Entfernung werden uns entzweien. Davon bin ich fest überzeugt. Aber das will ich nicht ansprechen. Corvin würde es ausdiskutieren. Meine letzten Stunden in Berlin möchte ich lieber mit etwas anderem verbringen.

Ich schlüpfe unter seinem Arm hinweg, drücke ihn in die Kissen und rutsche auf seinen Schoß. Schwer atmend schiebe ich mir die Decke von den Schultern, ziehe mir mein Shirt über den Kopf und lege die Hände auf seinen Bauch. Und so betrachtet er mich kurz verblüfft. Mein erhitzter Körper an der kühlen Luft, meine Brüste im Morgenlicht.

»Wolltest du nicht schlafen?« Corvin setzt sich auf, senkt den Blick und reibt sich den Nacken. Er hat mich in der vergangenen Woche mehrmals ohne T-Shirt gesehen. Ist er trotzdem verlegen?

»Ich habe es mir anders überlegt«, erwidere ich und ziehe ihn an den Händen zu mir hoch. »Außerdem kann ich im Zug schlafen.«

»Verstehe.« Er schenkt mir ein schräges Lächeln und legt die Hände unter meinen Hintern. Während er mich an sich zieht, küsst er mich langsam und bedacht. Seine Erektion drückt an meine Mitte, so entschlossen wie seine Worte. Seine Finger spielen mit dem Bund meines Slips, ehe er ihn mir von den Hüften streift und die Finger zwischen meine Beine legt.

Mein Becken reagiert sofort und schiebt sich seiner Handfläche entgegen. Ich beiße mir auf die Unterlippe und erkläre: »Corvin. Ich will dich heute ganz.«

Er hebt den Kopf und sieht mich an. Stummes Staunen spiegelt sich in seinen Augen, das sich mit Begehren und Vorfreude mischt. »Bist du dir sicher?«, flüstert er und hält inne. »Ich will nicht deine falsche Entscheidung sein.«

»Das bist du nicht. Wenn wir heute miteinander schlafen, wäre es …« Ich lächle und zitiere ihn. »*Genau richtig*.«

Er grinst und taucht die Finger ein. Sehnsüchtig seufzt er auf, als die Spuren meiner Lust seine Handfläche benetzen. Dann drückt er mich an sich und dreht mich mit einer flüssigen Bewegung auf den Rücken. Über mir schwebend betrachtet er mich, als wolle er sich jedes Detail einprägen. Vor anderen wäre mir das unangenehm. Aber wenn Corvin mich so intensiv mustert, sieht er nicht nur meinen Körper, sondern auch meine Seele. Er sieht meine Ängste und Wünsche. Dämonen der Vergangenheit, Träume der Zukunft. Wenn er genau hinsieht, findet er sogar ein Stück von sich selbst.

Er bricht den Moment und küsst mich hart auf die Lippen. »Ich will dich. So sehr«, presst er hervor. Seinen Worten verleiht er Nachdruck, indem er sein Becken an meines drückt.

Mein Innerstes pulsiert voller Vorfreude. Ich schmiege mich an ihn, genieße das Gefühl seiner breiten, nackten Brust an meiner.

Ohne die Lippen von mir zu nehmen, streckt er sich nach dem Nachttisch und öffnet eine Schublade. Mit gekonnten Griffen schiebt er die Shorts von seinen Hüften, reißt die Packung auf und stülpt sich das Kondom über. Er sinkt zu mir hinab und streichelt mir sanft durch die Haare. »Ich sage dir viel zu selten, dass du der schönste Mensch der Welt für mich bist«, murmelt er, während seine Nase mir über die Schläfe streicht. Seine Erektion ruht zwischen meinen Schenkeln. Ungeduldig rutsche ich ihm entgegen und spreize die Beine. Doch er nimmt sich Zeit und kostet den Moment aus. Seine Hand gleitet zwischen uns und stellt durch zarte Liebkosung sicher, dass ich bereit für ihn bin.

Als nur noch unkontrolliertes Stöhnen meinen Mund verlässt, verlagert er sein Gewicht. Die Lippen an meinen Hals gelegt, dringt er in mich ein.

Es ist ein Wahnsinnsgefühl, ihn ganz in mir zu haben. Er bewegt sich nicht. Er wartet. Auf mein Okay, meine Zusicherung, dass ich es genieße. Als er den Kopf hebt, sind seine Augen wach und aufmerksam. Selbst in seiner verschleierten, lustverhangenen Wahrnehmung ist seine oberste Priorität, dass es mir gut geht und ich auf meine Kosten komme.

Diese Umsicht zu empfangen ist so schön, dass ich kurz bereue, so lange auf unseren ersten Sex gewartet zu haben. Aber dann erinnere ich mich wieder an seine Worte. So wie es kam, ist es genau richtig.

Gierig schlinge ich die Arme um seinen Nacken. Ich lege die Beine um ihn und ziehe ihn enger an mich. Ermutigt von meinen klaren, körperlichen Signalen erlaubt er sich endlich, sich in mir zu bewegen. Erst langsam, dann immer schneller. Wir sind eins, vereint durch den intimsten Kontakt, den wir vollziehen können.

Sanft stöhnend bedeckt er meine Haut mit Küssen, setzt sich auf und zieht mich auf seinen Schoß. Er nimmt die Hände von meinen Hüften und schaut abwartend zu mir hoch. Den ersten Schritt hat er gemacht, nun gibt er mir die Macht über sich. Es ist ein bisschen wie unsere Verbindung miteinander. Er ging auf mich zu, führte uns in diese wunderbare Intimität. Wie wir weiterverfahren, ob wir uns wiedersehen oder nicht, ein Paar werden oder Freunde bleiben, liegt ab sofort in meinen Händen.

Werde ich mich in den kommenden Wochen für ihn entscheiden? Ich weiß es nicht. Dass ich nun alles von ihm will, steht außer Frage.

Die Hände an seine Wangen gelegt, küsse ich ihn und senke mein Becken auf seines. Tief nehme ich ihn in mir auf, immer wieder. Und als er schwer atmend flüstert, dass er gleich seinen Höhepunkt erreicht, zügle ich mein Tempo nicht. Unsere Lust bündelt, entlädt sich fast gleichzeitig und setzt eine Woge Glück in mir frei.

Ich wünschte, ich könnte für immer wach bleiben.

31.

The Broken Hearts Club (4)

»Es frisst wirklich aus der Hand?« Mit konzentrierter Miene hält Corvin eine Auswahl an Nüsse aus dem geöffneten Fenster meines Kinderzimmers.

Ich zurre den kleinen Koffer zu. »Ja. Das haben schon seine Eichhörnchenvorfahren gemacht und dieser kleine Kerl tut es auch.«

»Oder diese kleine Dame.« Corvin macht lockende Geräusche in Richtung des rotbraunen Geschöpfs, das auf dem Ast der alten Birke sitzt. Das Eichhörnchen lässt sich nicht beeindrucken. Sein Näschen zuckt, während seine runden Augen den fremden Mann mustern.

Ich setze meinen Rucksack auf und trete an seine Seite. »Lass das Schnalzen. Sprich einfach ganz ruhig mit ihm.« Ich vergrabe die Hand in der Schüssel. »Hey, Buddy. Ein Snack gefällig?«

Das Eichhörnchen betrachtet mich kurz aus rabenschwarzen Augen. Dann tippelt es über den Ast und springt mit einem Satz auf das Fensterbrett. Sein buschiger Schwanz tanzt wie ein roter

Ballon durch die Luft. Es schnappt sich eine Haselnuss von meiner Handfläche und knabbert daran herum.

Corvin hält begeistert den Atem an. »Zum Glück habe ich Red nicht mitgebracht. Sonst wäre der oder die Kleine der Snack.« Er legt die Hand auf meine Schulter und fügt leise hinzu: »Gut gemacht. Es mag dich.« Als Zeichen seiner Anerkennung drückt er mir einen Kuss auf die Haare.

»Es mag Nüsse«, verbessere ich ihn.

Einige Momente lang beobachte ich, wie das Eichhörnchen Nuss für Nuss aus meinen Fingern stibitzt. Währenddessen beobachtet mich Corvin.

Eigentlich müssen wir dringend los. Obwohl es nicht geplant war, sind wir im *Spree Château* eingeschlafen. Zwei volle Stunden haben wir verschenkt. Das ist viel zu wenig, um ausgeruht zu sein, aber angesichts unseres nahenden Abschieds wertvolle Zeit, die uns fehlt.

Nachdem wir aufgewacht sind, fuhren wir in Windeseile in mein Elternhaus, wo ich meine Sachen packte. Von Paps muss ich mich noch verabschieden. Das letzte Treffen mit The Broken Hearts Club wartet auf uns. Aber wir zögern den Abschied hinaus, halten uns an Kleinigkeiten fest wie dem Eichhörnchen. Denn solange wir uns mit ihm beschäftigen, müssen wir einander nicht loslassen.

Corvin lehnt an dem Kleiderschrank, die Fäuste in der Tasche seines Hoodies vergraben. Sein Blick klebt an mir und ich will ihn nicht ansehen. Den Ausdruck in seinen Augen kann ich erahnen. Seinem Schweigen zufolge ist er so voller Zuneigung und Sehnsucht, dass ich allein beim Gedanken daran bebe. Noch nie hat mich jemand so angesehen, wie er es tut.

»Fertig gepackt?« Eine donnernde Stimme führt uns zurück in die Realität.

Corvin zuckt zusammen und das Eichhörnchen presst sich verängstigt eine Nuss an die Brust.

Ich atme erschrocken durch. Mein Vater ist ins Zimmer gestapft, ohne zu klopfen. »Ja«, erwidere ich und deute zum Fenster. »Sei nicht so laut. Du verscheuchst es.«

»Ach, da ist ja unser Friedhelm«, sagt Paps vergnügt und kommt näher.

»Fried– … was?«

Das Eichhörnchen hat genug. Es stopft sich zwei Nüsse in den Mund und verschwindet im Geäst wie ein roter Blitz.

»So nenne ich das Kerlchen immer.« Paps' hellblaue Augen schweifen über die kahle Baumkrone.

»Seltsamer Name. Ich wäre eher für etwas Niedliches. Johnny zum Beispiel.«

»Oder etwas Weibliches«, gibt Corvin zu bedenken. »Was sagt ihr zu Frida?«

Paps betrachtet ihn argwöhnisch und brummt dann: »Frida. Auch nicht schlecht.«

Ich muss grinsen. Für seine Verhältnisse ist das eine ziemlich versöhnliche Reaktion. Die beiden kommen sich kurz vor meinem Abschied richtig nahe.

Für einige Momente stehen wir drei wortlos im Zimmer.

Dann beginnt Paps: »Nun, Tia, ich habe mich gefreut, dass du …«

»Ich mache noch eine Runde durchs Haus«, unterbreche ich ihn und verlasse fluchtartig den Raum. Ich will mich nicht verabschieden. Noch nicht.

Paps' leises Fluchen hinter mir lassend, spaziere ich durch die angrenzenden Zimmer, verabschiede mich vom Bad und stapfe auf den Dachboden. Die Tür ist mittlerweile repariert und lässt sich problemlos öffnen. Während ich den Männern lausche, die den kleinen Koffer ins Wohnzimmer tragen, schlendere ich an den Staffeleien vorbei. Mein Blick bleibt an der Leinwand hängen, auf der Paps meine Haare gemalt hat. Ein Kinderschopf, bestückt mit Übermut und Glück. Kurz kämpfe ich mit den Tränen. »Tschüss, Dachboden«, wispere ich und gehe nach unten.

Zurück in meinem Zimmer stelle ich fest, dass ich um ein Haar das Ladekabel meines Tablets vergessen hätte, und stopfe es in den Rucksack.

»Wo bleibst du?«, schimpft Paps und stolpert ins Zimmer.

Missmutig verschränke ich die Arme. »Hetz mich nicht! Ich brauche einen Moment für mich.«

Ohne Widerworte schlurft Paps davon. Vielleicht hat er die Tränen in meinen Augen gesehen. »Dann beeil dich. Dein Romeo wartet draußen.«

Ich schaue aus dem Fenster. Corvin lehnt an seinem Auto und winkt mir mit zwei emporgehobenen Fingern zu. Ich winke zurück und werfe einen letzten, prüfenden Blick in den Spiegel, bevor ich mein Kinderzimmer verlasse.

Die beiden doppelten Espressi dampfen noch, als Paps sie mir über den Tisch hinweg zuschiebt. »Prost.«

»Prost.« Ohne mich an dem bitteren Geschmack zu stören, kippe ich die Tasse herunter. Die Flüssigkeit brennt heiß in meiner Kehle.

Einige Herzschläge lang schweigen wir uns an.

»Marie hat sich übrigens unheimlich über das Bild von dir gefreut«, durchbreche ich die Stille.

»Das ist schön zu hören.« Paps wirft einen Seitenblick aus dem Wohnzimmerfenster. »Der Junge ist gar nicht so verkehrt. Er ist vorhin auf mich zugekommen, um den Umzug zu besprechen. Eine Firma will er schicken, die meinen Kram in die Wohnung bringt.«

Ich schlucke trocken. Der Backofen fällt mir ins Auge und ich erinnere mich, wie ich darin meinen ersten Käsekuchen in die Luft gesprengt habe.

»Falls du ihn weiterhin treffen willst … Als Schwiegersohn kämen mir schlimmere Kandidaten in den Sinn.«

Überrascht hebe ich die Brauen.

»Bessere auch!«, fügt Paps schnell hinzu. »Ich will nur sagen, dass er ganz nette Seiten hat.«

»Noch einen Espresso?«, schlage ich mit dünner Stimme vor.

»Meine Tochter hat heute die besten Ideen.« Er wirft die Maschine an, wir prosten uns zu und trinken die nächsten Espressi wie einen Shot Schnaps.

Paps stellt seine Tasse ab und mustert mich prüfend. »Du wirst nicht zurückkehren. Habe ich recht?«

Ich nicke zögerlich. »Durch die Gruppe habe ich gerade wieder angefangen, positive Dinge mit Berlin zu verknüpfen. Aber fürs Erste will ich nicht in dieser Stadt sein, wenn dieses Haus nicht mehr da ist. Und ob Corvin und ich eine Fernbeziehung schaffen … Ob ich das will … Ich weiß das noch nicht.« Tief seufzend zucke ich die Achseln. Maries und Neles Worte schießen mir durch den Kopf. Ihre Aufforderung, einfach mal auf mich und die Zukunft zu vertrauen. Ich schiebe sie vehement aus meinem Bewusstsein.

»Kann ich verstehen.« Paps' Stimme ist ein undeutliches Brummen. »Wir zwei machen immer viel mit uns aus. Trotzdem bin ich froh, dass du hier warst. Wir sind uns zwar oft in die Haare gekommen, aber wir hatten viel Spaß.« Er lächelt so schelmisch wie der Mann auf den zwanzig Jahre alten Bildern im Flur. »Du bist eine wunderbare Tochter, Tia. Ich bin froh, dass du hier warst. Vielleicht komme ich dich ja mal besuchen, sobald es irgendwie geht.«

»Werde nicht kitschig.« Meine Wangen sind heiß. Wohlig warme Zuneigung für meinen Vater durchströmt mich wie der Kaffee.

Er grinst. Dann streckt er den Arm aus und presst mich an seine Brust. »Nun komm schon her.« Fest reibt seine Handfläche über meine Schulterblätter. Einzelne Tropfen rinnen auf meinen Hoodie. »Ich habe dich lieb, Motte. Du bist immer bei mir willkommen.«

»Da ist sie!« Nora ist die Erste, die mich sieht, nachdem ich die Tür aufgerissen habe. Strahlend schlägt sie die Hände zusammen.

Zwei weitere Köpfe der in dem kleinen Stuhlkreis Sitzenden drehen sich zu uns um. Marten fehlt. Wahrscheinlich ist er noch krank. Reini lächelt erleichtert. Und Lieke ruft lachend: »Zehn Minuten vor Schluss! Wäre dies nicht ohnehin deine letzte Sitzung, würden wir dir nun den Marsch blasen.«

Schwer atmend drücke ich mich in den Raum. Corvin ist dicht hinter mir. »Sorry«, keuche ich. »Der Abschied von Paps hat länger gedauert als geplant.« Wir lassen uns zwischen den anderen auf die Stühle sinken.

»Wie war es, sich zu verabschieden?« Lieke rutscht wissbegierig an den Rand des Sitzes. Corvin grüßt sie mit einem flüchtigen Nicken.

Der letzte Moment mit Paps wiederholt sich vor meinem geistigen Auge. Wie er vor dem Haus stand und winkte. Und wie ich nicht wagte, wegzusehen, aus Angst, mir dieses Bild nicht fest genug einzuprägen. Für immer will ich mich daran erinnern. Mein Vater vor unserem Hexenhaus. Ich hebe den Kopf und murmle: »Es war schwer, ja. Aber irgendwie war es auch schön.« Etwas durcheinander fahre ich mir durch die Haare, penibel darauf achtend, die Kapuze nicht vom Kopf zu streifen. »Paps sagte mir, dass er mich liebhat. Das hat er ewig nicht getan. Ich glaube, ich habe mir das lange gewünscht.« Verblüfft starre ich in die Runde.

»Das hört sich großartig an!«, quiekt Nora.

»Sag ick doch«, schnarrt Reinhold. »Ein Vater liebt seine Tochter. Egal, was war.«

»Es ist trotzdem komisch, ihn zurückzulassen.« Blinzelnd reibe ich mir über das Gesicht. Die Müdigkeit hat mich fest im Griff. »Sollte ich zurückkehren, wohnt er in dieser Wohnung an der Bundesstraße.«

Lieke seufzt und wickelt eine grüne Strähne um ihren Finger. »Vergiss nicht, dass er echtes Glück hatte. Er hat eine helle Wohnung zu einem Spottpreis bekommen. Ich werde ewig nach etwas Vergleichbarem suchen.«

»Außerdem wird er nicht auf sich gestellt sein. Dein Vater kann sich immer an mich wenden.« Corvin sieht mich eindringlich an. Nach einer kurzen Pause fügt er leise hinzu: »Egal, wie das zwischen uns weitergeht.«

Ich schlucke und lächle. Corvins Blick ist offen und verlässlich. Dass er Paps auch dann unterstützen will, wenn ich mich gegen eine gemeinsame Zukunft entscheide, ist beruhigend und unfassbar schön.

Wieder kämpfe ich mit den Tränen. Verdammt, wieso fällt mir der Abschied so schwer? Ich setze dazu an, mich bei der Gruppe zu bedanken, doch ich stutze. »Moment«, druckse ich und deute auf jeden Einzelnen von ihnen. »Eure Kleidung. Es ist doch kein Zufall, dass ihr …«

Heftig nickend zieht Nora den Stoff ihres Pullovers glatt. »Juhu, du hast es bemerkt! Wir alle tragen schwarze Hoodies. Anlässlich deines Abschieds.«

»Echte Tiara-Klamotte«, schnarrt Reinhold. »Hab ick mir extra von unserem Topviolinisten jeliehen.«

Begeistert drehe ich den Kopf zu Corvin. Er grinst.

»Aber woher wusstet ihr, dass ich auch in einem schwarzen Hoodie komme?«, japse ich. »Stellt euch vor, ich hätte mich für was anderes entschieden und …«

Nora hebt tadelnd den Finger. »Ist das dein Ernst? Du hast es sogar geschafft, eine Hochzeit im Hoodie zu feiern. Es war klar, dass du dein Lieblingskleidungsstück zum Reisen anziehst. Und dann hatten wir ja auch noch Corvin, der darauf achten konnte.«

»War nicht nötig«, meldet dieser. »Sie hat von allein zum schwarzen Hoodie gegriffen. Wie vermutet.«

»Moment! Unser Special Guest darf nicht fehlen«, ruft Lieke, die in den vergangenen Sekunden mit dem Handy beschäftigt war. »Sagt Hallo zu unserem letzten Gruppenmitglied!« Sie präsentiert uns das Display.

Marten ist zu sehen. Er hat eine Bettdecke um seine Hüften geschlungen und wirkt sehr angeschlagen. Seine winkende Hand steckt im Ärmel eines schwarzen Hoodies. »Hallo ihr Lieben. Hallo Tia.«

»Hi Marten! Wie schön, dich zu sehen!«, rufe ich gerührt.

»Ich liege leider flach, aber ich will es mir nicht nehmen lassen, Tschüss zu sagen«, erklärt er und unterdrückt ein Husten. »Corvin? Ich habe gehört, dass du für mich aufgetreten bist. Es war mir so unangenehm, direkt bei meinem ersten Auftritt auszufallen. Aber du hast es sicherlich besser gemacht, als ich es je könnte. Danke dir.«

Corvin reibt sich den Nacken. »Besser? Übertreib nicht. Du wärst bestimmt auch klasse gewesen. Und kein Ding. Es fühlte sich irgendwie richtig an.«

Nora und ich wechseln einen Blick. Corvin ist ziemlich

bescheiden. Uns ist klar, dass den Auftritt niemand hätte mitreißender gestalten können als er.

Lieke dreht das Display zurück zu sich. »Vielleicht spielt ihr beide mal zusammen!« Ehe einer der Männer darauf reagieren kann, quiekt sie los. »Du trägst ja eine Brille, Marten! Wie niedlich ist das denn?«

»Niedlich?« Marten klingt richtig geschockt.

»Die steht dir super! Hey, du setzt die jetzt nicht etwa ab?!«

Ich werfe Corvin einen vielsagenden Blick zu und er neigt abwägend den Kopf. Ob Lieke und Marten tatsächlich zueinanderfinden, wird die Zukunft zeigen. Corvin wird ernst und deutet auf eine imaginäre Uhr an seinem Handgelenk.

Seufzend nicke ich. Er hat recht. Es ist Zeit. »Es war wirklich super bei euch. Aber ich muss los.«

Lieke lässt das Handy sinken. Nora und Reinhold heben betroffen die Köpfe.

Ich hasse Abschiede. Deshalb starre ich auf meine Finger. »Ich glaube, ein einfaches ›Danke‹ sagt nicht ansatzweise aus, wie schön ich die Zeit mit euch fand.«

»Wir haben zu danken.« Reinhold steht auf und breitet die Arme aus. »Erzähl allen in Frankfurt von uns, aber nicht zu genau. Denn …« Konzentriert kneift er die Augen zusammen und presst in holprigem Englisch hervor: »*What happens at The Broken Hearts Club …*«

»*Stays at The Broken Hearts Club!*«, vervollständigen wir alle, rufen: »Yay!« und formen mit den Fingern ein brechendes Herz. Dann fallen wir ihm um den Hals.

Eine Umarmung ist toll, aber eine Gruppenumarmung mit diesen besonderen Menschen ist noch viel besser.

32.

Zwischen Aufbruch und Stillstand

Der Vorteil des Berliner Hauptstadtbahnhofs ist, dass man zu jeder Tages- und Nachtzeit etwas zu essen bekommt. So auch nach zwanzig Uhr. Ich streife durch die Bäckerei und fülle mit einer Zange Snacks in eine Tüte. Ich kann mir schlecht vorstellen, dass mich auf der fünfstündigen Fahrt der Hunger übermannt. Aber Yannik hat garantiert nicht für mich eingekauft und mein Kühlschrank zu Hause ist leer. Ich will vorbereitet sein.

Ich zahle und schlendere zum Ausgang, wo Corvin auf mich warten sollte. Wie vom Donner gerührt bleibe ich stehen. Er ist nicht da.

Ich wirbele herum und rufe hektisch seinen Namen. Nach wenigen Schrecksekunden entdecke ich ihn. Er drückt sich an ein paar Passanten vorbei, zieht meinen Koffer hinter sich her und winkt entschuldigend.

»Wo warst du denn?« Ich nehme seine Hand und dränge ihn zur Rolltreppe. Sie führt uns hinab in die Tiefen des Bahnhofs. An den Ort, von wo aus sich Fernzüge aus der Hauptstadt schlängeln. »Hau nicht einfach ab«, bitte ich ihn. »Für einen kurzen Moment habe ich befürchtet, meinen Zug zu verpassen.« Seufzend lasse ich meine Stirn an seine Brust sinken. Der Windbreaker riecht nach Corvin und Geborgenheit.

Auf der Stufe vor mir stellt er den Koffer neben sich ab. Obwohl er tiefer steht, ist er größer als ich. Sachte streichelt er mir über die Kapuze. »Entschuldige. Mir ist eingefallen, dass ich kein Abschiedsgeschenk für dich habe.« Er zieht eine Rose hinter seinem Rücken hervor.

Wortlos bestaune ich die imposante Blüte. Meine Augen brennen. Das muss an der Müdigkeit liegen. Garantiert. Ich hole Luft und starre in sein Gesicht. Weil es so hübsch ist, vergesse ich kurz, was ich sagen wollte. Er ist der schönste Mann der ganzen Stadt. Wie, um alles in der Welt, konnte dieser Typ sich in mich verlieben?

»Die Blume wird im Zug leiden.« Ich blinzle. »Ich werde sie einige Stunden lang nicht wässern können.«

Corvin lächelt. »Ein bisschen Abschiedsromantik tut nicht weh. Du musst sie nicht sofort zerstören.«

»Aber …«

Er legt die Lippen auf meine. Die Blume in meiner Hand sinkt hinab. Weil seine Zunge so hartnäckig ist und seine Berührungen so zart, lasse ich es geschehen. Ich öffne mich. Bittersüßer Schmerz mischt sich mit der warmen Gewissheit, mit diesen Gefühlen nicht allein zu sein, nicht alleingelassen zu werden. Ich lasse mich fallen in eine durchsichtige Vulnerabilität. Seine Küsse sind intensiv und wertschätzend. Und ich fühle so stark, dass ich mich an seine Jacke krallen muss, um das Gleichgewicht nicht zu verlieren.

Als wir fast unten sind, nimmt er die Intensität aus seinen Berührungen. Mit sanften, kurzen Küssen führt er mich zurück in die Realität und bewahrt mich davor, am Ende der Rolltreppe zu stürzen. »Na siehst du«, sagt er leise und umschließt meine Hand. »War doch gar nicht so schlimm.«

»Es ist schlimm«, widerspreche ich. »Abschiedsromantik tut sehr wohl weh.« Mein Herz rast. Ich friere.

»Aber doch nur, wenn man sich danach nicht mehr wiedersieht«, erwidert Corvin und fügt beiläufig hinzu: »Kapuzenmädchen, hast du nächstes Wochenende schon was vor?«

Hat er mir heute früh nicht zugehört? Fassungslos setze ich zu einer Antwort an, doch die Bahndurchsage schneidet mir das Wort ab.

»*Gleis sechs. Einfahrt.*«

Erleichtert und doch etwas wehmütig drehe ich mich zum einfahrenden Zug um. Es fällt mir schwer, mich von Corvin zu verabschieden. Aber wenn ich nach diesen turbulenten vierundzwanzig Stunden eines vermeiden will, dann einen niemals endenden, dramatischen Abschied.

Während der ICE vor uns hält, stelle ich mich auf die Zehenspitzen. Ich drücke Corvin einen Kuss auf die Wange, hauche »Ich muss los. Danke für alles«, schnappe den Koffer und steige ein. Er ist so überrumpelt, dass er viel zu spät nach meiner Jacke greift und ich seinen suchenden Fingern entgleite.

Im Zug angekommen, atme ich tief durch. Das ging schnell. Fast zu schnell. Für mich gerade richtig.

Ohne hinauszuschauen, betrete ich das Abteil und suche einen Sitzplatz. Weil Montag ist, sind wenig Pendler unterwegs und ich werde im Nu fündig. Kaum habe ich mich niedergelassen, vibriert mein Handy.

Corvin: Dieses Wochenende kann ich. Das darauf bin ich leider beschäftigt.

Tia: Beschäftigt? Du?

Corvin: Businessplan mit Jordan erstellen.

Tia: Was? :D

Corvin: Na gut, du hast mich enttarnt. Das stimmt natürlich nicht.

Tia: Willst du dich rar machen?

Corvin: Um interessanter zu wirken. ;) Klappt's?

Corvin: Du bist so schön, wenn du lachst.

Ertappt schaue ich aus dem Fenster. Corvin steht davor und hat die Hand an die getönte Scheibe gelegt. Sein Lächeln ist so liebevoll, dass es in mir ein warmes Kribbeln entfacht.

Ich lege meine Handfläche an seine. Die Kapuze hüllt sein Gesicht in Schatten. Das abgedunkelte Glas verfälscht den Grünton seiner Augen. Ich will sie so gern noch einmal klar sehen, alles um mich herum ausblenden und mich in ihnen verlieren. Doch dafür ist es zu spät. Das ist erst der Anfang. Sobald wir losfahren, liegt viel mehr zwischen uns als Glas. Aber das habe ich so gewollt.

Die Türen des Zugs schließen sich. Zeitgleich zieht eine Menschentraube im vorderen Bereich des Abteils meine Aufmerksamkeit auf sich. Mir ist, als ob mein Name gerufen wird. Aber das kann nicht sein. Das bilde ich mir wahrscheinlich nur ein.

Auch Corvin dreht den Kopf. Sein Mund formt ein stummes

»*Verdammt*«. Die Spuren seiner Fingerkuppen hinterlassen blasse Abdrücke auf der Scheibe.

Ein Schaffner eilt durch den Gang. Seine Brauen sind zusammengezogen und seine Lippen formen eine schmale Linie. Er drängt sich an den Menschen vorbei und donnert: »Nun hören Sie doch auf, die Tür zu blockieren! Entweder Sie steigen ein oder aus! Wegen Ihnen haben wir bereits Verspätung!«

»Seien Sie nicht so kleinlich! Die Deutsche Bahn hat sowieso meistens Verspätung!«, erwidert eine wütende, brummige Stimme.

Mein entsetzter Blick findet Corvins. Er bestätigt meine Befürchtung mit einem stummen Nicken. Mit der Rose in der Hand springe ich auf und dränge mich nach vorn.

»Ich sage es Ihnen noch einmal im Guten«, knurrt der Zugbegleiter. »Sie treten aus der Tür, oder ich …«

»Paps?« Schwer atmend schlüpfe ich an den Schaulustigen vorbei.

»Tia!« Mein Vater hebt erleichtert die Arme. »Ich habe dich gefunden. Ein Glück! Ich wollte dich ausrufen lassen, aber dann habe ich bemerkt, dass es bereits zu spät ist.«

»Was tust du hier?«, keuche ich.

»Es geht um das Haus«, sagt mein Vater und starrt auf seine Finger.

Immer mehr Neugierige sammeln sich im Durchgangsbereich.

»Was ist mit dem Haus?«, versuche ich, ihm auf die Sprünge zu helfen.

»Ich habe nachgedacht, und … Wenn ein Verkauf bedeutet, dass du nicht mehr zurückkommst …«

»Geht es um eine Familiensache?«, schaltet sich der Zugbegleiter ein. »Müssen Sie das ausgerechnet hier klären?«

»Pst!«, mache ich in seine Richtung. Am Rande nehme ich

wahr, dass zwei Frauen neben der Zugtoilette ihm ebenfalls mit einem scharfen Zischen das Wort verbieten.

Erzürnt setzt der Zugbegleiter zu einer maßregelnden Antwort an, doch ich schenke ihm keine Beachtung mehr. Eindringlich sehe ich Paps in die Augen. »Sprich weiter. Hast du dich umentschieden?«

Paps zögert. Dann knurrt er widerwillig: »Das mit den Bildern. Ich mach's! Wenn dieser Lümmel Herr Superreich die Dinger überhaupt noch in seinem Hotel aufhängen will.«

»Gern!«, ruft Corvin, der hinter Paps aufgetaucht ist. »Du brauchst mich aber nicht Herr nennen. Wir waren beim Du, oder?«

Paps dreht sich zu ihm um und fällt vor Schreck beinahe die Stufen herunter. »Du bist ja auch hier. Hätte ich ahnen können«, brummt er. Seine Wangen färben sich rot und lassen seinen hellgrauen Bart erblassen. Er sieht ins Abteil und fragt vorsichtig: »Was sagst du dazu, Tia? Dein Zuhause wäre noch da. Du könntest wiederkommen. Jederzeit.«

Die Schaulustigen im Zug halten den Atem an.

Dann falle ich Paps um den Hals. Der grobe Bart kratzt über meine Wange. Die Umarmung mit Paps riecht fast genauso wie früher. Nach Holz, unserem Weichspüler und nach Vater. Aber eben nur fast. Die allgegenwärtige Alkoholfahne ist verschwunden. Strahlend flüstere ich: »Das hört sich wundervoll an.«

Unbeholfen legt Paps die Arme um mich. »Meine Motte«, murmelt er. »Mein Mädchen.«

Die alte Dame wischt sich eine Träne aus dem Augenwinkel.

Kurz stehen wir Arm in Arm zwischen Aufbruch und Stillstand. Dann donnert der Zugbegleiter: »Mir reicht es. Ich rufe die Polizei.«

»Also bitte! Haben Sie kein Herz?«, fährt die alte Dame ihn an.

Etwas verdattert starrt er sie an. Unter ihrem scharfen Blick wagt er keine Widerworte. Unterstützung bekommt er allerdings von einem Schaffner am Bahnsteig, der wild fuchtelnd auf meinen Vater einredet.

Ich sehe Paps eindringlich in die Augen. »Das ist eine tolle Entscheidung. Mach das so.«

Um das Personal zu beschwichtigen, tritt er aus der Tür. Meine Hand hält er fest in seiner. »Tia. Willst du nicht einfach mit nach Hause kommen? Jetzt?«

Begeistert hebt Corvin den Kopf und presst bittend die Handflächen aneinander. Beide Männer haben exakt denselben, flehenden Ausdruck im Gesicht.

Ich zögere. Mir fallen Maries und Neles Aufforderungen ein, mich mehr zu trauen. Der Glanz in Corvins Augen, als er sagte, dass er sich in mich verliebt habe. Und dann nimmt die Angst wieder von mir Besitz. Die Furcht vor der Ungewissheit, vor einem Neuanfang und vor viel zu vielen Gefühlen. Verstand und Herz führen einen erbitterten Kampf, und ich kann nur neben ihnen stehen und zusehen.

»Na los, Mädchen. Gib dir einen Ruck!« Die alte Dame drückt meine Schulter.

Doch der Verstand ringt mein Herz nieder. Meine Hand löst sich aus Paps' und ich schüttle den Kopf. »Das kann ich nicht.«

Ein Schatten legt sich über sein Gesicht. Innerhalb weniger Sekunden sieht er um mehrere Jahre gealtert aus. Er zieht die Nase hoch und brummt undeutlich: »Gut. Das muss ich akzeptieren.«

Plötzlich packt Corvin ihn am Arm und deutet die Rolltreppe hinauf. »Der Sicherheitsdienst. Wir sollten abhauen. Komm!« Hektisch zerrt er meinen Vater von der Tür weg, der strauchelnd hinter ihm her humpelt.

Der Schaffner fängt meinen Blick auf. Ein diabolisches Grinsen umspielt seine Mundwinkel.

Ein Pfiff ertönt und die Türen schließen sich. Wie versteinert starre ich aus dem Fenster. Langsam überholt der Zug die Flüchtenden. Paps keucht und hustet. Und Corvin findet trotz der Eile die Gelegenheit, mir winkend ein verschmitztes Grinsen zuzuwerfen. Dann lassen wir den Bahnhof auch schon hinter uns. Ich bleibe im Gang stehen. Mit der alten Dame und dem Zugbegleiter.

»So, bei Ihnen fange ich direkt an«, schnarrt er mit hämischem Unterton. »Die Fahrscheine bitte.«

Die sperrige Rose in der Hand, nestele ich an meiner Tasche und zeige sie ihm. Dass mein Abschied von Paps und Corvin ihn mit so viel Genugtuung erfüllt, ärgert mich.

Die alte Dame hingegen hat einen weisen Rat für mich in petto. »Wenn eine Blume nicht aufblüht, ändert man ihre Umgebung, nicht die Blume.«

Verdattert bedanke ich mich bei ihr und schlurfe zu meinem Platz. Die Rose lässt jetzt schon traurig den Kopf hängen. Dass ein Zug nicht die richtige Umgebung für sie ist, weiß ich selbst, aber wie soll ich das auf die Schnelle ändern?

Die Lichter der Stadt verblassen. Schwarz ist die Welt vor dem Fenster. Und kalt.

Ich wickele mich in meine Jacke, ziehe die Beine an und schlafe fast augenblicklich ein.

Zu Hause angekommen ist alles vertraut und trotzdem fremd. Meine Wohnung ist dunkel und kalt, doch sie riecht nach mir und Wasserfarben.

Abgesehen davon ist es still. Es ist zu spät, Blue von Yannik abzuholen. Deshalb lege ich meinen Koffer ab, stelle die Rose in eine Vase und putze meine Zähne.

Nachdem ich mich die letzten Wochen so gut wie nie allein bettfertig gemacht habe, kann ich mein Spiegelbild mit dem Schaum im Mund kaum ertragen. Mein Gesicht sieht fahl aus, wenn Corvin nicht neben mir steht. War ich schon immer so blass? Hat das Leuchten in seinen Augen sich auf mich übertragen und mir Wärme eingehaucht, solange ich bei ihm war? Oder ist das Licht in meinem Badezimmer einfach unvorteilhaft?

Ich weiß es nicht, und darum wische ich mir den Mund ab und verkrieche mich umgehend im Tipi. Ich bin zurück. Endlich. Nun habe ich es wieder sicher und kuschelig. Aber auch langweilig, trist und einsam. Vielleicht sollte ich mein Mindset ändern. Mich nicht vor der Welt verstecken. Mehr rausgehen. Ob es das ist, was mir fehlt? Kann ich das einfach so ändern? Der Depression entgegenwirken, indem ich mehr an die frische Luft gehe? Nein. Damit ist es nie und nimmer getan.

Zum Glück falle ich innerhalb kurzer Zeit in einen tiefen Schlaf.

Am nächsten Morgen stehe ich schon früh vor Yanniks Tür. Er öffnet allerdings nicht, sondern Linda. Zwei ihrer vier Katzen tapsen neugierig herbei. Ich ermahne mich, ihren Bauch nicht so anzustarren. Er ist ein ganzes Stück gewachsen, seit ich Frankfurt verlassen habe.

»Hallo Tia«, sagt sie mit einem müden Lächeln. »Wir haben total vergessen, dir Bescheid zu geben. Wir haben uns dagegen entschieden, wegzufahren. Der kleine Mann hat mich letzte

Woche schon ins Krankenhaus gebracht, aber es war falscher Alarm. Immerhin wissen wir nun, dass er es eilig hat.«

»Oh.« Ich weiß nicht, was ich erwidern soll. Diese Info habe ich nicht gebraucht. Linda ist so schwanger und so glücklich. Meistens macht es mir nichts aus, sie mit meinem Ex zu sehen. Aber ihr Anblick führt mir vor Augen, dass ich Zeugin davon werde, wie die beiden ihre Familie erweitern und ihre Träume leben. Währenddessen werde ich nebenan in meinem Tipi sitzen, verlorene Mädchen zeichnen und dem Babygeschrei lauschen. Wie waren die Worte der alten Frau? *Wenn eine Blume nicht aufblüht, ändert man ihre Umgebung, nicht die Blume?* Ja. Das hat sie gesagt, und ich habe mich gewundert. Moment, könnte es sein, dass sie gar nicht die Rose meinte, sondern …?

»Du willst bestimmt Blue abholen«, sagt Linda.

Bei diesem Stichwort steckt eine graue Katze schüchtern ihren Kopf aus der Tür. Ihre Schnurrhaare zucken. Ich sinke in die Hocke und strecke ihr meinen Handrücken hin. »Oh Blue! Du hast mir so gefehlt. Wie hat sie sich geschlagen?«

»Anfangs hat sie sich versteckt, aber sie ist schnell aufgetaut. Yannik kennt sie ja gut«, erwidert Linda. »Willst du zum Frühstück bleiben? Yannik baut gerade eine Kommode fürs Kinderzimmer auf. Für einen Kaffee macht er sicherlich eine Pause. Du kannst uns erzählen, wie es in Berlin war.«

Blue schnuppert zaghaft an mir und drückt dann ihr Köpfchen an meine Faust. Ich lasse die Finger durch ihr seidiges Fell gleiten. Mein Mund ist staubtrocken. Ich sehe zu Linda hoch, deren Hand unbewusst über ihren Bauch streichelt. Sie strahlt so viel Glückseligkeit aus. Ich freue mich für sie. Aber es versetzt mir einen Stich.

Und da fällt der Groschen. Die Worte der alten Frau ergeben plötzlich Sinn. Die Blume, die nicht blüht, ist nicht Corvins Rose.

Die Blume bin ich. Ich blühe hier nicht auf. Und deshalb sollte ich nicht mich ändern, sondern meine Umgebung.

Also entscheide ich mich um. Einfach so. Weil mir danach ist und weil ich es kann. Weil ich an die richtige Umgebung glaube und ein bisschen auch an mich.

Ich klemme Blue unter den Arm und stehe auf. »Nein danke, Linda. Ich habe es eilig. Ich fahre gleich wieder los.«

»So schnell? Du bist doch gerade erst angekommen. Was ist mit Blue?«

»Ich fahre mit Blue nach Berlin. Und ich kehre nicht zurück.«

»Was?« Ihre Augen weiten sich. »Das ist ja krass.«

»Heftig, oder?« Mein Herz rast. Ich kann selbst nicht glauben, was ich da gerade gesagt habe. »Es fühlt sich richtig an.«

»Na dann.« Überrumpelt sieht sie von Blue zu mir. »Willst du nicht trotzdem … einen Kaffee mit uns trinken, ehe du gehst?«

Ich schüttle den Kopf. »Tut mir leid. Ich hab's eilig. Danke, dass ihr Blue aufgenommen habt. Richte Yannik schöne Grüße aus. Viel Erfolg bei der Geburt. Macht's gut.« Ich trete in den Flur und stecke den Schlüssel ins Schloss.

»Aber Tia, was ist mit deiner Wohnung?« Linda wird langsam bewusst, dass es mir ernst ist. »Du kannst doch nicht einfach abhauen.«

Ich lache. »Klar kann ich das. Die Wohnung räume ich irgendwann aus. Miete zahle ich weiterhin. Keine Sorge.«

Ehe sie weitere Fragen stellen kann, die ich nicht beantworten möchte, schließe ich die Tür.

Drinnen angekommen springt Blue mir vom Arm. Sie kann es nicht ausstehen, hochgehoben zu werden. Noch dazu ist sie mir böse, weil sie mich mehrere Wochen nicht gesehen hat. Sie wird mich hassen, wenn ihr klar wird, dass sie den Vormittag in einer Transportbox verbringen muss. Mit erhobenem Schwanz schlendert sie in das Tipi.

Ich lasse sie gewähren und ziehe das Handy hervor. Paps hat mir bereits geschrieben.

Paps: Hallo Motte, bist du gut angekommen?

Tia: Ja, alles bestens. :)

Paps: Mir ist was eingefallen. Wenn ich in unserem Haus bleibe, brauche ich die Wohnung an der Bundesstraße gar nicht mehr.

Tia: Das ist doch super!

Paps: Das sagst du so. Aber wie verklickere ich das Ralf?

Tia: Das musst du vielleicht gar nicht. Ich kenne eine Nachmieterin, die die Wohnung liebend gern übernehmen würde.

Paps: Und wer ist diese ominöse Frau?

Tia: Lieke, eine Freundin von mir. Ich will sie dir vorstellen – heute Abend oder morgen. Je nachdem, wann ihr Zeit habt.

Paps: Heißt das …?

Tia: Ja. Ich komme zurück, wenn du nichts dagegen hast.

Eine ganze Weile empfange ich keine Reaktion von seiner Seite. Dann klingelt mein Handy. Ich gehe ran.

Ohne ein Wort der Begrüßung schnarrt Paps: »Du kehrst zurück? Heute schon?«

»Heute schon. Mit Blue.«

Stille am anderen Ende der Leitung. Dann ein ersticktes Schluchzen. Tief, ergriffen, bewegt. Dunkel tönt es aus dem Hörer: »Das habe ich mir so gewünscht.«

Nachdem ich aufgelegt habe, verabschiede ich mich zum zweiten Mal innerhalb eines Monats von meiner Wohnung. Dieses Mal ziert ein breites Lächeln mein Gesicht.

Corvin schreibe ich nicht. Denn wie seine Reaktion ausfallen wird, weiß ich jetzt schon ganz genau.

33.

Frühsommerfunkeln

Fünf Monate später.

»*Das Leben ist eine Reise, die heimwärts führt.*« Während ich vorlese, fährt mein Finger über die Buchstaben auf der schwarzen Plakette. Ihr Rand ist vergoldet. Das macht mich irgendwie glücklich.

Die Hand an die grobe Rinde der Esche gelegt, drehe ich mich zu Paps um. »Einen schönen Spruch hast du da ausgesucht.«

»Ausgesucht?« Die Sonne scheint zwischen den Blättern der Bäume hindurch und er kneift geblendet die Augen zusammen. »Ich habe irgendwas ausgewählt, was mir vor die Nase gehalten wurde. Ich war betrunken. Auch bei der Beisetzung.«

»O nein.« Bedauernd blicke ich auf den Namen, der unterhalb der Plakette steht. *Audrey Weiß*. »War die Beerdigung schön?«

»Das weiß ich nicht mehr. Wie gesagt, ich war betrunken.«

»War Pierre da?«

»Nein.«

Paps legt den Arm um meine Schulter. Gemeinsam betrachten

wir den Baum, unter dem meine Mutter liegt. Die Wurzeln der Esche sind kraftvoll in der Erde verankert. Das Frühsommerfunkeln steht ihrer Blätterpracht gut. In leuchtendem Grün erstrahlt sie genauso kräftig wie die umstehenden Bäume. Trotzdem ist sie für mich die schönste von allen.

»Ich wünschte, die Beisetzung wäre anders verlaufen«, murmle ich. »Mit einem Abschied, an den wir uns gern erinnern.« Ich sehe mich in einem schwarzen Kleid vor dem Baum stehen, ein Gedicht vortragen und Blumenkränze an den Stamm lehnen. In einer idealen Familie macht man das so.

Paps drückt versöhnlich meine Schulter. »Beerdigungen sind nie schön. Dieses Vater-Tochter-Wochenende war es aber. Hoffen wir, dass deine Mutter das sieht. Es wäre ganz nach ihrem Geschmack. Wollen wir gehen?«

Ich nicke und wir schlendern gemeinsam zum Wohnwagen. Ehe wir den Friedwald verlassen, drehe ich mich ein letztes Mal um. Mir ist, als ob uns eine Gestalt in roter Regenjacke zuwinkt. Ich blinzle zweimal. Die Gestalt ist verschwunden.

Der Jungfernsee spült feine Steinchen ans Ufer. Dunkelgrün wiegt sich das Schilf in der lauen Brise. Das ganze Wochenende haben Paps und ich hier verbracht, auf Klappstühlen sitzend geangelt und gelacht. Der Duft von saftigem Rasen und Seewasser erfüllt die Luft.

Ich straffe die Schultern und lasse den Blick über den See schweifen. Mit Wasser konfrontiert zu sein, tut nicht mehr so weh wie vor sechs Monaten. Im Gegenteil. Ein herrliches Wochenende liegt hinter uns und wir haben tolle, neue Erinnerungen geschaffen. Doch am Horizont ziehen dunkle Wolken auf.

Auf einmal fallen dicke Tropfen auf die Wasseroberfläche. Hektisch sammeln wir unsere Habseligkeiten zusammen und stürzen in den Wohnwagen.

Gerade rechtzeitig. Ein dichter Schauer ergießt sich über das Land. Beeindruckt von dem Wetterumschwung starren Paps und ich hinaus.

Genau betrachtet Paps den See, über den sich ein krauser Teppich gelegt hat. Ich kenne diesen Blick. Er merkt sich die Farben des Unwetters, die Nuancen des Sturms. Ich werde sie bald auf seinen Farbpaletten wiederfinden. Und dann in den Bildern, die die Gänge des Hotels schmücken. Seufzend dreht Paps sich zu mir um. »Es hat keinen Sinn, Tia. Lass uns früher nach Hause fahren.«

»Ist gut. Wir wollten ja sowieso in ein paar Stunden aufbrechen.«

Paps lässt den Motor an. Die Scheibenwischer quietschen, während sie mit dem Regen kämpfen. Triumph blitzt in den Augen meines Vaters. Schließlich ist dies seine erste richtige Autofahrt seit Jahren.

Als Paps für den Führerschein gepaukt hat, stellte nicht der Stoff die größte Herausforderung für ihn dar, sondern der Umgang mit Medien. Fahrschulen setzten mittlerweile auf digitalen Theorieunterricht: Übungsbögen mussten am Tablet ausgefüllt werden, Apps halfen bei der Festigung der Lektionen. Doch der Weg lohnte sich: Paps bestand die Prüfung auf Anhieb und stieß mit Corvin und mir an, mit einer ganzen Kanne Kaffee.

Seit Paps wieder fahren darf, ist er anders. Ausgeglichen. Unabhängig. Frei. Paps liebt die Straße und die Straße liebt ihn. Endlich hat er seine Flexibilität wieder. Und damit seine Passion, die ihn in die Welt führt. Zu Inspiration und vielen bunten Farben.

»Wollen wir morgen wieder ein Bild zusammen malen, Paps?«

»Das können wir gern tun. Ich habe es genossen, mit dir unsere erste Kollaboration zu starten.« Er schmunzelt. »Ich werde übrigens nie verstehen, weshalb du dir den Unvernünftigen der beiden Brüder geangelt hast. Corvin hat überhaupt keine Ahnung, wie viele Bilder ich schon abgeliefert habe. Er kann froh sein, dass sein Bruder ein Auge auf die Finanzen hat.«

Ich muss grinsen. Dass Corvin keinen Überblick über die Bilder hat, liegt daran, dass er sie immer direkt aufhängt. Mittlerweile erstrahlt das Hotel in neuen Farben. Sein Versprechen hat er gehalten und meinen Vater bezahlt.

Ich werde nie den Ausdruck in Paps' Gesicht vergessen, als er vor wenigen Monaten den Kontoauszug mit der Gutschrift in seiner bebenden Hand hielt. Das Zittern in seiner Stimme, als er dem Bankberater mitteilte, dass er das Geld für das Haus nun doch beisammenhat. Und die Entschlossenheit in seinen Augen, als er die Einladung zur Zwangsversteigerung zerriss. Ich setzte Kaffee auf und wir tranken, bis die Vögel zwitscherten. Paps schenkte uns immer wieder nach. Und als ich mit Corvin in meinem Bett lag, todmüde, aber vom Koffein aufgedreht, bekam ich die Nachricht von Yannik. *Konstantin, dreitausendvierhundertfünfundzwanzig Gramm.* Ich wünschte alles Gute und ließ mich zurück in Corvins Arme sinken. Während ich wegdämmerte, fiel mir auf, dass ich in den letzten Wochen nicht einen flüchtigen Gedanken an Frankfurt verschwendet hatte.

Abgesehen von den Bildern an der Wand, hat sich im Hotel viel getan, seit die beiden Brüder an einem Strang ziehen. Die Blusen des Personals sind nicht mehr weiß, sondern waldgrün. Eine Übernachtung ist kein Prestige mehr, da die Preise der Zimmer gesenkt wurden. Dies wirkt sich positiv auf die Auslastung aus. Die ersten Mitarbeitenden aus dem Vollzug wurden eingestellt. Corvin steht mit Beratungsstellen der Drogen- und Obdachlosenhilfe in Kontakt, um Ausbildungsplätze für den Herbst zu vergeben. In der Sky-Lounge findet alle zwei Wochen eine Essensausgabe für sozial benachteiligte Menschen statt. Zukünftig soll sie Veranstaltungsort des Kinderkochkurses der Tafel werden.

Und dann ist da noch die Fahrradwerkstatt, in der stets ein Mann im Hoodie herumschraubt. Mal berät er Kunden, mal cruist er auf seinem Bike durch die Lobby. Der kleine Laden wirft kaum Gewinn ab. Doch er ist ein Publikumsmagnet und Corvins ganzer Stolz.

Doch auch Corvin und Jordan kamen sich näher. Mittlerweile unternehmen sie alle zwei Wochen etwas zusammen, oft machen sie Fahrradtouren. So verbringen sie Zeit miteinander als Brüder und nicht als Geschäftsführung.

Während man Jordan nach wie vor selten in legerer Freizeitkleidung sieht, ist Corvin seinen Kapuzenpullovern auch in der Funktion des Hoteliers treu geblieben. Mittlerweile sind die Brüder bekannt für ihre gegensätzlichen Stile.

Als wir in Berlin ankommen, hat der Regen sich verzogen. Stattdessen kämpft sich die Sonne durch die Wolkendecke. Nachdem Paps auf der Auffahrt unseres Zuhauses geparkt hat, erblicke ich eine Gestalt unter dem Vordach der Veranda.

»Corvin! Was machst du denn hier?« Begeistert steige ich aus dem Wagen und laufe auf ihn zu.

Mit einem sanften Lächeln erwartet er mich. Mit genau diesem Lächeln hat er mich in die Arme genommen, als ich an jenem Nachmittag vor seiner Hotelzimmertür stand und verkündete, dass ich es mir anders überlegt habe. Dass ich etwas riskiere. Alles hinwerfe. Weil es sich richtig anfühlt. Und weil ich mehr zu gewinnen habe, als zu verlieren.

Nun sehe ich dieses Lächeln jeden Tag. Nach dem Aufwachen und direkt vor dem Einschlafen. Es ist verlässlich, zuversichtlich und locker. Kurz höre und sehe ich nichts außer ihn. Funkelnde, smaragdgrüne Augen. Abenteuer und Geborgenheit. Ich sehe meine Vergangenheit, die Gegenwart und die Zukunft. Uns beide zusammen. Hand in Hand. Und dann bin ich auch schon bei ihm.

Ein träges »Na?« entfährt ihm, ehe er sich zu mir herunterbeugt und mich küsst. Die Berührung seiner Lippen raubt mir auch nach den vielen Monaten den Atem.

»Als du mir geschrieben hast, dass ihr bereits zurück nach Berlin fahrt, konnte ich nicht mehr warten«, erklärt er leise. »Ich habe eine Überraschung für dich. Magst du mitkommen? Du kannst sogar Blue mitbringen.«

»Blue?« Ich runzle die Stirn. »Wieso das denn?«

Er hebt einen Schlüsselbund empor. »Am Freitag war die Wohnungsübergabe. Selbst das Bett wurde schon geliefert. Red erwartet uns.«

»Jetzt schon?«, rufe ich aufgeregt. »Ich dachte, es wäre frühestens in zwei Wochen so weit. Ich freue mich so!«

»Moment!«, schnarrt Paps, der zu uns aufgeschlossen ist. »Eure Wohnung hat aktuell noch nicht mal eine Küche! Ihr braucht doch nicht alles zu überstürzen.«

Lachend schlinge ich die Arme um ihn. »Mach dir keine Sorgen. Du bist mich nicht ganz los. Ich komme morgen schon wieder zum Malen vorbei, vergessen? Danke für heute. Danke für alles. Ich habe dich lieb, Paps.«

Er scheint zu realisieren, dass er mich gehen lassen muss. »Ich habe dich auch lieb, Motte«, sagt er und drückt mich so fest, wie ein liebender Vater es kann.

Beruhigend auf die zitternde Katze in der Transportbox einredend, folge ich Corvin in die Wohnung. Obwohl ich bereits zur Besichtigung hier war, bin ich sprachlos, als ich durch die Räume laufe. Durch drei Seiten flutet Tageslicht. Vom Balkon aus kann man den ruhigen Hinterhof sehen, wo junge Birken sprießen. Weil Corvin sich während meines Ausflugs mit Paps schon um Möbel gekümmert hat, steht ein Sofa im Wohnzimmer, ein Esstisch mit Stühlen in der Küche und ein Bett im Schlafzimmer.

»Das gehört alles uns«, murmle ich.

Corvin nickt. Er beachtet die Wohnung kaum. Sein Fokus ist allein auf mich und meine stille Begeisterung gerichtet. »Ja. Dir und mir.«

Eine meckernde, rote Katze stolziert in den Flur und schmiegt sich an unsere Waden.

Das Zittern in der Transportbox verebbt, während Blue dem selbstbewussten Miauen der jüngeren Katze lauscht. Dann zittert sie heftiger denn je. Vorsichtig stelle ich die Box auf dem Boden des Schlafzimmers ab.

»Ich hoffe so sehr, dass die beiden sich verstehen.« Mit Red auf dem Arm setzt sich Corvin an die Wand. Die rot-orangefarbene Katze schnuppert neugierig in der Luft.

»Wenn nicht, bringe ich Blue zu Paps zurück«, erwidere ich und öffne die Luke der Box.

Red miaut aufgeregt. Blue antwortet mit einem gereizten Fauchen und huscht unter das Bett. Ihre gelben Augen leuchten in den Schatten.

Corvin umklammert Reds schlanken Bauch, damit sie Blue nicht folgen kann, und verkneift sich ein Grinsen.

»Was ist so lustig?«, frage ich herausfordernd.

»Die zwei sind wie wir. Für mich war es auch schwer, an dich heranzukommen.«

Ich schnaube. »Kannst du's mir verübeln? Du warst so neben der Spur und trotzdem an mir interessiert. So wirklich verstehe ich bis heute nicht, warum du dich ausgerechnet in mich verliebt hast.« Boom. Da ist es raus.

Er hebt die Brauen und sieht mir direkt in die Augen. »Ist das dein Ernst?«

»Ich will mir den Balkon ansehen«, erwidere ich hastig und rapple mich auf.

»Augenblick, Kapuzenmädchen.« Corvin hebt die Katze auf seine Schultern und folgt mir.

Ich trete hinaus, fülle meine Lunge mit frischer Luft und deute in die Ferne. »Sieh mal! Das neue Hotellogo!«

Der Fernsehturm ist von hier aus gut zu erkennen, genauso wie das Hotel in seiner Nähe. Die grünen Lettern formen den neuen Schriftzug. *Neon Horizons.*

»Ich liebe den neuen Namen«, sagt Corvin und lehnt sich ans Geländer. »So ist das Hotel wirklich unseres.« Mit der Hand vergewissert er sich, dass Red auf dem ungesicherten Balkon nicht von seinen Schultern springt. »Tia, was hältst du davon, wenn wir in unser Arbeitszimmer nicht meinen Schreibtisch stellen, sondern dein Zelt? Ich habe schließlich ein Büro im Hotel und das Tipi ist dein Arbeitsplatz.«

Kurz fehlen mir die Worte. Ich frage mich, ob es auf dieser Welt einen anderen Menschen gibt, der meinen Charakter ansatzweise so gut erfassen kann wie er. Seine Akzeptanz hinsichtlich meines Bedürfnisses nach Rückzug ist ein Geschenk. Simpel, aber erfüllend. Alles, was ich zum Glücklichsein brauche.

»Das würde mir gut gefallen.« Mein Herz schlägt heftig gegen die Rippen. So fühlt sich also bedingungsloses Glück an. Entfesselt und frei.

»Und ehe du nochmals zweifelst, Tia.« Corvin zieht eine Rose hervor.

»Wo hast du die denn auf einmal her?« Ich bin gerührt von dieser altbewährten Geste.

Grinsend übergeht er diese Frage. »Ernsthaft, was soll das heißen, du begreifst nicht, warum ich mich in dich verliebt habe? Hast du dich mal angesehen? Du bist schön. Total cool. Und verdammt, du verstehst mich so gut.« Sein Blick schweift über den Hof, als lasse er sämtliche Hürden Revue passieren. »Es war so ein weiter Weg, bis wir hier standen. Als wir uns auf dieser Neunziger-Party trafen, waren wir beide so verloren. Ich glaube, ich war auf der Suche, ohne es zu wissen. Nach jemandem wie dir.« Entschlossenheit funkelt in seinem Blick. »Und jetzt haben wir eine gemeinsame Wohnung und sind in Therapie. Ich finde das total schön. Es entspricht meiner Vorstellung von Romantik.«

Ich schlinge die Arme um ihn. Das Feuerwerk in meinem Kopf ist so laut und bunt, dass ich gegen den Drang ankämpfen muss, davonzurennen. Denn ich will nicht rennen, sondern bleiben. Seine Gefühle absorbieren. Sie annehmen. Zurückgeben. Halten. Ich will vertrauen. Das Leben leben, an das ich mich erinnern will. Mit ihm.

Und weil ich keine Person der großen Worte bin, flüstere ich: »Ich liebe dich.«

Er strahlt. Seine Antwort geht fast unter, weil Red plötzlich damit beginnt, ihm die Kapuze vom Kopf zu ziehen. Doch dann sagt er sie mir ins Ohr, leise und immer wieder, bis das Kratzen seiner Bartstoppeln an meinem Hals ein Kichern aus meiner Kehle kitzelt.

Ich lache und schmiege mich an ihn. Der Perfektion des Augenblicks bin ich mir völlig bewusst.

Er erstickt mein Lachen mit seinen Lippen auf meinen. Sie sind warm und weich und voller Verlangen. Ich erwidere den Kuss und lasse mich fallen in die unkomplizierte Leichtigkeit seiner Worte.

Ich denke an die Plakette mit dem goldenen Rand und merke, dass der Satz auch auf mich zutrifft. *Das Leben ist eine Reise, die heimwärts führt.*

Danksagung

Tia und Corvin. Ja. Ich möchte als Allererstes diesen beiden Figuren danken. Zwei Menschen, die es im echten Leben gar nicht gibt, die einzig allein meiner Fantasie entsprungen sind, und die für mich trotzdem total real sind. Sie haben mir dabei geholfen, Dinge aufzuschreiben, die unaussprechbar sind. Und sie haben mich daran erinnert, dass es immer weitergeht. Wenn man Glück hat, sogar kunterbunt.

Vanessa und der gesamte VAJONA Verlag. Ich danke euch so sehr dafür, dass ihr euch von dieser Geschichte habt mitreißen lassen und ihr ein so wundervolles Zuhause gebt. Vanessa und Aileen für eure wundervolle Textarbeit.

Nici, Elena und Tanja, die immer an mich geglaubt haben.

Shinnzle. Durch dich habe ich Corvin richtig kennengelernt. Christin, weil du immer da bist, wenn ich dich brauche. Denise, die eine Lösung für jedes Plothole weiß. Sonja.

Saskia, Tabea, Celine, Tina, Lisa, Madita und Sabine fürs Testlesen.

Hanna, die Tia, Corvin und den Rest vom The Broken Hearts Clubs so wunderbar in Szene gesetzt hat.

Dir, liebe*r Leser*in! Danke, dass du dich auf die Gruppe eingelassen hast.

Und zu guter Letzt danke ich meinem Max, weil ich mit niemand anderem lieber zu The Cure tanze als mit ihm.

Du möchtest mehr von **Melanie Schütz** lesen?
Dann erhalte im Folgenden einen exklusiven Einblick
in *How To Love An Android.*

1. Kapitel

»Welcome to Chicago!« steht in leuchtenden Lettern auf dem Hologramm vor meinem Sitzplatz, als der Hyperloop zum Stehen kommt. Während die Türen der Kapsel emporschwingen, reibe ich mir den Schlaf aus den Augen und steige schließlich als letzte Passagierin aus. Da der Zug in nahezu Schallgeschwindigkeit durch die luftleere Röhre gefahren ist, hat die Fahrt von Philly nach Chicago nur eine knappe Stunde gedauert. Trotzdem bin ich in einen tiefen Schlaf gefallen. Nachdem ich letzte Nacht kaum zur Ruhe gekommen bin, hatte ich in diesen Sitzen keine Chance, wach zu bleiben. Sie sind unheimlich bequem und passen sich den Passagieren individuell an.

Doch als ich am Bahnsteig stehe, gegen die Schneeflocken anblinzle und das Pulsieren der Großstadt mich erfasst, ist die Müdigkeit wie weggeblasen.

Wolkenkratzer ziehen sich in den Himmel und reflektieren in ihren gläsernen Fassaden die Sonne. Werbedisplays machen auf das neuste Modell der Smartwatch aufmerksam – die WriCo Comwatch. Luftschiffe schweben am Omnitech Tower vorbei und werden von ein paar Aircars überholt.

Ein Lächeln bildet sich auf meinem Gesicht, während ich die Eindrücke mit aufgerissenen Augen in mich aufsauge. Philly hat seinen Charme, doch er gibt mir nicht dasselbe Gefühl wie Chicago. Die Stadt, in der sämtliche aufstrebende Unternehmen wie

Omnitech, Retina Holographics und ehemals Human Evolve ihre Heimat haben. Genauso wie ich.

Ich nehme das Gepäck an mich, das auf einer vorgefahrenen Ladefläche des Hyperloops zu meinen Füßen liegt, und lasse mir von dem Hologramen eines Schaffners den Weg in das Bahnhofsgebäude weisen.

Die Steinsäulen und der Marmorboden im Inneren bilden einen edlen Kontrast zu den modernen Werbedisplays über den Läden, die im Sekundentakt ihre Anzeigen wechseln.

Die schweren Koffer hinter mir herziehend, betrachte ich etwas neidisch den automatisierten Gepäckwagen einer vierköpfigen Familie. Eventuell hätte ich mir auch einen gebucht, wenn meine Abreise nicht so überstürzt vonstatten gegangen wäre. Doch glücklicherweise werde ich meine Koffer nicht lange ziehen müssen.

Ich trete aus der Empfangshalle auf die Madisonstreet und sehe mich um, doch zu meiner Enttäuschung entdecke ich keine Spur von Harvey. Ein Blick auf meine Comwatch bestätigt: Er ist unpünktlich. Wie immer. Schwer kalkulierbar, wann er endlich hier aufschlagen wird. Aber klar ist: Ohne einen Snack überstehe ich die Wartezeit nicht.

Die blinkenden Wörter Snacks and Flowers machen mich auf einen Laden in einer Seitennische der Bahnhofshalle aufmerksam und bestimmen mein nächstes Ziel. Doch ehe ich hineintreten kann, fällt mir eine Frau ins Auge. Ihre schwarzen Haare sind zu einem Pferdeschwanz zusammengebunden. Sie wirkt auffallend hübsch und auf den ersten Blick wie ein Mensch von vielen in dieser Bahnhofshalle. Wäre da nicht das in Magentarot leuchtende LED-Dreieck an ihrem Hals. Sie hebt einen Koffer an, der aufgrund seiner Größe eigentlich eine Herausforderung für eine so zierliche Frau wie sie sein müsste. Ohne, dass ihr die geringste Anstrengung anzusehen ist, verschwindet sie in der Menge.

Ehrfürchtig starre ich ihr nach. Das war sie. Die erste Androidin, die ich in Chicago sehe.

Ein Jingle ertönt, als ich meinen Koffer über die Schwelle des *Snacks and Flowers* ziehe. Ich schüttle die Tropfen von meiner Jacke, zu denen die Schneeflocken mittlerweile geschmolzen sind, und betrachte das Angebot. Einen Automaten, über den ich meine Bestellung aufgeben kann und der meine Ware automatisiert ausspuckt, suche ich vergeblich. Dafür fällt mir die üppige Auslage von Schokoriegeln und Kaugummis ins Auge.

Ich schmunzle. Die abgewetzten Regale und der surrende, mit Aufklebern übersäte Eisschrank wirken ein wenig aus der Zeit gefallen. Ebenso der Verkäufer, auf dessen Mütze ein Karpfen gestickt ist, der »Sea Bass!« jodelt, und der eigens die Produkte abkassiert. Doch auf seiner Nase befindet sich eine EyeCo Smartbrille der Marke Omnitech, was darauf schließen lässt, dass er sich der modernen Technik nicht ganz verwehrt hat. Die Brille projiziert Bildschirme auf die Gläser und ersetzt altmodische Computer und Kassensysteme.

Der Verkäufer sieht kurz auf, als er mich bemerkt. »Guten Morgen, Mädchen.«

»Hallo.« Ich lasse die Koffer neben der Eisbox stehen und schlendere zur Auslage mit den Schokoriegeln.

Kokos, Erdnussbutter ...

Seufzend reibe ich mir über die Stirn. Wofür auch immer ich mich entscheide, hoffentlich gibt mir die Schokolade die nötige Energie, um die kommende Begegnung zu überstehen. Einerseits freue ich mich darüber, wieder in Chicago zu sein. Andererseits hätte ich mir gewünscht, dass das unter anderen Umständen geschieht. Tief im Inneren weiß ich, dass mir nichts anderes übrig blieb, als hierherzukommen. Und dass Harvey bereit war, mich so kurzfristig zu empfangen, ist mehr, als ich erwarten dürfte.

»Das erste Mal in Chicago?«, schnarrt der Verkäufer und sieht erneut zu mir auf.

Mir steht nicht der Sinn nach Small Talk. Trotzdem möchte ich nicht unhöflich sein. »Nein. Ich bin hier aufgewachsen, war aber drei Jahre nicht mehr da.« Ich streife zu den Getränken, will mir neben dem Schokoriegel gerade eine Limonade holen, da fallen mir die touristischen Flyer auf der Auslage ins Auge. Besser gesagt: ein bestimmter Flyer. *Kaufen Sie Ihren Androiden noch heute!*

Wer hat heutzutage noch Flyer ausliegen?

»Drei Jahre!« Der Mann kratzt sich den Kopf durch den Stoff seiner Kappe. »Dann hast du die Wendungen und Unruhen letzten Sommer nicht mitbekommen, was?« Der Zorn in seiner Stimme ist kaum überhörbar.

»Nur aus den Nachrichten«, antworte ich. Das Fernsehen übertrug die Demos im ganzen Land.

»Die Androiden sind jetzt autonom, kannst du dir das vorstellen? Man hat sie einfach unabhängig werden lassen. Bei mir hat sich letzte Woche einer beworben, um im Kiosk auszuhelfen. Den habe ich sofort weggeschickt. Kann sich um einen anderen Job bemühen, dieser Roboter.«

Ich nehme den Flyer an mich und drehe ihn herum. Eine Frau mit weichen Zügen ist abgedruckt. Ihre Augen leuchten aufgeweckt in einem hellen Grün. Ihre Taille ist schlank und ihre Brüste wohlgeformt. Sie sieht aus wie ein echter, leicht überdurchschnittlich hübscher Mensch. Eine junge Frau. Doch das magentarot leuchtende LED-Dreieck seitlich an ihrem Hals auf Höhe ihres Ohres verrät: Sie ist eine Androidin.

Keine Lust mehr, allein zu sein? Wir haben die Lösung für Sie! Mit dem Androiden des Modells EDEN-7000 genießen Sie das perfekte Partnererlebnis für Mann und Frau! Die Vorteile sind zahlreich: Androiden versorgen den Haushalt, kochen auf höchstem Niveau und erfüllen jede sexuelle Fantasie, ohne je zu sagen: »Heute nicht, Schatz, ich habe Kopfweh.«

Kaufen Sie Ihren EDEN-7000 noch heute für nur 7.499 Dollar bei ihrem Human-Evolve-Händler!

Oder interessieren Sie sich für ein anderes Modell? Wir haben weitere Angebote für den Privathaushalt: LUCA-7000 – Intimpartner, EZRA-7000 - Haushaltshelfer, KYLE-7000 – Gärtner.

In winziger Schrift ist zusätzlich der Hinweis vermerkt: *Androiden der 7000-Reihe verfügen über eine Akkulaufzeit von 48 Stunden. Sparen Sie Energie, indem Sie sie bei Bedarf einfach in den Standby-Modus schalten. Schäden können mithilfe von Ersatzkomponenten schnell und problemlos von ihrem Human-Evolve-Spezialisten behoben werden.*

»Wo hast du den denn her?« Der Verkäufer tritt an mich heran. »Diese elenden Flyer. Die muss jemand vor Kurzem erst hier ausgelegt haben. Verdammt noch mal. Ich werde sie sofort vernichten. Human Evolve produziert ohnehin keines mehr von den Dingern.« Er nimmt den Stapel an sich und lässt ihn im Papierkorb verschwinden.

»Ich bin eben erst in Chicago angekommen und habe bereits eine Androidin gesehen«, berichte ich. »In Philly gibt es so was nicht. Dort werden nach wie vor Roboter eingesetzt, die auch wie Roboter aussehen und das ausschließlich zu kommerziellen Zwecken. An der Supermarktkasse zum Beispiel.«

Er nickt grimmig. »In Chicago wimmelte es im Gegensatz zum Rest des Landes von Androiden. Hier waren die meisten im Einsatz, Human Evolve hat schließlich seinen Sitz in Downtown. Du wirst auf den Straßen weitere Androiden zu sehen bekommen. Sie sind ja jetzt frei.«

»Wie ist das für Sie? Dass Androiden nun irgendwie wie Menschen behandelt werden?«

Er seufzt und verschränkt die Arme vor der Brust. »Weißt du, als die ersten Modelle erschienen, hatte ich nichts gegen die Androiden. Sie haben ihre Arbeit getan. Und hübsch waren sie. Fast so schön wie Engel. Sie hoben sich optisch doch ein wenig mehr von den Menschen ab. Viele Leute hat das, denke ich, befremdet, sie konnten nichts mit ihnen anfangen. Waren auch teuer, 350.000 Dollar, wenn ich mich recht erinnere. Als sie ihrem Äußeren authentische Details gaben – Leberflecke, Atmung, Lidschlag – und den Preis senkten, fingen die Probleme erst richtig an.« Er lacht bitter auf und fährt mit gesenkter Stimme fort. »Diese Roboter erschienen in ihrer Gestik und Mimik so menschlich, dass mein Kumpel sich Hals über Kopf in seine Androidin verliebt hat. Er ließ sich sogar von seiner Frau scheiden, um mit *ihr* zusammenzuleben. Aber sobald die sogenannte Wendung kam, war Schluss mit der großen Liebe. Sie hat ihn verlassen. Beschloss, unabhängig zu leben. Ging auf die Straße, demonstrierte für die Freiheit. Als ob sie die bei ihm nicht hätte haben können. Der Sex, die Gefühle – alles Teil der Programmierung und somit gespielt!« Er schnaubt so verbittert, dass ich mich kurz frage, ob dies seine eigenen Erfahrungen sind.

»Was in Chicago geschah, ist wirklich heftig«, sage ich seufzend und halte ihm meine Smartwatch zum Bezahlen hin. Meine Wahl fiel auf einen Riegel mit Erdnussbutter-Geschmack und ich hoffe inständig, dass er mir den Tag retten kann. »Ich bin froh, mit den Androiden bisher nichts zu tun gehabt zu haben. Klar, in Philly sieht man sie mal, aber eben irgendwie noch gebändigt.«

Als ich meinen Kopf kurz nach rechts drehe, sehe ich vor dem Fenster ein Elektroauto der Marke Voltage parken. Den Fahrer erkenne ich sofort wieder. Da ist er also. Harvey.

»Ich muss jetzt los! Viel Erfolg mit den Bewerbern.«

Ich winke und er tut es mir gleich. »Danke, junge Dame. Willkommen in Chicago! Schließlich ist die Stadt, abgesehen von den Androiden, die schönste Amerikas.«

Ich lächle und weiß, er hat recht. Doch so schön die Stadt auch ist – für mich steckt in ihr meine Vergangenheit und damit Erinnerungen. An meine Kindheit, meine Jugend und auch … an Tim.

Ich schüttle meine Gedanken aus dem Kopf, ziehe schwerfällig die Koffer aus dem Kiosk und blinzle in den leichten Schneefall. Es ist Mitte November, die Kälte hält Einzug in Chicago. Als ich das grimmige Gesicht des Fahrers des Voltages sehe, schlucke ich. Es wird nicht einfach, mich diesem Mann wieder anzunähern. Ganz und gar nicht.

Harvey lässt das Fenster der Fahrertür hinunter. Mit düsterem Blick sieht er zu mir hoch, in ein Gesicht, das seinem so sehr ähnelt. Eine Begrüßung bleibt er mir schuldig.

»Steig ein«, sagt er stattdessen knapp.

»Kannst du den Kofferraum öffnen?«, frage ich über den Motorenlärm hinweg.

Sein Blick fällt auf mein Gepäck. »Um Himmels willen. Hast du vor, bei mir einziehen, oder was? So viele Klamotten braucht kein Mensch für eine Woche!«

Eigentlich habe ich geplant, ihm in Ruhe zu gestehen, dass ich länger bleiben möchte, weil meine Flucht unausweichlich war und ich im Moment nicht weiß, wo ich sonst hinsoll. »Ich will auf das kalte Wetter vorbereitet sein«, lüge ich.

Für wenige Sekunden betrachtet Harvey die Koffer, als sei er unschlüssig, ob er mir nun beim Einräumen helfen soll. Dann gibt er sich einen Ruck, steigt schnaufend aus dem Wagen und stapft zum Kofferraum.

Die zwei schweren Rollkoffer hinter mir herziehend, folge ich ihm. Das erste Mal nach drei Jahren Funkstille, stehen wir einander wieder gegenüber.

Harvey hat zugenommen. Die Mundwinkel unter seinem rotblonden Schnurrbart sind angespannt. Er riecht nach Sommerabenden auf der Terrasse und alten Büchern mit viel zu gruseligen Gutenachtgeschichten. Nach Spaghetti Bolognese, die niemand so gut kocht wie er. Und er riecht nach dem Weichspüler, den meine Familie seit Jahrzehnten benutzt. Er riecht nach meinem Vater, der mich einst liebte.

Wie soll ich diesen Mann begrüßen? Normalerweise umarmen Vater und Tochter einander nach einer so langen Trennung, oder? Sollten wir das auch tun?

Harvey streckt den Arm aus und kurz vermute ich, dass er dazu ansetzt. Doch nicht mal ein Händeschütteln ist in seinem Sinn. Stattdessen nuschelt er »Nun gib schon her« und greift nach den Koffern.

Ernüchtert weiche ich zurück.

Was für eine hingebungsvolle Begrüßung!

Wortlos beobachte ich, wie er den Fuß an einen Sensor unterhalb der Heckklappe hält. Der Kofferraum fährt auf.

»Danke, Peggy«, murmelt er.

Enttäuschung flammt in mir auf, als ich miterleben muss, wie Harvey seinem Auto freundlicher entgegentritt als mir. Am liebsten würde ich ihn damit konfrontieren und ihm sagen, wie verletzt ich darüber bin, dass er mich begrüßt wie eine Fremde oder ein Stück Last, das man sofort wieder loswerden muss. Aber ich beiße mir auf die Zunge. Fürs Erste bin ich auf diesen Mann angewiesen. Deshalb will ich versuchen, möglichst versöhnlich mit ihm umzugehen.

Kurz beobachte ich, wie Harvey meine Koffer in das Auto hievt. Dann brumme ich ein verhaltenes »Ich warte drinnen«, öffne die Beifahrertür und lasse mich auf den Sitz sinken. Die Heizung hat den Innenraum angenehm gewärmt. Mit den Augen folge ich dem Flug der Schneeflocken, die sich leise auf die Windschutzscheibe legen.

Nach einer Weile drehe ich mich um. Eine Decke und eine Einkaufstüte liegen auf dem Rücksitz. In Harveys Auto herrscht ein ähnliches Chaos wie früher. Durch das Heckfenster beobachte ich, wie er den Kofferraum zufahren lässt. Anstatt ins Auto zu steigen, lehnt er sich mit dem Rücken ans Heck und raucht.

»Na super«, stöhne ich in meinen Schal.

Ich lege den Finger auf ein Touchpad auf der Beifahrerkonsole, sodass die Sonnenblende hinabfährt, und betrachte mein Spiegelbild. Zwei sturmblaue Augen starren mir entgegen. Mehr ist von meinem eingemummten Gesicht kaum zu erkennen. Einzelne rotblonde Haarsträhnen bahnen sich ihren Weg zwischen Schal und Mütze. Ich sehe aus, wie ich es vermutet habe: total fertig. Das ist keine Überraschung. Schließlich habe ich die Nacht damit verbracht, meine Koffer zu packen und eine spontane Fahrt mit dem Hyperloop zu buchen. Harvey macht meine Situation keineswegs besser.

Als ich den Sonnenschutz zurückfahren lassen will, fallen mir zwei Fotos in den Schoß. Ertappt werfe ich erneut einen Blick über die Schulter. Doch Harvey lehnt noch immer am Auto und raucht genüsslich.

Ich widme mich den Fotos. Das obere ist das Passfoto einer Frau. Die Jahre haben es leicht ausgeblichen. Ihre rotbraunen Haare fallen ihr über die Schulter. Ihr Lächeln ist so hell wie Schnee an einem Wintermorgen.

»Mom«, flüstere ich ergriffen.

Dann ziehe ich das andere Foto hervor. Zu meiner Überraschung erkenne ich mich selbst. Ich sitze auf dem Rasen unseres

Vorgartens, in meinem Arm liegt ein Junge. Er ist etwa sechs. Und er hat dieses ehrliche, unbesorgte Kinderlachen auf dem Gesicht, das viele kleine Jungen haben und das sie meist mit Beginn der Pubertät verlieren.

Das Geräusch der sich öffnenden Fahrertür lässt mich zusammenzucken. Hastig schiebe ich die Fotos ins Handschuhfach.

Mein Vater setzt sich ächzend auf den Fahrersitz und lässt die Schwebetür zufahren.

»Jetzt kann's losgehen«, murmelt er mehr zu sich als zu mir und legt die Hände aufs Lenkrad. Peggy erwacht zum Leben. Als Harvey sich anschnallt, zieht überraschend ein unangenehmer Geruch zu mir herüber.

»Du hast getrunken«, stöhne ich tonlos und Harvey tut es mir gleich.

Wir nehmen den langen Weg durch die Innenstadt. Na klasse.

»Wann hast du den letzten Schluck getrunken?«, will ich wissen.

Harvey schweigt eine Weile. Im Grunde muss er nichts erwidern. »Gestern Abend. Ich habe heute frei.«

»So, wie du noch riechst, sollte ich nicht hier drinsitzen. Sicher, dass du schon fahren kannst?«

»Steig aus, wenn du meinst, dass ich noch nicht fahrtüchtig bin«, knurrt er und lässt mich damit schockiert zu ihm aufsehen. Sein Blick trifft für wenige Sekunden meinen. »Soll ich anhalten? Willst du aussteigen?«

Ich schlucke schwer. »Nein. Aber du könntest doch zumindest das autonome Fahrprogramm starten und den Wagen selbst fahren lassen. Die meisten Leute tun das so. Dieser Voltage muss nicht von Menschenhand gefahren werden, oder?«

»Wir fahren nach meinen Regeln.«

Ich merke, wie sich meine Augen wütend zusammenkneifen.

Unauffällig mustere ich Harvey von der Seite. Seine rotblonden Haare, die in ihrer lockigen, dichten Struktur den meinen so ähneln, sind grauer geworden, die Furchen auf seinem Gesicht tiefer. Den Schnurrbart trägt er noch immer, jedoch scheint er wenig Wert auf eine entsprechende Pflege zu legen. Ich suche vergeblich das winzige Grübchen auf seiner rechten Wange, das einst eine Lachfalte war.

Auch wenn wir uns so lange nicht mehr gesehen haben, weiß ich, dass Harvey nie ohne Grund trinkt. War mein gestriger Anruf der Grund dafür?

Als wir uns nach endlosen Minuten meinem Elternhaus nähern, rutsche ich ans Fenster. Da ist es, das Café, in dem ich früher immer mit meiner Freundin Piper Kakao trank. Die Mall, in der ich einst jobbte. Und der Wicker Park, nach dem unser Stadtteil benannt ist.

Doch zwischen all der Nostalgie, all dem Flackern meiner Geburtsstadt, fällt mir plötzlich ein Laden mit zerbrochenen Scheiben ins Auge. Irritiert drehe ich mich danach um. Sofort schießen mir Bilder aus dem Fernsehen durch den Kopf. Die Randale. Ich erinnere mich an die Aufzeichnungen aus dem letzten Frühling: Androiden, die sich den Anweisungen ihrer Besitzer widersetzten und geschlossen auf die Straße gingen. Haushaltshilfen, Pfleger, Lageristen oder Sexarbeiter. Das Vorhaben, die modernen Hilfen nicht nur in Chicago, sondern landesweit einzusetzen, scheiterte an dem Tag, an dem den Androiden Freiheit und Unabhängigkeit zugesichert wurde. Freiheit, die sie mit einer Einigung herbeiriefen. Der Anführer der Androidenbewegung unterschrieb einen Vertrag, der die Einhaltung des Friedens all seiner Leute zusicherte. Würden seinesgleichen die Regeln erneut missachten und Aufstände anzetteln, drohte die sofortige Abschaltung aller Androiden des Landes. Dafür wurde den

Androiden über Funk ein von Human Evolve entwickeltes Softwareupdate zugespielt, das der Regierung die Möglichkeit gab, ihre Hauptprozessoren mit einem Knopfdruck zu zerstören.

Wer konnte ahnen, dass es einmal so kommen würde? Dabei liefen die ersten Jahre, in denen die künstlichen Intelligenzen auf dem Markt waren, außerordentlich gut. Human Evolve wurde staatlich gefördert und forschte nach günstigen Rohstoffen. Die Erkenntnis, dass das verhältnismäßig teure Carbon nicht zwingend der Hauptbestandteil der Androiden sein musste, sondern ohne funktionale Einbußen durch günstiges Polycarbonat ersetzt werden konnte, erlaubte die Entwicklung massentauglicher Modelle. Nachdem die Androiden ausschließlich kommerziell vertrieben wurden, machten erschwingliche Preise sie auch privaten Haushalten zugänglich.

Obwohl die Androiden die Bevölkerung entlasteten, indem sie Alltagsarbeiten übernahmen, ersetzten sie damit auch viele Jobstellen. Menschen wurden arbeitslos. Unmut richtete sich gegen die Androiden. Zu allem Übel widersetzten sich immer mehr von ihnen ihrer Programmierung und wurden ungehorsam. Wie das möglich war? Je intensiver die Entwickler arbeiteten, desto menschlicher wurden die Androiden. Vor zwei Jahren bestand das erste Modell sogar den Turing Test, konnte also einem Menschen vermitteln, dass es selbst ein Mensch sei. Die eigene Programmierung auszuhebeln, war ein komplexer Softwarefehler am Androiden selbst.

Mit den Demonstrationen fanden die Unruhen im Frühjahr dieses Jahres ihren Höhepunkt. Die Androiden drohten damit, die ganze Stadt zum Einsturz zu bringen, würde man ihre Forderung nach ›Androiden-Freiheit‹ nicht nachkommen. In den Medien habe ich beobachtet, wie sie begonnen haben, ihrer Gewalt freien Lauf zu lassen. Sie brachten leere Gebäude am Rand der Stadt zum Einstürzen und drohten, immer weiter ins Stadtinnere zu wandern, um ihre Forderungen durchzudrücken. Die Menschen rüsteten sich mit Waffen aus, um sich selbst Schutz bieten zu können.

Die Präsidentin Janet Martinez war gezwungen, eine Lösung zu finden, um einen gewalttätigen Aufstand zu verhindern, und erklärte die Androiden in jener Nacht als frei, um den größten Schaden abzuwenden und die Angst und Boshaftigkeit der Menschen zu dimmen. Doch ob dies von Dauer sein wird? Für jedes Abkommen und jede Einigung muss es Regeln geben. Androiden werden in Chicago toleriert. Doch ob sie richtig akzeptiert werden, ist fraglich.

Dieser Wendepunkt wird bis heute als Androidenrevolution bezeichnet. Androiden müssen nun für ihre Arbeit bezahlt werden. Sie sind nicht mehr auf die Tätigkeit festgelegt, für die sie gebaut wurden, sondern dürfen sich ihre Jobs selbst aussuchen. Ihre Arbeitserlaubnis bezieht sich jedoch ausschließlich auf freigegebene Bezirke in der nördlichen Hälfte Chicagos. Dies betrifft das gesamte Gebiet oberhalb des South Loops und der Near Westside. Auch Wicker Park, meinen Heimatbezirk.

Janet Martinez entschied ebenso, das Sicherheitspersonal der Stadt aufzustocken, um zu gewährleisten, dass die Androiden sich friedlich in die Gesellschaft eingliedern können. Außerdem befriedigte dies das Sicherheitsbedürfnis der Menschen. Bis auf Weiteres wurde Human Evolve die Herstellung vermeintlich fehlerfrei funktionierenden Androiden untersagt. Die Angst, dass sich die Unruhen wiederholen, wiegt seitens der Regierung und der Bevölkerung schwer.

»In letzter Zeit war in Chicago echt viel los, was?«, frage ich Harvey.

Er gibt ein abschätziges Schnauben von sich. »Das kann man wohl sagen.«

»Als Polizist hast du bestimmt alle Hände voll zu tun, oder?« Wissbegierig rutsche ich auf dem Sitz nach vorn und versuche, weitere Spuren des Protests im Stadtbild zu erkennen. »Sind die Robomenschen so gefährlich, wie man sagt?«

Harvey zieht scharf die Luft ein. »Es sind Androiden, Jen. Keine Robomenschen.«

Ich starre nach draußen. »Androiden. Wie auch immer«, murmle ich. »Ich habe mitbekommen, dass sie protestiert haben, damit sie nach der Wendung selbstbestimmt leben können. Aber mal ehrlich, das sind Roboter in Menschengestalt! Ich verstehe nicht, wieso ihr die Aufstände nicht in den Griff bekommen habt. Hättet ihr sie nicht abschalten können, oder so?«

Harvey lacht trocken. »Lass uns das Thema wechseln.«

»Erzähl schon!«, fordere ich. »Warst du auf Androidenjagd?«

Plötzlich ertönt ein scharfes Quietschen. Harvey ist auf die Bremse getreten. Kurz denke ich, jemand ist auf die Fahrbahn gerannt, doch da ist nichts.

Stattdessen erhebt Harvey die Stimme. »Noch ein Wort über *sie* und ich setze dich jetzt und hier auf die Straße.«

Ich erschrecke und in meiner Brust zieht sich etwas zusammen. »Was? Ich –« Mit flachem Atem taste ich nach dem Griff der Beifahrertür.

Mit zusammengekniffenen Augen starrt mich Harvey nieder. Dann ertönt ein Hupen hinter uns und er nimmt den Fuß vom Bremspedal. Langsam setzt sich der Wagen wieder in Bewegung.

»Jen, du hast einfach keine Ahnung, wovon du redest.«

»Woher auch?«, erwidere ich flüsternd. »Ich war in Philly. Dort gab es keine künstlichen Intelligenzen. Darum frage ich dich ja, was hier los war.«

Harvey seufzt. »Die Verhältnisse in Chicago sind noch immer schwierig. Der Staat hat den Androiden nach den Protesten Rechte eingeräumt. Rechte, die sie im Stadtteil Wicker Park ungehindert ausleben können. Trotzdem ist die Lage nicht so, wie sie es sich gewünscht haben. Es gibt bis heute viel Hass und Gewalt auf den Straßen, die sich gegen die Androiden richten. Auch das solltest du in den Nachrichten mitbekommen haben. Deswegen hätte ich nicht damit gerechnet, dass du so kurz nach den Unruhen zurückkommst.« Er fährt sich durch die ungekämmten Locken, die daraufhin noch unaufgeräumter aussehen als zuvor.

»Es hat sich einfach so ergeben«, erwidere ich und presse die Lippen aufeinander. Der Schock darüber, dass er mich so unvermittelt angeschrien hat, sitzt tief. Es weckt Erinnerungen an unseren früheren Umgang miteinander und den Grund, warum ich aus meinem Elternhaus wegwollte. Auch damals war unsere Kommunikation entweder hitzig oder erloschen.

Wieso ich trotzdem wieder da bin? Ich hatte keine andere Wahl. Ich musste weg. Von Jakob. Von der Uni. Zurück in mein altes Leben. In ein Zimmer, in dem ich mietfrei wohnen kann. Was gleichzeitig der Ort ist, dem ich immer entkommen wollte. Der voller Verlust ist. Ich muss es mir eingestehen: Meine Existenz ist ein Scherbenhaufen. Und für den Moment ist Harvey mein letzter Ausweg. Leider.

»Weißt du schon, wie lange du bleiben willst? Am Telefon sagtest du etwas von einer Woche.«

Ich zucke die Achseln. »Genau kann ich das noch nicht sagen.«

»Was ist mit der Uni? Jakob?«

»Liegt gerade auf Eis.«

»Willst du drüber reden?« Der Unterton in seiner Stimme ist rau.

»Als würdest du wirklich darüber mit mir reden wollen«, murmle ich und wende den Blick ab. Als ich nach hinten sehe, erkenne ich, dass durch die Vollbremsung die Einkaufstüte in den Fußraum gefallen ist. Auch die Decke ist verrutscht und legt etwas offen, das ich vorher nicht sehen konnte. Mein Atem stockt.

Der Kindersitz. Tims Kindersitz. Dieser Anblick erwischt mich eiskalt und lässt jegliche Motivation in mir zusammenfallen. Kurz fühlt es sich an, als würde mein Herz brechen und meine Lunge zerdrückt. Mir wird klar, dass Harvey in den vergangenen Jahren noch immer nicht die Kraft aufbringen konnte, die automatische Vorrichtung zurück in die Polster zu lassen, obwohl es nur einen Knopfdruck bedarf. Und dass er genauso seinen Sohn verloren hat wie ich meinen Bruder.

Harveys Stimme dringt an mein Ohr. Sie ist eine Spur sanfter als vorher. »Jen, ich wollte dich nicht anschreien. Die Sache mit den Androiden ist nicht ganz so einfach, wie du vielleicht ahnst. Sie belastet.«

»Ich verstehe. Dennoch hättest du mich vernünftig begrüßen können. So wie man seine Tochter begrüßt, wenn man sie eine lange Zeit nicht mehr gesehen hat.«

»Jen, es ist –«

»Schon klar. Es ist schwer. Es ist belastend, dass ich überhaupt gekommen bin, nicht? Lass gut sein.«

Und Harvey lässt es gut sein.

So sind wir Williams. Wir lassen einander mit unserem Schmerz viel Raum. Leider führt dies dazu, dass jeder mit seinem Kummer allein ist. Ob sich das je ändern wird? Im Moment glaube ich nicht im Geringsten daran.

Das leichte Abbremsen bringt mich zurück in die Realität. Erwartungsvoll sehe ich durch die Scheibe nach draußen. Dort ist es: das Haus, in dem ich aufgewachsen bin.

Wohingegen das Stadtzentrum von Hochhäusern dominiert wird, in denen eine großen Anzahl von Menschen zentral übereinander wohnen, legt mein Heimatbezirk den Fokus auf grüne Architektur. Der Wicker Park selbst lädt zum Joggen, Schlendern und Entspannen ein. Auf Dächern und Fassaden, Balkonen und Terrassen wuchern und wachsen Pflanzen, Blumen, frische Kräuter, Obst und Gemüse. Im Sommer sind sie das Zuhause für Insekten und Vögeln und bieten den Einwohnern natürlichen Schutz vor der Sonneneinstrahlung. Außerdem produzieren sie viel Sauerstoff und sorgen für ein gutes Raum- und Wohlfühlklima. Im Winter sind viele Knospen verblüht, aber der wetterfeste Efeu rankt sich unbeirrt die Wände empor.

Die meisten Häuser in der Gegend wurden aus nachhaltigen Baumaterialien, wie zum Beispiel recyclebarem Beton oder Holz gebaut. Das Konstrukt unseres Hauses stammt jedoch aus den frühen 2040ern und hebt sich mit seinem roten Backstein von den anderen ab. Neben Pflanzen schmücken Solarpaneele die Dachterrasse, über die sich nun eine dünne Schneeschicht zieht. Früher haben wir viele Sommerabende dort oben verbracht.

»*Home, sweet home*«, sagt Harvey und löst unsere Gurte mit einem Wink vor dem Sensor an der Fahrerkonsole.

Ich taste nach dem Mechanismus, der die Tür öffnet, doch Harvey hält mich am Arm fest. Eindringlich sieht er mir in die Augen.

»Jen. Bevor wir reingehen, muss ich dir etwas sagen.«

Erwartungsvoll hebe ich die Brauen. »Und was?«

»Nun …« Harvey stockt. Dann sagt er zögerlich: »Ich wohne nicht mehr allein.«

Ich starre ihn perplex an. Mom starb, als ich acht war. Tims leibliche Mutter hatte sich einige Jahre nach seiner Geburt von

Harvey getrennt. Außer diesen beiden ist mir keine Frau in seinem Leben bekannt.

»Hast du eine Freundin?«, platzt es aus mir heraus. Wer, um alles in der Welt, wäre so verrückt, bei ihm einzuziehen?

»Nein«, erwidert er ernst. »Es ist ein Android.«

Folge uns auf:

Instagram: www.instagram.com/vajona_verlag
Facebook: www.facebook.com/vajona.verlag
TikTok: www.tiktok.com/vajona_verlag
Website: www.vajona.de
Shop: www.vajona-shop.de